polar
VERLAG

Valentine Imhof

Aus lauter Zorn

Aus dem Französischen von Ronald Voullié und Beate Braumann
Herausgegeben von Wolfgang Franßen

Polar Verlag

Originaltitel: PAR LES RAFALES

Deutsche Erstausgabe, 1. Auflage 2020
Aus dem Französischen von Ronald Voullié und Beate Braumann
Mit einem Nachwort von Ute Cohen

www.polar-verlag.de

Redaktion: Jutta Nickel/Gabriele Werbeck
Umschlaggestaltung: Robert Neth, Britta Kuhlmann
Coverfoto: © Tina Löhr/Adobe Stock
Autorenfoto: © Erwan Lefebvre

Satz/Layout: Martina Stolzmann
Gesetzt aus Adobe Garamond PostScript, InDesign
Druck und Bindung: CPI books GmbH, Leck, Deutschland

ISBN: 978-3-948392-06-2

Für meinen Schutzschatten …

need you
dream you
find you
taste you
fuck you
use you
scar you
break you
lose me
hate me
smash me
erase me

Trent Reznor, *Eraser*
(in *The Downward Spiral*)

Davon kommen Frauen, vielwißende,
Drei aus dem See dort unterm Wipfel.
Urd heißt die eine, die andre Werdandi:
Sie schnitten Stäbe; Skuld hieß die dritte.
Sie legten Looße, das Leben bestimmten sie
Den Geschlechtern der Menschen, das Schicksal verkündend.

Völuspá, 20

Erster Teil

Werdandi

»Was ist«

Lebendig, doch in alten Höhlen angekettet,
Schüttelt und verzehrt sich in seiner wilden Wut
Loki, der letzte Sohn von Ymir, und verzieht seinen Mund;
Während die Schlange mit ihren krampfhaften Knoten
Die Erde mit massiven Felsen würgt, ohne sie zu erschüttern,
Und Fenriswolf, seinen Rücken sträubend,
Heult und weint, mit vor Hunger brennenden Augen.

Leconte de Lisle, »La Légende des Nornes« (Zweite Norne),
Poèmes barbares (1889)

Da geschieht es auch, dass das Schiff Naglfar losmacht; es ist aus den Nägeln von Toten gemacht worden […]. Und der Fenriswolf läuft mit aufgesperrtem Maul, der obere Kiefer berührt den Himmel und der untere die Erde.

Gylfaginning, Kapitel 51

Kapitel 1

viensmortamonsecoursviensomortsecoursjetenpriejetoyje
viensqueveuxtuomortjesuistoutenfeujattendsdetoiguerison

4. November 2006, Nancy, Hotel, Zimmer 107

Nun sind beide nackt. Klamotten liegen im ganzen Zimmer verstreut. Ein blödes Trinkspiel. Man gesteht etwas, das man gemacht hat und auf das man nicht stolz ist. Wenn der andere einen ähnlichen »Fehltritt« begangen hat, leert er sein Glas, eine Art von Geständnis, wenn nicht, trinkt der Erste und spielt die Partie weiter, indem er ein neues schändliches kleines Geheimnis preisgibt.

Alex hat die ganze Zeit geschummelt.

Es kommt nicht in Frage, irgendetwas Wahres mit diesem Typen zu teilen. Deswegen sind sie nicht hier, weder sie noch er. Sie hat ihm nicht einmal ihren Vornamen gesagt. Er hat sie übrigens auch nicht danach gefragt. Er kennt ihn bereits, das ist gewiss. Den Vornamen und all die Infos, die der andere Bastard ihm bestimmt gegeben hat.

Wie vereinbart holte er sie vor dem kleinen Bahnhof des Kaffs ab, dessen Namen sie ihm neulich Abend bei dem Konzert genannt hatte. Sie fuhren ein Stück mit seinem Mietwagen, der nach einem Autodeo roch, das zum Kotzen war. Um den Schein zu wahren, befragte sie ihn zu dem Artikel über Trent Reznor, den sie angeblich schreiben wollte.

Die Antworten des Typen waren ausweichend und zögerlich, doch sie spielte weiter das Groupie, das von den Pseudoerinnerungen fasziniert war, die er ihr auftischte, und machte sich daran, eifrig unlesbare Notizen in ihr Heft zu kritzeln. Dann schlug er vor, bei einem Café auf dem Land anzuhalten, um etwas zu trinken. Weil er sich freue, in Frankreich zu sein, das sich so sehr von den Vereinigten Staaten unterscheiden würde … Ja, sie weiß. Also gut.

Das Café des Amis. Ein gelber Plastiktresen, ein großer L'Héritier-Guyot-Frosch, der in der Mitte lächelt, drei rote Plastiktische, zwei Opas mit Hüten, die vor einem Blanc Limé stehen, eine Oma hinter der Theke.

Das ewige Frankreich, das der »Route nationale 7«. Alex wäre nicht erstaunt gewesen zu sehen, wie Charles Trenet aus einem Frégate oder einem DS steigt und hereinplatzt, um sein Lied vom verlorenen Glück anzustimmen. Die zwei Wochen bezahlten Urlaubs, die vergnüglichen Staus, in denen Spiele erfunden wurden, um die Kinder abzulenken, Paris zwei Tage Fahrt vom Mittelmeer entfernt … Ein Traum in Technicolor, den die drei Alten, die sie hereinkommen sahen, sicherlich erlebt hatten … Zwei Halbe und ein Schälchen Erdnüsse aus einem ebenfalls zeitlosen Automaten. Alex nahm die Atmosphäre des Raumes in sich auf. Die Sammlung von Sporttrophäen und Wimpeln, das Dutzend Postkarten, die hinter der Dame angebracht waren, darunter eine von der Basilika von Lourdes, auf der in Rosa auf marineblauem Hintergrund »LOURDES – Die 18 Erscheinungen« blinkte, eine Flasche Cynar mit einer knallgrünen Artischocke auf dem roten Etikett und der unentbehrliche Fernet Branca, das unfehlbare Heilmittel für die Folgen von Saufgelagen.

Als ihre Knie unter dem Tisch zusammenstießen, lenkte sie ihre Aufmerksamkeit wieder auf ihren Gesprächspartner. Sicher hatten sie sich nicht zufällig berührt, und diese Unzweideutigkeit wurde verstärkt, als er seine Beine zwischen ihre zwängte.

Sie tat nichts, um sich zu befreien. Im Gegenteil. Sie antwortete mit einem streichelnden Blick, der ebenfalls unzweideutig war. Die Partie hatte gerade erst begonnen.

Da er spürte, dass sie auf derselben Wellenlänge waren, *good vibes*, und sich leidenschaftlich für Musik interessierten, schlug der Kerl vor, ein Hotel zu suchen und sich dort in Ruhe zu unterhalten, ein Gläschen zu trinken und etwas Gras zu rauchen. *Just chill out*, und vielleicht mehr ...

Mit eindeutigen Signalen gab sie ihm zu verstehen, dass sie von Anfang an nichts anderes erwartet hatte … Sie hatte ihn an der Angel.

So machten sie sich auf den Weg. Er hielt bei einem Dorfladen, aus dem er mit Gin, Wodka und Whisky wieder herauskam. Das ganze Programm … Und offensichtlich nichts zum Verdünnen. Das würde voll reinhauen, aber sie war gut im Training. Dann fuhren sie weiter, ohne wirklich zu reden, während das Autoradio sämtliche Stücke von Robert Johnson herunterspielte.

Schließlich hielt er auf dem Parkplatz eines Hotels, das zu einer Kette gehörte, deren Häuser Tag und Nacht geöffnet haben, bei denen man keine Fragen stellt und Rang und Name keine Rolle spielen. Ideal für die erschöpfte Touristenfamilie, den Lkw-Fahrer auf der Durchreise, den Vertreter samt Musterkoffer, das unverheiratete Paar und einen schnellen Nachmittagsfick, Huren mit ihren Freiern … All das zu einem vernünftigen Preis, sauber und ohne dass einem einer am Eingang auf den Wecker ging. Einfach gut.

Alex fragte sich undeutlich, zu welcher Kategorie von Hotelgästen sie wohl gehörten, aber im Grunde war ihr das völlig egal. Bevor sie ausstieg, hatte sie ihre Kapuze übergezogen. Nach der wohligen Wärme im Wagen schlug ihr die Kälte wie eine Ohrfeige ins Gesicht. Doch sie wollte vor allem die Überwachungskameras vermeiden.

Das Zimmer erschien ihr eher klein, minimalistisch und anonym wie der Rest. Es gab nicht einmal die üblichen hässlichen Kunstdrucke, Blumensträuße, toskanische Landschaften oder venezianische Kanäle, sicherlich mit dem Mund und am Fließband von Behinderten in der Dritten Welt gemalt und in allen Motels und Altersheimen auf der ganzen Welt verbreitet. Wände beige, Decke beige, Tagesdecke beige. Neutral.

Das Bad sah aus wie eine nachgemachte Münztoilette, sie hatte sogar gedacht, dass es selbstreinigend sein könnte. Das Ganze wirkte auf sie wie eine Schiffskabine, eng, offensichtlich haargenau berechnet und höchst funktional. Sie war bereit, in See zu stechen, vielleicht für immer.

Der Typ erwies sich schnell als infantil und zeigte eine Vorliebe für Spiele. Jeder Art. Und so hatte er das Pseudowahrheitsspiel vorgeschlagen, das es ihnen ermöglichen sollte, das eine oder andere Glas zu trinken und sich besser kennenzulernen.

Sie erfindet die unglaublichsten Geschichten, und so wie er sich zuschüttet, vermutet sie, dass auch er schummelt. Das passt zu ihm. Das ist eine Strategie. Um die Sache in Fahrt zu bringen, beginnen sie, unterstützt von den Joints und der Hitze, sich zu entblättern. Für jedes Lügenmärchen ein Kleidungsstück weniger. Und bei der Geschwindigkeit, in der sie lügen, geht das ziemlich schnell …

Als sie ihr T-Shirt auszieht, trifft ihn fast der Schlag. Und die Überraschung lässt ihn noch idiotischer aussehen. Das hat er anscheinend nicht erwartet.

Eine junge Frau mit komplett tätowiertem Körper, wie in schwarze Tinte gekleidet, alles geschrieben.

Da er kaum glauben kann, was er sieht, steht er auf, um sie zu berühren. Über sie gebeugt, versucht er, den Text aus der Nähe zu entziffern wie ein Kurzsichtiger, doch die kleinen und eng zusammenstehenden Buchstaben entziehen sich der Lektüre. *No Access.* Daher setzt er sich wieder hin und erinnert sich in einem bunten Durcheinander an einen Dokumentarfilm über die Yakuza und daran, wie sehr er gelitten hatte, als er sich bei einem *Spring Break* in Cancun eine Eidechse aufs Schulterblatt tätowieren ließ, und auch ziemlich vage an einen japanischen Erotikfilm, bei dem er gewichst hatte, als er noch ein Teenager war. Und er ist stark erregt. Diese Schnalle ist bestimmt saugeil, sie macht sicher eine Reihe von verrückten Sachen im Bett. Um das rauszukriegen, muss er die Partie beschleunigen.

So finden sie sich nach schamlosen Lügen schnell auf den Laken wieder, mitten im Vorspiel. Drängende Zungen, erkundende Küsse, lüsterne Liebkosungen, gierige Umarmungen. Alles scheint gut zu laufen, als der Typ abrupt innehält, plötzlich unruhig …

»Wo ist meine Krawatte?«

Alex erstarrt auch sofort, ernüchtert. Doch er kümmert sich nicht um sie, springt aus dem Bett, rennt im Zimmer hin und her, fiebrig, die Augen auf den Boden gerichtet, wie ein Bluthund.

Auf einmal ist ihr klar, was er mit ihr vorhat. Er will sie erwürgen.

Sie richtet sich auf und sitzt auf dem Bett, bereit, ihn zu empfangen. Ihr Herz pumpt schwarzes, mit Adrenalin angereichertes Blut. Sie atmet tief durch, ruhig, beherrscht, will ihm allen Widerstand entgegensetzen, zu dem sie in der Lage ist, und ihre letzten Kräfte für diesen ultimativen Kampf mobilisieren. Das lässt sie nicht mit sich machen, das nicht!

Er findet schließlich, was er sucht, kehrt zum Queensize-Bett zurück und schickt sich an, vor ihr stehend und mit einem triumphierenden Lächeln, nach allen Regeln der Kunst die Krawatte um den eigenen Hals zu binden.

Dieser Typ mit seinem herabbaumelnden Pimmel und seiner gestreiften Krawatte bietet aus der Froschperspektive alles andere als einen prächtigen Anblick. Doch sie betrachtet ihn, ohne sich etwas anmerken zu lassen, mit einem lüsternen Ausdruck, den er als Ermutigung versteht, da er sogleich wieder einen Ständer bekommt. Sie verliert ein wenig von der Spannung, die sie zusammenpresst, und stellt für einen Augenblick ihr Erwürgeszenario zurück. Das Programm geht anscheinend weiter.

»Vertrau mir, du wirst es mögen!«

Sie ist eher skeptisch, will aber sehen, was kommt.

Als er sich auf ihr ausstreckt, berühren die beiden Enden seiner Krawatte sanft ihre Brust. Wie zwei lange, nach der Paarung erschöpfte Mollusken.

»Greif zu! Nimm die Enden und zieh sie fest. Das wird eine Wahnsinnserektion auslösen, wie du sie noch nie gesehen hast. Das wird dir gefallen, ich werde dich so richtig rannehmen! Ich bin sicher, dass du noch nie so gefickt worden bist!«

Alex wäre es lieber, wenn er die Klappe halten würde. Was das Ficken betraf, so war sie schon auf ihre Kosten gekommen, und nicht nur ein wenig. Und der Versager, der auf ihr liegt, ist wirklich nicht besonders ausgestattet, das ist gewiss …

Ein roter Schleier zieht an ihren Augen vorbei. Sie würde ihm am liebsten die Faust in die Fresse rammen und ihm die Eier mit den Zähnen abreißen. Um ihm eine Vorstellung von dem zu geben, was sie ihr in der Hütte angetan haben, und auch von dem, was sie dort getan hat. Ihr Blick vernebelt sich, ihr Herz rast und pumpt schweres Blut der Wut durch den Körper. Sie beißt die Zähne zusammen und atmet langsam durch die Nase, um sich zu beruhigen, um sich zurückzuhalten. Nicht jetzt. Nicht sofort. Sie muss sich noch ein bisschen kontrollieren.

Es gelingt ihr, die Bestie zum Schweigen zu bringen und sie wieder ganz unten in ihren Käfig einzuschließen. Dann spielt sie ihre Rolle weiter. Die einer leicht verrückten und beschränkten jungen Frau, zu allem bereit für einen Scoop, selbst dazu, backstage einer ganzen Clique einen zu blasen, um ein einziges Autogramm zu kriegen.

Sie führt seine Anweisungen buchstäblich aus, wickelt die beiden Enden aus Moiréstoff um ihre Fäuste, um einen festen Griff zu haben, und beginnt zu ziehen.

Aus Neugier. Um an einer Art Experiment teilzunehmen. Ein wenig so wie die Assistentin eines Zauberers, die wie eine Idiotin weiterlächelt und fröhlich mit der Hand winkt, während er sie bei lebendigem Leib zersäbelt. Und damit dieser Arsch aufhört, große Reden zu schwingen, und endlich zur Sache kommt. Er wird offensichtlich immer hitziger.

»Komm schon, los! Sei nicht schüchtern! Hab keine Angst! Ich werd dich zum Schreien bringen, du Schlampe, und du wirst nach mehr verlangen!«

Nein, bestimmt nicht, sie hat keine Angst. Schon gar nicht vor diesem armseligen Typen, der sie als Schlampe beschimpft, um seine Männlichkeit auf Touren zu bringen. Und nein, keine Chance, dass sie ihn bittet, es noch einmal zu machen. Daher beschränkt sie sich darauf, die Ratschläge zu befolgen, und zieht noch stärker. Er schließt die Augen, völlig mit seinen Empfindungen beschäftigt.

Sie betrachtet sein Gesicht, das langsam rot anschwillt. Er beginnt übermäßig zu schwitzen und flüstert ihr wie ein Asthmatiker weiter seine ekelhaften feuchten und heißen Anfeuerungen ins Ohr, während er sich faul an ihrem Bauch reibt. Sie spürt, wie sein Schwanz härter wird. Sein Stöhnen verwandelt sich in schmerzhaftes Keuchen und dann in ein Röcheln.

Mit am Körper anliegenden Armen und angewinkelten Ellbogen hält Alex vorsichtig die Spannung der Schlinge aufrecht. Er spreizt ihre Beine etwas mehr und beginnt, sich einen Weg in sie zu bahnen.

Sie schließt die Augen, um ihn nicht zu sehen, und hebt ein wenig das Becken, um ihm die Aufgabe zu erleichtern. Mit den Schenkeln drückt sie seine Hüften zusammen, er findet allmählich, crescendo, seine Betriebsgeschwindigkeit und nagelt sie auf dem Bett fest wie ein Presslufthammer.

Sie löst sich von ihrem Körper. Gewinnt an Höhe und beginnt, im Zimmer zu schweben. Sieht sich auf den Laken, stöhnend, auseinandergerissen. Wie ein hirnloser Laborfrosch, der zu seiner Vivisektion aufgespießt wird.

Dann wird sie in die Hütte versetzt und trifft dort das kleine, vor Entsetzen heulende Tier, das sie aus ihr gemacht haben.

Der Typ kriegt kaum noch Luft. Er erstickt, sein Körper wird auf ihr immer schwerer. Der Rhythmus der Nähmaschine wird langsamer, unregelmäßiger, zerfällt. Er gibt ein langes katarrhalisches Röcheln von sich und bricht plötzlich auf ihr zusammen.

Es wird wieder still. Er rührt sich nicht mehr. Nur sein Herz pocht noch schwach in seiner Brust und übermittelt sein Wummern an Alex' Körper. Er hat das Bewusstsein verloren.

Sie lockert ihren Griff nicht und zieht die Garotte weiter zu. Bis sie den Nacken wie morsches Holz knacken hört. Dann spürt sie, dass der Hass, den sie seit Stunden in sich trägt, anschwillt und sie überschwemmt. Sie kann ihn nicht mehr eindämmen und lässt ihn aus allen Poren schießen.

Dieser Hurensohn wollte sie erst vögeln und dann umlegen! Er war sich nicht zu blöd dafür! Und hat sich für einen Gratisfick in einem schäbigen Hotel zum Idioten gemacht!

Dann stützt sie den Kopf des Saukerls mit ihrer rechten Hand und schlägt ihm mit der linken Faust ins Gesicht, mit harten, gezielten Schlägen, die in der Stille knallen und Augenbraue, Nase und Wangenknochen zerschmettern. Sie will das Gesicht verschwinden lassen, auslöschen, in Luft auflösen. Ihre Finger, deren bleiche Knöchel mit Blut bedeckt sind, sind immer noch in die Krawatte gewickelt.

Sie wechselt die Hand und nimmt sich die andere Seite des Gesichts vor. Ein Arsch weniger, der nicht mehr in sein schlammiges Nest zurückkehren wird, um dem anderen zu erzählen, wie er sie gefunden und welche Schweinereien er mit ihr im Bett angestellt hat, bevor er mit ihr abrechnete.

Sie schnappt mit offenem Mund nach Luft wie ein Fisch auf dem Trockenen. Ihr Körper droht zu explodieren. Sie schluchzt, schlägt aber weiter zu. Ein Schlag, dann noch einer. Und dann nichts mehr.

Kapitel 2

quedefoisjaiepielacouleuvresurlesplagesembourbeesdesau
lonsquinentendentquelecrimonotonedelafoulqueetlege
missementfunebredugrebequedefoisjaietoiledunebou
gielesgrottessouterrainesdasnieresoulastalactitedistillea
veclenteurleternellegouttedeaudelaclepsydredessieclesque
defoisjaihurledelacornesurlesrocsperpendiculairesdeche
vremorteladiligencegravissantpeniblementlecheminatrois
centspiedsaudessousdemontronedebrouillardsetlesnuits
memelesnuitsdetebalsamiquesetdiaphanesquedefoisjaigi
guecommeunlycanthropeautourdunfeuallumedanslevalher
buetdesertjusquacequelespremierscoupsdecogneedubuche
ronebranlassentleschenesahmonsieurcombienlasolitudea
dattraitspourlepoetejauraiseteheureuxdevivredanslesboiset
denefairepasplusdebruitqueloiseauquisedesalterealasource
quelabeillequipicorealaubepineetqueleglanddontlachutecre
velafeuillee

4. November 2006, Metz, Le Donjon

Anton geht in die Kneipe, in der die Stammgäste bereits die volle Länge der Theke einnehmen. Er setzt sich ans Ende, neben die Tür zur Küche. Dann begrüßt er den Wirt, der gerade Gläser spült.

»Hallo, Fred! Hast du Alex heute schon gesehen?«

Er versucht, einen entspannten Ton anzuschlagen, doch seine tonlose Stimme verrät seine Sorge.

»Ja, sie ist heute Morgen vorbeigekommen, gegen zehn Uhr, für ihre übliche Kaffee-Zeitungs-Arbeit. Sie hat fast eine Stunde hinten in der Nische gesessen, da, wo sie immer ihre Artikel schreibt, gegenüber vom Fenster. Eines Tages werde ich eine Tafel mit ihrem Namen an der Bank anbringen, weißt du, in etwa so wie an der Kirche! Sie hat ihren Text über das Konzert neulich getippt, Coco Robicheaux in der Chapelle de la Meuse. Ein echter Knaller! Was für ein Mann und was für eine Atmosphäre! Ich bedaure, dass ich die Bar nicht zugemacht habe … Wir beide hätten zusammen hingehen können. Ich sag dir, Anton, da haben wir echt was versäumt! Alex hat mir erzählt, dass sie ihn schon kennt, seitdem sie in Louisiana war … Hat sie dir das erzählt? Und sie hat einige Porträts über ihn gemacht, die sie in mehreren Magazinen untergebracht hat. Stell dir mal vor, sie will ihr Interview *Rock & Folk* oder der *Libération* anbieten! Unsere Alex schreibt in der *Libé!* Sie hat es super drauf, Atmosphären einzufangen! Als sie mir ihren Artikel vorgelesen hat, ist mir ein Schauder über den Rücken gelaufen … Aber heute Morgen wirkte sie etwas angespannt, ein bisschen gehetzt … Kurz vor Mittag ist sie gegangen und hat mir gesagt, sie müsse einen Zug kriegen. Und seitdem ist sie nicht wiedergekommen.«

Fred zwinkert ihm zu, sein freundliches Gesicht strahlt Anton an. Dann wendet er sich wieder dem Abwasch und seinen Gästen zu.

Anton stürzt sich erneut in seine trüben Gedanken. Verdammt! Was macht sie? Wo ist sie? Alex, die er Sascha nennt, wenn sie allein sind, sollte ihn am Nachmittag in seiner Wohnung treffen, nach einem Interview mit einem Musiker, einem ehemaligen Mitglied von Option 30, der ersten Gruppe von Trent Reznor. Ein Typ, den sie am Abend des Cajun-Konzerts getroffen hat. Sie hat ihm nicht mal die tägliche Mail geschickt. Um abzusagen, um zu berichten oder um ihm einfach zu sagen, wo sie ist …

Fred sieht, wie Anton düster in seiner Ecke hockt, und kommt näher.

»Zieh nicht so'n Gesicht, Anton! Alex ist ein großes Mädchen. Ich wette, sie taucht bald auf. Sie gehört nicht zu denen, die uns an einem Samstagabend sitzen lassen. Ich glaub nicht, dass sie viele ausgelassen hat, seitdem wir sie kennengelernt haben! Also, hör auf, darüber nachzudenken. Ich bring dir einen Bushmills, der wird dich wieder aufmuntern!«

Anton weiß sehr wohl, dass Sascha es nicht mag, wenn er zu sehr an ihr klebt. Sie hat ihm bereits vorgeworfen, er würde sie überwachen, ihm deutlich zu verstehen gegeben, dass er sich nicht zu sehr an sie klammern soll und dass es keinen Vertrag zwischen ihnen gibt. Sie hat auch die Manie, fast jeden Tag ihre Zugangsdaten zu ändern, was es oft unmöglich macht, sie zu erreichen. Nach einem dämlichen Streit ist sie schon einmal über eine Woche verschwunden, ohne dass er wusste, wo sie steckte. Er hat sie übrigens nie danach gefragt. Zu glücklich, dass sie völlig unerwartet wiederkam. Zu ängstlich, dass sie für immer geht.

Fred stellt ihm einen zweiten Whisky hin, eine Runde auf Kosten des Hauses. Dann beugt er sich zu Anton vor, den er an diesem Abend besonders missmutig findet.

»He, du hast doch eine Katze … Du kommst doch nicht auf die Idee, ihr ein Halsband anzulegen und mit ihr spazieren zu gehen … Und wenn sie sich drei, vier Tage herumtreibt, um ihr Katzenleben zu leben, klingelst du nicht bei den Nachbarn und fragst, ob jemand sie gesehen hat. Du wirst nie jeden Schritt deiner Herumtreiberin kennen, auch nicht all ihre nächtlichen Streifzüge, und du hast dich daran gewöhnt! Und genau so, wie sie ist, liebst du sie! Sonst hättest du einen Yorkshire, einen Pudel oder einen Bichon! Nun, mit Alex ist es so ähnlich. Hübsch, sympathisch und sogar liebevoll, wie du weißt, aber auch sehr unabhängig, voller Geheimnisse und Mysterien … Manchmal verschwindet sie für eine Weile, damit muss man leben, denn man weiß ja, dass sie immer wieder auftaucht … Weil es Leute wie uns gibt, die sie mag … Und wir sind damit zufrieden! Also *Don't worry, be happy*, und zieh nicht so ein Gesicht!«

Anton weiß, dass Fred recht hat. Fünfundzwanzig Jahre hinter einer Theke, zuhören, teilhaben, trösten, da bekommt man schon eine gute Menschenkenntnis, das macht einen zum Psychologen und Philosophen, der kompetenter und fähiger ist als alle Hochschulabsolventen mit ellenlangen Abschlüssen. Fred ist so gut, dass er glatt *Doctor honoris causa* in diesen Fächern sein könnte. Das ist ihm zur zweiten Natur geworden. Manchmal amüsiert Anton sich damit, ihn Macha Grégoire zu nennen. Nur, um ihn lächeln zu sehen. Denn Fred hat eine Glück bringende Zahnlücke.

Und es stimmt, wenn seine Katze Pandora ohne Vorwarnung fortgeht, um sich mit allen dreckigen Katern des Viertels herumzutreiben, muss er sich damit abfinden. Und wenn sie völlig zerzaust von ihrer Tour durch die Mülleimer zurückkommt, sich schnurrend an seinen Beinen reibt und ihn mit ihren zauberhaften himmelblauen Augen anschaut, macht er sich daran, sie zu streicheln und ihr alle möglichen lächerlichen Namen zu geben. Sie lässt sich das gefallen, aber mit Sicherheit denkt sie sich ihren Teil. Und hält ihn vermutlich manchmal für geistig zurückgeblieben. Doch wenn sie zurückkommt, eilt er in die Küche und füllt ihren Fressnapf. Eine gute Dose, um ihre Rückkehr zu feiern. Ah, die Schmusekatze …

»Los, Anton, hör auf zu grübeln und wähl die 22-01, die 07-12 und die 33-07!«

Er nimmt die Münze für die Musikbox, die Fred ihm hingelegt hat, und tippt die Zahlen einer erfolgreichen musikalischen Dreierwette ein. Der Kneipenphilosoph setzt noch einen drauf, die Therapie geht weiter: »Heart of Gold« von Neil Young, »Dust in the Wind« von Kansas und »Black Magic Woman« von Santana … Anton wirft ihm einen Seitenblick zu, hebt den Daumen, um ihm zu zeigen, dass er die Botschaft verstanden hat, und bestellt dann einen dritten Bushmills, sicher, dass damit seine Sorge einen Dämpfer bekommen wird.

Kapitel 3

assezmedisaisjeamoimemeengravissantpeniblementleflanc
dunemontagneescarpeequiselevaitdepuislesrivesdunfleuve
paisibleassezmerepetaijeenhumantlhaleinerésineusedunbos
quetdesapinsparticulierementodorantedanslafraicheurdu
crepusculeassezmedisjedenouveauenmasseyantsuruntertre
moussuquisurplombaitlefleuvelesyeuxfixessurlesvagues
sombresetparesseusesquedominaientlestigesvertclairdes
joncsassezassezremueassezerreilesttempsderentrerensoime
medeseprendrelateteadeuxmainsetdordonnerasoncoeurde
neplusbattre

4. November 2006, Nancy, Hotel, Zimmer 107

Ein widerlicher Geschmack nach Schlamm im Mund. Hände schwer auf ihren Schultern, die sie unter das braune, undurchdringliche, dickflüssige Wasser drücken. Ihr aufgelöstes Haar bildet einen dunklen Schleier über ihrem Kopf und verwehrt ihr den Blick auf die Oberfläche. Ihre Lunge ringt mit dem Tod, glühend. Ein Schluck Luft. Nur einer. Sie stirbt. Sie kämpft. Ihre Beine wirbeln das schmuddelige Wasser auf, panisch. Vergeblich. Ein letztes Aufbäumen ihres erstickten Körpers befreit sie schließlich. Sie kommt hoch, taucht auf und schnappt gierig nach Luft. Schlägt die schwarzen Augen auf.

In der Mitte einer traurigen Decke aus beigefarbenen Platten hängt eine gefälschte Inox-Designerleuchte, die kaum größer als die ausgeschaltete Glühlampe ist, die sie umhüllt, und ihr sehr nah und drückend erscheint. Die Luft ist muffig, stickig und abgestanden, ranzig wie schlechter Mundgeruch. Das Atmen fällt schwer. Abgestandener Alkohol, kalter Tabak, Sex.

Auf dem Tisch, der unter das einzige Fenster des Zimmers geschoben ist, langweilen sich zwei halb geleerte Gläser, in denen Zigarettenkippen und aus Pappe gerollte Filter von Joints schwimmen, ein überquellender Aschenbecher und drei Flaschen, die zwar nicht ganz leer sind, aber guten Zuspruch gefunden haben. Ein schlecht komponiertes, unausgewogenes und versifftes Stillleben.

Das enge Zimmer ist überheizt und feucht. Das weiße Licht einer Parkplatzlaterne dringt durch die Lamellen der herabgesenkten Jalousien und zerreißt das Halbdunkel.

Ein Körper liegt auf ihr. Er zerquetscht ihre Brust und ihren Brustkorb mit all seiner abgestumpften Trägheit. Sie muss ihn loswerden, sie erstickt. Sie befreit sich, indem sie ihn zur Seite schiebt, und verharrt fasziniert in einem prekären Gleichgewicht zwischen Kontemplation und Ekel.

Es gelingt ihr nicht, den Kerl wiederzuerkennen, mit dem sie erst vor ein paar Stunden in dieses Zimmer und dann in dieses Bett gekommen ist. Oder vielleicht gestern. Er ist ihr nicht entwischt. Sie hat ihn kaltgemacht.

Sein Gesicht, aufgebläht, angeschwollen, mit starren und verdrehten Augen, hat nichts Menschliches mehr. Eine echte Karnevalsvisage, grotesk. Eine grinsende und lüsterne Maske, die eine für ihren Mund zu dicke lila Zunge ausstreckt und sie geil, schmierig und sabbernd anstarrt. Die um seinen Nacken geschlungene Krawatte verschwindet fast in den Falten seines Fleisches, sodass sein Hals wie eine leicht vorgeneigte Sanduhr aussieht.

Alex' Blick wandert nach unten und bleibt am Bauch des Typen hängen. Sie stößt einen langen bewundernden Pfeifton aus, als sie das immer noch gespannte, riesige, deplatzierte, irreale, schändliche Geschlecht entdeckt.

Sie erinnert sich nun an die höllische Erektion, mit der er angegeben hatte, und wie er in die ewigen Jagdgründe eingegangen ist mit seiner Wettkampfkeule, die von stark vorspringenden und fast platzenden Adern bedeckt war. Eine Anomalie, ein verstopftes Monster, eine Art Riesenwurm aus den Abgründen, den sie ungläubig anstarrt. Sie ist erstaunt über diesen aberwitzigen Irrtum der Natur, buchstäblich gefangen in seiner Betrachtung.

Und sie fragt sich, durch welches Wunder sich dieses abstoßende Ding in einem Hotel befinden kann, in diesem Bett, so weit weg von den unergründlichen Tiefen der Meere … Dann erschüttert sie ein heftiger Brechreiz: Sie realisiert, dass dieses Ding auch in sie eingedrungen ist! Sie kotzt auf die Laken, ein heißer und scharfer Strahl, und wird sich plötzlich der Situation bewusst.

Raus hier, und zwar schnell.

Sie lässt sich aus dem Bett rollen und sammelt auf allen vieren ihre Klamotten ein, die überall im Zimmer verstreut sind. Der Teppich stinkt und scheint an ihren Knien zu kleben. Sie stellt sich vor, dass er mit allen möglichen Flüssigkeiten getränkt ist, die von den Gästen verschüttet und abgesondert wurden, die in diesem Scheißzimmer aufeinander gefolgt sind, voller Schuppen, belebt von Milbenkolonien, die sich davon ernähren.

Neuerliche Übelkeit. Sie zieht sich an und schlüpft in ihre Doc-Martens-Schuhe, ohne die unbewegliche Gestalt aus den Augen zu lassen, die sich schamlos auf dem Bett zur Schau stellt. Sie schnappt sich ihren Rucksack, stopft die Haare in die Kapuze ihrer Sweatjacke, die sie über die Stirn zieht, öffnet geduckt die Zimmertür und schließt sie wieder hinter sich, bevor sie sich mithilfe der Türklinke aufrichtet.

Ein neuerlicher Schwindelanfall. Alles beginnt zu schwanken. Sie lehnt sich an die Wand, schließt die Augen und atmet vorsichtig, um zurückzudrängen, was wie der Beginn von Unterzuckerung wirkt. Der THC-Effekt. Das ist wirklich nicht der Moment, auf diesem vergammelten Flur zusammenzubrechen, mit der Leiche hinter der Tür. Andere Typen werden sich um die Abwesenheit von dem da Gedanken machen.

Bloß weg, abmarschieren, sich an den geometrischen Mustern des Teppichs ausrichten, um den Weg zu finden. Doch das ist keine gute Idee. Das zwingt sie, zu schielen, den Kopf zu verdrehen. Daher schließt sie die Augen und geht weiter, indem sie mit dem Körper an der Wand entlanggleitet, mit einer vorwärtstastenden Hand, wie eine Blinde.

Niemand, kein Gast, kein Rezeptionist in diesem Selbstbedienungs-Low-End-Hotel, in dem eine Kreditkarte als Tag-und-Nacht-Portier dient. In der Eingangshalle mit einem einzigen braunen Skailedersessel, in der sich weder Rezeption noch Empfang befinden, werfen ihr zwei Chips- und Schokoriegelautomaten mit ihrem weißen Neonlicht verführerische Blicke zu. Sie hätte gern ein bisschen Zucker, um ihr System in Schwung zu bringen, da sie seit zwei Tagen nichts Ordentliches gegessen hat. An der Stelle ihres Magens klafft ein Loch, außerdem hat sie Gummibeine und ein Gehirn, das wie Wackelpudding in ihrem Schädel schwappt.

Ein Gefühl von Seekrankheit … nur ohne See.

Alles, worauf es ankommt, ist, hier zu verschwinden, bevor die anderen aufkreuzen. Also drückt sie den Schließmechanismus der Tür auf und findet sich draußen wieder, benommen, gebeutelt von der eisigen Luft und dem Verkehrslärm auf der Kreuzung, dem grellen Licht der Scheinwerfer.

Überall um sie herum erheben sich Wohnblöcke, die sie noch nie aus der Nähe erblickt hat. Doch sie kennt sie. Aus der Ferne, von unten, hat sie sie schon Hunderte Male gesehen, von der Autobahn aus, die durch das Tal führt. Eine Skyline in 2-D, pastellfarbene, horizontale und vertikale Rechtecke, die sich den bewaldeten Hügel hinaufziehen. Es gab auch eine nächtliche Expedition mit einem Kollegen von der Uni, um Gras in einer der Hochhauswohnungen zu kaufen. Hier oder vielleicht woanders. Aber diese Viertel sehen alle gleich aus, sie kann sich irren.

In ihren Taschen tastet sie nach einer Schachtel Zigaretten. Noch zwei Kippen, völlig zerknittert. Hastig zieht sie eine heraus und rollt sie zwischen ihren schmerzenden Fingern. Der erste Zug schießt ihr direkt in den Kopf. Erneut Übelkeit. Sie schließt die Augen, möchte sich liebend gern hier hinlegen, direkt auf den Asphalt. Der warme Schlamm des Sumpfes, den sie am liebsten nie verlassen hätte, kommt ihr in den Sinn. Sie wünscht, sie könnte sich darin einrollen, einkuscheln, sich hineinversenken. Um nichts mehr zu spüren und alles vergessen zu können. Verschwinden, ein für alle Mal. Damit die Jagd aufhört. Vorhang. Endlich.

Ein wütendes Hupen lässt sie wieder die Augen öffnen und reißt sie brutal aus ihrem Traum vom Nichts. Sie ist nur noch angewidert. Angewidert von dem, was sie ihr angetan und was sie sie zu tun gezwungen haben.

Ein flüchtiger Gedanke an das arme Mädchen, das morgen früh Zimmer 107 putzen muss und den priapischen Satyr finden wird, ausgestreckt auf den schmutzigen Laken. Ein überarbeiteter Manet. *Olympia.* In männlicher Version. In Trash-Version. Sie hätte ihn zudecken sollen, bevor sie ging. Oder ihn auf den Bauch drehen. Egal. Zu spät. Es kommt nicht in Frage, dorthin zurückzukehren. Sie muss den Parkplatz des Hotels verlassen, diesem beschissenen Tag den Rücken zuwenden und nach Hause gehen.

Nach der ungesunden und fiebrigen Hitze im Zimmer lähmt die Kälte sie, lässt sie die Zähne zusammenbeißen. Nur ihre trockenen Lippen öffnen sich, um an der glühenden Kippe zu ziehen.

Sie hat keine Ahnung, wie spät es ist. Wie lange sie wohl im Koma gelegen hat? Keine Uhr, kein Handy. Dieser Tag scheint sich zu strecken. Oder sich zusammenzuziehen. Sie ist sich über nichts mehr sicher.

Sie sieht sich wieder in ihrer Bude heute Morgen, ihren Kaffeebecher und die Beschwörungsmusik von Joy Division. Und nun ist es dunkle Nacht.

Anfang November. Es könnte sechs oder sieben Uhr am Abend sein, und all diese Leute im Auto kommen vom Einkaufen oder von einem Kinobesuch am Nachmittag zurück. Oder es ist bereits neun oder zehn Uhr, und die Leute brechen auf in ein Restaurant oder zu einem Kneipenbummel. Und wenn das der Fall ist, sind die Chancen, einen Zug nach Hause zu erwischen, nicht sehr groß …

Sie muss sich in Bewegung setzen. In dieser Kälte, die ihre Füße steif werden lässt und zum Angriff auf die Knöchel übergeht, wird sie es nicht lange aushalten. Sich konzentrieren, in die Stadt hinuntergehen, am Bahnhof ankommen, bevor die Kumpel des Toten auftauchen.

Ein Blick nach rechts zeigt ihr eine erleuchtete Bushaltestelle. Ein Leuchtfeuer in diesem Ozean aus Beton. Sie tritt die Kippe aus, zieht den Reißverschluss ihrer Sweatjacke hoch, steckt den Kopf zwischen die Schultern, vergräbt die schmerzenden Fäuste in den engen Taschen ihrer Jeans. Los geht's.

Einhundertfünfzig, zweihundert Meter bis zu der Glashütte. Eine Odyssee. Wie ein betrunkener Seemann, der mit den Windböen auf einem überschwemmten Pier einen Pas de deux tanzt, taumelt sie vorwärts, indem sie von Schräglage zu Schräglage einen Schritt nach dem anderen macht. Die Zunge zwischen die Lippen geklemmt, um aufmerksam zu bleiben, bemüht sie sich, entlang der geraden Linie des Rinnsteins Kurs zu halten. Ein kleiner Alter, der seinen Hund ausführt, macht einen großen Bogen, um ihr aus dem Weg zu gehen, und erwürgt fast seinen kleinen Liebling, als er brutal an der Leine zieht … Sie muss furchterregend sein. Das ist gar nicht so schlecht.

Sie geht auf das Leuchtfeuer zu, den einzigen Orientierungspunkt in der Dunkelheit. Koste es, was es wolle. Instinktiv. Wie eine Motte, die vom Licht angezogen wird. Der Reiz der Glühbirne. Egal. Selbst wenn sie im Schatten bleiben muss, um sich zu verbergen. Denn sie sind da, nicht weit weg. Sie sind ihretwegen gekommen.

Endlich das Licht. Und ein Fahrplan, den sie nur schlecht lesen kann. Ihr verschwommener Blick wird vom Neonlicht geblendet, ihre Pupillen sind nicht in der Lage, sich auf einen Punkt zu konzentrieren. Samstagabend. Alle halbe Stunde ein Bus. Hoffentlich hat sie nicht falsch geguckt. Sie zieht sich in der eisigen Luft zusammen, die sie allmählich erstarren lässt. Die Kälte umklammert nun ihre Kniescheiben.

Sie stampft mit den Füßen, um die Durchblutung ihrer Beine zu aktivieren, bläst kleine Wolken aus warmem Nebel in die Hände. Dann zählt sie im Kopf bis sechzig, immer wieder, um die Minuten zu messen und einen Anschein von Kontrolle über die Zeit zu bekommen, die ihr den Tag über entglitten ist und ihr nach und nach die Möglichkeit nimmt, den letzten Zug zu erreichen, der sie nach Hause bringen soll.

Drei junge Typen kommen zu ihr in die gläserne Schutzhütte. Mustern sie einen Moment, beratschlagen, drängen sich zusammen und bauen sich vor ihr auf. Rücken ihr auf die Pelle.

»He, du Tussi! Hat dir keiner gesagt, dass es nicht schlau ist, sich nachts ganz allein in dieser Gegend rumzutreiben?«

Ihnen eine hammerharte Antwort geben, ihnen ein Ding verpassen, das ihre Schnäbel zunagelt und sie alle drei pulverisiert. Pffft! Das würde sie gern tun. Aber reden ist im Moment nicht drin.

Also hebt sie den verstörten Blick und ihr aufgedunsenes, nahezu verwüstetes Gesicht. Und das genügt, ihnen ihr blödes Grinsen und ihr zweitklassiges Machogefasel zurück ins Maul zu stopfen. Sicher werden sie sich bald fragen, wer mehr in Gefahr ist. Sie sieht sie weiter an, ihr schwerer Blick wandert von einem zum anderen. Auch streicht sie über ihre Fäuste, deren aufgeschlagene Gelenke sie sehen, und strafft die Wangen, indem sie die Zähne zusammenbeißt. Bis sie aufgeben, in die andere Ecke der Haltestelle abziehen und anfangen, über Musik zu sprechen, indem sie die Ohrstöpsel eines Mini-Headsets austauschen.

Sicherlich wohnen sie in der Gegend und kennen zwangsläufig die Abfahrtszeiten. Das beruhigt sie. Der Bus müsste bald kommen. Sie setzt sich und beginnt wieder zu zählen, von eins bis sechzig, so wie man einen Rosenkranz herunterbetet, mechanisch, wie eine Litanei.

Ängstlich schaut sie zum oberen Ende der Straße, darauf gefasst, ein Auto auftauchen zu sehen, das vor ihr anhält, aus dem ein Fiesling springt und sie zwingt einzusteigen, ohne dass sie sich dagegen wehren könnte. Doch es ist der Bus, den sie an der Kreuzung auftauchen sieht. Hell erleuchtet kommt er den Hügel herunter, und ihr Herz beginnt ein wenig schneller zu schlagen.

Als er anhält, lässt sie die drei Typen vorgehen, die dem Fahrer ihre Dauerkarten zeigen und sich nach ganz hinten verziehen. Mit tauben Fingern zählt sie fieberhaft ihr Geld, kauft ein Ticket und stellt eine kurze und höfliche Frage. Ja, er hält am Bahnhof. Neuer Aufruhr im Inneren. Kleine Blasen der Erleichterung, die überall in ihrem Schädel knistern.

Sie setzt sich nach vorn, direkt hinter die Scheibe, die sie vom Fahrer trennt, schließt die Augen, um dem grellen Licht zu entgehen, und versucht, die sich anbahnende Unterzuckerung einzudämmen. Der Bus ist gut geheizt, und die sanfte, pulsierende Wärme, die aus einem Gitter unter ihren Füßen aufsteigt, hilft ihr, sich zu entspannen.

In den Tiefen ihrer Tasche findet sie einen alten Kaugummi. Das Alupapier ist zerrissen, teilweise verklebt, und Tabakkrümel kleben an dem grünen Streifen. Schmerzhaft beleben sich ihre Speicheldrüsen beim Kontakt mit der mentholhaltigen Süße. Die

Kiefer sind im Kaumodus, aber noch nicht bereit zu kauen. Nach und nach wird ihr Körper weicher.

Eingelullt vom Geräusch des Motors, dem sanften Schaukeln, den undeutlichen, aber beruhigenden Gesprächsfetzen, die sie erreichen, könnte sie beinahe einschlafen … Diskret massiert sie ihre Fingergelenke, die langsam anschwellen und blau werden.

Bei jeder Haltestelle füllt sich der Bus etwas mehr mit jungen Leuten, die die Schlafstädte verlassen, um sich in der Stadt auszutoben. Sie hat nun das flüchtige Gefühl, wieder zu dieser kosmopolitischen Gruppe zu gehören, die sich darauf freut, an einem Samstagabend auf die Piste zu gehen. Für ein paar Stunden der Unbeschwertheit würde sie alles geben, für eine Ruhepause, dafür, dass sie aufhören, sie zu quälen, dass sie nicht ständig auf der Hut sein muss. Doch all dies ist vorbei. Zu spät.

Draußen wird die Stadtlandschaft immer vertrauter. Ihr Herz beginnt höherzuschlagen, als sich die Gebäude abzeichnen, die den Bahnhofsplatz überragen. Bald muss sie aufstehen und zur Ausstiegstür gehen. Sie setzt die Ellbogen ein und stürzt nach draußen. Davon hängt ihr Leben ab.

Ein neuer Schlag eisiger Luft. Es friert an diesem Abend. Nicht der Moment, hier hängen zu bleiben. Obdachlose krepieren auf den Bänken. Und wenn es nicht die Kälte ist, die sie umbringt, sind es die Arschlöcher, die Spaß daran haben, ihnen Rohrreinigungsmittel in Gesicht, Mund und Ohren zu gießen. Das hat sie letzte Woche in den Nachrichten gehört. Genau hier ist das passiert, ein paar Schritte weiter. Was für eine Scheißwelt!

In der grell erleuchteten Bahnhofshalle haben das Relay H und die überfüllte Brasserie noch geöffnet. Angespannt wirft sie einen Blick auf die große Uhr in der Mitte. Wie vor der Verkündung eines Urteils.

21.37 Uhr! Sie kann den 21.41er noch erreichen. Doch ihre Erleichterung hält nicht lange an. Der Bus hat sie zwar ein wenig aufgemöbelt, aber sie fühlt sich nicht in der Lage, gegen die Zeit zu rennen. Nicht heute Abend. Doch der Zug, den sie nicht verpassen darf, wird als abfahrbereit angekündigt. Auf Gleis 7. Jetzt ist nicht die Zeit, auf der Strecke zu bleiben. Sie hat das Gefühl, alles zu geben und trotzdem nicht voranzukommen. Die Treppe nach unten ist endlos, und die untere Ebene wird immer größer. Wie in den Alpträumen. Nach einem verzweifelten Rennen springt sie schließlich in den erstbesten Waggon, der sich anbietet, und landet außer Atem, am Ende ihrer Kräfte, mit rasendem Herzen und zitternden Beinen auf einem der Klappsitze. Das Abfahrtssignal ertönt. Hinter ihr schließen sich die Türen.

Verdammt! *She made it!* Sie ist ihnen entkommen! Ein weiteres Mal! Mit Parkinson'scher Hand fischt sie in den Tiefen ihrer Tasche nach der Fahrkarte. Und nach ihrem MP3-Player. Sie muss jetzt dringend Musik hören. Um sich zu beruhigen, um sich zu erholen. »Water« von PJ Harvey, das während der dreißig Minuten Fahrzeit in einer Endlosschleife läuft.

Sie lässt sich verschlingen, aufsaugen von der hypnotischen und eigenwilligen Basslinie, einhüllen von der eindringlichen Stimme, die fleht, wimmert, beruhigt und erzählt. Die Hybris von Ikarus. Der unausweichliche Absturz. Die Rettung im Wasser. Die Anziehung der Tiefe. Sich in den Abgrund stürzen und jede Phase genießen können, die einen dem Grund näher bringt …

Als sie aussteigt, ist sie erholt und sogar gestärkt. Gewaschen, erfrischt, wie neu. Ihr Gang ist wieder geschmeidig geworden. Sie schwebt auf dem Asphalt wie auf Luftkissen.

Die kleinen Fenster an der Fassade des Donjon sind mit Feuchtigkeit bedeckt. Bruchstücke von lebhaften Gesprächen erreichen sie. Es ist voll heute Abend. Jeff Beck elektrisiert die Jukebox. Es ist ein bisschen so, als ob sie nach einer langen Reise nach Hause käme. Die Rückkehr der verlorenen Tochter zu den Ihren. Sie schluckt ihren Hass hinunter, atmet tief durch und zwingt sich zu lächeln. Die Nacht ist jung. Sie hat heute einen Mann getötet. Den dritten. Doch es ist ihnen gelungen, sie wiederzufinden.

Kapitel 4

chaquematinquandlesoleilselevepourlesautresenrepandant
lajoieetlachaleursalutairesdanslanaturetandisquaucundemes
traitsnebougeenregardantfixementlespacepleindetenebre
saccroupiverslefonddemacaverneaimeedansundesespoir
quimenivrecommelevinjemeurtrisdemespuissantesmains
mapoitrineenlambeauxpourtantjesensquejenesuispasattein
tdelaragepourtantjesensquejenesuispasleseulquisouffre
pourtantjesensquejeresirecommeuncondamnequiessaieses
musclesenreflchissantsurleursortetquivabientotmonterale
chafauddeboutsurmonlitdepaillelesyeuxfermesjetournelen
tementmoncoldedroiteagauchedegaucheadroitependantdes
heuresentieresjenetombepasraidemort

4. November 2006, Metz, Le Donjon

Die Tür öffnet sich, und Alex erscheint. Ihr Auftritt trifft die Bar wie ein elektrischer Schlag.

Die meisten Leute, die an der Theke hocken, richten sich auf oder versuchen es zumindest. Anton bildet keine Ausnahme. Er hebt den Kopf, reckt die Schultern und zieht den Bauch ein. Ein Reflex. Er spannt die Bauchmuskeln – oder zumindest sein »Abdal«-Shirt – an, die Sascha liebevoll ihr »Schokoruhekissen« nennt.

Sie hat schon mal besser ausgesehen. Er entdeckt sogar einen fiesen Zug in ihrem Gesicht. Sie wirft einen schnellen Blick über die Tische und dann auf die Theke. Er versucht, ihren Blick einzufangen. Magisches Denken, Telepathie: Wenn er sie intensiv genug fixiert, wird sie den Kopf in seine Richtung drehen und zu ihm kommen. Er hält sich für Mesmer. Doch sein Magnetismus funktioniert nicht, er hat an diesem Abend nicht das Fluidum … Ihr Blick schweift über ihn hinweg, ohne ihn zu beachten, wie über alle anderen. Sie befreit ihr Haar von der Kapuze und steigt auf einen Hocker.

Fred wirft Anton aus der Ferne einen Blick zu, der bedeutet »Ich hab's dir ja gesagt!«, und beugt sich auf den Zehenspitzen über die Theke, damit Alex ihm ein Küsschen geben kann. Er serviert ihr einen Picon Bière, stellt ihr Notebook vor sie hin und verschwindet in der Küche.

Sie spricht mit ihren Nachbarn, dann mit den Typen, die ihre Dartpartie unterbrochen haben, um sie zu begrüßen, gibt eine Runde aus, stößt mit ihnen an und macht sich hungrig an einen Teller mit dampfenden Nudeln, den Fred ihr gebracht hat. Noch immer kein Blick für Anton.

Er fühlt sich unsichtbar, vergessen, leer und versackt wieder in seinem Bushmills. Man kann nichts erzwingen, das weiß er, nichts beschleunigen, nichts auslösen … Sie würden sich an diesem Abend schon noch begegnen.

Dann erklingt Alex' Stimme, ein wenig rau, erkennbar unter allen anderen, leicht verführerisch.

»Hallo Leute! Will mich einer im Billard besiegen?«

Ein Dutzend Typen geht in Habachtstellung. Bereit für das Erschießungskommando, lösen sie ein Ticket für ihre eigene Hinrichtung. Und einige werden nach mehr verlangen. Für das Vergnügen, sie spielen zu sehen, so konzentriert, so zielgerichtet und vertieft, in der Lage, unmögliche Stöße über mehrere Banden mit unglaublichen Effets anzukündigen, die immer von Erfolg gekrönt sind. Ein Depp, der glaubt, sie in die Schranken weisen zu müssen, pflanzt sich vor ihr auf und wirft in die Runde:

»Ich mach dich fertig, wo du willst und wann du willst! Und nicht nur beim Billard …«

Anton, plötzlich wieder belebt, wäre zwar gern aufgesprungen, um ihm seine Faust in die Fresse zu schlagen, aber er weiß, dass der Typ schnell mit eingeklemmtem Schwanz von der Bildfläche verwinden wird, nachdem sie ihn abgezockt hat. Kriegsbeute.

Die dämliche Bemerkung dieses Irren, der in seiner Kneipenmännlichkeit vernagelt ist, scheint sie zu amüsieren. Sie zwinkert ihm verschwörerisch zu und lädt ihn mit einem vernichtenden Blick ein, sie zum grünen Tisch zu begleiten. Anton weiß, dass sie ihn auseinandernehmen wird, und beschränkt sich daher darauf, das Schauspiel zu genießen.

Er wird nicht müde zu sehen, wie sie sich am Tisch bewegt, ohne sich um ihre Gegner zu kümmern. *No quarter asked, none given!* Sie ist gnadenlos.

Im Allgemeinen lässt sie den Typen das Dreieck aufsprengen und gibt ihm somit die Chance, einen Vorteil zu erringen. Und wenn, unglücklicherweise für ihn, sein erster Stoß schlecht ausgeht und alle Kugeln auf dem Tisch bleiben, kommt er nicht mehr ins Spiel.

Cut-throat. Mindestens zwei Banden. Sie räumt den Tisch auf, indem sie mit der Spitze des Queues die Bahn der Kugel und das anvisierte Loch beschreibt. Die Ganzen und dann die Halben, in der aufsteigenden Zahl der Nummern, die eine nach der anderen verschwinden, wie sie es vorgesehen hat. Die 8, aufgehoben bis zum Schluss, bekommt in der Regel eine Sonderbehandlung, noch unglaublicher als die vorherigen, einen Mordsstoß, der die Typen erstarren lässt.

Sie ist göttlich. Derartig ins Spiel vertieft, dass sie nicht die Aufmerksamkeit bemerkt, deren Gegenstand sie ist. Eine Partie folgt auf die andere, der Verlierer zahlt seine Schuld, und das kann den ganzen Abend dauern.

Anton hat sich schon oft gefragt, wie sie mit derselben chirurgischen Präzision weiterspielen und dabei noch trinken kann. Auch das gehört zu ihren Geheimnissen …

Schließlich beendet sie das Massaker, gibt den Tisch frei, und zum ersten Mal an diesem Abend kreuzen sich ihre Blicke. Ein wenig schwankend kommt sie ihm entgegen. Ein schnelles Küsschen. Sie bestellt ihnen ein Glas.

»Du hattest wohl keine Lust auf ein kleines Duell auf dem grünen Tuch?«

Er selbst war zu Anfang, häufiger, als ihm lieb war, ein bereitwilliger Kandidat für diese nicht besonders spannenden, aber dennoch faszinierenden Billardpartien gewesen. Und er glaubt, dass er besser geworden ist, indem er ihr zuschaute und versuchte, hier und da bestimmte ihrer Stöße nachzuahmen. Doch jetzt überlässt er das lieber anderen und zieht entschieden ihre kleinen Duelle vor, die nicht in einer überfüllten Kneipe stattfinden …

Da er nicht weiß, was er sagen soll, beschränkt er sich darauf, sie zu beobachten. Sie wirkt ausgesprochen angespannt, sieht erschöpft aus. Daher ergreift er die Initiative.

»Willst du bei mir schlafen?«

Sie klebt sich an ihn, nimmt seine Hand und leert ihr Glas in einem Zug. Das heißt: Ja.

Kapitel 5

tousleshommespresentaientlaformerondeilsavaientledose
tlescotesrangesencerclequatrebrasquatrejambesdeuxvisage
sattachesauncourondetparfaitementsemblablesuneseuletete
quireunissaitcesdeuxvisagesopposeslunalautrequatreoreilles
deuxsexesleurscorpsetaientrobustesetvigoureuxetleurscou
ragesélevescequileurinspiralaudacedemonterjusquaucielet
decombattrecontrelesdieuxceuxcinepouvaientsupporteru
netelleinsolencealorszeussexprimaencestermesjecroisavoir
trouveditilunmoyendeconserverleshommesetdelesrendre
plusretenuscestdediminuerleursforcesjelesseparéraiendeux
parlailsdeviendrontfaiblesaprescettedeclarationledieufitlase
parationquilvenaitderesoudrecettedivisionetantfaitechaque
moitiecherchaitasunirdenouveauavecelledontelleavaitetese
pareeetlorsquellessetrouvaienttouteslesdeuxsenlaçaientmu
tuellementardemmentdansledesirdeseconfondreanouveaue
nunseuletredelavientlamourquenousavonsnaturellementle
sunspourlesautresilnousrameneanotrenatureprimitiveilfait
toutpourreunirlesdeuxmoitiesetpournousretablirdansno
treancienneperfectionpourguerirnotrenaturehumaine

5. November 2006, Metz, Antons Wohnung

Pandora begrüßt sie an der Tür mit einer Reihe von energischen Miaus und einigen Tanzschritten.

Sicherlich findet sie, dass es nicht die rechte Zeit ist, nach Hause zu kommen, und Anton in Begleitung von Alex kommen zu sehen, begeistert sie nicht wirklich. Sie muss ihn heute Abend mit ihr teilen. Doch das hindert sie nicht, sich gut zu betragen und zu schnurren, während sie sich an den Beinen der beiden reibt.

Anton fühlt sich ein bisschen idiotisch, weil er Sascha den ganzen Tag mit ängstlichen Mails bombardiert hat.

»Du kannst alles löschen, was ich dir heute geschrieben habe. Du kennst mich ja … Wir wollten uns treffen, du bist nicht gekommen, und ich habe mir alle möglichen Dinge vorgestellt, und …«

»Mach dir keine Sorgen, ich habe bestimmt nichts gekriegt … Du hast ja meine neue Adresse nicht!«

Antons Gesicht verzieht sich zu einem komischen Ausdruck, eine subtile Mischung aus Erleichterung – Alex wird nie erfahren, dass er ihr über ein Dutzend Mails geschickt hat – und Verärgerung; sie hat es an diesem Morgen nicht für nötig gehalten, ihm ihre neue Mailadresse zu geben. Und sie hat sich auch unerreichbar gemacht, indem sie ihr Notebook im Donjon ließ …

Eher schlecht als recht gibt er sich einen Anschein von Unbekümmertheit.

»Und dein Interview mit dem amerikanischen Musiker? Hat das was gebracht?«

»Nichts! Nada! Nib! Ich hab schnell gemerkt, dass dieser elende Wicht mir etwas vorgemacht hat und dass er genauso wenig wie ich in *Option 30* mit Reznor gespielt hat! So haben wir uns ein bisschen in einer Kneipe unterhalten, nicht lange, und als ich genug von seinem Gelaber hatte, hab ich mein Glas ausgetrunken, und Ciao! Dann hab ich mich, um den Tag nicht völlig zu verlieren, in einigen Läden mit alten Platten umgeschaut, du kennst mich ja … Und schließlich hab ich mich vom ersten Set einer irischen Gruppe im Pub am Bahnhof verlocken lassen, während ich darauf wartete, in den letzten Zug zu springen und dich im Donjon zu treffen. Das waren meine aufregenden und gefährlichen Abenteuer des Tages! Erlaubst du, dass ich nach alldem unter die Dusche gehe?«

»Na klar! Geh duschen!«

Alex füllt das Waschbecken mit eiskaltem Wasser, taucht ihre Hände hinein und fühlt ein schmerzhaftes Stechen. Sie bewegt ihre Finger einige Minuten wie auf einer Tastatur und spürt, wie die Kälte sie ein wenig erleichtert. Anscheinend nichts gebrochen, aber ihre Finger sind ganz schön geschwollen und sehr empfindlich.

Dann springt sie unter die heiße Dusche, die sie von diesem Scheißtag reinwäscht. Sie leert die halbe Gelflasche und benutzt einen Luffaschwamm als Waschlappen, schrubbt sich kräftig ab, um das kleinste Teilchen des Namenlosen zu beseitigen, mit dem sie den Nachmittag verbracht hat. Es kommt nicht in Frage, dass auch nur ein Atom in Antons Bett gelangt. Sie rubbelt sich kräftig ab und würde am liebsten die Haut austauschen. Sich häuten. Damit alles im Abfluss verschwindet. Der Typ, die Erinnerung an ihn. Und sie gleich mit.

Als sie das Bad verlässt, hat sie eine Gänsehaut, nimmt sich aber nicht die Zeit, sich abzutrocknen. Sie macht einen schnellen Umweg über die Anlage, um *Caravanserai* aufzulegen, das Album von Santana, das ihr am besten gefällt, weil es einen Einschlag von experimentellem Jazz hat und die Gitarre nicht zu sehr in den Vordergrund stellt. Und vor allem die ruhige, luftige und bezaubernde Ballade am Anfang, bei der sie jedes Mal bedauert, dass sie nicht länger ist, weil sie beim Hören so schön in die Ferne schweifen kann. *Play.*

Sie schlüpft unter die Bettdecke, wo Anton sie erwartet, und kuschelt sich rückwärts an ihn, an die Wärme seines Bauches und seiner Schenkel. Er erbebt seinerseits, hebt ihr Haar hoch und drückt einen leichten Kuss auf ihren Nacken.

Die Grillen von »Eternal Caravan of Reincarnation« beginnen mit ihrem Zirpen, dem sich bald das Saxofon anschließt, leicht dissonant wie die Klage eines Tieres. Dann die Basslinie, einfach, ein langsamer Rhythmus des Kamelreitens, die kleinen Glocken, die flüssige Gitarre, die Echos des Nachhalls, das Klavier. Sie hebt sofort ab und stellt sich vor, wie sie in einer Hängematte liegen, die sanft über den Baumkronen schaukelt, oder wie sie auf einem fliegenden Teppich ausgestreckt sind, der über Dünen schwebt …

Nun führt sie Anton sanft in sich hinein. Er bewegt sich nicht, lässt sie machen. Sie stecken zusammen, unbeweglich. Eine einzige Haut. Ein einziger Körper. Ein einziges Herz. Siamesische Zwillinge. Nur ihre Atemzüge, zurückgehalten, die sich beruhigen, um nur einen einzigen zu bilden. Sie bilden einen festen, dichten Block, der durch ihre vier Hände zusammengehalten wird. Weder Stöhnen noch unnütze Worte.

Kapitel 6

hrymrvientdelorientlamersenflejormungandsetorddans
saragedegeantleserpentsoulevelesflotslaiglepousseuncride
joielebecjaunedechirelescadavresnaglfarestlancelenavire
vientdelorientlesfilsdemuspellvoguentsurmerlokitientle
gouvernaillaraceentieredumonstrenavigueavecleloupsur
turselancedumidiaveclesflammestremblanteslesoleilres
plenditsurlesglaivesdesdieuxguerrierslesrocherscraquent
lesgeantstremblentlhommesuitlechemindelenferetleciel
sefendlemondedesgeantsmugitlesherosensanglantenttous
lacolonnedumondelesoleilcommenceasenoircirlaterresaf
faissedanslamerlesetoilesbrillantesdisparaissentduciellafu
meeflotteautourdufeudestructeurdumondelaflammegigan
tesquemontejusquauciel

5. November 2006, Gent

Alex hat den größten Teil der Fahrt geschlafen. Ein unruhiger, anstrengender Schlaf mit der übermächtigen Präsenz des Kerls von gestern. Mit seinem ekelhaften Grinsen, seiner Prahlerei, seiner widerlich geschwollenen Zunge, seinem für alle Zeiten monströs angespannten Schwanz, dem Gestank seines Schweißes, seines Spermas.

Sie wacht mit einem Ruck auf und stößt heftig seinen fidelen Leichnam zurück, der sie wieder besteigen will. Sogleich entschuldigt sie sich für den Tritt ans Schienbein, den sie dem ihr gegenübersitzenden Reisenden versetzt hat. Er bedeutet ihr lächelnd, dass ihm nichts passiert sei.

Sie fährt nach Gent, um Abstand zu gewinnen. Die haben sie wiedergefunden, kommen näher. Sie muss Bilanz ziehen. Die sind hinter ihr her. Sie weiß weder, wie viele ihr Junior dieses Mal hinterhergeschickt hat, noch, wann sie zuschlagen. Und noch weniger, wie sie es immer wieder schaffen, sie trotz aller Vorsichtsmaßnahmen aufzuspüren. Manchmal denkt sie, dass sie ihr einen Chip eingepflanzt haben, als sie ohnmächtig war, und das macht ihr Angst.

Am Bahnhof nimmt sie eine Straßenbahn in Richtung Patershol und zum Hostel, das in der Nähe der Wassergräben von Gravensteen liegt, der Burg der Grafen von Flandern. Sie hat dort für zehn Nächte ein Zimmer reserviert. Hier kommt sie oft unter, vor allem bei ihren regelmäßigen Treffen mit Bernd.

Sie lässt ihre Tasche im Zimmer und bricht zu einem Spaziergang in die Stadt auf. Angespannt ist sie, vergiftet von den Bildern des Hotels, von dem, was sie dort getan hat, von all den Erinnerungen, die zurückkommen, um sie anzugreifen und brutal wieder die Kontrolle zu übernehmen.

Der Tag ist grau und kalt. Es ist zwar erst Anfang des Nachmittags, doch schon bevor er richtig angefangen hat, neigt sich der Tag dem Ende zu. Sie macht einen Schlenker über den Groentenmarkt und geht dann ins Groot Vleeshuis, ein imposantes mittelalterliches Haus der Fleischergilde, in dem sich heute eine große Markthalle befindet.

Zerstreut durchstreift sie die Gänge und landet an einem Fischstand. Die toten Fische sehen sie mit ihren verwirrten und glänzenden Augen an. Am Ende der Auslage entdeckt sie eine riesige Holzschüssel, die mit lebenden Aalen jeder Größe gefüllt ist.

Und ihr Flanieren findet ein jähes Ende. Unterbrochen von diesem alptraumhaften und faszinierenden Anblick einer Hydra mit tausend Augen und einer Unmenge von Körpern, die sich ständig verflechten und voneinander lösen, sich zu einem labyrinthischen und unentwirrbaren Strang zusammenfügen. Sie beugt sich über die wimmelnde, fließende und kompakte Masse. Ein Schwindelgefühl. Sie sieht, wie sie in die Schüssel fällt. Und wie schlangenartige Kreaturen über sie herfallen und in sie eindringen, sie von innen auffressen, aus ihrem Bauch herauskriechen und wieder in ihn eintauchen. Wie sie nach und nach in der Mannigfaltigkeit ihrer gefräßigen Mäuler verschwindet, verschlungen und verdaut wird.

»Goedemiddag, kan ik u helpen?«

Sie kommt wieder zu sich, taucht aus der schleimigen Masse auf und kreuzt den klaren Blick des Fischhändlers, dann, auf dem Hauklotz vor ihr, den einer gevierteilten und vervielfachten enthaupteten Gorgo. Die Überreste von etwa fünfzehn Aalen, deren ausgewaidete Körper im *Waterzoï* landen werden, aber deren Köpfe weiter zwischen den Häuten und den noch zuckenden Eingeweiden zappeln.

Speichelfluss. Sie ist kurz davor, sich zu übergeben, und läuft schnell weg. Nein, da kann ihr nichts und niemand helfen. Direkt vor dem Eingang spuckt sie einen dunklen Strahl aufs Pflaster. Den Automatenkaffee, den sie in der Bar des Hostel De Draecke getrunken hat, bevor sie aufbrach.

Ihr ist kalt, ihr Kiefer ist wie erstarrt, sie hat einen ekelhaften Schlammgeschmack im Mund. Sie braucht einen Muntermacher. Steckt sich eine Lucky an und geht taumelnd zum Quai hinunter.

Sie geht ins ’t Dreupelkot, eine kleine Kneipe, kleiner noch als ihre Bude, in der es aber mehrere Hundert Genever gibt. Es ist gerade Gästeflaute. Ein Gast döst im Ledersessel am Fenster vor sich hin. Der beste Platz, direkt neben dem Radiator. Zwei Gäste stehen an der Theke.

Sie setzt sich auf einen Strohhocker an der Theke, hinter der Joos, der Wirt, seines Amtes waltet, und nimmt die Aromatisierten in Angriff. Einen mit Ingwer und einen mit Pfeffer, um sich aufzuwärmen. Die Gläser sind großzügig eingeschenkt, laufen fast über. Sie beugt sich vor und schlürft vorsichtig den ersten Schluck. Der Alkohol verbreitet sich schnell in ihrem Körper und tötet die Aale, die noch in ihren Eingeweiden stecken.

Langsam kommt sie wieder zu Kräften. Zwei weitere, um die Wirkung zu unterstützen, dann geht sie zu *Oude Jenever* nach Art des Hauses über. *Frank's Wild Years* von Tom Waits läuft leise im Hintergrund und trägt zur Gemütlichkeit des Ortes bei. Sie saugt die Worte auf, singt den Refrain von »I'll Be Gone« mit, indem sie kaum die Lippen bewegt, und denkt an morgen früh … Ja, es könnte gut sein, dass sie auch gegangen sein wird. Ohne Vorwarnung. Weder Flucht noch Finte. Ein schlichtes und einfaches Verschwinden, mit Leib und Seele, wie bei einem Schiffsuntergang … Einfach Schluss, endlich.

Bei den ersten Takten von »Yesterday Is Here« muss sie lächeln. Weil es nichts gibt, was wahrer ist. Diese einfache, ruhige, desillusionierte Ballade beruhigt sie. Es gibt kein Heute mehr, kein Zu-Spät, nichts zu erwarten oder zu erhoffen, wenn das Gestern alles verdunkelt. Gestern, da, ständig, und an all den Gestern ihres beschissenen Lebens, in denen sie feststeckt, die sie festhalten, sie ersticken, sie jeden Tag etwas mehr nach unten ziehen. Ihre Erinnerungen sind eine Last, sie wird gehemmt von schlechten Entscheidungen und falschen Wegen, die sie eingeschlagen hat und die ihr um die Ohren fliegen. Jeden Tag etwas mehr. Sie kann nicht mehr.

Als Tom Waits wie ein erleuchteter Prediger die Mahnrufe von »Way Down in the Hole« ausstößt, verzieht Alex das Gesicht, und ein Schauder läuft ihr über den Rücken. Ihr ganzer Körper zieht sich zusammen. Sie macht sich klein. Ihr Teufel hat zwei Köpfe, deren eiskalte blaue Augen auf sie gerichtet sind. Ständig. Selbst wenn sie die Augen schließt. Er ist in sie eingedrungen und nie wieder hinausgegangen, begleitet sie seit dem Bayou bei jeder Bewegung. Warum soll sie sich also darauf versteifen, vor ihm wegzulaufen?

Noch zwei alte Genever, in einem Zug runtergekippt, dann macht sie sich in der Dämmerung auf den Weg. Ihre Pupillen haben Schwierigkeiten, sich anzupassen, alle Lichter funkeln, sind von einem Glorienschein umgeben.

Der Nieselregen macht das Pflaster rutschig. Sie steckt sich eine Kippe an, zieht die Kapuze hoch und geht in Richtung t'Zuid. Hoogpoort, dann nach rechts auf den Botermarket, wo sie einen ersten Zwischenstopp vor einer Kneipe einlegt. Im Schaufenster zwinkern ihr eine Gulden-Draak-Werbung, ein goldener Drache und eine rote Neonleuchtschrift tückisch zu. Und beamen sie im Nu auf die Shetlandinseln, zum Up Helly Aa, dem letzten Abend des Wikingerfestes. Zur Verbrennung des Drakkar. Ihr Blick vernebelt sich. Flammen beginnen, hypnotisch vor ihren Augen zu tanzen. Sie hört das Knistern und tritt zurück, um sich von der Hitze des Brandes zu entfernen, als das flehende Miauen einer Katze, die sich an ihren Knöcheln reibt, sie auf den Gehsteig nach Gent zurückkehren lässt. Sie streichelt das kleine nasse Tier, schüttelt sich, um die letzten Teilchen der Erinnerungen zu vertreiben, und stößt die Tür des kleinen Stadtteilcafés auf, das an diesem Sonntagabend ganz ruhig ist. Am Tresen bleibt sie stehen, bestellt ein Duvel, noch ein Gläschen Genever, und verleibt sich beides schnell ein. Als sie geht, stellt sie sich einige Minuten in eine schützende Toreinfahrt und dreht sich einen Stick.

Aus dem Nieseln ist ein feiner, anhaltender und durchdringender Regen geworden. Sie erreicht die Limburgstraat, kommt an St.-Bavo vorbei, geht die Vlaanderenstraat entlang, dann den Brabantdam. Dann zeichnen sich im Regen die Lichter des Rotlichtviertels ab.

Die überdachte Passage der Glazen Straatje bietet einen vorübergehenden und willkommenen Schutz. Die meisten Schaufenster sind erleuchtet, die Vorhänge geöffnet, ein Mädchen sitzt im Inneren. Alex zündet den Joint an und schlendert gemächlich in eine Richtung, dann in eine andere, unter einigen Touristen, die sich die Augen aus dem Kopf gaffen, und einer Handvoll von potenziellen Freiern.

Sie bleibt einen Moment stehen, um eine Verhandlung zu beobachten, und versucht, die Codes, Gebärden und Zeichen zu verstehen, die auf beiden Seiten des Schaufensters ausgetauscht werden. Anscheinend vierzig Euro (vier Finger) für einen Blowjob (explizite Mimik, die Faust vor den offenen Mund gelegt, die Zunge in die Wange geklemmt) und Liebe »eine Stellung« (ausgestreckter Zeigefinger für die Eins), das Ganze in einer Viertelstunde, inklusive Aus- und Anziehen (zehn plus fünf mit beiden Händen und dem Zeigefinger, der auf die Uhr klopft). Der Handel ist schnell abgeschlossen (hochgereckter Daumen des Freiers), das Mädchen im pinkfarbenen Minibikini steht vom Hocker auf, schließt die Vorhänge und öffnet dem Kerl die Tür.

Dann wird Alex' Aufmerksamkeit abgelenkt und buchstäblich von einem Paar heliumverstärkter Brüste gepackt, die in einen Leopardenbody gezwängt sind, der nicht einmal mehr versucht, sie zurückzuhalten. Und sie bleibt sprachlos stehen, wie festgeklebt vor dem Fenster.

Ihre Vorstellungskraft beginnt zu rasen und projiziert vor ihr ein animiertes Bild in Technicolor auf einem fliesengroßen Stück Zelluloid. Darauf erkennt sie eine kleine Mücke mit Brille, die herumfliegt und knattert wie ein altes Moped. Sie muss schlecht sehen oder abgelenkt sein, denn sie hat nicht die Heroine bemerkt, die verzierte Nachahmung einer Riesenskulptur von Niki de Saint Phalle, und steckt aus Versehen ihren kleinen Saugrüssel in einen der beiden Euter! Zwei, drei Sterne, die über ihrem Kopf umherwandern, weil sie ziemlich angeschlagen ist, und dann dringt ein beunruhigendes Pffft in den Soundtrack ein. Und das aufgeblasene Leopardenmädchen beginnt mit einem langen Zischen, die Luft zu verlieren. Und damit setzt ein Festival ein. Zuerst wirbelt sie sehr schnell und in alle Richtungen zwischen den vier Ecken des Bildes umher. Sie verbindet Längen, Diagonalen und Figuren auf völlig unvorhersehbare Weise und springt willkürlich in alle Dimensionen ihres Glaswürfels. Dann wird ihr verrückter Sprint langsamer, und bald ist sie nur noch eine leere Hülle, die langsam, wie in Zeitlupe, herunterfällt wie ein abgestorbenes Blatt oder eine Feder, bis ihre Haut, die jetzt im Body schwebt, schlaff und flach auf dem Teppich landet. *The End.*

Heftige Schläge an die Schaufensterscheibe reißen Alex aus ihrem Cartoon heraus, bringen sie auf ihre Seite des Bürgersteigs zurück und lassen vor ihren Augen wieder das Mädchen in all seiner vollen Üppigkeit erscheinen. Die Frau wirft ihr einen finsteren Blick zu, der Mund formuliert Beleidigungen, die sie nicht versteht, unterstrichen von einem Stinkefinger, der »Verpiss dich!« bedeutet. Alex erwidert ihren Gruß mit dem Mittelfinger, sogar mit beiden. Auf jeden Fall muss sie gehen.

Der Regen ist stärker geworden und sickert langsam in ihre Sweatjacke. Sie setzt ihren Weg vom Zentrum zum Stadtrand fort.

Kurs Babylon, der alternative Club in einem Außenbezirk, eine Lagerhalle, die fast unverändert gelassen wurde und in der man am Wochenende Punkgruppen, Hardcore, Thrash Metal oder Industrial sehen kann, oft gut und vor allem sehr laut. Die Eingänge bewacht ein rasierter Koloss, ganz in Leder, Typ Biker, mit einem zu einem Zopf geflochtenen Bart, der bis zum Bauch hinunterhängt. Von Weitem beeindruckend, doch recht freundlich, wenn man sich nähert. Sie bekommt sogar ein zum Teil zahnloses Lächeln.

Es ist noch früh, und die große Halle wirkt fast verlassen. Gedämpftes Licht, dicke Ventilatoren an der Decke zwischen einem Gewirr von Stahlrohren, Betonfußboden. Zwei Theken, die sich auf den Längsseiten gegenüberliegen. Die Bühne, sehr hoch, nimmt den ganzen Hintergrund ein und scheint auf einer Wand von Lautsprechern zu ruhen, die sich über die volle Breite des Raums erstreckt. Heute Abend auf dem Programm eine *Industrial-Trash-Punk*-Band aus Lothringen. Das wird bestimmt der Hammer, und genau deshalb ist Alex da.

Im Moment dröhnt *Psalm 69* von Ministry aus den Lautsprechern, und das tut ihr so richtig gut. Sie geht zur Theke auf der linken Seite, die von blauen Neonleuchten hervorgehoben wird, und bestellt ein Kasteel Donker. Allmählich hat sie ganz schön einen im Kasten. Die 11 % ihres Bieres nähren weiter das Feuer, das sie schon am frühen Nachmittag gelegt hat. Und die Musik von Al Jourgensen lässt eine kochende, mit Schwermetallen aufgeladene Flüssigkeit durch ihren Körper strömen.

Nach und nach füllt sich der Saal. Ein zweites Bier. Dann ein drittes mit Schuss. Und *Pretty Hate Machine* von NIN, während sie all dies in sich reinschüttet. Sie liebt diesen Ort definitiv. »Head Like a Hole«, »Terrible Lie«, »Down in It«. Diese Stücke versetzen sie um Jahre zurück, in ihr früheres Leben, das jetzt so fern ist, dass es anscheinend von einer anderen gelebt wurde … Sie fragt sich sogar, ob es nicht völlig erfunden wurde …

Die Musik wird in der Mitte von »Sin« unterbrochen. Die Halle ist schnell in Dunkelheit getaucht, und das Bild eines Turmes, eines mit rostigen Geländern versehenen Wachtturms, zeichnet sich ab, wird auf einen riesigen Bildschirm projiziert, der die ganze Wand hinter der Bühne bedeckt. Sie verlässt die Theke und nähert sich dem Schlachtfeld.

Drei Typen mit Sturmhauben und Bauhelmen auf dem Kopf erscheinen. Der Gitarrist und der Bassist schließen ihre Instrumente an und stellen die Höhe ihrer Mikros ein, während der Dritte sich hinter einer Reihe von Tastaturen und Samplern niederlässt, die ihn fast vollständig verbergen. Der Saal hält den

Atem an. Rote und orangefarbene Scheinwerfer beginnen das Halbdunkel zu durchdringen.

»Wie ihr wisst, nennen wir uns Muckrackers, und was ihr da hinten seht, ist ein Hochofen. UND WIR HABEN EINEN IM KOPF!!!!!«

Der Gitarrist, der das geschrien hat, nimmt nun ein Riff mit drei Beats und Loops in Angriff, das durch und durch geht. Der Titel des Stücks, »Konkassor«, blinkt auf dem Bildschirm, und das Erlebnis wird total.

Ein langer Rückkopplungseffekt verfeinert sich zu einem Bohrgeräusch, das an den Nervenwurzeln zerrt, dann explodiert das tonale Chaos, und Eisenschmelze strömt in großen Blasen von der Bühne, setzt die Lautsprecher in Flammen, fließt auf die Tanzfläche, füllt den Saal wie eine Flutwelle und schleudert Myriaden von glühenden Funken in den Raum, eine brennende Wolke, die beim Aufprall alles verzehrt. Das Geschrei des Sängers vermischt sich mit Samples aus alten Radio- oder Fernsehnachrichten, in denen Streiks in den Minen und Stahlwerken Lothringens kommentiert werden, während Bilder in einer schnellen, ruckartigen, stroboskopischen Montage vorbeiziehen, die wahllos Arbeiter bei der Arbeit, den Abbruch von Industrieanlagen, Explosionen, Bombardierungen, Trümmerhaufen, von der Anstrengung zerfurchte Gesichter und von Menschenfressermaschinen versklavte Körper miteinander verbinden.

Nach und nach kommt Alex in Einklang mit diesen Visionen eines heillosen Chaos, mit diesen ohrenbetäubenden Dampfhämmern, diesen brennenden Schwefel- und Phosphorstrahlen. Sie schließt die Augen und stößt einen heiseren Schrei aus, ein wildes Heulen, das aus ihrem Bauch aufsteigt und jede Zelle ihres Körpers vibrieren lässt.

Der Weltuntergang hat begonnen. Das ist der Anfang von Ragnarök! Die Zeit der furchtbaren Stürme und der Wölfe, die das All verschlingen. Die letzte große Schlacht vor der Vernichtung. Sie muss kurz lächeln, als sie die singende Stimme ihrer Großmutter Hjördis hört, die ihr die großen Mythen aus ihrer Heimat Norwegen erzählt. Der Lärm schlägt sie in seinen Bann, sie kann darin das Geschrei der Krieger vernehmen, die vor dem letzten Angriff mit ihren Äxten auf die Schilde schlagen. Und der Deich, der all ihren Hass eindämmt, diese schwarze Galle, die sie seit Monaten ständig ausscheidet, zerbröckelt, bekommt Risse und bricht schließlich zusammen. Loki, der Lügengott, der Verräter, der vor Wut Schäumende, begleitet sie. Sie verlässt sich auf ihn, streicht sich über den Hinterkopf, auf dem die vier Runen seines Namens tätowiert sind, und stürzt sich wutentbrannt in den Kampf.

Kopfüber wirft sie sich in die barbarische Schlägerei, die den ganzen Platz einnimmt. Das kompakte Handgemenge ist eine monströse mythologische Kreatur, deren vielfältige Körper sich gegenseitig zerfleischen, deren unförmige Köpfe ihr Gebrüll ausstoßen, deren Pfoten auf den Boden schlagen, sich anrempeln und umstoßen. Als ob man unter dem Fleischklopfer gelandet wäre. Fußtritte, Ellbogenstöße, Fausthiebe, Schulter- und Kopfstöße. Alex teilt blind aus und steckt ein, betäubt von Lärm, Erregung, Joints und Alkohol, gedopt mit Adrenalin und Verzweiflung, geschützt von ihrem zerstörerischen Gott, unverwundbar in diesem apokalyptischen Kampf. Die Zusammenstöße und Reibereien erzeugen die dunkle Energie, die die Raserei der Horde nährt. Der makabre und brutale Tanz reißt alle mit in eine ständige Bewegung. Dieser unbändige, epileptische Sabbat wird bis zum Ende der Zeiten dauern.

Ein harter Schlag mitten ins Gesicht unterbricht abrupt ihren Stammestanz.

Alles bleibt stehen. Alex hat den Sound verloren. Das Bild auch. Sie bleibt einen Moment in der Luft hängen, aufrecht gehalten von der Masse der anderen sich bewegenden Körper, dann fällt sie auf den Boden des Mörsers, und das Stampfen geht weiter. Rückkehr des Lärms und der Wut. Sie kauert sich zusammen, benommen. Schluckt warmes Blut und versteht, dass alles zu Ende gehen kann. Hier und jetzt. Endlich.

Dann entspannt sich ihr ganzer Körper und überlässt sich dem Stampfen. Sie wird zu einer schlaffen Masse, die keinen Widerstand mehr leistet. Ein formloses Gelee, in das die Schläge eindringen. Sie macht sich in die Hose. Gibt nach und lässt alles über sich ergehen. Getrampelt, zertreten, am Boden, erledigt. Brei, Matsch, eine große ekelhafte Pfütze. Man braucht das Ganze nur noch aufzuwischen, in einen Eimer auszuwringen und in die Gosse oder ins Klo zu schütten. Sie wird verschwinden. Spurlos. Die werden sie nie wiederfinden.

Als sie sich die Vollendung dieses finalen Szenarios ausmalt, lächelt sie über die Art und Weise, in der sie sie ficken wird, Junior und die Meute, die er auf sie angesetzt hat. Doch plötzlich greift ihr jemand unter die Achseln und zieht sie aus dem Getümmel heraus. Sie schreit, will, dass man sie zufriedenlässt, und vor allem, dass man sie krepieren lässt. Man soll sie nicht retten. Nicht jetzt, wo alles seinen Abschluss findet. Doch ihre Schreie bringen nicht mehr als ihre schwachen Versuche, sich gegen die Hilfe zu wehren.

Bald liegt sie ausgestreckt auf dem Boden, die rechte Wange badet in einer kleinen, sich langsam ausbreitenden Pfütze aus Rotz und Sabber. Zopfbart beugt sich über sie. Er lächelt nicht mehr so wie am Eingang. Sieht eher besorgt aus. Will ihren Samariter spielen. Scheißfreundlich! Sie hat ihn um nichts gebeten. Der Blödmann hat sie um ihr Halali gebracht. Ihren Abgang vermiest.

Der Rausschmeißer wischt Alex' Gesicht mit einem feuchten und kalten Lappen ab, der danach blutig ist. Sie sagt sich, dass man ihr wahrscheinlich die Fresse eingeschlagen hat, aber sie spürt nichts davon. Jedenfalls im Moment. Sie kann nur das linke Auge öffnen. Er hebt sie hoch wie eine Feder und trägt sie zur Seite. In seinen großen Armen fühlt sie sich ganz klein und schwach. Sich so zerbrechlich und verletzlich zu fühlen, ist ihr ein Horror.

Sie wehrt sich, versucht sich zu befreien, aber er hält sie fest und bringt sie in ein Zimmer, das von grellem, aggressivem Neon erleuchtet und in dem das Getöse des weitergehenden Konzerts nur noch gedämpft zu hören ist. Zumindest nimmt Alex das so wahr, denn ihre Trommelfelle haben auch was abgekriegt.

Ihr Bernhardiner setzt sie in einem alten Clubsessel ab und holt einen Erste-Hilfe-Kasten. Die beiden sprechen nicht. Sie, weil sie sich ein wenig matschig fühlt, und auch weil sie nichts Besonderes zu sagen hat, und vor allem nicht Danke. Er, weil er die Schnauze voll hat von durchgeknallten Gästen, die sich aufs Maul hauen, und weil er sich auf das konzentriert, was er tut. Ein antiseptischer Verband. Ihr tut noch immer nichts weh. Dann schnelle Blicke zwischen ihrem blutigen Gesicht und der Schachtel mit den Pflastern: ein kleines für den Nasenrücken, ein mittleres für den rechten Mundwinkel und ein großes für die linke Augenbraue.

Dann fragt er, wo sie wohnt, und sie zieht aus der Tasche ihrer Sweatjacke einen Schlüsselbund vom Hostel De Draecke. Er nimmt sie wieder auf die Arme, um sie zu seinem Wagen zu tragen, und fährt sie nach Patershol. Kaum eine Viertelstunde Fahrdauer, der Verkehr ist flüssig. Alex schließt die Augen. Sie reden kein Wort.

Er bringt sie bis zu ihrem Zimmer, indem er sie am Ellbogen festhält wie eine kleine alte Oma, der man über die Straße hilft. Dann gibt er ihr den Schlüssel, zieht die Tür zu und geht.

»Slaap lekker!«

»Ja, du hast recht! Gute Nacht, Arschloch!«

Alex, mit dem ausgestreckten Mittelfinger hinter der Tür, sagt sich, dass Zopfbart einen verdammt guten Sinn für Humor hat: Sie wird bestimmt eine außergewöhnliche Nacht verbringen.

Ihr ist kalt, und der Schmerz macht sich nun im ganzen Körper in kleinen heimtückischen Wellen bemerkbar, die immer stärker werden. Wie ein Häufchen Elend hockt sie an der Tür und versucht, sich aus den feuchten und blutigen Klamotten zu schälen, die nach Kippen und Pisse stinken.

Alles fällt ihr schwer. Ihre Bewegungen sind langsam und ungeschickt. Die Doppelknoten der Schnürsenkel haben sich im Regen zusammengezogen, und sie bräuchte jemanden, der ihr hilft, die hohen Doc Martens auszuziehen, die scheinbar hauteng an ihren Füßen festgeschweißt sind.

Sie schlägt sich mit den Knöpfen am Hosenschlitz herum. Fünf, die sie schließlich mit letzter Kraft überwindet. Die Jeans, durchnässt und stinkend, klebt ihr an der Haut. Sie muss sie bis zu den Knöcheln auf links drehen, um sich von ihr zu befreien. Plötzlich hat sie das ekelhafte Bild eines Aals vor Augen, dem man die Haut abzieht und der sich windet. Das ist wirklich nicht der richtige Moment dafür. Sie muss sich übergeben.

Die Arme zu heben und das T-Shirt über den Kopf zu ziehen, ist eine Tortur. Ein oder zwei Rippen sind bestimmt gebrochen. In ihren Schläfen hämmert es.

Ihr Schädel scheint anzuschwellen und aus der Form zu geraten. Sie sieht sich mit einem Wasserkopf voller Auswüchse à la Joseph Merrick. Und sie denkt, dass sie mit alldem und ihren Tätowierungen eine Hauptattraktion in der verdammten *Freak Show* bilden würde.

Ihre Speicheldrüsen spielen verrückt. Nackt wie ein Wurm kriecht sie über die ein Meter fünfzig, die sie von der Toilette trennen, und, festgeklammert am Klodeckel, den Kopf in der Schüssel, spuckt sie, wie es ihr scheint, literweise eine bittere

Brühe aus. Jeder neue Brechreiz entreißt ihr ein dumpfes animalisches Wimmern, wie bei einem gebärenden oder sterbenden Tier. Sie verliert das Bewusstsein.

Als sie flach auf dem Bauch auf den kalten Kacheln erschöpft wieder zu sich kommt, gelingt ihr nicht die geringste Bewegung. Nach einer Weile, vielleicht zehn Minuten, einer Viertelstunde, einer Stunde, öffnet sie, zu Eis erstarrt, wieder das Auge und schafft es, sich langsam kriechend und unter starken Schmerzen zur Dusche zu schleppen, sich dort aufzusetzen und auf den Druckknopf zu drücken. Der Wasserdruck auf ihrer geschundenen Haut ist zu stark. Sie beißt die Zähne zusammen und überlässt sich dem Strahl, erst kalt, dann wärmer und schließlich heiß. Und dann nichts mehr.

Kapitel 7

unepiqurelegerepointmechantecuisanteapeinepourlesma
ladroitsetsoudainlecharmeopereuneondevousenveloppe
cestlalunedemieldanscetteperiodeelevatoirelesideesaffluent
lesoeuvressebauchentlaparolesurabondelivresseemportel
hesitationetlatimiditeuneeurythmieclairvoyanteharmonise
lapenseeleschagrinssontenfuiteetlessensabolisdanslapleni
tudeheureusedesaforceetdesajoielhommesesentdevenirdieu
cestleflambeaudepsychequisallumeauplusprofonddeletreet
faitpalpiterasalumierelechatoiementdestresorsensevelisbien
totcependantlesbrumesiriseeslesflottantesgazesepaississent
leurrideaulebrouillardquipretaitalexistencelecharmedescon
toursindeterminesdevientunmurimpenetrableuncachotdou
leprisonniernesevaderaquauprixdexécrablesdouleurs

9. November 2006, Lerwick, Shetlandinseln, Polizeirevier

Die halten sie tatsächlich alle für blöd. Kelly schimpft und tobt im verlassenen Polizeirevier. Wütend brüllt sie die letzte Strophe von Nick Caves »Red Right Hand«. Eine völlig neue Version, noch beängstigender und bedrohlicher als das Original. Sie ist schwer am Grübeln, könnte um sich beißen. Seit drei Wochen guckt sie sich acht Stunden am Tag die Augen aus dem Kopf, um fotokopierte Listen und Informationsdateien zusammenzustellen. Listen mit allen Ein- und Ausreisen seit dem letzten 1. Januar, Tausende Namen von Leuten, die seit Anfang des Jahres die Fähre oder das Flugzeug genommen haben, und auch alle Hotelregister und Bed-&-Breakfasts der Inselgruppe. Sie hat den Eindruck, dass es sich um reine Schikane handelt und dass sie sich kaputtlachen.

Ihre Kollegen auf dem Revier haben ihr das übergeben, als ob sie ihr eine Freude machen würden, doch dämlich ist sie nicht, Detective Kelly McLeish, neunundzwanzig Jahre, seit Kurzem Sergeant, gerade von der Polizeischule in Edinburgh gekommen und seit Mitte Oktober auf die Shetlandinseln versetzt. Zehn Monate lang sind die Spürhunde dieses Lochs am Arsch der Welt kein Jota mit dem Mord in der Nacht ihres Lichtfestes weitergekommen und haben ihr das Baby in den Schoß gelegt.

Sie haben ihr die Nummer mit der weiblichen Sensibilität und Intuition vorgespielt und, Heuchler, die sie sind, ihre nagelneue Ausbildung als Ermittlerin und Absolventin des *Criminal Investigation Departments* gepriesen. Sie haben auch stark auf ihren Blick von außen abgehoben, der nützlich sein könne, um etwas zu sehen, was ihnen entgangen sein könnte. Sie haben sie gebeten, »den Fall neu aufzurollen«.

Alles Schwachsinn! Sie hat ihnen ihr Gewäsch keine zwei Minuten abgekauft. Sie wollen sie testen und dazu bringen, ihre Zeit zu verplempern, indem sie sie in ein unterirdisches Büro einsperren, obwohl sie draußen vor Ort sein müsste. Und sie müssen sich schön scheckig lachen, diese Arschlöcher! Die haben bestimmt Wetten über sie abgeschlossen, davon ist sie überzeugt. Wie viele Wochen sie hier durchhält. Das ist so die Art all dieser Spinner. Und bestimmt gibt es nicht wenige, die ihr kaum bis Weihnachten geben, bis sie wieder nach Hause geht. Da ist sie sich sicher. Sie ist die einzige Frau in diesem Kommissariat am Ende der Welt, und sie ist nicht von hier, also muss sie sich beweisen, und das nicht nur ein bisschen.

Genau genommen ist die Untersuchung an einem toten Punkt angekommen.

Es hat keinen Zeugen gegeben, als Richard McGowan, einundvierzig Jahre alt, am Abend des Up-Helly-Aa-Festivals mit siebzehn Messerstichen in den Unterleib niedergestochen wurde. Der Ort war menschenleer und die Straßenbeleuchtung erloschen. Alle Bewohner hatten sich auf der Esplanade King George V zur Verbrennung des Drakkar versammelt. Und keiner hat gesehen, was in der kleinen Straße von Lerwick passiert ist, in der ein Touristenpaar am 31. Januar um 23.30 Uhr bei einem Spaziergang vor der Rückkehr ins Hotel die Leiche entdeckte.

Der einzige an der Leiche gefundene Hinweis ist ein langes schwarzes Haar, dessen DNA-Analyse nur ergeben hat, dass es von einer Frau stammt. Doch bis zum gegenwärtigen Zeitpunkt konnte nichts Greifbares von diesem Haar abgeleitet werden, das der Mann im Laufe des Abends überall bekommen haben konnte, vor allem wenn er sich unter die Menge gemischt hatte, die das Fest miterleben wollte …

Das Opfer, ein Shetlander, der auf der Insel Bressay wohnte, hatte am Abend seines Todes viel Alkohol im Blut. Kelly kann sich gut vorstellen, dass das Trinken hier ein verbreitetes Freizeitvergnügen ist, weil man sich auf dieser Inselgruppe zu Tode langweilen muss, vor allem im Winter … Der Mann hat keine Vorgeschichte, keine bekannten Freunde, und Raub war kein Motiv, denn man hat seine Brieftasche samt Papieren und allem Geld gefunden, eine hübsche Summe.

Das sieht aus wie ein zufälliger Überfall, der von einem Gespenst begangen wurde. Und wenn die Schotten neben dem Haggis noch eine Spezialität haben, dann sind es Gespenster!

Doch Kelly hat die zehnjährige Ausbildung nicht gemacht, um zu einem verdammten *Ghostbuster* zu werden oder um sich von einer Horde von Hinterwäldlern aus dem Norden, die halb Bullen und halb Wikinger sind, herumschubsen zu lassen.

Also wird sie sich ihre dämlichen Listen, die sich seit Tagen weigern, mit ihr zu sprechen, zum x-ten Mal vornehmen. Und bei all den Touristen, die kommen und gehen, vor allem in den Wochen vor und nach dem Fest, ist das kein Vergnügen. Als Nick Cave beginnt, mit seiner ernsten und dunklen Stimme »Let Love In« anzustimmen, begleitet sie ihn. Und wie bei ihm gibt es wirklich Tage, an denen sie das Gefühl hat, dass man sie dazu verdammt, lebenslänglich Konfetti vom Boden eines Betonlochs aufzukehren …

Kapitel 8

jemeursdeseufaupresdelafontainechaultcommefeuettrem
bledentadentenmonpaissuisenterreloingtainelezungbra
sierfrisonnetoutardentnucommeungvervestuenpresidentje
risenpleursetattenssansespoirconfortreprensentristedeses
poirjemesjouisetnayplaisiraucunpuissantjesuissansforceet
sanspovoirbienrecueiullydeboutedechascunriennemestseur
quelachoseincertaineobscurforscequiesttoutevidentdoub
tenefaisforsenchosecertainesienstiensasoudainaccidentje
gaignetoutetdemeureperdentaupointdujourdisdieuvous
dointbonsoirgisantenversjaygrantpaourdecheoirjaybiende
quoyetsinenaypasung

11. November 2006, Metz, Le Donjon

»Ist das nicht irre? Man könnte meinen, die Haare einer Toten …«

Fred hält ihm die Keksdose unter die Nase, in der er Alex' Zopf aufbewahrt, und Anton ist kurz davor zusammenzubrechen. Schwarze Schmetterlinge flattern vor seinen Augen. Freds Satz hallt in seinem Kopf wider, und beim Anblick von Saschas zu einer Spirale aufgerolltem Haar auf dem Boden der runden Dose wird ihm ganz schlecht.

Es ist wahr, dass sie tot sein könnte und er nichts davon wüsste. Keiner würde auf die Idee kommen, Kontakt mit ihm aufzunehmen, um ihm zu sagen, dass Alex etwas zugestoßen ist. Seiner Sascha, die seit letztem Sonntag von seinem Radar verschwunden ist. Seit sechs Tagen.

Das macht ihn verrückt. Die Sorge frisst ihn auf. Er kann nicht klar denken, sich nicht auf seine Arbeit konzentrieren. Er dreht durch, im Kopf und in seiner Bude. Schaut alle fünf Minuten in seine Mailbox, und jedes Mal, wenn sie leer ist, wird der Knoten enger, der ihm den Magen abschnürt. Er möchte doch nur ein Zeichen haben. Ein kleines Wort. Wie etwa »Bis bald«, »Mach dir keine Sorgen« oder »Ich komme zurück«. Damit wäre er zufrieden. Sie soll ihm nur sagen, dass es ihr gut geht. Dass sie an ihn denkt in den wenigen Sekunden, die sie braucht, um das zu tippen. Doch ihr hartnäckiges Schweigen und ihre Abwesenheit machen ihn ganz kirre.

Er wünscht, er könnte heulen, bis ihm die Adern platzen, um den Druck zu lindern, er könnte mit Faustschlägen Mauern umhauen, oder er hätte sich für Bodybuilding entschieden und könnte Tonnen von Gusseisen hochwuchten, bis er verblödet. Irgendwas, um das Ohnmachtsgefühl zu vertreiben, das ihn erstickt. Es gibt keine Möglichkeit zu erfahren, wo sie ist. Damit kann er sich nicht abfinden.

Man könnte meinen, die Haare einer Toten.

Fred hat, ohne es zu ahnen, eine echte Katastrophe ausgelöst. Anton, der sowieso schon auf dem höchsten Ast der Angst sitzt, stürzt sich in morbide Gedankengänge hoch zehn.

Bilder der toten Alex und von gewaltsamen Todesfällen gehen ihm durch den Kopf wie eine schreckliche Diashow, wie eine Reihe von *Pulp*- oder *Trash*-Aufnahmen, die auf ihn einprasseln, ihn zu Eis erstarren lassen und erdrücken. Sascha erwürgt in einer Gasse, ausgestreckt zwischen zwei Müllcontainern. Sascha in einer Badewanne voller Blut, mit aufgeschnittenen Handgelenken. Sascha von einem Auto über den Haufen gefahren, ihr zertrümmerter Körper in einem nassen Graben. Sascha in einem leeren Krankenhauszimmer, die Nullinie und der Dauerpiepton des Monitors. Sascha zerschmettert in den zusammengepressten Blechen eines gegen einen Baum geknallten Wracks. Sascha zerfetzt auf den Gleisen, nachdem ein Zug vorbeigekommen ist.

Diese letzte Vision treibt ihn zum Kotzen auf die Toilette. Er hat Schluckauf, ist mit den Nerven am Ende. Er klappt den Deckel runter, setzt sich und versucht, sich zu erholen und sich wieder unter Kontrolle zu kriegen.

Wieder denkt er an Samstagabend.

Saschas späte Ankunft, wie kaputt sie aussah, ihre geschwollenen und geschundenen Fingergelenke, als ob sie sich geprügelt hätte. Er hat aber nichts dazu gesagt, weil er nicht als Inquisitor erscheinen wollte. Als er am Sonntag aufwachte, war sie bereits gegangen. Und zwar nicht, um Baguette und warme Croissants fürs Frühstück zu holen. Er hat mit ihr noch nie dieses vertrauliche morgendliche Tête-à-Tête geteilt. Im Allgemeinen zieht sie sich an, wenn sie Liebe gemacht haben, und geht nach Hause. Oder, wenn sie doch einmal bei ihm schläft, verschwindet sie am frühen Morgen, ohne ihn zu wecken, ohne ein Wort zu hinterlassen.

Und später am Tag, als er im Donjon ein Gläschen getrunken hat, sagte Fred ihm, dass sie kurz vorbeigekommen sei, bevor sie in einen Zug sprang. Überstürzter Abgang. Und weg war sie.

Seit Sonntag denkt er immer wieder über das nach, was Fred ihm erzählt hat. Um in all dem einen Sinn zu sehen, um irgendeinen Hinweis aus diesen Informationen zu bekommen, irgendetwas, das es ihm ermöglicht, irgendwo zu suchen, ganz gleich wo. Und noch immer nichts.

Er hört noch einmal, was Fred ihm gesagt hat, als ob es eine Aufzeichnung wäre. Er sieht seine besorgten Augen wieder, seine Aufregung, die Worte, die sich überstürzten und ineinanderflossen, erinnert sich an seine tonlose, angespannte und verknotete Stimme.

»Alex ist heute Morgen vorbeigekommen. In Eile. Sie hatte ihr Haar zu einem langen Zopf geflochten. Und ich hab ihr gesagt, dass ihr das gut steht, dass es mir gefällt. Sie hat geantwortet, ich solle den Anblick noch schnell genießen, da sie einen kurzen Haarschnitt brauche, auf der Stelle, bevor sie in zwanzig Minuten in den Zug steigt. Du kannst dir vorstellen, dass ich geschockt war. Mir war nicht danach, ihr die Haare abzuschneiden. Aber sie hat nicht nachgegeben, also hab ich die Küchenschere für den Zopf genommen. Und über dem Gummiband abgeschnitten. Hab ihn übrigens aufgehoben, konnte ihn nicht wegwerfen. Ich hab ihn in eine Keksdose gelegt, auf Seidenpapier, falls Alex ihn wiederhaben will, wenn sie zurückkommt. Und dann hat sie mich gebeten, den Rest mit dem Rasierapparat abzuschneiden, mit einem 5-mm-Abstandhalter. Das hat mich wieder geschockt. Ich hab vorgeschlagen, die Länge auf einen Zentimeter einzustellen, aber es war nichts zu machen. Und dann kam die nächste Überraschung. Weißt du, was sie hinten auf dem Schädel tätowiert hat, unten in der kleinen Aushöhlung? Vier seltsame kleine Zeichen. Guck mal, ich hab versucht, sie zu zeichnen.«

Anton sieht immer wieder Freds Gesichtsausdruck, seinen besorgten Blick. Er war erregt, weniger gelassen als gewöhnlich. Und so geht es schon die ganze Woche. Das hat zu seiner Angst beigetragen.

Er dreht und wendet den Bierdeckel, auf den die vier kabbalistischen Zeichen gekritzelt sind, zwischen den Fingern. Er hat Stunden damit verbracht, die Zeichen im Netz zu suchen, aber bis jetzt nichts gefunden.

Als Fred ihm von Alex' Tätowierung erzählte, hat er den Ahnungslosen gespielt. Doch er weiß natürlich, dass Alex tätowiert ist. Und nicht nur ein bisschen. Nicht die Art von Tattoo, die man sich an einem Strand machen lässt, einen Delfin, eine Sonne oder einen Schmetterling, um eine Erinnerung an die Ferien mitzunehmen. Jenes, das Fred freigelegt hat, als er ihren Kopf rasierte, hat er noch nicht gesehen, aber was die anderen betrifft … Er wird nicht müde, sie zu überfliegen, sie zu entziffern und zu verstehen, sobald sie ihm Gelegenheit dazu gibt. Er denkt sogar, dass er sein Leben damit verbringen könnte, so fasziniert ist er von diesen Texten. Und bei diesem Gedanken muss er wieder an ihre allererste Nacht denken. Diese Erinnerung lenkt ihn vorübergehend ab und lindert seine Besorgnis ein wenig.

Schon seit einigen Wochen hatte er Alex aus der Ferne beobachtet. Wie viele Typen in der Bar fragte er sich, ob sie mit jemandem zusammen war, und er hatte sich sogar bei Fred danach erkundigt, der ihm aber nur sagen konnte, dass er sie nie in Begleitung im Donjon gesehen hatte. Im Gegenteil, sie schien alle Typen auf Distanz zu halten. Sodass einige, die eine Abfuhr bekommen hatten oder beim Billard regelmäßig eine Niederlage einsteckten mussten, das Gerücht aufgebracht hatten, sie würde eher auf Frauen stehen.

Sie hatten sich schon öfter an der Theke unterhalten, sie und er, und einige Gemeinsamkeiten entdeckt. Eine ganze Menge sogar. Vor allem literarische und musikalische Bezugspunkte und auch viele Reisen wegen ihrer jeweiligen Jobs, er als Fotograf, sie als Freelancer, ständig auf der Suche nach Artikeln und Reportagen über verschiedene kulturelle Themen, die sie meistens verkaufen konnte. Es gab zwischen ihnen eine Art von unmittelbarer Vertrautheit, und etwas an Alex' Körpersprache hatte ihn darauf gebracht, dass er Chancen bei ihr hätte.

Und eines Abends, nach einigen Whiskys, hatte er sich ein Herz gefasst. Was konnte schon passieren. Es klang ein wenig aufgesetzt, aber er schlug ihr vor, bei ihm ein letztes Glas zu trinken. Und dann, er konnte es kaum glauben, hatte sie Ja gesagt. Wie selbstverständlich.

Sie fanden sich schnell in seiner Wohnung wieder. Alex sah die CD-Stapel durch und wählte ein Album von Akosh Szelevényi aus. *Pannonia*. Sie unterhielten sich bei einem Glas weiter über Musik und alles andere, getragen von den exzentrischen, disharmonischen und einlullenden Spiralen des Saxofons. Bis sie aufstand und ihn küsste. Ein fester, drängender und verschlingender Kuss, dessen Intensität und Plötzlichkeit ihn überrascht hatten.

Dann hatte sie sich in aller Ruhe rittlings auf ihn gesetzt und sich ausgezogen, indem sie zunächst den Reißverschluss ihrer Sweatjacke öffnete, unter der sie nichts trug. Ohne ihn aus den Augen zu lassen, mit einem etwas seltsamen Ausdruck im Blick, gespannt auf seine Reaktionen. Und dieses Mal war sie wohl nicht enttäuscht.

Er brauchte eine Weile, um zu begreifen, was er sah. Das gedämpfte Licht und vor allem die Regelmäßigkeit der Zeichnung ließen ihn denken, dass sie ein dünnes und enges T-Shirt trug, dessen durchsichtiger Stoff die Rundung ihrer Brüste, den leicht gewölbten Bauch und die Aushöhlung des Bauchnabels sehen ließen. Dann hatte er seine leicht zitternden Hände auf ihre Brust gelegt und war, etwas idiotisch, überrascht, als er die warme und weiche Haut und ihre Brustspitzen, die sich unter seinen Handflächen verhärteten, und all diese kleinen schwarzen Buchstaben berührte, die nicht auf Stoff gedruckt, sondern auf ihren ganzen Oberkörper, ihre Schultern und die Oberarme tätowiert waren.

Sie war in ein fröhliches, kindliches Lachen ausgebrochen, in das eines schelmischen Kindes, erfreut über den Streich, den es gerade gespielt hat, und das hatte ihn aus dem Zustand der Verwirrung oder vielmehr der Erstarrung, in den sie ihn versetzt hatte, herausgerissen. Dann hatte sie ihn erneut stürmisch geküsst, und sie hatten sich in dieser Nacht mit einer brutalen, tierischen Inbrunst, die von ihr ausging, geliebt.

Und diese junge Frau, die ihn schon von Weitem fasziniert und dann interessiert hatte, seit sie miteinander sprechen konnten, ist aus der Nähe noch faszinierender geworden …

Eine vollständig beschriebene Frau, eine Buch-Frau, direkt einem Comic von Bilal entsprungen, bedeckt mit einem dichten

Text, in Schönschrift mit winzigen Buchstaben wie in einem mittelalterlichen Manuskript, ohne Punkt, Komma oder Akzent, ein Text, bei dem man weder Anfang noch Ende erkennen kann, der sich in einer ununterbrochenen Linie über den ganzen Oberkörper, den Hintern und die Schenkel schlängelt. Ein Text, der keinen Zugang bietet, auf den er sich seit jetzt vier Monaten konzentriert und für den er einen Schlüssel zu finden hofft, der es ihm ermöglicht, einige von Saschas Geheimnissen zu lüften.

Mehrere Male hat er, als sie schlief, ohne ihr Wissen Fotos von ihrem Körper gemacht. Ein paar Nahaufnahmen, die er vergrößert hat, die er zu entziffern versucht. Und das ist alles, was ihm jetzt von ihr bleibt.

Dieses Mosaik von Fragmenten ihrer Haut, die er in den letzten Nächten immer wieder angeschaut hat, bis ihm die Augen brannten, um eine Antwort auf seine Angst zu bekommen. Er hat diese auf trügerisch glänzendem Papier gedruckten Stücke von Saschas Haut gestreichelt. Trügerisch wie ihre Abwesenheit, trügerisch wie ihr Schweigen, trügerisch wie die Idee, dass sie vielleicht irgendwo gestorben ist und er sie nie wiedersehen kann.

»He, Anton, alles in Ordnung?«

Fred hämmert an die Tür, weil er fürchtet, dass Anton nicht mehr aus dem Klo rauskommt.

»Die Mädchen stehen draußen Schlange, es wäre nicht schlecht, wenn du ihnen Platz machst, sonst muss ich den Wischlappen rausholen!«

Kapitel 9

jetefrapperaisanscolereetsanshainecommeunbouchercom
memoiselerocheretjeferaidetapaupierepourabreuvermonsa
harahjaillirleseauxdelasouffrancemondesirgonfledespe
rancesurtespleurssalesnageracommeunvaisseauquiprendle
largeetdansmoncoeurquilssoulerontteschersanglotsreten
tirontcommeuntambourquibatlachargenesuisjepasunfau
xaccorddansladivinesymphoniegracealavoraceironiequime
secoueetquimemordelleestdansmavoixlacriardecesttout
monsangcepoisonnoirjesuislesinistremiroiroulamegerese
regardejesuislaplaieetlecouteaujesuislesouffletetlajouejesuis
lesmembresetlaroueetlavictimeetlebourreaujesuisdemon
coeurlevampireundecesgrandsabandonnesaurireeternel
condamnesetquinepeuventplussourire

11. November 2006, Gent, Hostel De Draecke

Der Schmerz strahlt aus, ist kaum zu ertragen. Ihr ganzer Körper ist zerschlagen, zerschmettert, verwüstet. Sie ist in Stein verwandelt. Eine leidende Grabfigur, ausgestreckt in ihrem Schlafsack wie in einem Kokon.

Der Sturm von Sonntagabend ist vorbei. Ein heftiger Sturm, nun haben sich die Wogen geglättet, aber ihre blauen Flecken, Wunden und Beulen zeugen davon, dass es sie getroffen hat. Fast ein Schiffbruch.

Seitdem sie Montag vor fünf Tagen wieder zu sich gekommen ist, führt sie ein quasi vegetatives Leben. Sie schläft viel und denkt gern, dass ihr Körper sich im Schlaf erholt und heil wird. Sie stellt sich eine Kohorte von winzig kleinen Arbeitern vor, die zerrissene Taue spleißen, Löcher verstopfen, an den Pumpen stehen, hobeln, kalfatern, den Ballast wieder ins Gleichgewicht bringen. Und sie stellt Tag für Tag die Fortschritte auf der großen Miniwerft fest.

Die beiden ersten Tage verließ sie ihre Koje nur, um pinkeln zu gehen, kurz zu duschen und ihren Körper wiederzubeleben, indem sie ihn erst kaltem, dann lauwarmem und dann heißem Wasser aussetzte.

Mittwoch versuchte sie zum ersten Mal auszugehen und schleppte sich, so gut sie konnte, bis zur Cafeteria des Hostels, um sich dort hinzusetzen, einen abgestandenen Kaffee zu trinken, dann einen zweiten, und auch um sich an dem Automaten zu vergreifen, den sie von seinem Mars-Vorrat befreite. Nur die Riegel mit Schokomousse, keine Nuts und keine Snickers. Nüsse und Erdnüsse kann sie noch nicht kauen.

Gestern ist sie zu dem Typen am Empfang gegangen und hat ihm einen Geldschein gegeben, damit er ihr eine Flasche Genever besorgt. Fachleute für Entziehungskuren würden ihre Alkohol-Joints-Schokoladen-Diät sicher verurteilen, doch sie spürt, dass es ihr allmählich besser geht. Und dieser Cocktail hilft ihr zu schlafen, einen schweren, tiefen Schlaf, ohne Träume und Alpträume. Schwarz und dicht wie das Vergessen und das Nichts, in dem Junior sie nicht erwischen kann.

Seit diesem Morgen muss sie ständig an Bernd denken und an ihre Verabredung in zwei Tagen. So lange kann sie nicht warten. Sie wird ihn heute Nachmittag aufsuchen. Diese vier Wände geben ihr das Gefühl, im Krankenhaus oder sogar im Knast zu sein. Sie ist in Isolationshaft und bekommt keinen Besuch. Die Einsamkeit und das Schweigen machen sie langsam verrückt. Sie muss hier weg.

Während sie darauf wartet, sich aus ihrem Sarkophag-Schlafsack zu schälen, denkt sie wieder an ihr Treffen im letzten Jahr, im Juli, beim *Gentse Feesten*, dem großen Fest von Gent. Ein zehn Tage dauerndes Fest mit Konzerten an verschiedenen Orten der Stadt.

Es war drückend, stürmisch, und sie verbrachte den Abend am Bierstand, von dem aus man einen guten Blick auf die Bühne hatte, die auf dem Korenmarkt errichtet worden war. Sie hörte PPz30, eine belgische, eher verrückte Fusion-Funk-Band, während sie einige kühle Duvels schlürfte und mit einer gewissen Ungeduld auf den Auftritt von Pigalle und François Hadji-Lazaro wartete.

Sie hatte bereits beschlossen, das letzte Konzert wegzulassen, Zachary Richard, dessen Name auf den Plakaten sie fast zum Kotzen gebracht hätte. In ihrem früheren Leben hatte sie den Sänger der Cajun-Kultur gemocht. Doch heute war Schluss damit. Louisiana, Zydeco, die Bayous, »Les Haricots Sont Pas Salés«. Vorbei. In einer Kiste, versiegelt, verplombt. Eine echte Büchse der Pandora. Und immer noch dieser verdammte Schlammgeschmack im Mund, der sie nicht mehr verlässt und den sie an diesem Abend in Gent mit Bier wegspülte.

Als sie sich umdrehte, um noch ein Duvel zu bestellen, stieß sie auf diesen großen Kerl, der hinter ihr lehnte, die Musik auch lieber aus einer vernünftigen Entfernung genoss und Erfrischungen bevorzugte. Sie hatten sich zugenickt und sogar angelächelt.

Sie fand gleich, dass er gut aussah mit seinen leicht verschwommenen grünen Augen, umringt von einer kleinen Schildpattbrille, seinem kurzen Irokesenputz und dem Grübchen am Kinn. Dann wurde ihr Blick von Tätowierungen angezogen, die unter den Ärmeln seines T-Shirts auftauchten und seine Arme bis zu den Handgelenken bedeckten. Ein dichtes Geflecht, wie mit schwarzer Tusche und einem feinen Pinsel gezeichnet, von dem sie nicht wusste, ob es Rinde oder Stein war, Pelz, Feder oder Faser, Wasser, Erde oder Feuer. Vielleicht eine Mischung aus alldem, wie eine Schimäre, die alle Elemente der Schöpfung kombinierte, eine ursprüngliche Kreatur, Matrix der Welt.

Von dieser kosmogonischen Bildwelt beflügelt, war ihr Geist abgeschweift, weit weg von den stinkenden *Swamps* und vom Korenmarkt. Sie fand sich in Norwegen wieder, in Aglen bei ihrer Großmutter, und war aufgebrochen, um mit ihr das Astwerk von Yggdrasil zu erforschen, des ersten aller Bäume, der großen immergrünen Esche, die die neun Reiche der nordischen Mythologie trägt. Ausgestreckt auf einem Ast über der Leere, betrachten sie beide lachend den verrückten Lauf von Ratatöskr, dem Eichhörnchen, sein wütendes Kommen und Gehen auf dem ehrwürdigen Baumstamm, um dem namenlosen Adler die Schmähungen von Niddhöggr, der Schlange, zu überbringen. Und umgekehrt.

Klirrende Gläser. Der große Typ hatte gerade mit dem Bier angestoßen, das sie in der Schwebe gelassen hatte, und sie auf den Korenmarkt zurückgeholt, neben sich und sein Lächeln.

»Hi, ich bin Bernd.«

»Hi, Alex.«

Er erzählte ihr, dass er Tätowierer sei, nicht weit von hier, aber auch Illustrator von Kinderbüchern und Zeichner von Storyboards. Das Eis war gebrochen. Sofort.

Und als der Sturm, der den ganzen Tag drohte, schließlich ausbrach, packte er sie an der Schulter, und sie rannten zum 't Dreupelkot, fanden Zuflucht in dieser winzigen Arche und sahen zu, wie der schwarze Regen fiel, ohne ein Glas bestellen zu können, da es brechend voll war.

Also zogen sie weiter, er nahm sie an der Hand, und sie liefen zu ihm nach Hause, unter warmen Wasserfluten, im auf dem Pflaster fließenden Wasser, durch Pfützen. Vom Sturm berauscht, von der Spannung ihrer eng verschlungenen Körper in der dichten Menge der Genever-Bar und von der Elektrizität dieser improvisierten, unerwarteten Begegnung.

Sie gingen ins Tattoo-Studio, in dem eine Tür im Hintergrund zu einer Treppe führte, die zu seiner Wohnung hinaufging. Sie befreiten sich von ihren nassen Schuhen, ohne sie aufzubinden, stiegen aus den Jeans, indem sie sie auf die Knöchel hinunterschoben, ohne sich aus den Augen zu lassen, sich gegenüberstehend, ohne aufzuhören zu lächeln. Dann beugte er sich über sie, gab ihr einen schnellen Kuss und zog ihr das T-Shirt aus.

Und die freudige, beinahe übersprudelnde Energie sackte plötzlich ab. Alex sieht deutlich wieder den bestürzten Blick, den Bernd an diesem Abend auf ihren geschundenen Körper warf. Sie hatte sofort verstanden, dass er verstand. Dass sie diese blassen Sonnen, die ihre Brust verunstalteten, und alle erloschenen Sternbilder, die ihren Bauch, ihre Arme, ihre Schenkel überzogen und sich rund um ihre Scham konzentrierten, dass sie sich all diesen Schmerz nicht selbst zugefügt hatte.

Er erstarrte, sein grüner Blick versank in Alex' Augen, ernst, düster, bewegt, verschämt. Wie ein Nichteingeweihter, der einen Ort voller Mysterien und Geheimnisse betritt. Er schloss die Augen.

Also stellte sie sich auf die Zehenspitzen und gab ihm leichte Küsse auf sein Grübchen, seine Lippen und Augenlider. Dann streckten sie sich aus, Alex nahm Bernds Hände und legte sie auf sich. Er streichelte ihren Körper, so wie man eine trostlose Landschaft, ein verwüstetes Land erkundet, das vom kalten Licht des Mondes beleuchtet wird und in dem sich unter der Heide ein mikroskopisches und unterirdisches Leben regt. Er liebkoste sie mit seinem Atem, berührte sie, streifte sie kaum. Mit den Fingerspitzen wanderte er hin und her, kostete sie mit der Zungenspitze, und überraschend wurde Alex von Lust ergriffen. Lange, heftige, blaue Entladungen, die aus der Tiefe ihres Leibes kamen und sich in ihrem ganzen Körper ausbreiteten, um die kleinsten Muskeln, die kleinsten Nerven wiederzubeleben. Sie fühlte sich plötzlich lebendig und vibrierte in allen Zellen. Und sie erinnert sich, dass sie damals an die Verlobte von Frankenstein gedacht hat, eingepuppt in vernarbtes Fleisch, wiederbelebt auch sie, durch einen Blitz an einem stürmischen Abend.

Und sie wusste, dass sie ihre Haut Bernd anvertrauen wollte. Dass er die Spuren beseitigen konnte. Dass er ein unauslöschliches Verlies aus Tinte schaffen würde, um darin ihre Erniedrigungen und Schrecken einzuschließen. Eine schwarze und dichte Masse, die sie für immer einsperrt, die sie verschwinden lässt.

Kapitel 10

jesuislapourjamaislevelesyeuxetvoissurtonfrontlecolos
seomerauxrudesvoixquemimporterugistonneeclabousse
grondejesuisenracinedanslecranedumondecommelemontos
sacommelemontathosetlaseulestatueayantdeuxpiedestaux
cestmoijebravebadesetjevaincraisaturneonmanommesoleil
maislebronzeestnocturnevulcainforgeadelombreetfitlairain
jaibeaujetersurloceanlefrissondunflambeaujaibeauporterau
poinguneflammequiguidelhommebattudesmersdanscette
nuitliquideautourdemoisurlileetsurleauclairmiroirlaubea
beauresplendirjesuislegeantnoirjailadureeobscureetlourde
destenebresjesenslenigmeenmoilieeamesvertebresetpanmys
terieuxmetsaforceenmesreinsjevislestenebreuxsontaussiles
sereins

11. November 2006, Gent, Bernds Tattoo Shop

Als sie im Shop ankommt, erkennt Bernd sie fast nicht wieder. Schlanker als beim letzten Mal vor kaum einem Monat, und dann sieht er sie ohne ihr Haar. Ihr Gesicht ist eingefallen, ihre Augen scheinen größer geworden zu sein. Sie hat einen Kopf wie ein Federgewichtsboxer, der von einem Superwelter umgehauen wurde. Er schenkt ihr ein Lächeln. Sie sieht aus, als ob sie unter einen Bus geraten wäre.

Er schlägt dem Typen, an dem er gerade arbeitet, vor, eine Pause zu machen, gibt ihm ein Bier und begrüßt Alex. Küsst sie auf die Stirn. Sie gehen nach hinten, und er schiebt sie die Treppe zur Wohnung hinauf. Als sie im Zimmer sind, schließt er sie in die Arme, nicht zu stark, da er denkt, dass es noch weitere Wunden gibt. Er küsst sie und streichelt ihren Kopf, den er samtweich findet, und sie gibt sich seinen Armen hin, erschöpft von der Einsamkeit.

Er fragt sie nicht, was ihr zugestoßen ist. Sie erzählt ihm, dass sie Sonntagabend ein bisschen zu stark im Babylon herumgetobt hat. Er lässt sie reden und die starke Frau spielen, merkt aber an ihrer Aussprache, dass ihr das Sprechen noch schwer fällt. Er setzt sie aufs Bett, zieht ihr Schuhe und Klamotten aus. Sie lässt ihn gewähren, gefangen von seinen sicheren, aber vorsichtigen Handgriffen, der Falte zwischen seinen Brauen und dem klaren Blick seiner grünen Augen.

Er zieht sich ebenfalls aus und trägt sie zur Dusche, wo er sie beide unter dem warmen Guss einschließt. In seinen Händen schäumt er das Duschgel auf und seift sie ein, um ihren Körper zu untersuchen und die Schäden zu ermessen. Er entdeckt die vier Runen an Alex' Hinterkopf und liest sie eine nach der anderen mit den Fingerspitzen.

»Warum Loki?«

Sie antwortet ihm nicht, etwas benommen, eingehüllt in die Blase des Wohlgefühls, die er mit seinen Zärtlichkeiten erschafft und die sie so schnell nicht verlassen will. Schließlich dreht sie sich um.

»Weil sie mich wie Loki gezwungen haben, das Gift zu trinken, das mich mit Zorn erfüllt und meine Vorliebe für Gemetzel und Zerstörung nährt. Weil ich wie er ein Monster bin, aber maskiert losziehe, mich verstelle, hintergehe, betrüge. Weil ich wie er von Rachegelüsten, Apokalypsen und Träumen vom Weltuntergang lebe …«

Den besorgten Blick, den Bernd ihr zuwirft, sieht sie nicht. Sie ist bereits wieder in die mineralische Landschaft aufgebrochen, die den ganzen Oberkörper des Tätowierers bedeckt. Eine Urwelt, übersät mit erratischen Felsblöcken, steilen Abhängen und Überresten, die in den Bruchstücken ihrer Ruinen eine komplexe Architektur voller Türme, Treppen und Untergründe erkennen lässt. Eine stille Welt, durchstreift von Wolfsrudeln, die den verstohlenen Flug von Nachtvögeln begleiten. Sie entdeckt eine Schleiereule, die auf seinem Schlüsselbein balanciert, und streichelt mit dem Finger ihr sanftes Mondgesicht. Die war im letzten Monat noch nicht da.

Er hilft ihr aus der Dusche, wickelt sie in ein Badetuch ein und trägt sie ins Zimmer. Dort gibt er ihr als Nachthemd ein altes langärmeliges T-Shirt – die *Leningrad Cowboys* on Tour '96 – und hilft ihr, es anzuziehen. Sie sieht schlecht aus.

»Du musst unbedingt wieder etwas zunehmen, Alex. Wenn du weiter wegschmilzt, kriegt deine Haut Falten, und ich muss Knochen tätowieren. Ich übernehme keine Verantwortung, wenn dir das Ergebnis nicht gefällt. Du bist der Chef, aber ich mache die Arbeit, und ich mache mich erst wieder ans Werk, wenn du dich erholt hast. Du siehst von Kopf bis Fuß blauviolett aus, wir müssen die für dieses Wochenende vorgesehene Sitzung vielleicht verschieben, bis alles weg ist. Wenn du einverstanden bist, hätte ich es gern, dass du eine Weile hier bei mir bleibst. Ich könnte auf dich aufpassen, und du weißt, dass mir das nicht unangenehm ist, und ich wüsste dann auch, dass du nicht wieder in Schwierigkeiten gerätst.«

Er täuscht Lässigkeit vor, spielt den großen Bruder, den Beschützer und Ratgeber, doch er fühlt sich nicht wirklich wohl, seit er sie kommen sah. Eine eisige Strömung verbreitet sich in seinem ganzen Körper. Er sieht, dass irgendetwas, irgendjemand sie einmal mehr aus der Bahn geworfen hat. Sie ist wieder in ihre Alpträume eingetaucht und nicht viel weitergekommen. Und das macht ihn wütend, denn er weiß, dass der Pflastereffekt der Tätowierung verpufft und die Tarnung nicht ausreicht. Es war illusorisch zu glauben, dass dieser so feine, so immaterielle Schleier aus Tinte sie wieder ins Gleichgewicht bringen könnte. Er wollte daran glauben wie sie. Für sie.

Aber in Alex ist etwas zerbrochen. Sie ist abgestürzt, und er würde sie gern retten, doch das liegt außerhalb seiner Fähigkeiten als Zeichner. Er würde ihr Kettenhemd weiter vervollkommnen, sie weiter in Worte hüllen, auch wenn er sich bewusst ist, dass diese sie nicht vor all den Schweinehunden schützen werden, die sie fertigmachen wollen. Und noch weniger vor ihr selbst …

Er kocht einen russischen Tee, dreht einen Joint, steckt ihn an und gibt ihn ihr. Legt eine LP auf den Plattenteller, J. J. Cale, *Naturally*, und geht hinunter, um zu arbeiten. Sie kuschelt sich unter die Bettdecke und schläft vor dem Ende der ersten Seite ein.

***

Als Alex die Augen aufschlägt, erkennt sie die bewegende Stimme und die Mundharmonika von John Mayall. »Medicine Man« aus dem Album *Blues from Laurel Canyon.* Fast ein A-cappella-Lied mit seiner minimalistischen Rhythmik, einer diskreten Tabla und den angeschlagenen Saiten einer Gitarre. Schwebend wie das ganze Album. Musik, die beruhigt und heilt. Bernd ist über sein Zeichenbrett gebeugt. Sie nähert sich ihm von hinten, umarmt ihn und legt ihr Kinn auf seinen Kopf. Er bewegt sich nicht, konzentriert auf eine riesige Trauerweide, die den Schleier ihrer länglichen Blätter in einem Fluss spiegelt.

Sie verfolgt die schnellen Federstriche mit den Augen, den riesigen Stamm, dessen zahllose Wurzeln wie Arme aussehen, die in knotigen Händen enden, welche in die Welle eintauchen und aus ihr herauskommen. Sie sieht die runden Pupillen einer Vipernnatter, die mit dem Kopf durch die Wasseroberfläche bricht und sicherlich zu ihrem Nest eilt, irgendwo in einer Aushöhlung des gewaltigen Stammes.

Sie küsst Bernd auf den Kopf, nimmt sich eine der vielen Zeichenmappen, die im Zimmer herumliegen, und setzt sich wieder aufs Bett. Auf der Bettdecke breitet sie alle Schwarz-Weiß-Entwürfe aus und steht auf, um die B-Seite von John Mayall aufzulegen. »The Bear«.

Dann bricht sie in Bernds Universum auf. Düster, ohne finster zu sein, denn man sieht eine Komplizenschaft aller Elemente, eine beruhigende Form von Harmonie, von Symbiose zwischen Steinen, Bäumen und all den kleinen Tieren, die dort hausen, nisten, schlafen.

Die Federführung ist so klar und fein, dass sie die Daunen und Federn eines Eisvogels, die sich in den vervielfältigten Augen einer Spinne spiegelnde Landschaft und die kleinen nadelartigen Härchen am Stiel einer Nessel erkennen kann.

Bernd macht den Strahler aus, unter dem er gearbeitet hat, und setzt sich zu ihr aufs Bett. Er streichelt ihr den Rücken. Sie reden nicht miteinander, doch dieses Schweigen ist wohltuend. Gemeinsam betrachten sie die Zeichnungen, die naturwissenschaftliche Stiche aus einer alten Enzyklopädie sein könnten. Dann steht er auf.

»Wollen wir etwas essen? Ich würde gern eine kleine Tom Kha mit Crevetten machen, wär' das was für dich?«

Alex weiß, dass er ihre besondere Vorliebe für die thailändische Küche kennt, und vor allem für diese milde, leicht gewürzte und doch scharfe Suppe. Sie legt alle Blätter wieder in die Mappe und folgt ihm in die Küche. Auf dem Weg legt er Led Zeppelin auf den Plattenteller, das erste gleichnamige Album, dann öffnet er für sie beide zwei Bier und macht sich am Herd zu schaffen.

Er pflückt einen Zitronengrasstängel in seiner Hausplantage, einem Topf, dessen lange Blätter einen Vorhang vor dem Fenster an der Spüle bilden. Er nimmt nur das zarte Innere, das er kleinhackt. Dann schneidet er fast durchsichtige Streifen Thai-Ingwer, mörsert Korianderwurzeln und zerreibt einige Blätter Kaffirlimette, deren Duft sich bereits überall in der Küche ausbreitet. Zum Durchziehen legt er alles in Kokosmilch, die mit Gemüsebrühe verlängert wird. Dann legt er kleine rote Pfefferkörner auf die Arbeitsplatte und wirft Alex einen fragenden und verschwörerischen Blick zu.

»Wie viele soll ich nehmen? Eins? Zwei? Drei?«

»Nimm ruhig drei, wir wollen es heute Abend extra hot haben!«

»Pass auf, was du sagst, du könntest mich da auf Ideen bringen …«

Alex' Gesicht nimmt einen scheinbar empörten Ausdruck an, und sie schaut zu, wie er drei kleine Teufelchen zerkleinert, die bald mit ihren ungeschützten Geschmacksknospen spielen werden. Seine Handgriffe sind genau, ruhig und präzise. Die Konzentration, die er bei allem, was er macht, an den Tag legt, fasziniert sie. Schließlich schält und putzt er die Crevetten, die in der duftenden Brühe schwimmen werden, dreht den Herd herunter und gesellt sich mit zwei weiteren Bieren zu Alex.

Sie steht auf und fischt aus ihrem Rucksack eine Ausgabe von Bukowskis *Liebe ist ein Höllenhund*, die sie ihm gibt.

»Schau mal, ich hab dir ein bisschen Lektüre mitgebracht. Ich möchte, dass du den Sammelband durchguckst und eine Stelle aussuchst. Die du dann auf mich kopierst. Eine, die dir gefällt. Ich mag sie jedenfalls alle.«

Er nimmt das rote Buch und betrachtet einen Moment die seltsame Illustration auf dem Cover, eine weiße, zittrige Zeichnung auf schwarzem Untergrund, die ein kleines Flugzeug zu zeigen scheint, das gerade abstürzt.

»Ich mag Buko sehr. Ich habe die *Stories vom täglichen Wahnsinn* gelesen, und vor allem die Leiden von Chinaski. *Der Mann mit der Ledertasche, Faktotum* und *Das Schlimmste kommt noch.* Ich kenne seine Gedichte nicht, aber da sie aus derselben Feder stammen, sind sie bestimmt nicht schlecht …«

Er steht auf, holt den Suppentopf und serviert ihnen zwei dampfende Schalen, die sie mit berauschenden Düften umhüllen. Die Stärke des Pfeffers hält, was sie versprochen hat, und fordert ein weiteres Bier.

Dann gehen sie schlafen. Alex schmiegt sich an seinen Rücken, der mit einem dichten Wald bedeckt ist, dessen verschiedene Bestandteile sie bereits entzückt identifiziert hat. Sie kuschelt sich an die große Eiche, die Wange an den Windungen der Rinde, die sie an ein komplexes Labyrinth oder an die Wirbel eines sehr großen Fingerabdrucks erinnert, der sicherlich von einem Riesen stammt. Dann schläft sie unter dem Katzenblick eines Uhus ein, der die ganze Nacht Zeit hat, die düsteren Texte zu überfliegen, die ihren Körper bedecken.

Kapitel 11

detouteslesc hosesdumondelesunesdependentdenousle
sautresnendependentpascellesquiendependentsontnoso
pinionsnosmouvementsnosdesirsnosinclinationsnosaver
sionsenunmottoutesnosactionscellesquinedependentpoin
tdenoussontlecorpslesbienslareputationlesdignitesenun
mottouteslesc hosesquinesontpasdunombredenosactions
leschosesquidependentdenoussontlibresparleurnaturerien
nepeutnilesarreternileurfaireobstaclecellesquinendependent
passontfaiblesesclavesdependantessujettesamilleobstaclese
tamilleinconvenientsetentierementetrangeres

12. November 2006, Metz, Le Donjon

Es dauert gut zwei Stunden, bis Fred die letzten Gäste freundlich zum Ausgang geführt hat. Die Tür ist verriegelt, und alle Lampen der Bar sind aus. Die Bullen kommen immer wieder mal vorbei. Es ist Wochenende, und es gibt ständig Ärger. Nur die Jukebox verbreitet ihr diffuses blaues Licht und spult alle Stücke ab, die zu spielen man sie gebeten hat.

Fred hat sich mit Anton nach hinten in die Nische gesetzt, in der Alex gemeinhin ihre Artikel schreibt, und sie nehmen sich genau in dem Moment eine zweite Flasche Cognac zur Brust, in dem Clapton sich daran macht, seine Layla anzuflehen.

Es ist bereits Sonntagmorgen. Alex ist nicht wieder aufgetaucht.

Fred, der von ihnen beiden derjenige war, der am meisten an ihre Rückkehr am Samstagabend glauben wollte, ist auch derjenige, den das am meisten trifft. Seine berühmte Theorie »Alex würde keinen Samstag verpassen, wie du weißt«, die er die ganze Woche nach der Autosuggestionsmethode von Coué hinausposaunt hat, ist ihm um die Ohren geflogen.

Saschas unerträgliche Abwesenheit seit letztem Sonntag bedrückt Anton so sehr, dass er groggy, entnervt und wie betäubt ist. Und durch die Alkoholdosis, die er sich an diesem Abend einverleibt, fühlt er sich, als wäre er in eine riesige Wattekompresse eingewickelt.

Fred gibt in dem Gespräch den Ton an. Das ist zweifellos seine Art und Weise, mit der Angst umzugehen, und außerdem ist er betrunken noch geschwätziger als im nüchternen Zustand. Anton beschränkt sich darauf, einige laute Seufzer auszustoßen, begleitet von glasigen Blicken.

»Gut, sie ist nicht gekommen, okay. Aber ihr kann etwas dazwischengekommen sein. Und dann gehört sie nicht zu denen, die sich etwas gefallen lassen. Du hast ja hier schon gesehen, wie alle Typen spuren. Es gibt keinen, der ihr Angst macht. Manchmal hab ich sogar den Eindruck, dass ihr überhaupt nichts Angst einjagt. Etwa so, als ob sie immun wäre. Und wenn man sie anmacht, bin ich mir sicher, dass sie sich zu verteidigen weiß. Sie ist ja schon groß!«

Doch der *pep talk* hat seine Grenzen. Die unterschwellige Angst nimmt zu, gewinnt die Oberhand, und Fred setzt seinen Monolog fort, indem er sich auf immer verschlungenere Wege begibt.

»Jedenfalls, in dieser Welt voll von Bekloppten, in der wir leben, muss ein Mädchen sich verteidigen können. Und manchmal gibt es eine schlechte Begegnung. Einen schlechten Ort, einen schlechten Moment, ein schlechtes Karma. Da kannst du nichts machen. Wie bei dem Typen, den sie Anfang der Woche massakriert in einem Hotel in Nancy gefunden haben. Er hat wahrscheinlich nichts Besonderes gewollt. In der Regionalzeitung heißt es, dass man ihm noch nicht mal was geklaut hat. Das soll wohl ein etwas heftiges Sexspiel gewesen sein, das schlecht gelaufen ist. Trotzdem eine verdammte Sauerei ... Vielleicht ist er auch auf einen Verrückten gestoßen, oder vielmehr eine Verrückte. Denn darauf lassen die ersten Hinweise schließen, die man im Zimmer gefunden hat … Eine Scheißwelt, in der einem wegen nichts und wieder nichts das Licht ausgeknipst wird, und dann noch von einem Mädchen!! Genau wie bei den Obdachlosen, die vor drei Wochen mit Säure überschüttet wurden! Es gibt wirklich einen Haufen Kranke, die frei herumlaufen, und gegen menschliche Fäulnis kann man nicht viel machen …«

Sein Satz bleibt in der Luft hängen. Er kann nicht weiterreden. Unterbrochen in seinem machtlosen Protest. Er hofft, dass Alex nicht einem verdammten Perversen in die Hände gefallen ist, schon der Gedanke macht ihn krank.

Also schenkt er sich ein Glas ein und schweigt, Abpfiff, Standbild. Zerwühlte Laken, und darauf Alex' Körper, erwürgt, mit offenen Augen, wie eine tote Puppe. Es fällt ihm schwer, seinen Cognac runterzuschlucken.

Antons Blick verliert sich in den bläulichen Reflexen seines Glases, in einem Zustand, der einem flachen Enzephalogramm nahekommt. In der Jukebox läuft zum dritten Mal »Show Me the Way«, und es gibt keine Chance, keine einzige, dass einer von ihnen beiden Peter Frampton helfen könnte, heute Abend seinen Weg zu finden …

Kapitel 12

commentnedisposerdelaforceinfiniequepourseprocurer
desspectaclesnavrantsimposerlemassacreinfligerlagoniene
vouloirsoussesyeuxquemortsetquemourantsdevantcespecta
teurdenosdouleursextremesnotreindignationvaincratoute
terreurnousentrecouperonsnosralesdeblasphemesnonsans
desirsecretdexcitersafureurquisaitnoustrouveronspeutetre
quelqueinjurequilirriteacepointquedunbrasforceneilarrache
descieuxnotreplaneteobscureetbriseenmilleeclatsceglobein
fortunenotreaudacedumoinsvoussauveraitdenaitrevousqui
dormezencoreaufonddelaveniretnoustriompherionsdavoi
rencessantdetreavecIhumaniteforcedieudenfinirahquelleim
mensejoieaprestantdesouffranceatraverslesdebrispardessus
lescharnierspouvoirenfinjetercecridedelivranceplusdhom
messouslecielnoussommeslesderniers

15. November 2006, Gent, Bernds Tattoo Shop

Ihre Sitzungen beginnen immer früh am Morgen.

Das ist der beste Moment, um die Schmerzen zu ertragen, wenn der Körper gut erholt ist und nach einer gut durchschlafenen Nacht seinen Adrenalinvorrat aufgefüllt hat. Sie haben gestern keinen Tropfen Alkohol getrunken, und er hat dafür gesorgt, dass sie gut isst, einen üppigen Teller Nudeln. Langsame Kohlenhydrate, für Sitzungen, denen sie sich in etwa so nähern wie einem Härtetest. Sie, weil sie stundenlang das Stechen der Nadel ertragen muss. Er, weil er sich vorbeugen und mit sicherer Hand und fehlerfrei einen Text zeichnen muss, der ohne Zeichensetzung und Wortabstände besondere Aufmerksamkeit verlangt. Kein Verbessern ist möglich, kein Schaben, um etwas zu löschen oder zu korrigieren.

Bernd macht nie Vorzeichnungen mit der Hand oder mit einem Transferpapier. Ein vergrößerter Entwurf des Textes steht auf einer Tafel in Blicknähe, und er kalligrafiert direkt auf Alex' Haut, mit derselben Sicherheit und Genauigkeit, wie er es auf einem Canson-Blatt mit der Feder machen würde. Er hat für sie beide eine große Thermoskanne Tee mit Honig, einige Joints für sie und ein Schälchen mit getrockneten Früchten vorbereitet.

Alex hat die CD-Stapel durchgestöbert, eine Playlist erstellt und die Scheiben in den Wechsler gesteckt. Mehrere Stunden Musik, ohne aufstehen zu müssen. Bernds einziges Zugeständnis an den digitalen Sound, er, der ständig die verheerenden Auswirkungen des Remasterings auf den Aufnahmen anprangert. Diese CDs verlassen den Laden übrigens nicht. Es kommt nicht in Frage, sie mit den Vinylscheiben zusammenzustellen, von denen er Hunderte gesammelt hat. Und diese Klangumgebung ist für seine Kunden sehr wichtig, um das schrille, durchdringende und bohrende Geräusch der Maschine zu überdecken, vor allem wenn diese vibrierende Beschriftung stundenlang dauert.

Alex schaut zu, wie er sein Material vorbereitet. Es sieht aus wie in einer Klinik. Er holt mehrere Nadeln hervor, die in sterile Kapseln eingeschlossen sind, ein neues Paar Latexhandschuhe, mehrere Einwegbecher mit schwarzer Tinte. Eine organische Tinte, deren Pigment gewonnen wird, indem man Eisenoxid, Kohlenstoff und Blutholzbaum aus Südamerika vermischt.

Sie streckt sich auf dem mit Papier bedeckten Tisch aus. Nur mit einem Slip und einem T-Shirt bekleidet. Das Operationsgebiet ist heute Morgen die Innenseite des linken Oberschenkels, eine Stelle, an der genug Fleisch ist und die nicht so sehr unter dem Getrampel im Babylon gelitten hat. Er legt einen Alkoholtupfer darauf, dann ein topisches chirurgisches Desinfektionsmittel, und sie können anfangen. Er hat »Nennt das Liebe« von Bukowski ausgesucht. Sie hat einen Auszug aus *Die schwarze Flamme* von Marguerite Yourcenar hinzugefügt. Der Tod von Zenon.

Sie nimmt kein Schmerzmittel mehr. Wie sie sich erinnert, hat er ihr bei den beiden ersten Malen eine gute Dosis Paracetamol – und vor allem kein Aspirin – gegeben, damit sie das Stechen der Nadel aushalten konnte. Und obwohl sie eine gewisse Schmerztoleranz hat, tat es ihr sehr weh. Das war im Wesentlichen der Neuheit der Erfahrung, aber auch der behandelten Körperregion geschuldet.

Sie hatten mit den Brüsten angefangen, dort, wo sie die meisten Verletzungsspuren hat. Und dieser Bereich ist nicht nur wegen der Rippenknochen besonders empfindlich, sondern auch, weil die Haut der Brüste und insbesondere der Warzenhöfe sehr dünn ist.

Er hatte ihr die Spitze der Tätowiermaschine aus nächster Nähe gezeigt und auch die Art und Weise, in der die Nadel eindringt und herauskommt, rhythmisch, wie eine kleine spitze Zunge, für ein regelmäßiges, einstechendes Piken, das in die oberen Schichten der Epidermis eindringt. Sie hatte an die Schnauze eines winzigen Ameisenbären gedacht.

Bernd spannt die Haut des Schenkels zwischen seinem behandschuhten Daumen und Zeigefinger und beginnt zu stechen. Immer dieselbe *humanistische Minuskel*, die am Ende des Mittelalters die *karolingische* und die *gotische Minuskel* ersetzt hatte und als Vorbild für die ersten Druckbuchstaben diente. Lesbar, aber doch ein engmaschiges Netz.

Der Shop ist in Halbdunkel getaucht, alle Vorhänge sind heruntergelassen, und nur die Oberseite des Schenkels wird erleuchtet. Alex stellt sich vor, sie ist im Skriptorium einer Zisterzienserabtei. Sie hat die Vision eines schönen Hell-Dunkels. Ein Gemälde von Georges de la Tour – wie etwa der studierende *Heilige Hieronymus*, der *Heilige Ambrosius*, der seine Feder spitzt, oder auch der *Heilige Sebastian*, der von Irenäus gepflegt wird –, auf dem sie die Rolle des Märtyrers spielt. Bernd erscheint ihr als aufmerksam kopierender Mönch, äußerst konzentriert hinter seiner kleinen Schildpattbrille.

Sie sieht gern, wie er sich über sie beugt wie über ein Schreibpult. Er zeichnet die Buchstaben auf ihren Körper wie auf ein Pergamentblatt und kopiert unermüdlich Seite für Seite in seiner kleinen Schrift, regelmäßig und geduldig, weltabgewandt, versunken in seiner Askese.

In diesen Momenten vergisst sie völlig das Auf und Ab der Nadel, die sie durchlöchert, das Brennen, das schrille Geräusch der Maschine, das an den Nerven zerrt. Sie löst sich gewissermaßen in diesem Schmerz auf, der ihr gut tut. Ein gern ertragener Schmerz, der seit Monaten von einer befreundeten Hand zugefügt wird, die die Verwüstungen, die aus dem ekelhaften Sumpf stammen, verdeckt oder zumindest die sichtbaren Spuren überschminkt.

Es gibt nur noch diese kleinen hartnäckigen Falten auf Bernds Stirn und die geschickte Bewegung der Hand, die den Stift hält. Die ersten Akkorde von »Hurt« erklingen und hüllen sie ein. Die Stimme von Trent Reznor scheint in der Ferne unter Steingewölben zu schweben.

Kapitel 13

ouvretoimondesouterraindespassionsetvousombresrevee
setpourtantressentiesvenezcollervoslevresbrulantesaux
miennesboireamonsanglesangetlesouffleamabouchemonte
zdevostenebrescrepusculairesetnayeznullebontedelom
brequedessineautourdevouslapeinelamoureuxdelamour
veutvivreaussisesmauxcequifaitvotretroublemattacheaussia
vousseulelapassionquitrouvesonabimesaitembrasertonetre
jusquaufondseulquiseperdentierestdonnealuimemealors
prendsfeuseulementsitutenflammestuconnaitraslemondeau
plusprofonddetoicaraulieuseulouagitlesecretcommenceaus
silavie

16. November 2006, Lerwick, Shetlandinseln, Polizeirevier

Je mehr sie Stealers Wheel hört, umso mehr ist sie davon überzeugt, dass »Stuck in the Middle With You« für sie geschrieben wurde und genau das beschreibt, was sie seit Tagen empfindet. Ja, Kelly sitzt irgendwie in der Klemme. Was macht sie hier um zwei Uhr morgens eigentlich noch? Das stinkt doch zum Himmel. Sie, in diesem Keller eines Kommissariats an den Grenzen des Empires, um sich mit einer Bande von tollpatschigen und humorlosen Clowns herumzuschlagen, die ihr als Kollegen dienen … Das führt zu nichts, das bringt ihr nichts, sie wird implodieren, in viele kleine Stücke, die überall herumfliegen, das wird nicht lustig …

Sie steckt bis zum Hals in Papier, das in Stapeln um sie herumsteht, ist eingesperrt in diesen Bau, in dem sie sie festgenagelt haben und aus dem sie nie herauskommt, auf dieser Insel, auf der die Sonne nur drei Stunden am Tag scheint … Ja, wenn das so weitergeht, wird sie ausrasten, die Kontrolle verlieren, und die Armleuchter, die nur auf den Moment warten, in dem sie ins Straucheln kommt, werden anstoßen und sich volllaufen lassen, weil sie ihre idiotische Wette und den dazugehörigen Jackpot gewonnen haben … Aber sie wird im Vorbeigehen einige zusammenfalten, das wird sie sich nicht nehmen lassen …

Am liebsten würde sie heulen. Also singt sie, so laut sie kann, denn sie ist allein in diesem Gebäude. Alle anderen sind schon lange zu Hause und schnarchen in ihren Betten neben ihren Schätzchen in den Wechseljahren und mit Lockenwicklern.

Sie kann nicht mehr auf der Stelle treten, das macht sie fertig. Und ihr Frust erzeugt Mordgelüste …

Schon vor einem Monat ist sie in diesem Loch gelandet und hat nicht die kleinste Spur gefunden. Sie hat all ihre Fingernägel und einen guten Teil ihrer Nächte geopfert und die Nase voll von Sitzungen mit Fotos von der Leiche und dem Bericht des Gerichtsmediziners.

Sie muss wieder von vorn anfangen, eine Methode finden, einen Ansatzpunkt, von dem aus sie den beschissenen Staffelstab ergreifen kann, den ihre Kollegen ihr freundlicherweise übergeben haben, um sich reinzuwaschen und sie zu testen, und zwar nicht nur als Ermittlerin.

Um diese anscheinend unmögliche Mission, die sie ihr anvertraut haben, durchzuführen, muss sie alles noch einmal überprüfen. Auf ihre Weise. Oder vielmehr so, wie es ein Archäologe machen würde. Sie muss einen Bereich eingrenzen, darin ein Raster zeichnen und sich an die Arbeit machen, Quadrat für Quadrat. Denn das Durcheinander, in das sie sie versetzt haben, ist völlig unentwirrbar, und sie war kurz davor, darin zu versinken …

Fest steht, dass es einen riesengroßen Unterschied gibt zwischen der Theorie, die einem in der Schule eingetrichtert wird, und der Arbeit vor Ort! Vor allem, wenn man dort alleingelassen wird … Ihre Lehrer und Ausbilder würden ihr sicherlich auf die Finger klopfen, doch sie sind ja nicht hier, um sie in diesem Rattenloch arbeiten zu sehen ... Sie wird Entscheidungen treffen, vorübergehend eine bestimmte Zahl von Fakten eliminieren oder ausklammern. Denn sie ist überfordert und hat keine andere Möglichkeit.

Also trifft sie heute Abend eine erste, völlig willkürliche Entscheidung: Das Verbrechen ist nicht von einem Einheimischen begangen worden. Auch wenn sie am Ende vielleicht doch auf diese Hypothese zurückkommen muss, kann sie auf diese Weise mit einem Schlag Hunderte Namen von der Liste streichen.

Weiterhin beschließt sie zu Beginn ihrer Ermittlungen, sich auf die Personen zu konzentrieren, die am Tag und in den Wochen nach dem Mord abgereist sind. Was angesichts der unglaublichen Zahl von Touristen, die jedes Jahr zum Up Helly Aa kommen, bereits einen Haufen Leute ausmacht. Einstweilen wird sie auch alle Familien beiseite lassen und ihre Aufmerksamkeit auf diejenigen richten, die allein gereist sind. Und dann wird sie, da das Opfer aus Bressay stammt, in dieser Richtung nachforschen und schauen, was sie von Verwandten und Nachbarn erfahren kann.

Diese Vorgehensweise mit klaren Einschnitten in die Menge potenzieller Verdächtiger entspricht nicht den Regeln, aber was soll's. Man muss einfach irgendwo anfangen, einen Strang in einem ganzen Geflecht verfolgen, auch auf die Gefahr hin, ihn kappen zu müssen, wenn er sich als Sackgasse erweist und man sich einen anderen vornehmen muss. Und was immer auch geschehen mag, sie muss aus diesem Keller raus, sei es auch nur, um draußen den klebrigen Nebel und am helllichten Tag die Nacht zu finden. Irgendwas, um die Routine der letzten Wochen zu unterbrechen, die sie in eine depressive Salatpflanze oder in einen Kampf-Pitbull verwandelt.

Es ist bald drei Uhr, und dieses kleine Brainstorming hat sie wieder etwas aufgemuntert. Die Aussicht, loszugehen und auf der Nachbarinsel die Gischt zu riechen, belebt sie schon jetzt.

Auf dem Weg nach Hause nimmt sie im Vorübergehen das französische Reisemagazin mit, das im Aufenthaltsraum des Reviers liegt. Dabei fragt sie sich, welcher ihrer Kollegen es wohl hierhergebracht haben mochte, da sie den Verdacht hegt, dass die meisten von ihnen völlig unbelesen sind … Sich also vorzustellen, dass es unter diesen geistig Unterbelichteten einen gibt, der Französisch lesen kann … Nein. Sie sieht nur eine einzige Erklärung: Einer dieser hirntoten Halbaffen muss eine Reise gemacht und auf dem Rückflug das Magazin eingesteckt haben, um sich die Bilder anzusehen …

Immerhin lenkt das Titelblatt sie von der grauen Eintönigkeit ihrer Umgebung ab: die roten Ockertöne einer Wüste im amerikanischen Westen, deren Glut der Fotograf gut eingefangen hat … Und dann wird auf der Titelseite auch noch eine Reportage über die Shetlands angekündigt, die dem Wikingerfest Up Helly Aa gewidmet ist. Sie kann ihre Kenntnisse über die lokalen Sitten und Gebräuche verbessern und überdies versuchen, ihr Französisch aufzufrischen, das seit ihrer Schulzeit eingerostet ist.

Kapitel 14

sivousvoulezcomprendrecequejevaisvousdiresachezquejai
latetecouverteduncapuchonblancetquejesecoueuncliquet
deboisdurjenesaisplusquelestmonvisagemaisjaipeurdemes
mainsellescourentdevantmoicommedesbetesecailleusesetli
videsjevoudraislescouperjaihontedecequellestouchentilme
semblequellesfontdefaillirlesfruitsrougesquejecueilleetles
pauvresracinesquejarracheparaissentsefletrirsousellescom
melecrapaudscelleaufroiddelalunedansunepierreobscureje
demeureraienfermedansmaganguehideusequandlesautres
seleverontavecleurcorpsclairjesuissolitaireetjaihorreurmes
dentsseulesontgardeleurblancheurnaturellejesuisentouresur
terredunedamnationpale

16. November 2006, Metz, Antons Wohnung

Schon im Treppenhaus hört Anton den wilden Rhythmus, der durch die Tür und die Wände der Wohnung dringt. *Ministry.* »Jesus Built My Hotrod«. Sein Herz rast. Sascha hat einen Zweitschlüssel. Sie ist zurückgekommen! Sie erwartet ihn!

Er öffnet zitternd die Tür. Sie sitzt auf dem Sofa und streichelt Pandora. Zum ersten Mal sieht er ihren rasierten Schädel, ihre Augen wirken größer, ihr Gesicht ist geschwollen. Die Anspannung der letzten zehn Tage fällt von ihm ab. Er ist zugleich glücklich und wütend. Sie wirkt verschlossen, starrt ihn kalt und ausdruckslos an.

Sie hat die Fotos gefunden.

Jene, die er ohne ihr Wissen gemacht hat. Und alle sind zerrissen.

Ein Haufen Papierschnipsel zu ihren Füßen auf dem Teppich. Abgesehen von einem, das sie vor sich auf den Sofatisch gelegt hat. Jenes, auf dem er bestimmte Stellen mit einem roten Filzstift eingekreist hat. Unscharfe Linien, aber auch kleine runde Flecke, die das Licht nicht so reflektieren wie der Rest der Haut. Sie glänzen etwas mehr und unterbrechen ganz fein die Regelmäßigkeit und Harmonie der Zeichnung. Deshalb hat er so lange gebraucht, sie zu erkennen.

Er möchte sie anschreien wegen all dieser Tage der Angst, die er ihretwegen durchgemacht hat. Und die Spuren auf Alex' Gesicht zeigen ihm, dass seine Sorgen berechtigt waren. Sie hatte offensichtlich eine schlechte Begegnung. Seine Augen werden feucht. Die Nerven, die Aufregung über ihre Rückkehr, ihr geschundenes, schönes kleines Gesicht. So kann es nicht weitergehen. Heute Abend kann er nicht Zurückhaltung üben, diplomatisch sein und seine Fragen und Vorwürfe hinunterschlucken, wie er es seit Monaten tut.

Er macht die Musik leiser, damit er nicht so laut reden muss.

»Wir müssen miteinander reden! DU musst mit mir reden! So können wir nicht weitermachen. Du kommst und gehst, ohne ein Wort zu sagen. Und dann kommst du mit aufgeschlagenen Fäusten und blutigem Gesicht wieder zurück. Sieh dich doch mal an! Und ich stehe da wie ein Idiot und mache mir Sorgen! Ich werde verrückt, weil du mir nichts sagst, du gibst mir keinen Zugang, keine Eingangstür, nichts, was mir helfen könnte zu verstehen, was in deinem verdammten Kopf vor sich geht, unter deinem verdammten Schutzpanzer! Kein Stichwort, kein Hinweis, damit ich dein Schweigen verstehen kann, deine Niedergeschlagenheit und deine Tränen oder, im Gegenteil, deine plötzlichen Freudenausbrüche, deine Höhenflüge, deine irre Begeisterung. Ich begreife nichts davon, und ich schwöre dir, dass ich es versuche, dass ich dir helfen will und dass ich dich liebe. Doch verdammt noch mal, du musst mit mir reden! Mich nicht beiseite schieben. Mich nicht im Regen stehen lassen. Versuch, mir zu vertrauen! Und sieh mich nicht so an, ohne was zu sagen! Sprich mit mir!«

Alex reagiert nicht. Sie lässt ihn ausschütten, was er auf dem Herzen hat. Sie versteht seine Wut, weil sie ihn schon seit Monaten kennt und weil sie wusste, dass es, selbst wenn sie ihn gewarnt und gebeten hätte, nicht zu klammern, so enden würde, so wie an diesem Abend. Dass sie ihn in die Verzweiflung treiben würde und dass dies die Gelegenheit ist, die sie gesucht hat, um zu verschwinden.

Sie ist in Antons Leben getreten und hat ihr Gift verspritzt. Wie ein Dealer hat sie ihm ihre Drogen geliefert, und das ist ein verdammtes Scheißzeug, das schnell süchtig macht, das einen aus der Bahn wirft und zerstört. Und sie wird sich auf englische Art verabschieden und ihn seinen Fragen überlassen, auf die er nie Antworten bekommen wird. Sie hasst sich dafür, aber sie hat keine Wahl. Sie wird gehen, und zwar endgültig. Sich nicht mehr unnütz exponieren. Für immer die Gefahr beseitigen, die sie für ihn darstellt.

Sie steht auf, sieht ihm direkt in die Augen und antwortet ihm mit neutraler Stimme, emotionslos und völlig ruhig.

»Du willst, dass ich mit dir spreche, aber das ist unmöglich. Glaub mir, du willst nichts wissen. Gib dich damit zufrieden, deine Erinnerungen zu sortieren. Behalte die guten, und schmeiß die anderen weg. Und nimm den Faden deines Lebens da wieder auf, wo ich ihn unterbrochen habe. Du hast gewusst, dass das mit uns beiden nicht *forever and after* war. Ich war völlig klar und offen dir gegenüber. Von Anfang an. Und jetzt musst du mich vergessen. Du wirst sehen, du wirst es schaffen. Weil niemand unvergesslich ist.«

Als sie zu Ende gesprochen hat, beugt sie sich vor, nimmt das letzte Foto und zerreißt es in aller Ruhe in kleine Schnipsel, ohne

Anton aus den Augen zu lassen. Dann steckt sie die Negative, die sie gefunden hat, als sie seine Ordner durchstöberte, in ihren Rucksack, legt den Wohnungsschlüssel auf den Sofatisch, geht um ihn herum und verschwindet.

Er rührt keinen Finger, um sie zurückzuhalten, sagt kein Wort und macht keinen Versuch, sie aufzuhalten. Er ist stehend k. o., erstarrt, in einen Eisblock verwandelt, der beim kleinsten Stoß explodieren und zu einem Splitterhaufen zerfallen könnte.

Sein stumpfer Blick fällt auf den kleinen Haufen auf dem Teppich, auf die Fragmente von Alex' Haut. Und er fühlt sich so leer wie nie zuvor, unfähig zu denken, unfähig, sich zu bewegen, unfähig, etwas zu spüren, unfähig, an die Realität dessen zu glauben, was gerade geschehen ist.

Die CD läuft in einer Endlosschleife. Al Jourgensen beginnt wieder, den »TV Song« zu heulen, dessen Worte wie Schrapnelle von den Wänden von Antons Wohnung abzuprallen scheinen, seinen Körper durchdringen und dort kleine Teilchen ohnmächtiger Wut hinterlassen. Er dreht die Lautstärke auf, brüllt mit ihm und noch lauter als er, wie ein Verrückter.

Zweiter Teil

Urd

»Was war«

Viel erfuhr ich, viel versucht ich,
Befrug der Wesen viel.
Wie kommt eine Sonne an den klaren Himmel,
Wenn diese Fenrir fraß?

Vafthrûdhnismâl, 46

Kaum hatten wir im rötlichen Nebel aufsteigen sehen,
In alten Tagen, die goldene Kugel der Sonne,
Fiel sie in die Tiefe der ersten Dunkelheit zurück,
Ohne unsere starren Lider wärmen zu können.
Und seitdem gibt es weder Waffenstillstand noch Frieden.

Leconte de Lisle, »La Légende des Nornes« (Erste Norne),
Poèmes barbares (1889)

Kapitel 1

5. Februar 2005, Brookville, Indiana

»BOOBIE BUNGALOW – Exotic dancers – World famous – Free beers Tues. & Wed. 5–6 PM – $ 2 cover«. Alex liest noch einmal das große, auf Stelzen angebrachte Schild, an dessen Fuß sie steht, und alles, was sie als »Tittenhütte« sieht, ist ein riesiges Mobilheim, ein graues Gebäude in Fertigbauweise und ohne Fundament, auf dessen Blechdach ein rotes Schild mit den weißen Buchstaben »Go-go-Girls« prangt.

Sie versucht, sich vorzustellen, wie es ist, in diesem Gentlemen's Club für die brünstigen Kerle des Mittleren Westens als Oben-ohne-Animierdame-Stripperin zu servieren, in der Stadt Brookville, »Town of the big chicken« ...

Sicher, das quietschbunte Huhn, das in der Mitte des Kreisels thront, ist enorm. Was kann eine Stadt dazu bringen, sich einen solchen Spitznamen zu geben und ihre Hauptstraße mit einem riesigen Federvieh aus Plastik zu verzieren? Sollte Brookville das globale Epizentrum des Wachstumshormons für die Hühnerzucht sein? Oder hat das Guinness-Buch hier vielleicht das dickste Huhn der Welt ausgemacht? Man wird sehen ...

Keinesfalls will sie hier Wurzeln schlagen. Sie ist gestern zufällig in Brookville gelandet, hat die Nacht in einem Motel verbracht und ist früh am Morgen aufgestanden, um so schnell wie möglich wieder wegzukommen.

Sie überquert die schneebedeckten Parkplätze und wendet sich in Richtung *Aunt Nellie's Truck Stop,* dessen blinkende, gelb-blaue Anzeige ein Frühstück »7/24« verspricht. Sie freut sich auf Kaffee und einen Haufen Pfannkuchen, in Butter ertränkt und mit Sirup übergossen, über die sie herfallen wird. Und sie hofft vor allem, hier einen Fernfahrer zu finden, der Richtung Süden fährt und sie New Orleans näher bringt.

Beim Eintreten schlägt ihr der Geruch von gebratenem Speck und *hash browns* entgegen, und der Duft von Kaffee, vermischt mit Zimt, lässt ihr das Wasser im Mund zusammenlaufen. Sie liebt diese *Diner* am Straßenrand mit ihren leicht müden und abgeschlafften Kellnerinnen, die die Bestellung mit einem »*Honey*« oder »*Sweetheart*« entgegennehmen.

Sie sieht sich die Sitznischen an. Die gepolsterten Sitzbänke aus orangefarbenem Skai, die Tische aus weißem Resopal, den polierten Chromständer für Ketchup, Mayonnaise und Marmelade, die kleinen Glaskrüge, gefüllt mit bernsteinfarbenem, künstlichem *maple syrup*.

Fünf Typen sitzen hier, drei in einer Gruppe und zwei jeweils allein. Die Fahrer der fünf Sattelschlepper, die sie auf dem Parkplatz gezählt hat. Sie braucht nicht lange herumzuhängen. Die Teller der Männer sind so gut wie leer, sie lassen sich Kaffee nachschenken, es wird nicht mehr lange dauern, bis sie abfahren.

Alex entscheidet sich dafür, zunächst die einzeln Sitzenden anzusprechen. Und sie wählt den Jüngeren der beiden, weil er einen Pferdeschwanz hat. Er gefällt ihr.

»Hallo. Ich fahre per Anhalter und suche einen *ride* nach Süden. Egal wohin, vorausgesetzt, ich komme näher an New Orleans ran.«

»Tja, da hast du wohl ins Schwarze getroffen. Genau da fahre ich hin, in fünf Minuten geht's los. Und gegen ein wenig Gesellschaft habe ich nichts, denn das wird 'ne lange Fahrt. Ich heiße Josh.«

»Alex. Super! Ich hole meinen Rucksack.«

Sie trinken einen letzten Kaffee und stehen auf. Alex bezahlt das Frühstück für sie beide und hört die anzüglichen Bemerkungen, die ihnen die anderen nachrufen, als sie hinausgehen.

Der Laster ist der Wahnsinn. Ein gelber Mack Truck mit seiner witzigen Kühlerfigur, einer Bulldogge aus Chrom im Art-déco-Stil. Bis jetzt hat Josh, der mit seiner Frau und seinem vierjährigen Sohn in Fort Wayne lebt, sich immer auf die Route Ost-West-Ost zwischen Iowa und Ohio beschränkt. Es ist das erste Mal, dass er Richtung Süden fährt und den sogenannten *Bible Belt* verlässt.

Zweitausend Meilen hin und zurück, in fünf oder sechs Tagen, je nach Wetterbedingungen. Er erklärt Alex, dass das Gesetz die Fahrer dazu verpflichtet, nicht mehr als zehn Stunden ohne Pause zu fahren, und ihnen Nachtfahrten verbietet. Es ist acht Uhr, der Tag hat gerade erst begonnen unter einem Himmel, der nach Schnee aussieht, und sie werden vermutlich bis fünf Uhr nachmittags unterwegs sein. Sie würden ungefähr vierhundert Meilen zurücklegen und wohl irgendwo zwischen Nashville und Memphis ankommen. Und wenn es in dem Rhythmus weitergeht, werden sie morgen Abend in der Nähe von Jackson schlafen, und am Morgen des siebten Februar New Orleans erreichen.

Alex ist total begeistert von den Etappen, die er aufgezählt hat, und die alle eng mit der Geschichte von Blues und Rock verbunden sind. Sie werden durch diese Städte nur hindurchfahren oder um sie herum. Egal. Hier muss sie noch einmal herkommen. Sie hat den Song »Jackson« im Kopf, die Version von Nancy Sinatra, und auch die Country-Version von Johnny Cash und June Carter. Es ist ein bisschen so, als ob sie in einem Film wäre, der gerade läuft. Mit einem guten Soundtrack, auf der ganzen Länge durch das Mississippi-Tal ...

»Wie bist du Fernfahrer geworden?«

Die Frage kommt für Josh nicht überraschend. Seine Eltern stellen sie ihm immer noch regelmäßig, und das seit mehr als vier Jahren. Sie können sich einfach nicht damit abfinden ...

»Ich habe das Gefühl, ich höre meine Mutter! Die Sache ist die, dass ich nicht für die Uni gemacht bin, überhaupt nicht. Die Schule und ich, das hat nie gepasst, und zwar schon von Kindheit an. Außerdem kam es für mich nicht in Frage, zehn, fünfzehn oder zwanzig Jahre lang ein Stipendium zurückzuzahlen, das verstehe, wer will, und mit dem Leben anzufangen, wenn man alt ist! Als ich Debbie kennengelernt habe, meine Frau, waren wir beide auf der High School. Ich wusste sofort, dass sie die Liebe meines Lebens ist ... Ich weiß, das klingt ein bisschen bescheuert, aber ich schwöre dir, dass es genau so mit ihr war ... Wir haben geheiratet, sehr schnell, sehr jung, und als dann bald das Baby kam, musste ich schleunigst einen festen Job finden, um Debbies Teilzeitjob in der Stadtbibliothek zu ergänzen. Ich fahre gern, bin gern unterwegs. Gar nicht davon zu reden, keinen Chef im Nacken zu haben, der dir vorschreibt, was du zu tun oder zu lassen hast, und dich den ganzen Tag überwacht. Das ist einfach herrlich! Ich mag auch die Landschaften, durch die ich fahre. Sie sind immer anders, je nach Wetter, Licht und Jahreszeit. Außerdem liebe ich es, keine Routine zu haben, und die Begegnungen, die man auf der Strecke erleben kann. So wie mit dir heute Morgen ... Eine Überraschung zum Frühstück! Übrigens, was hast du in Brookville gemacht, mitten im Nirgendwo?«

»Hm ... Ehrlich gesagt hatte ich überhaupt nicht vorausgesehen, in Brookville aufzuschlagen ... Auch nicht, um ihr riesiges Huhn zu bewundern, das eine Touristenattraktion zu sein scheint, die man gesehen haben muss ... Ich bin seit anderthalb Jahren in Indiana und studiere an der Indiana University Bloomington Literatur und Musik. Und dort habe ich beschlossen, drei bis vier Monate in New Orleans zu verbringen, um andere Luft zu schnuppern, ein bisschen auch, um dem Blizzard zu entkommen, und vor allem ein ganzes Trimester den Büchern fernzubleiben. Und nur praktisch zu arbeiten. Ich habe eine gute Wohnmöglichkeit in Aussicht, kann in der Stadt eine Bude einhüten und muss nur die Blumen gießen und eine Katze versorgen, während die Besitzerin weg ist. Ich hab mir vorgenommen, eine Blues-und-Jazz-Kur zu machen, jede Menge Musiker zu treffen, alte Instrumente aufzutreiben, vor allem alte Gitarren, die noch die Seele desjenigen in sich tragen, der sie zum Klingen gebracht hat. Was Brookville angeht, so ist das voll der Zufall. Ein Kumpel hat mich hier gestern Abend abgesetzt ... Er sollte mich bis nach Cincinnati fahren, aber wir mussten wegen des Schnees anhalten. Null Sichtweite, glatte Straßen, das wurde zu gefährlich. Aber im Grunde war das ein Glück, denn sonst würde ich mir vermutlich jetzt noch in Ohio den Arsch abfrieren und hätte dich nicht getroffen!«

»Cool! Ich bring dich ans Ziel, und du leistest mir Gesellschaft: Läuft doch! Und so kommt mir die Strecke weniger lang vor! Sag mal, kannst du uns nicht ein bisschen Musik machen?«

Auf Joshs Vorschlag hin untersucht Alex das Handschuhfach, in dem ungefähr zwanzig CDs liegen. Einige unbekannte Indie-Rock-Gruppen, außerdem Pearl Jam, Soundgarden, Nirvana, die Pixies, Beck und Jane's Addiction.

»Nicht schlecht!! Gegen das, was du so hörst, gibt es nichts einzuwenden! Wir könnten den Tag mit *Pork Soda* von Primus anfangen. Ist das okay?«

»Ja klar, super!! Wirf's ein und stell lauter! Ich habe sie letztes Jahr in Indianapolis gesehen. Echt krass!«

Alex schließt die Augen und schläft ein, ohne es zu bemerken, obwohl der virtuose Bass und die mörderischen Hirngespinste von Les Claypool die Fahrerkabine mit Selbstmord, Mord und psychischen Krankheiten füllen ...

Als sie aufwacht, hat Josh angehalten, um vollzutanken. Das Verstummen von Motor und Musik haben sie aus ihrem Schläfchen geholt. Es ist schon elf Uhr, sie haben gerade Louisville hinter sich gelassen.

Sie steigt aus, um in den Tankstellenshop zu gehen, kauft Cola, Cookies und eine Stange Camel *Wide Gauge*. Dann sucht sie ziellos in einer Box mit Sonderangeboten, fischt *Manic Nirvana* von Robert Plant heraus und *Live in NYC '97* von Johnny Winter und nimmt beide Scheiben mit zum Truck. Sie bietet Josh eine Zigarette an, und sie rauchen schnell, denn es ist kalt, und der geschmolzene Schnee durchdringt nach und nach ihre Klamotten. Dann geht es weiter. Auf den Weg nach Tennessee und dem mystischen Nashville.

Er erzählt ihr von seinen Jahren auf der High School, als er Sänger und Leadgitarrist in einer kleinen Coverband war. In jener Zeit spielte er an jedem Wochenende J Mascis und Frank Black. Ein etwas gequälter Grunge-Musiker: die absolute Mädchenfalle, unwiderstehlich, fatal. Die Mädels fielen um wie die Fliegen. Bis er selbst abfuhr, und zwar auf Debbie.

Dann berichtet Alex ihm von ihrem allerersten Konzert vor Publikum. Hundertfünfzig, zweihundert Personen in einem angesagten Alternativclub in Bloomington, voller Studenten. Sie war dermaßen verkrampft an jenem Abend, hatte Herzklopfen und viel zu feuchte Hände, um zu spielen, und sie versteckte sich mit ihrem Bass hinter dem Verstärker. Während des ganzen ersten Teils war sie die unsichtbare Bassistin, bis ihre Kumpel kamen und sie aus dem Versteck holten: Sie hatten Angst, dass man sie verdächtigte, zum Playback von einem Band zu spielen ...

Mit einem Hauch von Nostalgie sind beide sich einig, dass es nichts Vergleichbares dazu gibt, mit ein paar Kumpeln eine Session zu spielen, selbst in einem Keller oder einer heruntergekommenen Kneipe, selbst vor zehn Personen. Und die Erinnerung an diese kollektive Energie lässt ihre Finger kribbeln ...

Die Kilometer spulen sich ab, der Tag beginnt sich zu neigen. Vor mehr als anderthalb Stunden haben sie Nashville umfahren, und es wird Zeit, ans Anhalten zu denken. Um etwas zu essen und auch zu schlafen.

Erste Aromen des Südens bei *Betty's Spoon, from dawn till dusk.* Sie nehmen beide den *fried catfish* mit heißem *cornbread,* gut gewürzt mit Jalapeño. Und sie lassen sich von Betty überzeugen, ihre Süßkartoffeltorte mit Muskat zu probieren, das Ganze abgerundet mit einem guten Glas Milch. Alex hat auf Bier verzichtet, um Josh, der bis New Orleans keinen Tropfen Alkohol trinken wird, nicht in Versuchung zu bringen.

Dann lehnt sie die Schlafnische ab, die er ihr überlassen will, und schläft auf dem Beifahrersitz ein. Dabei stellt sie sich vor, dass irgendwo rechts von ihr, hinter den Bergen und den überschwemmten Prärien, die reflektierende Oberfläche des Mississippi schimmert, der den Mond und die Sterne bis zum Delta mit sich zieht. Sie summt »What a Wonderful World« vor sich hin, ein Song, dessen zuckersüße, herrlich utopischen Worte für sie wie die Reflexion dieses perfekten Tages sind.

Kapitel 2

7. Februar 2005, Interstate I55 S, zwischen Jackson und New Orleans

Nachdem sie die Nacht in Jackson verbracht haben, sind sie vor gut zwei Stunden von dort losgefahren und dürften am Ende des Vormittags in New Orleans ankommen. Der Verkehr ist flüssig. Das Wetter hat sich gebessert. Schnee, Matsch und das winterliche Grau sind vorbei. Die Temperaturen sind etwas milder, und der Himmel zeigt sich in einem verwaschenen Jeansblau.

Alex freut sich auf ihren Aufenthalt in Louisiana. Alle möglichen filmischen, musikalischen und literarischen Referenzen fallen ihr gleichzeitig ein und erzeugen in ihrem Kopf ein kunterbuntes Durcheinander von anachronistischsten und unwahrscheinlichsten Begegnungen. Und mehr denn je hat sie den Eindruck, in einem Traum in Technicolor zu sein.

Dort sieht sie sich, wie sie in eine Straßenbahn mit dem Namen *Desire* steigt und an der Endstation Marlon Brando trifft, der ein weißes, ärmelloses T-Shirt trägt und gerade mit Dennis Hopper und Peter Fonda, die ihre Harley *Chopper* in seinem Hof geparkt haben, Karten spielt. Überglücklich bleibt sie ein Weilchen bei ihnen, überlässt sie dann ihrer Partie, um eine andere Straßenbahn zu nehmen, die *Cemetery* heißt und sie zum Friedhof St. Louis bringt. Dort findet sie die drei wieder. Sie sind auf einem LSD-Trip und haben sich in den Kopf gesetzt, in dem Labyrinth der Mausoleen das Grab von Marie Laveau zu finden, der großen kreolischen Voodoo-Priesterin. Sie wollen dort ein Bukett ablegen, das sie für sie zusammengestellt haben, mit dicken Mohnblumen aus

Papier, deren Blütenblätter schwarz gesprenkelt sind. Sie wandern auf und ab, beschimpfen die Statuen, verlieren sich zwischen den hoch aus der Erde ragenden Sarkophagen aus den Augen und haben ihren Spaß daran, die französischen Grabinschriften zu entziffern. Genau in diesem Moment tritt Roberto »Heuler« Benigni auf, unglaublich, und schreit aus Leibeskräften »I scream, you scream, we all scream for ice cream«, ununterbrochen, in einem hysterischen Crescendo. Danach erscheint John Lurie und unterstreicht die ausgelassene Konjugation mit fiebrigen Trillern auf dem Saxofon, während Tom Waits, der ebenfalls dort ist, mit seiner Stimme, die an Straßenkatzen erinnert, ein kontrapunktisches Stakkato improvisiert. Alex entscheidet sich davonzuschleichen, als Brando anfängt, halluzinogene Blüten an die durchgeknallte Clique zu verteilen ...

Sie geht los, um das alte Krokodil von Tennessee Williams in der Royal Street zu finden. Er nimmt sie mit in ein Café, wo sie ihm stundenlang zuhört, wie er Blanche und Stella, Brick und Margaret, Serafina und Rosario heraufbeschwört, während er wie ein Zauberer kleine, von Laura ausgeliehene Glastiere aus der Tasche zieht, darunter ein zerbrochenes Einhorn, das er ihr schenkt. Dann gesellen sich Kennedy Toole, James Lee Burke, Truman Capote, William Faulkner, Mark Twain und Elmore Leonard zu ihnen, und alles geht wieder von vorn los. Alle stürzen sich in eine virtuos geführte Konversation, einzigartig komponiert aus Extrakten ihrer jeweiligen Werke und mit Bourbon angefeuchtet. Diese heitere Diskussion, flüssig und natürlich, begeistert Alex. Sie genießt dieses literarische Mosaik, dessen Elemente sich, obwohl unterschiedlich, perfekt überlappen. Spät in der Nacht kommt noch Anne Rice, aber ohne Lestat de Lioncourt und Louis de Pointe du Lac ... das ist schade ...

Alex stiehlt sich weg, denn man erwartet sie an einem anderen Ort. Sie springt in ein Taxi, das sie in den Little Gem Saloon in der Rampart Street bringt. Hier entwickelt sich eine außergewöhnliche Jamsession, die von vielen Sängern und lokalen Musikern mit Leben gefüllt wird. Unter den Leuten, die sich im Saal und auf der Bühne drängen, gelingt es ihr, Jelly Roll Morton und Fats Domino auszumachen, die sich ein Klavier teilen, um vierhändig etwas Unveröffentlichtes zu spielen, Mahalia Jackson und Louis Armstrong werden begleitet von der Trompete von Sidney Bechet, Harry Connick Jr. und Louis Prima, vertieft in eine Diskussion mit den Brüdern Marsalis, und der berühmte Dr. John, »The Night Tripper«, improvisiert mit B. B. King und Muddy Waters einen Boogie-Woogie. Und da sind immer noch all diejenigen, die sie nicht erkennt, so groß ist die Menge an diesem Abend, und so dreht sich in ihrem Kopf dieses imaginäre Wunderland für eine in Jazz und Blues eingetauchte Alice-Alex …

Sie schreckt auf, als Josh ihr ankündigt, dass sie kurz vor der Ankunft sind. Er schlägt vor, sie irgendwo in der Stadt abzusetzen, von wo aus sie leicht ein Taxi in die Magazine Street findet. Er wird seine Ladung löschen und in dem Motel einchecken, das für ihn reserviert ist. Sie verabreden sich für den frühen Nachmittag unter der Statue am Jackson Square, um das French Quarter zu erkunden.

Als Alex vor Nummer 1553 in der Magazine Street aus dem Taxi steigt, geht ihr farbenreicher Traum weiter. Lizzys Haus ist fantastisch. Das, was man ein *Creole Cottage* nennt, blassblau, mit einer *Front Porch*, die man über fünf Stufen erreicht und deren Dach von vier kleinen gedrechselten Holzsäulen getragen wird, deren obere Enden kunstvoll bearbeitet und geschnitzt und in verschiedenen Rosatönen bemalt sind. Ein Haus mit schmaler Fassade und mehr Raum im hinteren Bereich, vom Gehweg durch ein kleines, mit Büschen und Sträuchern bepflanztes Rasenstück und einen schmiedeeisernen Zaun abgegrenzt. Sie holt bei der Kassiererin im Drugstore an der Straßenecke die Schlüssel sowie eine Liste mit Ratschlägen.

Was sie sieht, als sie über die Schwelle tritt, begeistert sie noch mehr. Zimmer voller Pflanzen, Bilder und Bücher, eine bunte Mischung alter Gegenstände, deren Zusammenstellung aber weit davon entfernt ist, aus dem Raum eine zufällige und stickige Rumpelkammer zu machen, sondern ein Universum voller Wärme, einladend und gemütlich. Eine Hintertür führt von der Küche auf einen kleinen, vom dichten Astwerk eines Pecannussbaumes geschützten Garten hinaus.

Garfield, in Abwesenheit seines Frauchens Herr des Hauses, maunzt ihr einen Willkommensgruß entgegen. Ein dicker roter Kater, der von der Statur her an den von Jim Davis erfundenen erinnert. Alex hofft, dass er nicht dessen schlechten Charakter hat, obwohl der Kater von Fat Freddy noch schlimmer wäre, und vor allem noch schlechter erzogen ... Sie wird ausprobieren, ob Lizzys Kater, so wie sein Namensvetter, Fan von Nudeln und Lasagne ist ...

Sie bringt ihre Sachen in die erste Etage, in eines der beiden Mansardenzimmer auf der Straßenseite, in das in Höhe der Äste alter Eichen Licht durch zwei Dachfenster fällt.

Dieser Aufenthalt beginnt unter den besten Vorzeichen. Garfield, der ihr gefolgt ist, eskortiert sie wieder ins Erdgeschoss und führt sie zu einem Wandschrank, in dem Alex das Lager von Trockenfutter entdeckt, auch ohne die Ratschläge gelesen zu haben. Sie füllt den Katzennapf, streichelt den Kater zum Abschied und macht sich zu Fuß auf den Weg ins *French Quarter.*

Sie ist eine gute Stunde zu früh, als sie unter der Reiterstatue von General Andrew Jackson ankommt, und entscheidet sich dafür, das Gitternetz der historischen Straßen zu durchstreifen. In der Stadt ist die Aufregung vor dem Karneval zu spüren. Alle Schaufenster sind voll mit Perlen und Federmasken in grellen Farben. Die Straßen sind mit Touristen verstopft, die mit dem Plan in der Hand flanieren, die Nasen hochgereckt zu den schmiedeeisernen Balkons der großartigen Häuser aus der Kolonialzeit, die wie im Kino aussehen.

Alex entdeckt einige Cafés und Lokale, die *Live Jazz Performances* und *Happy Hours*, täglich ab 17 Uhr, anpreisen. Aus Lautsprechern, die an den Straßenlaternen befestigt sind, hört man festlichen Brassband-Jazz für fröhliche Paraden und Trauerzüge, angeführt von einer virtuosen Tuba, die den Takt für den Marsch und das Schmettern der Trompeten, Posaunen und Saxofone vorgibt.

Alex ist voll und ganz eingetaucht. Sie liebt New Orleans vom ersten Moment an. Hier fühlt sie sich wohl, und bald wird sie eine Routine entwickeln, um besonders gut versteckte Winkel der Stadt zu entdecken und die Bibliotheken zu erobern, die Lizzy empfohlen hat. Und vor allem Konzerte besuchen, jeden Tag, immer Konzerte.

Sie geht zurück, um Josh auf dem Platz zu treffen, und los geht's. Ihn dabei zu beobachten, wie er seine ersten Schritte in die Bourbon Street setzt, ist ein Vergnügen. Er ist elektrisiert wie ein kleiner Junge, der in einem Vergnügungspark nicht weiß, wo er zuerst hinsehen soll. Mit seiner kleinen Digitalkamera hält er alles fest. Souvenirs für Debbie.

Schon bald verleitet sie ein blauer Neonpfeil mit seinem verführerischen Blinken, sich in eine offene Toreinfahrt zwischen zwei Häusern zu begeben, die zu einem quadratischen, mit Bäumen bestandenen Innenhof führt. Die Bar unter freiem Himmel ist um einen zentralen steinernen Springbrunnen gruppiert, in dem nicht Wasser, sondern ein orangefarbener, beinahe fluoreszierender Cocktail fließt. Die Theke besteht aus einem dunklen Holzring aus Teak oder Nussbaum, in dessen Innerem sechs Angestellte gerade Shaker schütteln, als sie ankommen.

Hurricane, Vieux Carré, Mint Julep, Sazerac, Hand Grenade, Pimm's Cup ... Die Karte schlägt ein gefährliches, aber unwiderstehliches Programm vor, und in ihrer kindlichen Begeisterung entscheiden sich Josh und Alex, alles auszuprobieren, beinahe jedenfalls. Sie müssen ihre Ausweise zeigen, als sie die ersten Gläser bestellen. Sie sind älter als 21 und haben die Erlaubnis, über den Durst zu trinken und so viel, bis sie umfallen.

Der Hurricane mit drei verschiedenen Sorten Rum, mit nur wenig Orangen- und Ananassaft verlängert und gefärbt mit einem Hauch von Grenadine, geht direkt ins Blut und steigt unmittelbar ins Hirn. Der Effekt eines Orkans, der dem Getränk den Namen gab, lässt nicht lange auf sich warten. Durch den Kopf fegt ein veritabler Sturm, der euphorisch, redselig und besonders gesellig macht.

Eine Runde folgt auf die nächste, immer schneller, seit Josh zwei Landsleute aus Indiana getroffen hat, Ted und Jason. Echte, authentische *Hoosiers*, noch Studenten und trinkfeste *Spring Breakers.* Um vier Uhr nachmittags sind sie alle im wahrsten Sinne des Wortes außer Gefecht gesetzt.

Alex kommt nicht mehr von der Theke weg, und sie bestellt als Absacker einen Mint Julep, fasziniert von dem Barmann, dem sie dabei zusieht, wie er die Minzblätter und den Puderzucker mit einem Holzstößel zerreibt und dann die Zutaten mit Bourbon und Eis vermischt, das die Gläser sofort mit Raureif überzieht ...

Sie haben alle Schwierigkeiten, gerade zu gehen, als sie, die Arme untergehakt, auf die Straße treten. Ein Haufen lustiger Betrunkener auf der Suche nach einem Nachmittagsimbiss. Sie müssen unbedingt etwas essen. Jason und Ted schlagen vor, zu *Hooters* zu gehen, das sie seit ihrer Ankunft zu ihrer Kantine erkoren haben. Josh stimmt sofort zu; er habe immer davon geträumt, diesen Ort einmal zu sehen. Alex schließt sich gern an. Sie weiß überhaupt nicht, wovon sie sprechen, aber sie ist bereit, sie zu begleiten, egal wohin, vorausgesetzt, sie kann sich vor einen großen Teller mit Pommes frites setzen, die ihr dabei helfen werden, das Meer von gezuckertem Alkohol aufzusaugen, der sie ebenso schwerfällig wie putzmunter macht.

Es handelt sich um eine Sportbar, eine echte Männersache, und nicht nur weil diverse Bildschirme an den Wänden angebracht und von allen Tischen aus zu sehen sind, die pausenlos sportliche Wettkämpfe jeglicher Disziplinen ausstrahlen. Es sind die *Hooters Girls*, die die Attraktion des Lokals ausmachen.

Ein Team scharfer Häschen, eine Sammlung von zumeist blonden Modepüppchen, die in orangefarbenen Hotpants, die wie eine zweite Haut auf ihren kleinen runden Ärschen sitzen, mit den Hüften wackeln und vor den Nasen der Gäste ihre vorspringenden Brüste balancieren, die in weiße Bustiers gezwängt sind, die vorn durch eine ebenfalls orangefarbene Schleife geschlossen werden. Die an die Nähweise von Baseball-Bällen erinnert. Die verhindert, dass die Titten rausspringen und einem Kunden die Augen ausstechen. Die lauthals zu rufen scheint: »Öffne mich!« oder auch: »Träum weiter!«

Alex findet Spaß daran, die in der Bar hin- und herlaufenden Mädchen und ihre drei Trinkkumpel zu beobachten. Der Wolf von Tex Avery in dreifacher Version, mit Stielaugen, offen stehenden Mündern und geilem Sabbern. Sie wissen nicht mehr, wohin sie gucken sollen, verrenken sich den Hals, um Debra, Joy, Wendy, Michelle und die anderen anzuglotzen. Eine Drehung von fast 360 Grad, durch die sie dem Maskottchen des Ortes ähnlich werden, einer orangefarbenen Eule, der die beiden oo von Hooters einen halluzinogenen Blick verleihen.

Die Serviererinnen strotzen alle vor Energie, die Körper straff wie bei Bodybuildern. Und auch gut geformt. So wie bei Menschen, die sich von Eiweiß ernähren, das mit Wachstumshormonen und Botox gewürzt ist. Alex sagt sich, dass sie alle James-Bond-Girls sein könnten, Cheerleader von großen Mannschaften, Models für *Victoria's Secret*, die Miss World aus Venezuela, Playmates oder Pin-ups in Kalendern. Überdies wird der *Hooters Calendar* auf dem Tresen zum Verkauf angeboten. Fotos im Badeanzug der Finalistinnen der *Miss Hooters International Competition*. Ein Muss, sicher, das die Kumpel beim Losgehen unbedingt kaufen müssen …

Sie sind vom Ballett der Pompon-Girls so abgelenkt, dass sie die Speisekarte noch immer nicht angeschaut haben. Aber Alex hat wirklich Kohldampf, beschleunigt die Sache und gibt einer großen falschen Blondine Zeichen, als sie in Sichtweite kommt. Sie ist sofort da und hängt ihre Titten über die spiegelnde Oberfläche des runden Tisches, der auf einem mittig angebrachten Fuß steht. Dessen Höhe ebenso wie die der Hocker, die sie erklimmen mussten, genau auf diesen Effekt kalkuliert ist. Das wird jetzt sonnenklar …

»Hi guys! How are you doing today? I'm Melissa. What can I get you?«

Alex kann sehen, wie sich die drei Besessenen auf einen einzigen, zentralen Punkt konzentrieren, exakt auf die Mitte der beiden Brüste ihrer Kellnerin, deren straff gespannter BH aus Lycra unter dem Druck des Silikons fast zu platzen scheint. Oder unter der Glut ihrer Blicke. Sie schätzt Melissa ein, wiegt sie, misst sie, berechnet ihre Maße. Ein kleiner Brötchenarsch Größe 36, vielleicht 34, darüber ein 95–100 F-Körbchen. Eine echte Männerfantasie auf Beinen, ein Abklatsch von Jessica Rabbit, mit einer Figur perfekt für ein Cartoon, aber aus der Nähe betrachtet mit merkwürdigen Proportionen …

Alex' Gedanken schweifen einen Moment ab. Beschwingt von ihrem kleinen Ausflug in die Arithmetik und von Melissas ungewöhnlichen Formen, denkt sie an die Evolutionstheorie und hat plötzlich eine Eingebung: die Vision einer Welt, die bald, in einer nicht allzu fernen Zukunft, mit kugelförmigen, schwebenden Wesen bevölkert sein wird, die sich gegenseitig umkreisen, sich annähern und für einen kurzen Kontakt zusammenstoßen, bevor sie wieder abprallen für andere Kollisionen. Eine Art von *Speed Dating*, nur schneller und zufälliger, ein großes Ball- oder Billardspiel, mit Kugeln unterschiedlicher Größe, die sich durch wechselnde Polaritäten unvorhersehbar anziehen und abstoßen. Jedes Individuum würde aus vier schwebenden Kugeln bestehen, die paarweise angeordnet sind. Die Weibchen wären Milchkugeln und ein Paar Gesäßmuskeln, die Männchen Augäpfel und ein Paar Eier. Ein vereinfachtes Universum, entkleidet von Chichi und Überflüssigem. Alles nur Trieb und nackte Impulse. Ohne Gehirne. Sofort erkennbar.

Die näselnde Stimme der blonden Melissa wiederholt die Begrüßung und lenkt die Aufmerksamkeit der vier wieder auf die Speisekarte. Alex, die bereits gewählt hat, bestellt eine Portion Chili und Pommes frites. Die drei anderen, die immer noch keinen Blick auf die Karte geworfen haben, machen es ihr nach, und man könnte fast meinen, sie hätten ihren Hunger vergessen. Ein Krug Bier zur Erfrischung. Und das ist in diesem Moment die beste Nahrung. Weil dieser Tag echt schön ist und der Effekt der Hurricane-Mint-Julep-Mischung weit davon entfernt, sich zu verflüchtigen ...

Es ist dunkel, als sie aufbrechen, und sie denken alle nur daran, sich in ihre Buden zurückzuziehen, um auszuruhen. Kein Konzert, keine Happy Hour in der Royal Street heute Abend. Sie haben mehr als genug. Josh fährt morgen im Laufe des Vormittags zurück, und bevor er New Orleans verlässt, muss er seinem Sohn ein T-Shirt vom Hard Rock Café besorgen. Und auch ein Geschenk für Debbie, für ihren Hochzeitstag in der nächsten Woche. Er hat gerade einen Juwelier entdeckt, bei dem er reinschauen will, bevor er zum Hotel zurückgeht. Alex bedankt sich bei ihm fürs Mitnehmen. Nach einer Reihe überschwänglicher Umarmungen trennen sie sich. Sie ruft ein Taxi, lässt sich auf die Rückbank fallen und sagt sich, dass es stark beginnt. Und das ist erst der Anfang.

Kapitel 3

4. März 2005, New Orleans, Mojo Coffee House, 1500 Magazine Street

Alex hat sich im Mojo niedergelassen, nur einen Katzensprung von Lizzys Haus entfernt. Sie geht gern morgens mit ihrem Notebook dorthin, um beim Kommen und Gehen an diesem eher ruhigen Ort ein wenig an ihren Artikeln zu arbeiten. Sie trinkt dort einen gewürzten Colombian Supremo, den sie mit Honig süßt, einem guten Löffel Sahne aufhellt und mit Zimt bestreut. An diesem Morgen erwartet sie Winston, einen Gitarristen, den sie gestern in der Chartres Street getroffen hat und von dem sie ein Porträt machen will. Sie packt eine Artikelserie über Straßenmusiker an, die sie Spezialmagazinen anbieten will.

Sie denkt zurück an die vergangenen Wochen. Der Karneval war eine große Enttäuschung. Oder vielleicht auch nicht. Sie hatte die Szene aus *Easy Rider* im Kopf, das Herumspazieren in den belebten Straßen, in denen man trotzdem flanieren konnte, einen Mardi gras, unterlegt mit dem souligen Rhythmus von »When the Saints Go Marching In«, zweistimmig mit Gitarre und Tamburin. Und alles, was sie gesehen hat, war eine Touristenattraktion, eine laute, sinnfreie Parade für diejenigen, die sich Disneyland nicht leisten können.

Alles unecht, alles aus Plastik. Die Perlenketten, die Goldmünzen, das Spielzeug, das in die Menge geworfen wird und im Rinnstein landet, weil niemand sich die Mühe macht, es aufzusammeln. Aus Plastik. Sogar die Brüste, die die Frauen aufblitzen lassen, wenn man ihnen »*Show your tits*« zuruft. Plastik. Insofern hat sie darauf verzichtet, sie hat das lärmende, seelenlose Gedränge verlassen, hat sich von der dichten Menge entfernt und ist ins Haus in der Magazine Street zurückgekehrt.

Seit drei Tagen geht sie jeden Abend ins Tipitina's in der Napoleon Avenue, um dort Coco Robicheaux zu hören, einen Bluesman, halb Choctaw, halb Cajun, halb Voodoo-Hexenmeister, den sie entdeckt hat und für den sie schwärmt. Eine heilige Gestalt, spektakulär durch seine elegante Exzentrik und auch all die Talismane, mit denen er seinen langen Haarzopf, den Hals und die Handgelenke schmückt. Aber er imponiert vor allem durch sein gutes Aussehen, sein wahnsinniges Charisma und eine warme, raue Blues-Stimme, ein wenig wie die Sandpapierstimme von Tom Waits, schwer und tief.

Sie hat einen Artikel über seine Sensorische Deprivationskammer gelesen, ein Zimmer in seiner Wohnung, ein Tempel oder besser ein Heiligtum, das niemand außer ihm betreten darf, in das er sich jeden Tag zurückzieht, um vor jedem Auftritt für eine Stunde in einer Meditation zu versinken. Das Zimmer badet in inspirierenden Wellen, die von einer Galerie von Ikonen ausgehen, mit denen die Wände tapeziert sind. In diesem persönlichen Pantheon sind seine heilkundige Großmutter, Jimi Hendrix, Buddha, Janis Joplin, Mutter Teresa und Jesus versammelt. Alex fragt sich, ob es davon eine vereinfachte Version gibt, etwas Tragbares, das er mitnimmt, wenn er New Orleans verlässt. Diese Frage könnte sie ihm heute Abend stellen. Denn sie haben sich für ein Interview verabredet.

Sie bemerkt ihren Gitarristen. Durch das Schaufenster lächeln sie sich zu. Dann öffnet sie ihren Ordner »Street musicians«. Er wird die Nummer 7 tragen.

Kapitel 4

2. April 2005, Plaquemines Parish

Sie fährt auf einer unbefestigten Straße zwischen den Sümpfen. Holprig und durchsetzt mit Schlaglöchern, so groß wie von Granateinschlägen. Alex hat sich für zwei Tage ein Auto gemietet und sucht in der Gemeinde Pointe à la Hache nach einem sonntäglichen *Seafood Boil.*

Gleich nach ihrer Ankunft in Louisiana ist sie zufällig über einen Hinweis auf eine solche Veranstaltung gestolpert. Eine handgeschriebene Anzeige, auf blaues Papier kopiert und an einem Telegrafenmast an der Route 23 geheftet, die eng an den letzten Windungen des Mississippi bis zum *Delta National Wildlife Refuge* verläuft. Zuerst wollte sie hier nur ein Rando-Foto machen, aber dann hatte sie schließlich in Boothville-Venice für ein *Crawfish Boil* angehalten. Und diesen Tag nicht bedauert.

Seither durchstreift sie jedes Wochenende die Landstriche, die New Orleans umgeben, auf der Suche nach diesen kleinen gastronomischen Basaren, die normalerweise als Spendenaktion von einer Kirche oder einer Gemeinde organisiert werden.

Als sie den Gemeindesaal betritt, breiten sich köstliche Wohlgerüche einer würzigen Bouillon vor ihr aus, großzügig abgeschmeckt mit Cayennepfeffer, der die Geschmacksknospen stimuliert und in den Augen beißt. Die Krustentiere werden hier mit Maiskolben, neuen Kartoffeln, Zwiebeln und ganzen Knoblauchknollen gekocht. Dann werden sie, kaum abgetropft, auf riesigen Platten in einer herrlich duftenden Dampfwolke serviert, direkt auf den großen gedeckten Tischen, die für den Anlass mit mehreren Schichten Zeitungspapier bedeckt sind.

Man angelt sich etwas heraus und entfernt die Schale, während man mit seinem Gegenüber oder seinen Nachbarn diskutiert, die man nicht selten bespritzt, wenn man die Köpfe der Flusskrebse abreißt und dabei Saft austritt. Ein echtes Festessen mit einfachen Kontakten, eine Gelegenheit, Menschen der Region zu treffen, einen unbeschwerten Nachmittag zu verbringen, und all das für nur wenige Dollar. Zwei oder drei eisgekühlte Biere, um das Feuer des Pfeffers zu löschen, und ein bisschen Pekannuss-Pie für den süßen Abschluss. Danach hilft man dabei, sauber zu machen, die Haufen von Krebspanzern von den Tischen abzuräumen, und der Tanz nach dem Festschmaus kann beginnen.

Am Nachmittag herrscht im Allgemeinen buntes Treiben. Ein paar alte Leute aus der Gemeinde spielen *Roots*-Musik, waschechten Zydeco, originalen *Swamp Pop* oder *Bayou Boogie* wie den, den man in den 1930er-Jahren hören konnte. Oft mit Instrumenten der damaligen Zeit. Pures Glück.

Alex bereitet gerade eine neue Artikelreihe vor, Porträts von Musikern, alten *Washboardern*, Banjo-, Konzertina- oder Harmonikaspielern, alles Autodidakten, die nur selten ihre Geburtsorte verlassen haben. Sie interessiert sich auch für solche genialen Künstler, die weiterhin in ihrer Scheune Gitarren für den eigenen Gebrauch oder für hochkarätige Musiker zusammenbauen. Gerade hat sie eine von diesen alten, vertrockneten Fideln und eine Dobro gefunden, die wie keine anderen klingen. Wunderbar gearbeitete Instrumente, wie man sie in einem Musikladen von New Orleans nie finden würde, und nach denen man hier auf die Suche gehen muss, in kleinen Orten, die kaum auf Karten verzeichnet sind.

Überdies hat sie keine Karte und muss eine Abzweigung übersehen haben, da sie sich auf einer Straße befindet, die eher ein

Matschweg ist, auf dessen Wagenspuren sie seit einigen Kilometern im Zickzack fährt. Das Auto wird also ziemlich schlimm aussehen, wenn sie es morgen zurückgibt ... Doch der Ausflug ins Herz der Sümpfe, in einen Mangrovenwald, lohnt das allemal.

Zwei Männer auf Quads kommen ihr entgegen, blenden die Scheinwerfer auf und stieren sie im Vorbeifahren an. Sie grüßt mit einem Kopfnicken und verliert sie schnell aus dem Rückspiegel.

Die magische, gespenstische Schönheit der Landschaft verwirrt und fasziniert sie gleichermaßen. Sie beschließt, ein wenig anzuhalten, bevor sie umdreht. Denn das könnte schwierig werden, da die Gefahr besteht, im Schlamm stecken zu bleiben. Sie zündet sich eine Zigarette an und gibt sich der über den Sümpfen liegenden Stille hin, die im grauen Licht dieses bedeckten Tages düster erscheinen könnte. Doch Alex findet sie erholsam und friedlich.

Die Lagune sieht aus wie geschmolzenes Blei, dumpf. Die Oberfläche ist voller seltsamer, unförmiger Stümpfe. Luftwurzeln der Sumpfzypressen. Eine Landschaft wie bei Tolkien, die *Totensümpfe*, auf denen die Kadaver der in der großen Schlacht von Dagorlad gefallenen Kämpfer treiben. Hier ist sie in *Mittelerde*, und dieser Name passt perfekt zu der von Wasser umgebenen Landzunge, auf der sie sich befindet.

Ihre Fantasy-Träumerei wird von einem Motorengeräusch unterbrochen. Zwei Motorengeräuschen. Es sind die beiden Typen auf den Quads, denen sie kurz zuvor begegnet ist. Sie halten auf ihrer Höhe an, stellen die Motoren aus, steigen von ihren Maschinen und sehen sie auf eine Art an, die sie auf Anhieb als Feindseligkeit deutet.

Sie könnten Vater und Sohn sein, der eine ungefähr vierzig und mit dickem Bauch, der andere zwanzig Jahre jünger und einen Kopf größer. Derselbe Blick, blau und kalt. Sie tragen Drillichanzüge, und ihre schweren Stiefel sind mit Schlamm bedeckt. Ohne Zweifel Jäger, Wilderer, Alligator-Mörder. Typen aus der Gegend.

Naturburschen. Der Vater spricht als Erster. Der Sohn starrt sie weiterhin ausdruckslos an.

»Na, meine Schöne, hast du dich verfahren?«

Alex hat das Gefühl, dass sie in ihr Auto steigen, einen Ort zum Wenden suchen und auf den *State Highway* fahren sollte. Jetzt bedauert sie, dass sie den Highway verlassen hat. Die beiden Quads parken hinter ihr, der Rückwärtsgang ist also keine Option. Auf jeden Fall wird sie nicht kilometerweit durch morastige Wasserlöcher stolpern.

Um die Unruhe zu verbergen, die in ihrem Kopf die Lampen *Bedrohung* und *Gefahr* aufleuchten lässt, nimmt sie einen tiefen Zug von ihrer Kippe und antwortet so natürlich wie möglich.

»Nein, nicht wirklich. Ich schau mich nur um. Es ist eine schöne Gegend, und ich habe gerade eine Pause gemacht, um die Sümpfe zu bewundern. Aber jetzt werde ich weiterfahren. Ich muss ein paar Freunde treffen, die mich in Pointe à la Hache zu einem *Crawfish Dinner* erwarten. Haben Sie eine Idee, wo ich umdrehen kann?«

Der Vater nähert sich und pflanzt sich vor ihr auf. Dringt in ihre Sphäre ein, in diese unsichtbare Blase, deren Materialität erst in dem Moment zutage tritt, in dem jemand gewaltsam Raum beansprucht, ohne dass er dazu eingeladen wurde. Alex fühlt ein Kribbeln im Nacken. Sie ist in Versuchung, einen Schritt zurückzuweichen, aber sie bietet all ihre Kräfte auf, bleibt am Platz stehen und hält dem Blick, mit dem er sie anstarrt, stand.

»Du weißt, dass du dich hier auf einem Privatweg befindest! Du bist bei mir, auf meinem Eigentum. Und du hast hier nichts zu suchen!«

Ihr Magen zieht sich zusammen. Die Situation wird kompliziert. Mit diesen Typen ist offensichtlich nicht gut Kirschen essen. Sie sehen nicht so aus, als ob man mit ihnen ein Schwätzchen halten könnte. Sie versucht einen ersten Schritt, um am Vater vorbeizukommen, und wendet sich in Richtung ihres Autos. Sie verhält sich unauffällig, sorgfältig darauf bedacht, die Mine zu entschärfen, bevor sie explodiert. Und von hier abzuhauen. Die neutrale, bedächtige Stimme, mit der sie antwortet, erstaunt sie selbst. Ohne Anzeichen der Angst, die sich in ihr auszubreiten beginnt.

»Es tut mir sehr leid. Ich muss eine Abzweigung verpasst haben. Ich kenne die örtlichen Straßen nicht so gut, und ich habe kein Schild oder Zeichen gesehen, das Ihr Eigentum anzeigt. Ich werde weiterfahren, ohne Ihnen Scherereien zu machen.«

Der Ältere greift nach ihrem Arm, fest, und zwingt sie, sich wieder zu ihm umzudrehen.

»Glaubst du im Ernst, dass du dich einfach so verdünnisieren kannst? Dich umdrehst, mit deinem kleinen Schlampenarsch zu deiner Karre wackelst und einfach Ciao sagst, ohne Wegegeld zu bezahlen?«

Die Alarmglocken schrillen auf höchster Stufe. Der Jüngere, der bis jetzt unbewegt geblieben ist, verschmolzen mit der Landschaft, erwacht zum Leben und schließt sich seinem Vater an. Er verzieht die Mundwinkel zu einem leichten Grinsen. Ohne Wärme, genau wie sein Blick. Er hat ein Jagdmesser herausgeholt und lässt die Spitze auf der Kuppe seines Zeigefingers tanzen, ohne Alex aus den Augen zu lassen. Sie weiß, dass sie es nicht mehr lange schaffen wird, ruhig und stoisch stehen zu bleiben, da ihr Körper danach schreit wegzulaufen.

»Nee, nee! So regeln wir die Angelegenheiten hier bei uns nicht. Wir mögen keine Eindringlinge, und denen, die ohne Einladung herkommen, machen wir schnell klar, dass sie nie wiederkommen sollten. Also, sag mal, Junior, was machen wir mit dieser kleinen Nutte, die hier auf unserem Grund und Boden die Touristin spielt? Hast du eine Idee?«

Junior, in Verlegenheit gebracht, weiß nicht, was er antworten soll, und wirft seinem Vater einen grimmigen Blick zu, leicht unruhig, als ob er eine Dummheit gemacht hätte und seine Reaktion fürchtete.

»Mach dir keine Sorgen, Sohnemann! Ich habe genug Ideen, wie wir ein bisschen mit dieser Schlampe spielen können!«

Sie brechen in Gelächter aus. Beide. Im Gleichklang. Ein animalisches Lachen, brutal, komplizenhaft. *Partners in crime*.

Es ist unmöglich, so zu tun, als ob alles normal weiterginge. Alex bricht innerlich zusammen. Tränen steigen ihr in die Augen. Ihr Herz gerät in Panik, ein dicker Kloß in ihrem Hals hindert sie am Schlucken. Die Autoschlüssel, die sie in ihrer Hand festklammert, beginnen ihr in den Handteller zu schneiden. Sie würde gern schreien, rufen, aber ihre Stimmbänder sind vor Angst wie gelähmt. Sie ist stumm. Alle Zellen ihres Körpers vibrieren vor Furcht. Sie kann ihre wilden Turbulenzen spüren. Und sie weiß, dass kein Schrei sie aus dieser beschissenen Situation herausholt.

Kapitel 5

2. April 2005, Plaquemines Parish

Da ihr alles entgleitet und sich im Kreis dreht, da sie nicht mehr sich selbst gehört, und da es nichts gibt, was sie tun könnte, bleibt ihr nur das: sich in ihren Kopf zurückziehen, dorthin, wo niemand sie finden kann, und weiter funktionieren, heimlich, um jeden Preis die Aktivitäten ihres Gehirns erhalten, das Pause zu machen scheint, betäubt, seitdem die beiden Typen sie in ihr Auto gesetzt und bis hierher eskortiert haben, wo der Weg aufhört.

Nachdem sie den Motor ausgestellt hat, bleibt sie sitzen, erstarrt in ihrem Wagen, beide Hände in perfekter 10-Uhr-Stellung ans Lenkrad geklammert. Angeschnallt. Sie sieht, wie sie sich nähern und ihr Zeichen geben auszusteigen, ihr Worte zubrüllen, die sie nicht verstehen kann. Sie hat gerade eine CD ins Autoradio eingelegt und auf maximale Lautstärke gedreht. Infectious Grooves, »Violent & Funky«. Trujillos Maschinenpistolen-Bass und die kochende Phrasierung von »Psycho-Mike« Muir kommen mit voller Power aus allen Lautsprechern. Alex wartet in ihrem Panzer aus Krach und Glas.

Die Musik dämpft auch ihre panischen Herzschläge und alle schreienden Alarmsirenen in ihr, die sie zu einer Reaktion treiben wollen. Der Vater hämmert mit Fäusten gegen das Fenster und bearbeitet die Tür hartnäckig mit Tritten seiner Stiefel. In einem letzten Versuch zu entkommen, hat sie sich eingeschlossen. Lächerlich, illusorisch, erbärmlich.

Mit wutverzerrter Miene macht er weiter und rüttelt am Auto. Dann gibt Junior ihm einen Schraubenschlüssel, mit dem er das

Fenster auf der Fahrerseite in eine Myriade winziger Diamantsplitter zerlegt, die sich im Innenraum verteilen. Alex schließt die Augen und hört, wie die Tür aufgebrochen und fast aus den Scharnieren gerissen wird, begleitet von einer Flut von Schreien und Beschimpfungen. Der Vater greift nach ihren Haaren, um sie aus dem Auto zu zerren, schafft es aber nicht und dreht durch. Er schüttelt sie, schlägt auf sie ein. Der Sicherheitsgurt hält sie auf ihrem Sitz fest, bis Junior ihn mit seinem großen Jagdmesser durchschneidet. Anschließend wirft er die CD aus, die nach wie vor auf voller Lautstärke läuft. Danach hört man nichts mehr außer dem Atem der drei.

Sie zerren Alex einige Meter durch den Schlamm, zwingen sie dann, sich aufzurichten und vor ihnen herzugehen. Sie taumelt, versucht, wieder zu Atem zu kommen.

Sie hat die Augen wieder geöffnet und schaut sich um. Nimmt die Umgebung auf, fotografiert sie gedanklich mit weit aufgerissenen Augen. Um sich an irgendetwas festzuhalten, die Panik zu dämpfen, die ihre Lunge zusammenpresst, und vor allem nicht an das zu denken, was folgen wird, an das, was ihr geschehen wird, sehr bald. Allein das Hier und Jetzt zählt, an das sie sich voller Verzweiflung klammert.

Sie befindet sich in einer Sackgasse, inmitten einer überschwemmten Landschaft, so weit das Auge reicht, aus der ein schwerer Moder-, Fäulnis und Humusgeruch aufsteigt. Ein Hund, eine Pitbull-Kreuzung, begrüßt sie, aus Leibeskräften kläffend. Er würgt sich mit seinem Halsband, das mit einem Drahtseil verbunden ist, das ihm erlaubt, die ganze Breite des Hofes vor dem vermutlichen Haupthaus abzudecken. Der Hofhund ist mit verblassten Narben bedeckt. Wahrscheinlich von Kämpfen oder auch Auseinandersetzungen mit Ratten, Nutrias, Opossums und Waschbären. Oder Eindringlingen.

Ein Pick-up der Marke Dodge Ram in rostigem Blau zerfällt in seine Einzelteile. Ein Trial-Motorrad ist gegen ein zweites, kleineres Gebäude gelehnt, vielleicht ein Bootsschuppen, unter einer frischen Alligatorhaut, die zum Trocknen an die Schindeln genagelt ist. Es gibt auch eingezäunte Pferche, vielleicht für Geflügel oder Schweine, aber Alex sieht keine.

Sie stoßen sie in die Richtung von etwas, das eine Garage sein kann oder ein hölzerner Verschlag. Sie hört die Männer mit gesenkten Stimmen sprechen und hämisch lachen. Der junge Typ macht die Tür weit auf, und sie entdeckt eine Art Studio oder Junggesellenwohnung, in der eine Sammlung zerschlissener, ausrangierter Möbel steht. Sie sind offensichtlich bei Junior, der Vater wohnt wohl im großen Haus. Alex setzt ihre Bestandsaufnahme fort, und sie weiß, dass ihre Zeit knapp wird, zu Ende geht, dass sie sich nicht ablenken lassen darf, dass sie weiter auf ihrem Seil balancieren muss, ohne in die Leere unter sich zu schauen.

Wie ein zum Tode auf dem Schafott Verurteilter, lebendiger denn je, auf alle Empfindungen achtend, denn es sind die letzten, analysiert sie das Zimmer, nimmt es auseinander, atmet es ein.

Vor ihnen, im Eingang, ein Sofa mit dem Rücken zur Tür und zwei kaputte Sessel gegenüber, die in besseren Zeiten mit braunem Rankenmuster auf goldbraunem Grund gepolstert waren. Rechts an der Wand ein Ständer mit drei Jagdgewehren und darunter auf dem Boden ein alter Röhrenfernseher, überragt von einem DVD-Player und einer Spielekonsole. Joysticks und Jewelcases lose drum herum verteilt. Links eine Spüle unter einem Fenster, das Glas vor lauter Dreck undurchsichtig, und eine Dartscheibe mit Pfeilen, die Wand von Einschlägen durchbohrt. Auf dem Sofatisch leere, umgestoßene Dosen, zwei randvolle Aschenbecher, ein Topf mit einem Rest Essen und einem darin klebenden Löffel, ein großes Messer mit Wellenschliff und ein in der Mitte aufgeschlagenes Pornomagazin. Alex setzt ihre Füße auf einen Teppich, eher ein Stück farblosen, fleckigen Teppichboden, übersät mit feuchten Salzflecken. Die schwere Luft riecht nach schlecht gespülter und schlecht getrockneter Wäsche, kaltem Tabak, verschüttetem Bier und Pisse. Und nach modrigem Sumpfbrackwasser, das durch die Bodenbretter sickert.

Als die Tür hinter ihr knallt, schreckt sie hoch. Der dünne Faden, an dem sie schon zappelt, reißt, und der freie Fall beginnt. Sie fängt an zu zittern, Tränen verschleiern ihren Blick, sie beginnt dumpf zu wimmern wie ein kleines Tier.

Einer der Männer drückt sich von hinten an sie und fängt an, sie brutal zu betatschen. Ihr entfährt ein furchtbarer Schrei, sie heult auf, und der Typ macht sich daran, ihre Brüste zu kneten. Sie schreit wieder, lauter. Er tut ihr weh, er zerquetscht sie. Sie kämpft, wie in einem Schraubstock zwischen seinen Armen und seinem harten Körper gefangen. Kann kaum atmen. Merkt, dass ihr Entsetzen, ihr Flehen und ihr Widerstand den Angreifer erregen.

Also wird ihr Körper schlaff, sie hört mit allem auf, ist still und beschließt, sich fallen zu lassen. Doch ihre plötzliche Folgsamkeit scheint ihm zu gefallen. Er lockert die Umklammerung ein wenig und leckt ihr mit rauer und heißer Zunge den Hals, während er sie zu einem der Sessel schiebt. Dann setzt er sich ihr gegenüber aufs Sofa. Junior kommt mit zwei Bieren, hält seinem Vater eines hin und hockt sich neben ihn.

Fast wie für einen Spieleabend. Aber ohne Chips.

»Los, du dreckige Hure, zeig uns, was du unter deinen Klamotten versteckst!«

Alex gehorcht.

Sie steht auf und beginnt, sich auszuziehen. Langsam, um Zeit zu gewinnen. Sie macht weiter, gehorsam, mechanisch, ohne die beiden, die sie mit Blicken durchbohren, aus den Augen zu lassen, und auch ohne innezuhalten. Sie hält sie hin und lässt ein Kleidungsstück nach dem anderen zu Boden fallen. Aber die lustlose

Vorstellung, die sie ihnen präsentiert, ist offensichtlich nicht nach ihrem Geschmack. Der Alte steht auf und verpasst ihr eine Ohrfeige.

»Es ist besser für dich, wenn du uns was anderes zeigst, du Schlampe. Streng dich an, wenn nicht, bin ich genervt, und du willst nicht, dass ich genervt bin. Also los, beweg dich, spiel an dir rum, streichel dich und zeig uns, dass dir das gefällt!«

Alex hält die Tränen zurück und beginnt, sich wellenartig zu bewegen, während sie, nur für sich, »Rage Hard« vor sich hin summt. Und sie konzentriert sich auf den alten Hit von Frankie Goes to Hollywood, dessen Refrain sie in ihrem Kopf wütend brüllt, um sich von dem abzulenken, was sie tut. *»Don't give up and don't give in«*. Ja. Nicht aufgeben. Nicht kapitulieren.

Die beiden Männer fummeln an ihren Hosen herum. Holen ihre Schwänze raus und beginnen zu wichsen. Sie weiß, dass sie nach Höschen und BH nach und nach sich selbst aufgeben muss, Stück für Stück. Und dieser Gedanke lässt sie zusammenfallen. Alles, was sie bislang gehalten hat, stürzt plötzlich zusammen, sie fühlt sich vollkommen leer.

Sie realisiert, dass nun alles anfängt, dass sie übel misshandelt wird, dass niemand weiß, wo sie ist, denn im Gegensatz zu dem, was sie die Männer hat glauben lassen, erwartet niemand sie in Pointe à la Hache. Und sie wird nie lebend hier rauskommen, denn die Typen werden sie zu Tode ficken und ihren Körper dann den Alligatoren vorwerfen.

In diesem Moment der totalen Verzweiflung findet sie die Finte, den Weg, das Mittel, ihnen zu entkommen. *Screw them!* Jedes Stück von ihr, das sie ihnen geben wird, wird ein Krümelchen der Beute sein, die sie opfert, um ihre Verfolger aufzuhalten und ihre Flucht zu sichern. Knochen, die man Wachhunden zuwirft, um sie zu überlisten. Der Geldschein, den man in die Tasche des Gefängniswärters gleiten lässt, damit er wegsieht.

Aber sie werden sie nicht als Ganzes bekommen. Niemals. In keinem Moment aller Momente, die auf diesen folgen.

Unverzüglich beginnt sie damit, ihren Plan in die Tat umzusetzen.

Zuerst wollen sie ihren Mund, und sie bietet ihn an. Damit sie ihre Zunge hineinstecken und ihr Geschlecht hineinstoßen können, damit sie stöhnt, sie anfleht, damit aufzuhören, ihnen alles gibt, was sie fordern, vor Schmerz schreit, wimmert, brüllt. Ihr Mund gehört ihnen voll und ganz. Aber nicht sie selbst. Sie ist abgehauen, durch das Fenster, direkt durch die dreckige Scheibe, und sie wirbelt über den Sümpfen umher, im Wind, sieht dort Silberreiher und große blaue Reiher beim Fischen. Sie fliegt ganz leicht zwischen großen Bäumen und nimmt dabei Spanish Moss mit, das sich in ihren Haaren verfängt.

Dann überlässt sie ihnen ihren Schoß, lässt ihn von ihnen verwüsten, sie hineintauchen, damit spielen, sich an ihm aufgeilen. Sie sind so damit beschäftigt, sie sich vorzunehmen, dass sie gar nicht merken, dass sie selbst nicht dabei ist. Sie hat sich tief in ihr Inneres zurückgezogen, an einen geheimen Ort, den sie nicht finden werden, einen Katastrophenschutzbunker.

Auch ein Ohr tritt sie ihnen ab, damit sie ihre animalischen Grunzlaute, ihr brutales Lachen, ihr geiles Gestöhne, ihre feuchten Absonderungen und ihre Beleidigungen hineinschütten können. Dann zieht sie mit dem anderen Ohr davon, um das Flüstern der Nacht zu hören.

Anschließend überlässt sie ihnen ihre Brüste, und sie bearbeiten die Brustwarzen mit einem Messer. Feine Linien, die von den Warzenhöfen ausstrahlen. Wie blutende Sonnenstrahlen. Die ganze Zeit über ist sie im Yellow Moon, im Bywater-Viertel von New Orleans. Sie trinkt dort Bourbon und lässt sich von den Lautmalereien eines Scat berauschen, der sie in einen sprudelnden Fluss bis zu den Sternen mitnimmt. Sie hört ihre eigenen Schreie nicht mehr.

Als sie beginnen, sich mit ihren Zigaretten zu vergnügen, ist sie schon zu weit weg, um den Gestank ihrer verbrannten Haut wahrzunehmen, die glühenden Zigarettenstummel zu spüren, die sie an ihren Bauch halten, den Bauchnabel, die Schenkel, ihr Geschlecht. Zu weit entfernt, um zu schreien.

Sie ist überhaupt nicht mehr da, als die Männer, verärgert darüber, ein unbewegliches Stück Fleisch ficken zu müssen, anfangen, sie zu schlagen und Whisky in die Wunden zu gießen, um sie zu einer Reaktion zu zwingen. Nicht mehr da, um Junior zu hören, wie er sich an den Alligatorenbalg erinnert, in den er mit zwölf Jahren eingedrungen ist. Seine Entjungferung, das allererste Loch, in das er sich ergossen hat. Sein erstes Weibchen. Dieses erste denkwürdige Mal, das ihn zum Mann und zum Stolz seines Vaters gemacht hat.

Alex ist fortgegangen, sie ist endgültig davongeflogen, eingetaucht in die Nacht, als sie darauf verfallen, letzte Fotos zu machen, indem sie ihren leblosen, leeren und geschundenen Körper zu obszönen Posen verrenken. Eine traurige Gliederpuppe. Eine traurige Trophäe, die ihnen zu nichts mehr nütze ist und die Junior wie einen Sack Schmutzwäsche, wie ein Tiergerippe in den Sumpf wirft.

Er hat es nicht schwer mit ihr. Hält ihren Kopf einige Momente über die Oberfläche. Sie wehrt sich nicht, und ihr Körper verschwindet, verschlungen vom braunen Wasser. Das Blut, das aus ihren Wunden läuft, wird in null Komma nichts Alligatoren anlocken, davon ist er überzeugt.

Dann geht er schnell in die Hütte zurück, um ein letztes Mal mit seinem Vater anzustoßen. Auf diese kleine Nutte, mit der sie sich seit gestern so gut amüsiert haben und die sie zu zweit umsonst ficken konnten. Auf die Kohle, die er machen kann, wenn er das Auto der Frau zerlegt und alle Teile vertickt hat, sodass er endlich das Arschloch Bob auszahlen kann. Und auf die Notwendigkeit, ein bisschen zu schlafen, um sich von dieser Wahnsinnsnacht zu erholen.

Kapitel 6

3. April 2005, Plaquemines Parish

Ein widerlicher Geschmack nach Schlamm im Mund. Hände schwer auf ihren Schultern, die sie unter das braune, undurchdringliche, dickflüssige Wasser drücken. Ihre Lunge ringt mit dem Tod. Sie sinkt in die brackige Flüssigkeit und wird von der warmen, streichelnden, tröstenden Gebärmutter aufgenommen. Ihre Füße stecken in zähflüssigem, elastischem Schlick, der ihren erstickten Körper einhüllt. Sie rollt sich darin ein. Wird zu Schlamm.

Dann öffnet sie die Augen. Ihre Finger spreizen sich, die Arme schlagen das Wasser, blind, ihre Beine strecken sich. Sie bäumt sich noch einmal auf. Ihr Kopf taucht auf. In langen, gierigen, hungrigen Zügen saugt sie die Luft ein und stößt ihren ersten Schrei in Richtung eines blutroten Sonnenaufgangs aus.

Sie lässt sich auf dem Rücken treiben, die Augen geschlossen. Wie eine Feder, vom Wind zerzaust, ein totes, in der Strömung treibendes Blatt, ein Pollenkorn auf dem Flügel eines Schmetterlings, flimmernde Hitze auf einer verlassenen Straße, die abgelegte Haut eines Reptils, trocken und jeglicher Substanz entleert.

Doch sie fühlt die brennende Flüssigkeit, die durch ihre Adern zu strömen beginnt, geschmolzenes Metall, das nach und nach durch ihre tote Haut fließt, die Muskeln aufpumpt, die Organe verstopft und fest wird, hart, dicht, schwarz. Körper und Herz der Frau, die aufgetaucht ist aus den fauligen Wassern des Sumpfes und wiedergeboren wird, sind voller Abscheu, Schmerz und Hass.

Hinter ihr ein Motorengeräusch. Sie zittert, dreht sich auf den Bauch und erkennt alles wieder. Das Ende der Straße, die Holzgebäude, die Hütte. Dort, nur wenige Meter entfernt. Mit ein paar geschmeidigen Schwimmzügen erreicht sie das Ufer, zieht sich aus dem Schlamm, kriecht, auf die Hände gestützt wie eine Grundel oder ein Steinfisch, und krabbelt weiter bis zur Hütte. Die Verletzungen und Verbrennungen erwachen aus ihrer Lethargie und stechen wie glühende Lanzen.

Sie richtet sich auf, wirft einen Blick ins Innere des Hauses und erkennt ihn durch die schmutzige Fensterscheibe. Den Vater. Eingeschlafen auf dem Sofa, nackt, den Bauch nach oben gereckt, abstoßend.

Alex spannt alle Muskeln an, ihr Blick füllt sich mit bösen Schatten. Der langsame und schwere Puls ihres Herzens schlägt ihr in den Schläfen und verleiht ihrem Schritt den Rhythmus. Sie wendet sich zum Eingang. Im Hof steht nur noch ein Quad. Es war der Sohn, den sie hat wegfahren hören.

Vorsichtig öffnet sie die Tür und schlüpft ins Haus. Nähert sich dem Sofa und findet auf der Armlehne das lange Wellenschliffmesser. Sie weiß genau, was sie tun muss. Ihre Hände zittern nicht. Ihre Atmung ist ruhig, regelmäßig. Sie stellt sich hinter den Mann, der dort den Schlaf des Gerechten schläft. Die wohlverdiente Pause des Kriegers nach der Nacht, in der sie ihm als Zeitvertreib gedient hat.

Mit einer fachmännischen Bewegung, instinktiv, zieht sie die Stirn des Alten nach hinten und rammt die Klinge in seine Kehle, aus der sofort Blut schießt. Ein langer Strahl, kräftig, stoßweise. Dann geht sie um ihn herum und sieht, wie er sich die Hand an den Hals hält, ungläubig, in einer Bewegung, mit der er vergeblich das Leben festhalten will, das ihm in einem heißen, klebrigen Strahl entweicht. Der Schrei, den er nicht ausgestoßen hat, ertrinkt bereits im Gluckern des Blutes, das seine Luftröhre füllt.

Sie hockt sich vor ihn hin und sieht in seinem entsetzten Blick, dass er sie erkennt. Sie beugt sich vor, nimmt seinen kümmerlichen

Schwanz in ihre linke Hand, wiegt ihn, zieht ihn herunter, blickt in die trübe werdende Iris des Mannes und schneidet mit einem gezielten Hieb das ganze Paket des weichen Fleisches ab. Dann reißt sie das Mittelbild des Pornoheftes heraus und wickelt es damit ein.

Danach geht sie zur Spüle, legt das Messer hinein und wäscht sich lange die Hände. Bespritzt sich das Gesicht mit Wasser und wäscht sich vorsichtig die Brüste, den Bauch, den Schoß. Schließlich zieht sie sich wieder an, neben dem Sessel, auf dem ihre Kleidung sie während all der Stunden erwartet hat. Auch ihre Autoschlüssel, die sie in der Tasche ihrer Sweatjacke findet. Sie blickt ein letztes Mal auf das blutige Loch zwischen den Beinen des Typen, dann auf sein Gesicht. Seine eiskalten blauen Augen starren sie weiterhin an.

Sie will, dass das aufhört. Will ihm seine verdammten Augen schließen. Also reißt sie eines der Gewehre aus dem Ständer und löscht ihm mit Kolbenschlägen seine dreckige Fresse aus. Sie zerbricht sie, zertrümmert sie, macht sie kaputt, schlägt sie zu Brei, bis sein Gesicht nur noch ein blinder und verwüsteter Krater ist. Schließlich lässt sie die Waffe fallen, zufrieden, hebt das Stück totes Fleisch auf, das sie in Glanzpapier eingeschlagen hat, und verlässt das Haus.

Draußen pfeift sie nach dem Hund, der ihr mit wütendem Gebell antwortet. Wirft ihm die Artillerie seines Herrchens zu, die er im Flug auffängt und mitsamt dem Papier auf einen Schlag verschlingt. Sie deutet ein vages Lächeln an, ruft dem Köter ein »Good boy« zu, ganz ernst, um ihn zu loben, steigt in ihr Auto, löst die Bremsen und dreht dieser ganzen Scheiße den Rücken zu.

Kapitel 7

3. April 2005, New Orleans, Büro der Autovermietung

Wie sehr wünschte sie sich, dass Junior ihr auf dem Matschweg begegnet wäre. Sie hätte ihn und sein Quad über den Haufen gefahren und wäre aus dem Auto gestiegen, um ihn fertigzumachen. Erst hätte sie ihm mit dem Wagenheber die Knie zerschmettert und dann dabei zugesehen, wie er kriechend zu entkommen versucht, kriechend wie eine verdammte Nacktschnecke, beide Beine hinter sich herziehend. Sie hätte ihn auf dem Bauch näher rutschen lassen, ihm beim Jammern zugehört. Er wäre ein bisschen vorgerückt, hätte Zeit gehabt zu glauben, dass sie mit ihm fertig wäre, dass sie in ihr Auto steigen, ihn mit seinen Wunden und Beulen zurücklassen würde und dass sie nun quitt wären.

Dann, wenn sie sich ihm genähert und in seinen Augen das Aufflammen einer verdammten Hoffnung auf Gnade erkannt hätte, hätte sie ihn an den Haaren bis zu einer schönen, tiefen und mit Schlamm gefüllten Wagenspur gezogen und seinen Kopf hineingedrückt. Sie hätte sich auf seinen Rücken gesetzt und die Gelegenheit zum Rodeo genutzt, jeden seiner Ausschläge mit den Beinen genossen, die zuerst energisch gewesen, dann nach und nach schwächer geworden wären, bis zur vollständigen Unbeweglichkeit. Ja, sie hätte ihn im Schlamm ertränkt. Und dann wäre sie in ihr Auto gestiegen und über ihn gefahren, um ihn im Matsch zu versenken, um seine dreckige Fresse in die Erde zu drücken, und hätte ihn so in den Morast eingearbeitet, dass er nie wieder dort herausgekommen und ein für alle Mal verschwunden wäre.

Doch sie ist Junior auf dem Matschweg nicht begegnet.

Sie beendet ihre Fahrt und stellt den Wagen auf dem Parkplatz der Autovermietung ab. Atmet tief durch, um sich zu beruhigen, unterdrückt ihre Wut und Zerstörungslust. Nimmt noch ein paar lange Atemzüge, bevor sie sich aus dem Auto quält, um der Tussi oder dem Typen am Schalter gegenüberzutreten.

Es ist ein Typ. Jung, eingezwängt in seinen engen Anzug, zerfällt sein geschäftsmäßiges Lächeln in dem Moment, in dem er sie sieht. Sie hat nicht daran gedacht, einen Blick in den Rückspiegel oder den Schminkspiegel zu werfen, um ihre Schäden zu begutachten, aber offensichtlich macht sie ziemlichen Eindruck auf ihn. Sie wird das Opfer spielen. Und letzten Endes ist sie das ja auch.

Ein *Carjacking!* Sie erzählt ihm, wie alles passiert ist, an einer Kreuzung, in einem Außenbezirk, mitten zwischen *Brick Projects*. Sie hatte daran gedacht, die Türen gut zu verriegeln, so wie man es ihr empfohlen hatte, aber die Männer waren zu dritt, mit Baseballschlägern. Und sie haben das Fenster auf der Fahrerseite eingeschlagen, nachdem sie die Tür mit harten Fußtritten bearbeitet hatten. Dann hätten sie den Sicherheitsgurt mit einem Messer zerschnitten, sie kurzerhand aus dem Auto gezerrt, sie auf die Straße geworfen und sie dort zusammengeschlagen.

Wenn nicht andere Autofahrer eingegriffen und die drei Arschlöcher verscheucht hätten, wäre sie jetzt vermutlich tot. Und nun habe sie die Karre zurückgebracht und entschuldige sich für deren Zustand. Sie habe sie eigentlich noch waschen wollen, sich aber gesagt, dass das bei dem fehlenden Fenster wohl keine so gute Idee wäre. Und nun müsse sie ins Krankenhaus, weil ihr alles weh tue ...

All das hat sie runtergerattert wie aus einem Maschinengewehr, und der junge Typ bringt kein Wort heraus, eingefroren in seiner Maske und eingeengt in seinem Anzug, unfähig, seinen Blick von Alex' geschwollenem Gesicht loszureißen. Sie zückt ihre Kreditkarte, wiederholt die Entschuldigungen zum Zustand des Wagens und schlägt dem Typen vor, für die Verschmutzung, die zerbrochene Scheibe und das eingetretene Blech zu zahlen.

Doch der junge Angestellte ist sichtlich beeindruckt von ihrer Geschichte, von ihrem bedauernswerten Aussehen, und er hat sicher Angst, dass sie vor ihm zusammenbricht. Also stammelt er etwas davon, dass sie gut versichert sind, und bietet an, ein Taxi zu rufen, das sie nach Hause bringt. Sie bedankt sich und lässt ihn machen, denn die Perspektive, im Bus zurückzufahren, würde ihre Kräfte überfordern, die nach und nach genauso schwinden wie der quälende und den ganzen Körper erfassende Schmerz. Es bedarf einer immer stärkeren Kraftanstrengung, aufrecht stehen zu bleiben und sich nicht zu einer Kugel zusammenzurollen, gleich dort, auf dem Boden, auf dem shampoonierten Teppichboden.

Als das Taxi sie vor dem Haus in der Magazine Street absetzt, macht sie zunächst einen kurzen Besuch im Drugstore an der Straßenecke, um Desinfektionsmittel, Schmerzmittel, Verbandsmaterial, eine Wundsalbe und für alle Fälle auch Schlafmittel zu kaufen. Gena, die sie nun seit fast zwei Monaten kennt, stößt einen Schrei aus, als sie Alex an der Kasse sieht.

Alex bemüht sich, ihre überschwängliche Besorgnis zu besänftigen, denn die Leute im Laden drehen sich schon nach ihr um. Sie erfindet eine neue Geschichte. Und sie schwächt ab.

»Beruhige dich! Das sieht schlimmer aus, als es ist. Zwei Jungs haben mich überfallen und wollten meine Tasche klauen. Du hättest sehen sollen, was ich mit denen gemacht habe!«

Alex versucht, sie anzulächeln und ihr zuzuzwinkern, gerät aber schnell an ihre Grenzen. Sie muss wirklich übel aussehen. Diese beginnende Diskussion muss sie gleich im Keim ersticken und nach Hause gehen.

»Ich war schon bei den Bullen und hab Anzeige erstattet, obwohl ich nicht glaube, dass das was bringt … Immerhin geht es mir gut. Und es gibt nichts, was ein bisschen Ruhe nicht heilen kann!«

Sie schafft es, auf dem Bürgersteig nicht zusammenzubrechen, als sie hinausgeht. Hält durch, schleppt sich zum Haus, wo Garfield sie mit einem aufgeregten Maunzkonzert begrüßt. Dann macht sie die Tour im Erdgeschoss, kontrolliert den Riegel an der Hintertür und zieht alle Vorhänge zu, bevor sie sich im Badezimmer auszieht.

Jetzt versteht sie, was den Leuten Angst macht. Sie sieht aus wie das Opfer eines Verkehrsunfalls oder wie ein Boxer nach fünfzehn Runden.

Sie nimmt drei Tylenol, dann lässt sie sehr heißes Wasser mit viel Schaum in die Badewanne laufen und taucht unter, ohne sich anzusehen. Das wird sie später tun. Alle ihre Muskeln entspannen sich nach und nach. Lange bleibt sie in der Wanne liegen und lässt regelmäßig heißes Wasser nachlaufen. Schließt die Augen, lässt sich treiben und löst sich von allem, wie in einer Sensorischen Deprivationskammer, in der nichts existiert außer der wohltuenden Wärme, die ihren Körper umschließt. Sie spürt, dass sie einschlafen könnte, und zwingt sich, auszusteigen.

Vorsichtig tupft sie sich mit dem Frotteehandtuch ab und setzt sich auf den Boden, auf den Badewannenvorleger, um ihre Verbrennungen und Schnittwunden zu behandeln. Das Schmerzmittel fängt an zu wirken, aber zu sehen, was die beiden Arschlöcher ihren Brüsten und ihrem Bauch angetan haben, lässt ihre Wut wieder aufleben. Mit zitternder Hand trägt sie die antiseptische Salbe auf, die Augen voller Tränen. Die Tube ist schnell leer, die Schachtel mit dem Wundverband auch.

Den Haufen schlammverdreckter und blutiger Klamotten stopft sie in einen Müllsack, den sie unter der Spüle hervorholt. Sie streift ein langärmeliges T-Shirt und eine Trainingshose über und geht, um sich, begleitet von Garfield, dessen Näpfe so gut wie leer sind, einen Tee zu machen, angereichert mit einem Schuss Bourbon. Dann legt sie sich aufs Sofa, um nachzudenken.

Doch nun machen die Erschöpfung nach dem Baden, die Stille und das Halbdunkel, die im Haus herrschen, einer plötzlichen Panik Platz, die alle ihre Muskeln verhärtet und ihre Gedanken in Aufruhr versetzt.

Sie ist von zwei Irren auseinandergenommen, für tot gehalten und im Sumpf zurückgelassen worden. Eines der beiden Schweine hat sie massakriert, aber der Sohn ist immer noch am Leben und vielleicht schon dabei, sie mit einer Meute seiner Cousins zu suchen und aufzuspüren. Alle im Drillichanzug, alle mit blauen Augen, alle blutsverwandt.

Sie muss abhauen. Schnell. Sie muss New Orleans, Louisiana, die Vereinigten Staaten verlassen und nach Hause zurückkehren.

Aber in ihrem Zustand kann sie nicht reisen. Sie muss sich einige Tage pflegen und wieder zu Kräften kommen. Mit der Visage, die sie hat, kommt sie niemals durch die Sicherheitskontrollen irgendeines Flughafens. Sie werden sie anhalten, sie befragen, und sie wird nicht mit einer Geschichte eines Raubüberfalls durchkommen, von der sie keinerlei Spur in irgendeinem Polizeirevier finden würden.

Und wenn Junior, diese Ausgeburt der Hölle, schon zu den Bullen gegangen ist? Wenn er ihnen eine Beschreibung von ihr gegeben hat und sie dabei sind, ein Phantombild zeichnen zu lassen, das überall verbreitet und ausgehängt wird? Sie muss verschwinden. Sofort.

Doch vorher muss sie Lizzys Neffen benachrichtigen. Ihm sagen, dass sie nicht wie vorgesehen drei Monate bleiben kann. Ihm helfen, jemanden zu finden, der bis Anfang Mai Garfield und die Pflanzen versorgt.

All das überfordert sie. Es ist einfach zu viel. Sie hat keine Ahnung, wie sie das schaffen soll.

Noch einmal geht sie durch das Haus und überprüft Fenster und Türen. Dann nimmt sie das Entbeinungsmesser aus der Schublade, holt die Flasche Bourbon, gießt sich einen Schluck ein und beginnt ihre Nachtwache. Sie wird keine Schlaftabletten nehmen.

Wenn die Dreckskerle auftauchen, werden sie keinesfalls auf das schlafende Dornröschen treffen …

Kapitel 8

3. April 2005, Plaquemines Parish

Erleichtert, geradezu aufgekratzt kehrt James Fergus II von seinem Treffen mit Bob »Klapperschlange« Norton zurück. Im Zickzack kurvt er mit seinem Quad zwischen den Schlammpfützen hindurch und pfeift vor sich hin. Es hätte schlimmer kommen können.

Er hat gerade einen Aufschub erreicht. Fünf weitere Tage. Um ihm die zweitausend Scheine hinzublättern, die er ihm seit dem bescheuerten Deal im letzten Monat noch schuldet. Er hat sich einen seiner Krabbenkörbe mit Stoff klauen lassen. Fünftausend Kokstütchen zum Teufel, verschwunden. Und Bob im Nacken, der nichts davon hören wollte und seine Kohle fordert, sofort und mit Zinsen. Denn Bob gehört wahrlich nicht zu der geduldigen und zimperlichen Spezies im Umgang mit schlechten Zahlern.

James junior weiß, dass er seine Schulden nicht so schnell bezahlen kann ohne das Auto des Weibstücks, das er sorgfältig ausschlachten wird, um ein Maximum zu erzielen. Denn bei dem Preis für Alligatorenhäute müsste er alle abziehen, die im Golf schwimmen. Und in fünf Tagen, das lohnt nicht, darüber nachzudenken, nicht mal im Traum ...

Aber wenn er die Klapperschlange erst ausgezahlt hat, ist es zu Ende! Kommt nicht in Frage, mit dem Übergeschnappten noch einmal zusammenzuarbeiten. Drauf gespuckt und geschworen, er wird sich so weit wie möglich von den Hells fernhalten und nie wieder in so ein Schlamassel geraten!

Hätte er doch bloß auf seinen Vater gehört. Es ist eine Schande, das zuzugeben, aber der Alte hatte recht, als er ihm davon abriet, Geschäfte mit den bärtigen Motorradfahrern zu machen … Er weiß nicht alles, und das ist auch besser so: Er wäre womöglich dazu in der Lage, ihn zu vermöbeln …

Abrupt steigt er in die Bremsen, als er im Hof ankommt, und fast wäre er über den Lenker seiner Maschine geflogen. Die Karre ist verschwunden!

Der blöde Hund bellt aus Leibeskräften, als wäre Junior ein Eindringling. Der räudige Köter hat ihn nie gemocht. Und das beruht auf Gegenseitigkeit. Eines Tages wird er ihm eine Kugel zwischen die Augen feuern.

Er schaut sich um, denn es könnte sein, dass der Alte den Pontiac Pursuit woanders hingestellt hat, um ihn zu verstecken, dann läuft er zur Garage. Doch dort steht er auch nicht. Langsam fragt er sich, ob der Alte ihm einmal mehr die Tour versaut hat und mit dem Auto abgehauen ist. Vielleicht will er mit einem seiner Werkstattkumpel mauscheln und die Knete allein einsacken.

Doch die Wut auf seinen Vater, die unvermittelt in ihm hochgekocht war, wird sofort von einem Mordsschiss abgelöst, der ihn schlottern lässt. Er sieht Bob vor sich, wie er ihm haarklein erzählt, was er mit einem Schneidbrenner machen würde, falls Junior sein Versprechen, die Schulden zurückzuzahlen, nicht halten würde.

Er steckt in der Scheiße, und nicht nur ein bisschen. Im Grunde ist er erledigt, wenn er das verdammte Auto nicht findet. Er rennt zu seiner Bude, um eines seiner Gewehre zu holen, denn bei dem Alten weiß man nie, er kann sehr schnell sauer werden.

Er stürzt in die Hütte, ist aber in keiner Weise auf den entsetzlichen Horror vorbereitet, den er im Wohnzimmer entdeckt. Es riecht abgestanden, schmutzig, in gewisser Weise vertraut, und das beunruhigende Summen der Fliegen, die sich von dem Gemetzel ernähren, kennt er aus seinem Wildereralltag.

Vorsichtig umrundet er das Sofa. Starr und blöde bleibt er einen Moment vor seinem toten Vater stehen, der zusammengesackt ist und bedeckt mit bereits getrocknetem Blut. Der Kopf ist in einem unmöglichen Winkel zur Seite geneigt, die Kehle klafft unheimlich weit auseinander, und das Gesicht ist verschwunden. Junior wird von Zuckungen heimgesucht und würgt einen Schwall Galle auf den Teppichboden, der vollgesogen und klebrig ist von schon geronnenem Blut.

Er ist so fertig, dass er für einen Moment denkt, all das wäre ein Streich der Biker. Eine Art Warnung an ihn. Unmissverständlich. Ein Exempel, um ihm zu zeigen, was ihn erwartet, wenn er sich nicht an die Regeln hält. Aber er fängt sich und versucht sich zu beruhigen: Nein, sie hatten nicht die Zeit, sich mit seinem Vater zu vergnügen, denn er hat sie vor gerade mal einer Stunde verlassen, und es schien gut zu laufen, zumindest so gut es eben ging ... Und außerdem ist der Alte seit einigen Stunden tot, das ist klar.

Er denkt weiter in alle Richtungen scharf nach, sieht sich den Toten genau an und bemerkt plötzlich ein Detail, das ihm bislang nicht aufgefallen ist: Nicht nur das Gesicht ist verschwunden! Der Vater hat nichts mehr zwischen den Beinen. Überhaupt nichts! Ein dunkles, blutiges Loch, ein bisschen so wie das einer Tussi.

Und in diesem Moment verzieht sich das Gesicht von James Fergus, dem Zweiten des Namens, zu einem irren Grinsen. Er denkt an all die Male, bei denen sein Vater ihn einen »kleinen Schlappschwanz« genannt hat, versucht hat, ihn zu demütigen, indem er ihm zeigte, dass er besser bestückt ist als er. Der Alte hat sogar seine Leistung im Bett gestoppt und ihre beiden Penisse ausgemessen, um ihn sich minderwertig fühlen zu lassen. Und er sagt sich, dass all das nun zu Ende ist, endgültig, *game over*. Der Alte hat keinen größeren mehr als er! Er hat gar keinen mehr!

Er fühlt, wie sich ein seltsames Wohlgefühl in ihm ausbreitet, eine süße Wärme, eine Erleichterung, eine Leichtigkeit, wie er sie noch nie erlebt hat.

Doch dieses Gefühl ist nur von kurzer Dauer. Panik steigt wieder in ihm auf, als ihm einfällt, dass er mit einem Bein im Grab steht, vielleicht sogar mit beiden, denn er hat ja das Auto nicht mehr, um die Klapperschlange zu bezahlen ...

Er ist unruhig, hat Muffensausen. Reagieren, schnell, aktiv werden, die Kontrolle zurückgewinnen. Es ist nicht die Zeit für Grübeleien, nicht der Moment, sich in die Hosen zu scheißen. Also wird er den Körper seines Vaters in den Sumpf werfen, der ihn schnell verschlingen wird, danach wird er in seiner Bude ein wenig sauber machen und mit dem Sofa, dem Teppich und dem Sofatisch ein großes Freudenfeuer im Hof entfachen.

Die Flammen lodern in den verrückten Augen des Pitbulls und in Juniors blauem Blick. Junior ist davon überzeugt, dass er sich auf einen apokalyptischen Angriff von Bobs bärtiger Bande und den Bullen vorbereiten muss, bei denen die Nutte vermutlich untergekrochen ist, nachdem sie von hier abgehauen war. Obwohl er nicht so recht versteht, wie sie das bewerkstelligt hat, aber er sieht keine andere Erklärung für das Verschwinden der Karre und die Verstümmelung seines Vaters ...

Und er ist entschlossen, für diese sich anbahnende Abrechnung am O. K. Corral Vorkehrungen zu treffen. Er wird ihnen Fallen stellen und Tretminen in den Weg legen und seine Saat überall ausbringen.

Kapitel 9

8. April 2005, Greyhound Lines, Richmond, Virginia

Alex bekämpft ihre Schmerzen mit Tylenol und die Müdigkeit mit kombinierten Vitamin- und Koffeinkapseln. Seit gestern Abend ist sie unterwegs, mit zwei Gitarren und einem kleinen Rucksack im Gepäckraum.

Sie hat sich ganz hinten niedergelassen, denn sie möchte niemanden hinter sich haben. Und außerdem, weil sie auf diese Weise alle einsteigenden Passagiere in Augenschein nehmen kann. Sie schaut sie an jedem Halt genau an und wartet darauf, dass Junior mit seinem blauen, harten Blick auftaucht oder auch ein Bulle mit ihrem Phantombild in einer Hand und einem Haftbefehl in der anderen.

Louisiana liegt bereits weit hinter ihr. Alabama, Florida, Georgia und die beiden Carolinas bilden einen Sperrgürtel zwischen ihr und den ekelhaften Bayous. Aber nichts kann den Schlammgeschmack in ihrem Mund vertreiben, nicht mal die Zimtkaugummis, die sie seit drei Tagen ununterbrochen kaut und die anfangen, ihr Zahnfleisch anzugreifen. Und auch die Kilometer können das Entsetzen und die Wut nicht vermindern, von denen sie genug hat, die sie gleichzeitig erstarren und brennen lassen und deretwegen sie am liebsten brüllen möchte.

Die kurze Pause in Richmond nutzt sie, um sich ein wenig die Beine zu vertreten. Die Greyhound-Busse sind zwar bequem, aber sie hat 24 Stunden nur gesessen und fühlt sich wie gerädert.

Ihr Gesicht ist geschwollen. Sie hat dick Make-up aufgelegt, um die Farbe zu vereinheitlichen, und hat das Gefühl, eine Maske aus

Gips zu tragen. Nun versteht sie, warum die Amerikaner Make-up als *foundation* bezeichnen, denn sie hat daran gearbeitet wie ein Maurer. Sie sieht aus wie eine Leiche, die einem angehenden und völlig unbegabten Thanatopraktiker in die Hände gefallen ist. Das Resultat eines Liftings, das durch einen Schönheitschirurgen vorgenommen wurde, der nicht mehr zugelassen ist oder nie eine Prüfung abgelegt hat. Eine alters- und gesichtslose Mumie, deren Einbalsamierung nicht gelungen ist und deren Fremdartigkeit die Blicke auf sich zieht. Sie spürt, dass sie etwas zu lange auf sie gerichtet sind. Trotz Sonnenbrille. Trotz Kapuze.

Sie verlässt den *Diner*, in dem sie ein gegrilltes Käsesandwich hinuntergeschlungen hat, ohne die Eingangstür auch nur einen Moment aus den Augen zu lassen. Der Blick flackernd, unruhig, lauernd, raucht sie zwei, drei Zigaretten direkt nacheinander. Eine Versorgung mit Nikotin vor der Weiterfahrt, vor dem nächsten Halt in ein paar Hundert Kilometern.

Sie hat sich dafür entschieden, die Atlantikküste anzusteuern und von da nach New York zu fahren. Während der Pause in Mobile gestern gegen Mitternacht hat sie sich bei dem Versuch, etwas von der schlafenden Stadt zu erkennen, fast die Augen verrenkt. Sie hat an Henry Millers *Klimatisierten Alptraum* gedacht und an das kuriose Kapitel mit dem Titel »Mein Traum von Mobile«, in dem er beschreibt, was diese tief in einer Bucht versteckte Stadt in Alabama, in der er noch nie gewesen ist, in ihm auslöst. Sie erinnert sich, dass er sich mit einem Schiff dorthin fahren sah und dass Mobile ihm, im Gegensatz zu dem, was der Name vermuten lässt, völlig lethargisch und verschlafen vorkam, musikalisch einem Saiteninstrument, Gitarre oder Mandoline, zuzuordnen, mit einem Geruch von Rauchsäulen und im weißen Licht des Mondes.

Alex hat nichts von all dem gesehen oder gerochen. Mobile wird für sie ein Zwischenstopp bleiben, der schnell vergangen ist, eingetaucht in undurchdringliche Finsternis und erfüllt von giftigen Dämpfen von Dieselöl, die im Busbahnhof waberten und ihr Übelkeit verursachten.

Danach legten sie in Pensacola und mitten in der Nacht in Tallahassee kurze Stopps ein und erreichten am Morgen Jacksonville, wo es Zeit für einen Bus- und Fahrerwechsel war. Danach ging es weiter Richtung Norden nach Savannah.

Sie hat so getan, als ob sie vor sich hin dösen würde, mit gut sichtbarem Headset und MP3-Player, um ihre Nachbarin, die in Charleston zugestiegen ist, davon abzuhalten, mit ihr zu sprechen. Dann hat sie an *Asphalt-Cowboy* gedacht und an die letzte Reise von Rico »Ratso« Rizzo, der, in Hawaiihemd und heller Hose, die Joe Buck ihm gekauft hat, im Bus stirbt, bevor er die Sonne über Florida aufgehen sieht. Und sie hat, allein für sich, »Everybody's Talkin'« gesummt, während sie die Harmonika von Toots Thielemans wimmern hörte.

Wenn sie in diesem Bus sterben würde, würde kein Jon Voight sie in die Arme nehmen, sie in die frische Luft eines glänzenden Morgens tragen und sie beweinen, während er sie hin und her wiegt. Kein Einziger ihrer Verwandten hat eine Ahnung, wo sie sich befindet. Außerdem hat sie nicht mehr so viele Verwandte. Einige Cousins in Norwegen und Dänemark, die sie seit einer Ewigkeit nicht gesehen hat. Und auch eine Mutter. Seit fünfzehn Jahren auf Tauchstation. Seit Alex' Vater in einer stürmischen Nacht in Aglen verschwunden ist. Tatsächlich verschwunden, nicht so, wie es in diesen entschärften Gemeinplätzen in Traueranzeigen formuliert wird. Man fand seine Angelrute mit einem toten Hering am Haken am Fuß der Steilküste. Ein Windstoß, ein falscher Schritt, ein Schwindelanfall? Die Versuchung der Leere? Ein unlösbares Rätsel wie ein bodenloser Abgrund, der ihre Mutter mit ins Unglück stürzte, die ebenfalls verschwand. Sie tauchte ab, reiste zurück nach Frankreich und ließ Alex bei ihrer

Großmutter. Und seit fünfzehn Jahren irrt sie auf der illusorischen Suche nach Antworten umher, Versuchspuppe von Therapeuten und Gurus, denen sie sich ausliefert und die ihren geistigen Kompass verwirren und sie immer ein wenig mehr verlieren. Sie stellt sich ihre Mutter als Buddhistin, Veganerin oder Scientologin vor, eingenebelt vom Rauch der Räucherstäbchen in einem nepalesischen Ashram oder auch im Département Ardèche, auf einem Neo-Hippie-Trip mit Devendra Banhart als Soundtrack. Und warum nicht in einer Klapsmühle als Teilnehmerin der Töpferwerkstatt am Freitagnachmittag. Es war in einem Seniorenheim, als sie ihr das letzte Mal über den Weg gelaufen ist, vor sieben Jahren, höchstens fünf Minuten, gerade so viel Zeit, um die Schlüssel für die Wohnung in Metz abzuholen. Ja, sie stellt sie sich mit Pillen betäubt oder in Meditation vor, beim Fasten bis zum Abwinken und beim Trinken von literweise ayurvedischem Kräutertee und säuerlichen Brühen. In der Hoffnung, sie zu vergessen, ihre Traurigkeit, die gefühllose Masse von Erinnerungen, schwer wie Blei, die in ihr versunken ist und alles hat erstarren lassen. Erst die Worte, dann den Blick. Ja, vor allem die Augen, zwei steinerne, weit entfernte Wüsten, die nie fähig waren, sich auf ihre Tochter zu richten, ein unerträglicher Rest von Abwesenheit. Insofern, nein, Alex wird niemandem fehlen, wenn sie in diesem Bus verreckt, irgendwo zwischen Richmond und New York. Niemand wird kommen und im Busdepot nach ihr verlangen, wenn man sie wie eine Fundsache ausladen wird. Niemand wird um sie weinen. Und das ist gut so.

Sie nimmt ihren Platz im Fond wieder ein, schaltet die Leseleuchte an und vertieft sich in die Lektüre von Erskine Caldwells Roman *Estherville*. Richtung Philadelphia, wo sie im Laufe des nächsten Abends ankommen wird. Unter anderen Umständen hätte sie schnell im Norman Rockwell Museum vorbeigeschaut, aber es ist wahrscheinlicher, dass sie die Übernachtung im Hotel und den Morgen in Philly nutzen wird, um sich etwas herzurichten, denn sie sieht wirklich schlimm aus.

Bei ihrer Ankunft am JFK-Airport muss sie so ausgeruht wie möglich sein, auch wenn das ziemlich viel Mühe erfordern wird. Sie wird die Pause nutzen, um an ihrem Make-up zu arbeiten, damit sie nicht aussieht wie eine Kreatur, die einem Film von George Romero entsprungen ist, wenn sie sich am Flughafen zeigt.

Kapitel 10

8. April 2005, Plaquemines Parish

Junior hat sich im großen Haus des Alten verschanzt, das ja nun, wenn er es recht bedenkt, sein Haus ist. Es fällt ihm immer noch schwer zu realisieren, dass er jetzt der einzige James Fergus ist, dass die Zeit des »Sohnemann!«, des »Kleiner!« und der »Nummer 2« vorbei ist. Vorbei auch die Schikanen, die Ohrfeigen und die Prügel mit dem Gürtel ...

Er hat ein ganzes Arsenal vorbereitet und wartet wie ein Sniper auf den Aufmarsch der Harleys von Bob und seinen Kumpeln. Und auch auf die Hubschrauber der Bullen. Er hat sogar bedacht, dass sie durch den Sumpf kommen könnten, und deshalb eine Sprengladung am Steg angebracht und Minen im Uferschlamm versteckt. Er wird sie einen nach dem anderen hochgehen lassen, er wird sie alle ficken, dann wird er den Hund loswerden, ein für alle Mal, und dann wird er endlich seine Ruhe haben, ganz gemütlich leben und ohne jemanden, der nervt.

Eine erste Explosion auf dem Matschweg, etwa hundert Meter von der Einfahrt entfernt, verrät ihm, dass er mindestens einen erwischt hat und dass sie anrücken.

Als er in den nächsten zwanzig Minuten immer noch nichts und niemanden sieht und kein Motorengeräusch hört, dreht er vor Ungeduld fast durch. Schweißnass rennt er mit seinem Fernglas nervös von einem Fenster zum anderen. Dabei stellt er sich vor, wie sie schwere Geschütze in Stellung bringen, um ihn unter Beschuss zu nehmen, und ein Rudel Minensuchhunde ausschwärmen lassen, um all das zu vereiteln, was er eine ganze Woche lang für sie ausgeheckt hat.

Er hält es nicht mehr aus, er muss raus, nachsehen, was da los ist und was sie sich für ihn ausgedacht haben, damit er ihre Zahl einschätzen kann und die Artillerie, mit der er es zu tun hat.

Also schleicht er zwischen den Stolperdrähten hindurch, die er selbst beinahe überall angelegt hat, setzt vorsichtige Schritte über kleine Hügel, zählt seine Schritte, umrundet Bäume und versucht dabei, alles um sich herum zu beobachten, mit halluzinierenden Augen, die blinzeln, wenn der Schweiß hineinläuft. Schließlich robbt er an den Rand des Weges, in Höhe der Stelle, an der die Mine explodiert ist.

Er sieht nichts außer einer kapitalen Spurrille, größer als die anderen, in deren Schlamm etwas schwimmt, das aussieht wie die blutigen Überreste eines bedauernswerten Nutria.

Junior kann sich kaum beherrschen, die Nerven sind zum Zerreißen gespannt. Die Anspannung, die sich in den vergangenen Tagen in fiebriger Erwartung des einsamen Kampfes einer gegen alle aufgebaut hat, das ganze Abstecken des Terrains, um die Todesmaschinerie einzugraben, das Waffenlager, das sein Vater in Erwartung eines Angriffs der Roten, der Feds oder der Marsmenschen angelegt hat, all die Zündkapseln, die nur auf eine flüchtige Berührung warten, um alles in die Luft zu jagen, und alles, was er erledigt hat, ist ein verdammtes Nagetier!

Er stößt einen Befreiungsschrei aus, der einen Schwarm Ibisse aufscheucht, feuert zwei Salven der M16 in die Luft, die drei Alligatoren, die sich am nahe gelegenen Ufer die Sonne auf die Schwarte brennen lassen, dazu bringen, sich vorsichtig zurückzuziehen. Dann hebt er den Blick zum Himmel, halb flehend, halb wütend, halb irre, und dreht sich dabei langsam um sich selbst, sodass man seine dreckigen Stiefel kaum hört.

Klick.

»Scheiße!«

Die Explosion zerreißt die Stille. Ein Geysir von schwarzem

und rotem Schlamm schießt in den bleiernen Himmel und fällt wie ekelhafter Regen wieder herunter, wie giftiger und dickflüssiger Saft. Ein Krater, tiefer als alle anderen, durch den die Biker kaum durchkommen werden, falls sie irgendwann auftauchen.

Kapitel 11

16. Mai 2005, Metz, Basislager

Drei Tage. Seit drei Tagen macht sie sich etwas vor und erfindet Geschichten. Alle möglichen Geschichten. Tausende von Kilometern und Wochen, die sie von dem trennen, was passiert ist, haben dem, was sie nunmehr »das« nennt, etwas nahezu Unwirkliches gegeben. Alpträume, die Bilder und ein hartnäckiges Unwohlsein aufkommen lassen, vor allem nach dem Aufwachen, die sich aber, wenn sie einmal sortiert und in die Schachtel »schlechte Träume« geräumt worden sind, schließlich auflösen.

Dasselbe tut sie mit den blauen Flecken, die ihren Körper bedecken. Sie wäscht sich immer, ohne sich anzusehen, die Augen auf einen imaginären Punkt direkt vor sich gerichtet. Auf diese Weise existieren alle Narben nicht mehr, weil sie sich zwingt, sie nicht anzusehen. Verschwunden, verblasst. Genauso wie ihr Körper, der abstrakt geworden ist und sie nicht mehr interessiert.

Seit ihr vor drei Tagen beim Aufstehen zum ersten Mal schlecht wurde, ist sie mit großer Selbstverständlichkeit davon überzeugt, dass es sich um eine Lebensmittelvergiftung oder eine Leberkrise handelt. Nicht so schlimm. Etwas Verdorbenes im Magen, die berühmte »Magen- und Darmverstimmung«, die sie sich im Bistro beim Trinken aus einem schlecht gespülten Glas eingefangen haben muss. Da sie sich unwohl fühlte, hat sie sich wieder hingelegt, sich unter ihre Decke verzogen und darauf gewartet, dass es vorbeigeht. Nach einer halben Stunde ein erneuter Test mit schwarzem Kaffee, aber der war nicht das Mittel der Wahl. Er kam sofort wieder hoch. Also hat sie sich wieder ins Bett gekuschelt und mehr oder weniger geschlafen. Der dritte Versuch hat dann geklappt.

Das Gleiche gestern Morgen und heute Morgen wieder. Und die gleiche Behandlung der Symptome, in der Horizontale bleiben, bis ihr Körper grünes Licht zum Aufstehen gibt.

Die Verspätung ihrer Menstruation hat sie nicht alarmiert. Auch dafür hat sie eine Erklärung gefunden. Sogar zwei. Erstens, sie hat ihre Regel nie sehr pünktlich gehabt, nicht nach der Uhr, nicht nach festem Zeitplan, also kein Grund zur Panik. Im Gegenteil. Gut, dass sie sie los ist, möge das so bleiben. Zweitens, der Schock. Sie hat irgendwo gelesen, dass ein Trauma diese Art von hormonellem Chaos herbeiführen kann. Also kommt auch der traumatisierte Schock in Frage.

Doch heute Morgen darf sie den Kopf nicht länger in den Sand stecken. Schluss mit den Dummheiten. Sie muss sich Klarheit verschaffen. Sie wirft sich etwas zum Anziehen über und läuft in die Apotheke, sobald die aufmacht, um dort einen Test zu kaufen. Der positiv auf Pipi reagiert ... Sie verwirft die vage Versuchung, zu mogeln und die Glaubwürdigkeit der Sache zu bezweifeln. Oder vielmehr die mangelnde Glaubwürdigkeit.

Ihre lächerlichen Strategien, die Tatsachen zu leugnen, lösen sich auf, und alles, was sie seit Tagen zu denken ablehnt, öffnet sich in vollem Ausmaß vor ihr mit einer Gewalt, die sie niederschmettert. Und ihr den Boden unter den Füßen wegreißt, sie in Panik und Entsetzen versetzt.

Der Feind ist in ihr.

Die beiden Dreckskerle haben sich nicht damit zufriedengegeben, ihre Haut in unauslöschlicher Weise zu zeichnen, sondern sich auch in ihrem Kopf festgesetzt, sodass sie ihre widerlichen Fressen, die Hütte und alles, was sie ihr in jener Nacht angetan haben, nie wieder loswird. Sie haben ihr eine verdammte Zeitbombe eingepflanzt. Sie haben es geschafft, mit ihr den Atlantik zu überqueren und sie bis zu ihrer einzigen Zuflucht zu verfolgen. Sie haben ihr eine kleine Schweinerei in den Bauch gesteckt. Einen Spitzel, eine Wanze, die sie aktiviert haben. Vor drei Tagen. Und die sie krank macht. Einen Maulwurf, der sie zu ihr führen kann. Sie muss ihn loswerden, ihn herausreißen, ihn irgendwo hinwerfen, weit weg von hier. Damit die sie nie wiederfinden können. Niemals.

Sie stellt sich vor, was da in ihr lebt. So etwas wie eine dicke zweiköpfige Kaulquappe, eine Larve mit den verkleinerten Visagen der beiden Arschlöcher, die ständig mit den Zähnen nacheinander schnappen und sich mit allen Krallen ihrer acht Füße festklammern. Außerdem stellt sie sich eine fette Zecke vor, deren zwei Köpfe sich in die Wand ihrer Gebärmutter fressen und deren Körper man vorsichtig herausdrehen muss, um sie komplett zu erwischen. Sonst würden sie nachwachsen. Und alles würde von vorn anfangen.

Sie sieht sich auch nach einem Kaiserschnitt, den sie selbst ausgeführt hat, ausgestreckt in der Mitte ihres Zimmers, ausgewaidet, aber strahlend vor Glück. Das Brotmesser liegt auf dem Boden, in einem Meer von ihrem Blut, aber durch den Eingriff ist das bösartige kleine Ding vernichtet worden. Das ist alles, was zählt.

Zwischen zwei Momenten der Niedergeschlagenheit, in denen sie sich in einer Ecke zusammenkauert, abgestoßen von so viel Ekel, schreckt sie auf und weiß, dass sie etwas tun muss. Sie entscheidet sich also, den kleinen Bastard auszuhungern, ihn auszuräuchern, in Alkohol zu ertränken und einem Härtetraining zu unterwerfen. Springseil und Sit-ups, in Intervallen. Stundenlang. Bis zur Erschöpfung. Sie will, dass er sich verpisst, will ihn ins Klo werfen und mit einem Schwall Wasser in die Kanalisation hinunterspülen, mit all dem anderen Gewürm.

Sie füllt sich mit Gin ab und zündet jede Zigarette am Stummel der vorigen an. Versetzt sich Faustschläge in den Bauch, bei denen sie spürt, dass der Bastard mit Bissen reagiert. Er wehrt sich, beißt sie, zerreißt ihre Eingeweide.

Drei Tage schwankt sie zwischen Abscheu und Entsetzen. Dann, in einem Moment größerer Klarheit, ringt sie sich dazu durch, Hilfe zu suchen. Und die Zauberformel, die ihr erlaubt, aus ihren Alpträumen aufzuwachen, findet schließlich einen Weg in ihren vernebelten und vergifteten Geist. *Abtreibung*. Sie wiederholt das Wort wie ein Mantra, stundenlang.

Abtreibung Abtreibung Abtreibung Abtreibung Abtreibung
Abtreibung Abtreibung Abtreibung Abtreibung Abtreibung
Abtreibung Abtreibung Abtreibung Abtreibung Abtreibung
Abtreibung Abtreibung Abtreibung Abtreibung Abtreibung
Abtreibung Abtreibung Abtreibung Abtreibung Abtreibung

Dann schläft sie endlich erschöpft ein. Morgen früh wird sie zur Beratungsstelle gehen. Sie werden sie von dem Eindringling befreien.

Kapitel 12

19. Mai 2005, Nancy, Familienberatungsstelle

Sie dachte, das würde sich in einer Stunde regeln lassen. Ein Schalter, eine Überweisung für eine ambulante Abtreibung, ein kurzer Eingriff, anonym, Guten Tag, Auf Wiedersehen, und dann könnte sie nach Hause gehen, befreit von dem kleinen Dreckstück ...

Und nun soll sie eine Beraterin aufsuchen. Oder vielleicht eine Psychologin oder eine Sozialarbeiterin ... Sie hat es weder verstanden noch gehört. War zu sehr von ihrem Ärger abgelenkt. Ein Gespräch? Aber wozu? Sie hat keine Lust, über was auch immer zu reden. Es ist ihre Entscheidung. Unnötig, sich lang und breit darüber auszulassen ...

Sie ist aufgeregt und bereits in der Defensive, als sie das Büro von Madame Bitzer aufsucht. Und als sie sich in einem kleinen traurigen Zimmer sitzend wiederfindet, gegenüber einer blassen Grünlilie, einer armen Spinnenpflanze, die hier ohne Luft und offensichtlich ohne Wasser auskommen muss, ist sie nur eine Handbreit davon entfernt durchzudrehen.

Die junge Frau lächelt sie freundlich an. Doch Alex fühlt vom ersten Moment an, dass eine Verständigung nicht möglich ist. Sie sind auf verschiedenen Seiten des Tisches und von verschiedenen Planeten. Und selbst wenn die Frau ihr mit vollster Empathie begegnen würde, würde sie Alex doch immer noch nicht verstehen. Sie wird heute Abend nach Hause gehen, zu ihrer kleinen Familie, Kinder und ein Mann, deren Fotos überall zu sehen sind, an den Wänden, auf ihrem Bildschirmhintergrund, in Bilderrahmen auf dem Fensterbrett, und sie wird ohne Zweifel von dem armen Mädchen sprechen, bestimmt eine Drogenabhängige, die heute bei ihr war …

Alex sieht sehr gut, dass sie sie für ahnungslos hält, zu kaputt, um an die Pille zu denken oder gar von deren Existenz zu wissen. Zu bedröhnt, um darauf zu achten, dass die Typen, die sie bumst, sich vorher ein Präservativ überstreifen. Dann beginnt die junge Frau, sie zu belehren, mit der sanften Stimme einer Grundschullehrerin. Über die Notwendigkeit einer guten Verhütung. Dass man damit nicht spaßen darf, oh nein, und nicht nur, um ungewollte Schwangerschaften zu vermeiden. Denn es gibt Aids und eine Reihe von Geschlechtskrankheiten, die sie ihr auflistet. Es klingt wie ein Abzählreim.

Alex hört sie nicht mehr. Sie befindet sich auf Alarmstufe Rot. Am liebsten würde sie das Büro auf den Kopf stellen und die blöde Schnepfe anbrüllen, damit sie die Klappe hält. Und sie an den Haaren ziehen und so lange schlagen, bis sie still ist.

Und sie könnte ihr sagen, dass die beiden Hurensöhne, die sie stundenlang auf alle möglichen Arten genommen und sich auf ihr abgewechselt haben, wahrhaftig nicht an Empfängnisverhütung gedacht haben, und dass sie wirklich nicht genügend Zeit hatte, sie darum zu bitten, ein Gummi zu benutzen, und dass sie heute eigentlich gar nicht hätte hier sein sollen, sondern in einem verdammten Sumpf verrotten, und dass sich damit die Schwangerschaft erledigt hätte, dieses verdammte Ding, das in ihr wächst wie ein Furunkel. Alex könnte aufstehen und ihr ihre Brüste zeigen, ihre Schenkel, ihren Bauch. All das, was diese Bastarde ihr angetan haben, bevor sie sie für tot hielten und wie ein krepiertes Tier in den Sumpf geworfen haben.

Doch sie tut nichts dergleichen, sagt nichts. Wie festgeklebt an ihrem Stuhl, der Atem kurz, presst sie die Kiefer zusammen, um diese schwarze Schlammflut zurückzuhalten, um zu verhindern, dass sie überläuft, sich ausbreitet wie eine enorme Welle, die das Büro, die Etage und das ganze Gebäude mit sich fortreißen würde. Als sie die Augen hebt, realisiert sie, dass die Frau blass geworden ist, nervös mit einer Büroklammer spielt und versucht, ihrem Blick auszuweichen. Sie hat ein Formular herausgenommen, dessen eine Ecke sie umknickt, und Alex versteht die Worte »Fragebogen« und »Akten«. Sie atmet langsam, um einen Anflug von Hass zu unterdrücken. Sie wird ihr Bestes geben. Sie muss improvisieren, Antworten erfinden.

Nein, sie ist nicht verheiratet, lebt nicht mit jemandem zusammen und nicht in einer eheähnlichen Gemeinschaft. Nein, sie hat noch keine Kinder. Nein, sie hat noch keine Abtreibung gehabt. Ja, sie kennt den Vater. Nein, sie hat ihn nicht in ihre Entscheidung eingebunden, er ist nicht auf dem Laufenden, sie wird nicht mit ihm darüber sprechen. Sie schätzt, dass sie seit ungefähr sechs Wochen schwanger ist. Ja, sie ist sich bewusst, dass das kein harmloser Eingriff ist. Nein, sie wünscht nicht, vorher noch einmal darüber nachzudenken. Ihre Entscheidung ist felsenfest, deshalb ist sie hier. Sie möchte es so schnell wie möglich machen, sie hat keine Wahl. Ihre prekäre Situation erlaubt ihr nicht, ein Kind großzuziehen. Und sie ist sich sicher, dass »der Vater« sie rausschmeißen wird, wenn er von ihrem dicken Bauch erfährt. Und bla und bla und bla. Ihre Stimme ist tonlos, aber fest. Sie versucht weiterhin, ihren inneren Aufruhr im Griff zu behalten. Zum Small Talk ist sie wahrhaftig nicht hergekommen.

»Gut, es ist gut, Mademoiselle. Ihre Akte ist vollständig. Aber damit Sie all Ihre Optionen klar überblicken und vielleicht mit Ihrem Lebensgefährten darüber sprechen, geben wir Ihnen acht Tage Bedenkzeit. Und wenn Sie in der nächsten Woche immer noch derselben Meinung sind, werden wir einen Termin für Sie in einer Klinik machen. Sie haben noch Zeit: Die gesetzliche Frist beträgt zwölf Wochen, das wissen Sie ...«

Alex hört sie nicht mehr. Sie ist am Boden zerstört. Vernichtet. Innerlich schreit sie auf und hört das Echo in ihrem leeren Kopf. Verzweifelt blickt sie die junge Frau an, bereit, sie auf Knien anzuflehen, sie sofort zum Chirurgen zu bringen. Sie kann nicht noch eine Woche mit diesem Etwas zusammenleben, das da in ihr ist und sie von innen auffrisst. Sie hört die beiden Schnauzen des Monsters, die sich totlachen, und hält ihren Bauch fest, um sie zum Schweigen zu bringen. Sie will, dass man ihnen den Garaus macht. Jetzt.

Ihre Augen füllen sich mit Tränen. Die junge Frau ist aufgestanden und legt eine mitfühlende Hand auf ihre Schulter, um sie zum Ausgang zu begleiten, aber Alex schüttelt sie vehement ab, öffnet die Tür selbst und rennt hinaus.

Kapitel 13

24. Mai 2005, Metz, Basislager

Sie schläft nicht. Sie schläft nicht mehr. Sie weiß, dass der kleine Dreckskerl das Innere ihres Körpers erforscht. Er bewegt sich, wie er will, er sieht sich überall in ihr um. Sie weiß es. Sie fühlt es. Er ist in ihren Adern unterwegs, er planscht in ihrem Blut herum. Er läuft durch ihr ganzes System, durchquert ihr Herz, klettert den Nacken hoch bis in ihr Gehirn, wo er geschäftig hin und her eilt, wo er herumlungert, um ihr Denken zu stören.

Aber sie hält durch.

Dann bewegt er sich wieder nach unten, nimmt den entgegengesetzten Weg und lässt es sie wissen. Ein Biss, ein Kratzen, ein Zwicken, mal hier, mal da, im Vorbeigehen, und sie beißt die Zähne zusammen oder unterdrückt einen Schrei. Sie will ihn auf keinen Fall triumphieren sehen.

Seit zwei Nächten hat er damit begonnen, ihren Körper zu verlassen und ihr Zimmer zu durchsuchen. Sie ist sicher, dass er sich irgendwo niederlässt. Auf einem Kartonstapel, auf einem Bücherregal. Dass er nach oben klettert und sie mit seinen an die Dunkelheit gewöhnten Augen beobachtet. Er sieht sie, wie sie aufpasst, er sieht ihr müdes Gesicht, sieht, dass sie nicht genug geschlafen, nicht genug gegessen hat, und das erheitert ihn, es erregt ihn, und er fummelt an sich herum, während er sie anglotzt. Er ist da irgendwo in der Dunkelheit. Mit seinen vier Lurchaugen und seinen beiden Schwänzen in Habachtstellung. Und sie ist fest entschlossen, ihn zu schnappen, bevor er von seinen nächtlichen Erkundungsausflügen zurückkommt und sich in ihrem Uterus festkrallt.

Um wach zu bleiben, sagt sie sich in einer Endlosschleife die Namen vor, die sie für ihn gefunden hat, und jede Nacht fügt sie der Liste neue Namen hinzu. Eine Litanei, die sie mit weit geöffneten Augen herunterbetet, wachsam auf die geringste Bewegung und auch mit lauter Stimme, damit er sie hört und weiß, dass sie ihn mit ihrem Messer und ihrem Hammer nicht verpassen wird: Scheusal, Scheißhaufen, Monster, Kind der Arschlöcher, zweiköpfige Kaulquappe, Bastard der Sümpfe, Blutlutscher, armer Irrer, widerlicher Scheißkerl, Kriecher, Axt im Wald, Tückebold, Kleingeist, Amöbe, Abfall, Eindringling, Ungewollter, Schleimbeutel, Schädling, Miststück, Gammelfleisch, Pest, Widerling, hässliche Kröte, Aas, Abschaum, Schleimer, Zudringling, Zyste, Furunkel, Beule, Geschwulst, Fliegenschiss, Tumor, Schweinebacke, Usurpator, Sauhund, Bakterie, Misthaufen, Verkrusteter, Abgekapselter, Blutegel, verdammte zweiköpfige Langustenlarve, die sie ihr in den Bauch gesteckt haben.

Sie lächelt in die Dunkelheit und zählt ihm auch all das auf, was sie mit ihm machen wird, um ihn loszuwerden: ausschütteln, ablassen, hinauswerfen, rausschmeißen, ausleeren, auskotzen, abführen, herausdrücken, ausspeien, aufbrechen, umlegen, zerstören, abreißen, kaputt machen, es ihm heimzahlen, kalt lächelnd verbluten lassen, auf ihn pissen, aufspießen, festnageln und dann sezieren, ihn zerkratzen, in kleine Stücke schneiden, zerquetschen, abmurksen, zersäbeln, stundenlang zertrampeln, kneifen, mit Brennspiritus flambieren, ihn atomisieren, abfackeln, eine Abreibung verpassen, kaltmachen, ein für alle Mal auslöschen, abschalten. Und alles wird zu Ende sein. Sie wird sich die Hände waschen und ihr altes Leben wieder aufnehmen.

Doch es gibt auch noch eine letzte Liste, und die sagt sie in ihrem Kopf auf, für sich allein. Denn sie weiß, dass ihr Traum von einem normalen Leben nur Illusion ist, leeres Gerede, Schwindel. Sie haben sie für immer zerstört, es gibt keine Hoffnung auf

Heilung. Sie ist definitiv ausgebrannt, aus den Fugen, entgleist, durchgeknallt, durchgedreht, bekloppt, verrückt, wahnsinnig, bescheuert, blöde, irre, verschroben, erschüttert, ausgelaugt, übergeschnappt, ausgeflippt, aufgelöst, von Sinnen, neben der Spur, zerschmettert, vollständig fallen gelassen, angeschlagen, plemplem, vernichtet, hat den Boden unter den Füßen verloren, hat einen Dachschaden. Und ihre Wut, ihr Hass, all der ätzende Zorn, den sie nährt, versorgt ihren Körper mit konzentriertem Adrenalin und hilft ihr, Nacht für Nacht auf der Lauer zu liegen.

Kapitel 14

30. Mai 2005, Nancy, Klinik

Die Flure der Klinik strömen einen unangenehmen Geruch aus. Abstoßend und fade, nach lauwarmem Essen, Suppe, Alter, Schweiß, Pisse, Krankheit und Putzmitteln.

Man weist ihr ein Zimmer zu, und das lässt sie ausflippen. Sie hat nicht die Absicht, hier Wurzeln zu schlagen. Sie wird ihre Meinung nicht ändern. Sie dachte, sie würde auf einem Flur oder in einem Wartezimmer warten, bis sie an der Reihe ist. Eine Tür, die sich öffnet, man ruft ihren Namen, ein bisschen wie beim Zahnarzt. Ein kleiner Schnitt mit dem Skalpell, und *adios!*

Was auch immer geschieht, es kommt nicht in Frage, dass sie die Nacht hier verbringt. Selbst wenn sie sich rausschleichen muss.

Alex beginnt, über den Eingriff zu grübeln. Die wollen sie sicher abschießen, betäuben. Und sie wird halb bewusstlos sein, nicht in der Lage abzuhauen ... Oder aber, wenn sie ihr Inneres ausschaben, um den kleinen Scheißer zu entfernen, wird sie bluten, und sie müssen sie so lange überwachen, bis die Blutung gestillt ist ... Sie wird geschwächt sein und sich hier eingesperrt wiederfinden ... Unmöglich!

Dann merkt sie, dass sie nicht allein ist. Die Krankenschwester, die sie in das Zimmer begleitet hat, hat sich nicht bewegt, fixiert sie ein wenig unbehaglich mit einem aufgesetzten Lächeln und gibt ihr das geschlitzte Krankenhemd, das sie von dem Moment an, in dem sie es anzieht, zur Patientin macht.

»Nehmen Sie. Duschen Sie zuerst, und dann ziehen Sie das an. In einer knappen Viertelstunde hole ich Sie ab.«

Als die junge Frau mit einem leeren Rollstuhl zurückkommt, gerät Alex bei dem Gedanken, sich dort hineinzusetzen, in Panik. Weil sie sich sehr wohl dazu in der Lage sieht zu gehen. Weil die Tatsache, in einen Zustand totaler Hilflosigkeit versetzt zu werden, ihr Gefühl verstärkt, in diesem stinkenden Krankenhaus eingesperrt zu sein. Als sie sich hinsetzt, rutscht das Hemd von ihren Schenkeln. Sie weiß, dass die Frau nicht umhinkann, ihre blauvioletten Narben zu sehen.

Sie wird zum Operationssaal geschoben. Gleich am Eingang erschrickt sie beim Anblick der Beinhalter. Sie stellt sich ihre weit gespreizten, dem Skalpell geöffneten Beine vor und will aufstehen und wegrennen. Spannt sich an und atmet tief durch, um ihre Angst zurückzudrängen. Sie hat keine Wahl. Man hilft ihr, sich zurückzulehnen und die Beine auf die Metallhalter zu legen. Eine enorme Meeranemone mit zehn großen weißen Augen fixiert sie von oben und verbreitet ein grelles, blind machendes Licht. Eine Kreatur aus *Der Krieg der Welten*, deren Blicke gleißend hell, durchdringend und anklagend sind.

Sie beobachtet den Gesichtsausdruck des Chirurgen, als er die Narben auf ihrem Geschlecht entdeckt, und sie liest darin eine tiefe, missbilligende Abscheu gegenüber den Übergeschnappten, die extreme Sexualpraktiken haben. All diese Gehirnamputierten, die einen Riesenspaß daran finden, sich zu fesseln, zu piercen, zu treten, auf sich zu scheißen und zu pissen, die verschiedensten Objekte in alle Öffnungen hineinzustecken, diejenigen, die sich gern ritzen und sich Brandzeichen verpassen wie Tieren.

Als das Spekulum eingeführt wird, verkrampft sie sich. Dann sieht sie die Spritze und fühlt die Abfolge kleiner Einstiche im Inneren, mit denen das Betäubungsmittel eingebracht wird. Doch als das Absaugen beginnt, ist der Schmerz bohrend. Sie müssen sich in der Dosis geirrt haben, oder aber das Produkt hat überhaupt keine Wirkung. Sie hat den Eindruck, dass ein Tier sie verschlingt, eine Ratte oder ein blinder Piranha, der sich, sobald er das kleine Ding gefressen hat, an ihr gütlich tut. Und dass der Scheißkerl von einem Chirurgen ihn gewähren lässt, als ob er das lustig fände.

Alex' Körper ist bis zum Äußersten angespannt, kurz vor dem Zusammenbruch. Ihre Finger krallen sich durch das Schutzpapier in das Skaileder des Behandlungsstuhls. Sie schreit nicht, hält die Luft an. Beißt sich auf die Zähne, zerstört, bei lebendigem Leib zerfressen. Die Assistentin des Schlachters legt nun eine warme Hand auf ihren Arm.

»Entspannen Sie sich, Mademoiselle, es ist gleich vorbei. Und vor allem, vergessen Sie nicht zu atmen ...«

Alex könnte ihr einiges erzählen, dieser blöden Kuh! Dass sie ihren Platz auf dem Folterstuhl einnehmen kann und Alex gern die Steuerung des verdammten Absaugers übernehmen würde. Um zu sehen, wie sie atmet mit diesem Ding in sich, das sie von innen verschlingt.

Aber sie sagt nichts. Sie konzentriert sich. Vor allem darauf, nicht zu schreien, nicht zu heulen. Und da sind auch noch diese vielen Augen der Lampe, die sie kalt und bohrend durchdringen. Zu gerne würde sie sich die Ohren zustöpseln, um das fortdauernde Geräusch der Absaugmaschine nicht mehr zu hören, das Gluckern und das widerliche Schlürfen.

Dann, wenn sie schon dabei sind, möchte sie am liebsten, dass sie alles aussaugen, dass sie von dem ganzen giftigen Schlamm, mit dem sie gefüllt ist, befreit wird, dass ihre Organe, die sie kontaminiert haben, entfernt werden, ihr mit Parasiten verseuchtes und verfaultes Blut abgelassen und ihr Gehirn entnommen wird. Dass nur noch eine unnütze Haut übrig bleibt, die man in einen Mülleimer wirft und zusammen mit den anderen Krankenhausabfällen verbrennt ...

Plötzlich hört der Krach auf. Der Schmerz auch. Man hilft ihr, vom Tisch aufzustehen, setzt sie in den Rollstuhl, und sie wird zu ihrem Zimmer geschoben. Sie ist immer noch gespannt wie ein Bogen, verkrampft und eiskalt. Die Krankenschwester kommt, misst ihren Blutdruck und kündigt an, dass ihr gleich das Mittagessen serviert wird. Man werde sie ein wenig überwachen, aber am frühen Nachmittag könne sie nach Hause gehen. Dieses Zimmer, das Krankenhemd und die sanfte Stimme der jungen Frau geben Alex das Gefühl, sie sei wirklich krank.

Was noch verstärkt wird, als man ihr einen Teller mit zerkochtem Rindfleisch und Karottenpampe vorsetzt. Das also hat nach alter Suppe gerochen! Sie stellt die Haube auf das braune Fleischstück zurück, das in einer orangefarbenen Sauce schwimmt ... Die Farben der Tapete im Wohnzimmer ihrer Kindheit. An der ganzen Wand hinter dem Fernseher. Sie beschränkt sich auf den Joghurt.

Eine erneute Blutdruckmessung, ein »Alles gut, Mademoiselle, Sie können gehen«. Sie zieht sich schleunigst an, damit sie nicht noch ihre Meinung ändern und sie festhalten.

Sie hat sie gefickt, die beiden Arschlöcher aus dem Bayou!

Das kleine Mistvieh ist nun irgendwo in einem Müllsack und nährt sich von den blutigen Ausschabungen des Morgens. Es sollte das genießen. Denn danach kommt es in den Verbrennungsofen. Erledigt.

Alex rennt die Treppen hinunter. Sie fühlt sich komplett sauber, wie neu und voller Energie. Der Nachmittag ist strahlend. Sie begibt sich auf die Suche nach einer sonnigen Terrasse, um die Vernichtung des kleinen Bastards zu feiern.

Kapitel 15

alorsleschiensrendusfurieuxbrisentleurschainessechappent
desfermeslointainesilscourentdanslacampagnecaetlaen
proiealafolietoutacoupilssarretentregardentdetouslescote
savecuneinquietudefaroucheloeilenfeucontrelesetoilesau
nordcontrelesetoilesalestcontrelesetoilesausudcontrelese
toilesalouestcontrelalunecontrelesmontagnessemblablesau
loinadesrochesgeantesgisantesdanslobscuritecontrelairfroi
dquilsaspirentapleinspoumonsquirendlinterieurdeleurna
rinerougebrulantcontrelesilencedelanuitcontreleschouettes
dontlevolobliqueleurraselemuseauemportantunratouunegre
nouilledanslebecnourriturevivantedoucepourlespetitscon
treleslievresquidisparaissentenunclindoeilcontrelevoleur
quisenfuitaugalopdesonchevalapresavoircommisuncrime
contrelesserpentsremuantlesbruyeresquileurfonttremblerla
peaugrincerlesdentscontreleurspropresaboiementsquileur
fontpeuraeuxmemescontrelescrapaudsquilsbroientdunseul
coupdemachoirepourquoisesontilseloignesdumaraiscon
trelesarbresdontlesfeuillesmollementberceessontautantde
mysteresquilsnecomprennentpasquilsveulentdecouvrirave
cleursyeuxfixesintelligentscontrelesaraigneessuspenduesen
treleurslonguespattesquigrimpentsurlesarbrespoursesauver
contrelescorbeauxquinontpastrouvedequoimangerpendant
lajourneeetquisenreviennentaugitelailefatigueecontrelesro
chersdurivagecontrelesfeuxquiparaissentauxmatsdesnavire
sinvisiblescontrelebruitsourddesvaguescontrelesgrandspois
sonsquinageantmontrentleurdosnoirpuissenfoncentdansla
bimeetcontrelhommequilesrendesclaves

25. September 2005, Gent, Bernds Tattoo Shop

Alex treibt in einer Musikblase. Sie hat sich von der schweren und hoffnungslosen Atmosphäre des Albums *Blue* von The Jesus Lizard einfangen lassen, wird von David Yows mäandernder Stimme in eine undurchdringliche, dämmerige Welt getragen, von der man nichts mehr erwarten kann. Alles dort ist unabänderlich. Die Geburt, die Bosheit, die Trostlosigkeit, das Leben selbst. Und wenn man sich darüber klar wird, ist es schon zu spät, immer zu spät.

Für diese dritte Sitzung mit Bernd hat sie ihren MP3-Player aufgeladen, damit sie das ätzende Geräusch nicht hören muss, das sie fertigmacht, das Geräusch der Tätowiermaschine, deren Kopf ihre Haut durchbohrt und hartnäckig auf den Knochen ihres Brustbeins stößt.

Der Schmerz ist extrem, heftig, fast unerträglich. Sie atmet stoßweise, ihre bandagierten Muskeln formen sich zu einer harten Schale, einem Panzer, der ihre Schreie unterdrückt und erstickt. Zum ersten Mal hat sie schmerzstillende Mittel abgelehnt. Sie möchte nicht, dass diese Arbeit ohne sie getan wird oder wenn sie halb abwesend ist. Im Gegenteil, sie möchte jeden der Einstiche spüren, der ihre Narben wieder öffnet, sie verlängert, in sie hineinbohrt, in ihnen herumstochert, sie erforscht und sie reinigt, um die Verschmutzungen herauszuziehen, welche die beiden Scheißkerle dort hinterlassen haben, bevor sie aufgefüllt, abgedichtet, verstopft, vollständig verschlossen, indem sie mit Tinte durchtränkt werden und unter einem schwarzen und dauerhaften Leichentuch verschwinden.

Bernd ist dabei, einen Auszug aus *Paradise Lost* von John Milton und »Proverbs of Hell«, ein Gedicht von William Blake, auf sie zu tätowieren. Zwei Texte und zwei Autoren, die durch die Zeiten aufeinander antworten und fortan auf ihrem Körper Seite an Seite stehen.

Kurz vor ihrer Ankunft hat sie bei der St.-Bavo-Kathedrale einen Halt eingelegt, um sich einmal mehr vor das Polyptychon der Van-Eyck-Brüder zu setzen. Seit sie diesen Altar entdeckt hat, ist sie während ihrer kurzen Aufenthalte in Gent täglich gekommen, um es zu bewundern. Und was sie gefangen nimmt, sind nicht so sehr die Innentafeln und das berühmte mystische Lamm, das dem Werk seinen Namen gab; was sie buchstäblich fasziniert, ist die unglaublich realistische Darstellung von Adam und Eva, die aufrecht an den Seiten stehen. Der Schmerz, den jeder von ihnen ausdrückt, lässt ihr keine Ruhe, beunruhigt sie und versetzt sie jedes Mal ein wenig mehr in Wut gegen Gott. Und die Religion im Allgemeinen.

Ja, wenn sie diese beiden Figuren des ersten Paares der Menschheit in natürlicher Größe betrachtet, findet sie beide in ihrer nichtidealisierten Nacktheit großartig, täuschend echt in einem fragilen Gleichgewicht in ihren Nischen, in denen sie eingeengt sind und aus denen sie scheinbar herausgehen möchten, aus Scham, aus Verlegenheit, dort zu sein, weil das kleine Feigenblatt, das sich jeder zaghaft vor sein Geschlecht hält, den Effekt hat, das ganze Übrige ihrer zur Schau gestellten Körper ins Licht zu rücken, wehrlos und zerbrechlich der Missbilligung und den Blicken auszuliefern. Aber sie sind dort für alle Ewigkeit eingezwängt, erstarrt in Erniedrigung, Zerknirschung und Unbehagen.

Alex teilt jedes Mal ihre Bedrängnis, spürt sie bis in ihr tiefstes Inneres, so weit, dass es sie erstickt und in Empörung versetzt, dass sie die Kathedrale auf der Stelle verlassen muss, da der stumme, resignierte Schmerz der beiden sie erdrückt, ihr den Atem nimmt und die Wut in ihr hochkochen lässt.

Drei Tafeln trennen sie einander für immer. Gott, die Jungfrau und Johannes der Täufer stehen zwischen ihnen und nehmen ihnen jede Hoffnung, sich wiederzufinden.

Alex kommen die beiden dermaßen erschöpft vor, dass sie

weinen muss. Adams Blick ist erloschen, weit entfernt, eingesperrt in Bedauern, Erinnerungen und sein Leid. Evas Gesicht ist verquollen und mitgenommen, als ob sie eine lange Nacht hinter sich hätte, in der sie bittere und schuldige Tränen geweint hat. In ihrer rechten Hand hält sie eine winzig kleine Zitrone mit unregelmäßiger Schale, ganz verschrumpelt, ganz matt, ganz lächerlich und doch so folgenschwer. Der Etrog, der in der Interpretation der Van-Eyck-Brüder zur verbotenen Frucht geworden ist. Und die Tatsache, dass diese winzige, unbedeutende Zitrusfrucht unter ihrer dicken Schale die Erkenntnis von Gut und Böse verbirgt, kommt Alex merkwürdig vor. Oder vielleicht auch nicht so sehr, alles in allem, denn sie verbindet ja Saures und Bitteres, und das sind ohne Frage die Geschmäcker, welche eine zu klare Sicht auf die Welt und die Menschen hinterlassen. Unwissenheit ist zweifellos süßer und lässt sich leichter mit einem Apfel oder einer Feige darstellen.

Was sie am meisten aufregt, als sie sich in die Tafeln vertieft, ist Evas Körper, Evas sehr runder Bauch. Sie denkt, dass Gott wirklich ein verdammter Saukerl ist, sie in dem Zustand, in dem sie sich befindet, zu vertreiben. *Manu militari*, mit Gewalt. Die Engel bis an die Zähne bewaffnet, um sie aus dem Paradies zu verjagen, und eine große Zahl von Cherubim ist da, um ihnen den Zugang zum Lebensbaum zu verwehren, um sie und ihre Nachkommen zur Sterblichkeit zu verdammen.

Ja, Gott ist wirklich ein Arschloch. Denn Er wusste vermutlich bereits, dass er Kain dazu bringen würde, seinen Bruder zu töten, um ihn anschließend anzuklagen und zu bestrafen, dass Er die ganze Menschheit in einer schrecklichen Sintflut ertränken und grausam mit Hiob, Abraham und den anderen spielen würde, um ihren Gehorsam auf die Probe zu stellen.

Ist Gott also Liebe und Barmherzigkeit? *Bullshit!* Nein, im Gegenteil, sein Ding ist es, einen Riesenspaß an den Demonstrationen seiner rachsüchtigen Allmacht zu haben und den bedauernswerten Wesen, die ihm gehorchen, Schrecken einzuflößen. Und darüber hinaus hat Er den Menschen nach seinem Ebenbild geschaffen, und man sieht ja, wohin das führt! Gewalt, Völkermord und Zerstörung, überall, zu jeder Zeit. Eine Scheißwelt, in der das Recht des Stärkeren und des größten Arschlochs regiert und in der Empfindsamkeit und Zerbrechlichkeit nur existieren, um zerstört und mit Füßen getreten zu werden. Die Welt nach Gottes Vorstellung ist echt super!

Während der Tintenschreiber weiter unter ihre Haut kriecht und dort seinen schwarzen Weg hinterlässt, gibt sich Alex all den Schweinereien der Welt hin und ihrer Abscheu, daran teilzuhaben. Doch da die Dinge nun mal so sind, wie sie sind, und da sie völlig immun gegen Zuversicht ist und erdrückt von einer allgemeinen Absurdität, gibt es nur eine einzige Gewissheit, an der sie festhalten kann, eine einzige Überzeugung, die sie fesselt, koste es, was es wolle: Sie wird sich nie wieder verletzen lassen!

Kapitel 16

itoldyousirtheywereredhotwithdrinkingsofullofvalourthat theysmotetheairforbreathingintheirfacesbeatthegroundfor kissingoftheirfeetyetalwaysbendingtowardstheirprojectthe nibeatmytambouratwhichlikeunbackdcoltstheyprickdthei rearsadvancedtheireyelidsliftedupth eirnosesastheysmell musicsoicharmdtheirearsthatcalflikutheymylowingfol lowdthroughtoothdbrierssharpfurzesprickinggorseand thornswhichenteredtheirfrailshinsatlastileftthemintthefilthy mantledpoolbeyondyourcelltheredancinguptothechinsthat thefoullakeoverstunktheirfeet

15. Dezember 2005, Shetlandinseln, Lerwick, Thule Bar

Seit zwei Wochen geht Alex regelmäßig in die Thule Bar. Sie hat sich blitzschnell an diese kleine Kneipe gewöhnt, die nur von Einheimischen besucht wird. Zunächst einmal ist es der Name, der ihr Lust gemacht hat, das kleine Lokal mit der nicht besonders schönen rosa Fassade zu betreten. Thule. So wurde in der Antike die mythische Insel am nördlichen Rand der bekannten Welt genannt. Sie hat an das von Agrippa d'Aubigné beschriebene »frostige Thule« gedacht und an den Selbstmord des alten Königs der Insel, beschrieben in einem schönen Gedicht von Goethe ...

Und es ist diese extreme, nördliche Lage, die sie darauf gebracht hat, einen Teil des Winters auf den Shetlands zu verbringen. Um sich von der Welt zu erholen und neue Kraft zu schöpfen an einem Ort, über den ständig Unwetter fegen und der von stürmischer See umtost wird.

Bei ihrer Ankunft auf der Inselgruppe hat sie einen Ort entdeckt, an dem alles sie in Spannung versetzt und an dem ihr die Kraft der Elemente hilft, sich jeden Tag ein wenig lebendiger zu fühlen. Die mineralhaltige Luft, die karge Landschaft, die Flechten, das schwammige Moos, die Sümpfe und Moore, die Spuren der untergegangenen nordischen Zivilisation, all das spricht sie an und berührt sie in ihrem tiefsten Inneren.

Hier findet sie die Gefühle ihrer Kindheit wieder, diese einmalige Beziehung, die sie schon immer zu Steinen und zum Norden hatte. Sie sieht sich in Aglen, als sie sieben oder acht Jahre alt war. Felsen mit tief eingeschnittenen Spalten, wie Hände eines Riesen, deren Finger zum Meer ausgestreckt sind. Man musste seinen ganzen Mut zusammennehmen und springen, um sie zu überwinden, ein normaler Schritt reichte nicht aus. Und ihre Mutter, die nicht schwindelfrei war, schrie bei jedem ihrer Sprünge über den Abgrund, unter dem das norwegische Meer tobte. Sie selbst, berauscht von diesen Schreien, dem Sonnenlicht, das die Wellen funkeln ließ, dem Duft der Algen, der von der Brandung getragen wurde, flog elektrisiert, wie ein kleiner Schmetterling in vertrauensseliger Schwerelosigkeit: Sie wusste, dass ihre Komplizen, die Felsen, ihre kleinen geschickten Füße immer wieder aufnehmen und sie nicht abrutschen lassen würden. Und es ist dieses deutliche Einverständnis, das sie hier wiederfindet, das Gefühl, sich fallen zu lassen und mit der Landschaft eins zu werden, dem bedeckten Himmel, dem Nieselregen, Heidekraut oder Sand, der Möglichkeit, Teil dieser Unendlichkeit zu sein und endlich zur Ruhe zu kommen.

Sie ist froh, auf der kleinen Insel Bressay im Osten, an der Nordsee gegenüber der norwegischen Küste, für zwei Monate ein Haus zur Miete gefunden zu haben. Eine Hütte aus dunklen Steinen mitten in der kahlen Moorlandschaft ohne Baum und Strauch, direkt an der grauen Steilküste, die sie an einen Haufen Eisenspäne erinnert, unter ihren Füßen ausgehöhlt von wütenden Wogen und mit rostfarbenen Aderrissen durchzogen. Sie ist in ständigem Kontakt mit dem Wind und dem Meer, deren unentwegte Dialoge sie im Bett hört oder wenn sie im Wohnzimmer vor dem Kamin sitzt, in dem Torfbriketts brennen und dabei beißenden Dampf freigeben. Sie sagt sich, dass Bernd diesen Ort, von dem sie findet, dass er ihm ähnelt, lieben würde.

Regelmäßig begibt sie sich nach Lerwick, der Hauptstadt auf der Hauptinsel Mainland, die mit Bressay durch eine stündlich verkehrende Fähre verbunden ist, die für die Überfahrt fünf bis zehn Minuten braucht. Sie hat in Lerwick ganze Vormittage in der Bibliothek verbracht, deren Bestände zur skandinavischen Geschichte und Kultur beeindruckend sind. Auch fährt sie dorthin, um sich zu versorgen, vor allem bei den kleinen Fischern, die ihren Tagesfang direkt aus ihren Booten am Quai verkaufen. Und dann gibt es noch den obligatorischen Zwischenstopp in der Thule Bar, wo der Wirt in dem Moment, in dem sie eintritt, ein Pint Dragonhead auf die Theke stellt, dessen Kaffeewürze sie so gern mag, und wo sie zurückhaltend mit den Billardspielern übt, ohne sie in ihrer Eitelkeit zu kränken.

Seit ihrer Ankunft regnet es mehr oder weniger ununterbrochen. Sie hat schnell gelernt, zu einer Jahreszeit, in der die Sonne kaum drei Stunden am Tag scheint und die Tage grau und jodhaltig sind, in K-Way und Gummistiefeln zu leben. Dieses Erlebnis der beinahe permanenten Nacht oder des bleigrau verhangenen Tages, der keinerlei Kontraste zeigt, ist vermutlich das Befremdlichste für sie und macht ihr freiwilliges Exil noch intensiver und vollständiger. Sie fühlt sich von einer undurchdringlichen, anthrazitfarbenen Hülle umgeben, die die ganze Inselgruppe einschließt und sie vor dem Rest der Welt beschützt.

Und sie hat auch schon einige Kontakte geknüpft, um eine Reportage über das Up Helly Aa vorzubereiten, ein Fest, das Ende

Januar die länger werdenden Tage nach der Finsternis des Winters feiert. An diesem Morgen hat sie Zimmerleute der Marine getroffen, die sich mit dem Bau eines Drakkar beschäftigen, eine der Hauptattraktionen der Festlichkeiten.

Doch was Alex heute nach Lerwick gezogen hat, ist vor allem der Termin bei dem einzigen Tätowierer der Inseln, den sie in der Woche zuvor vereinbart hat. Er hat ihr den hinteren Teil des Schädels rasiert, oberhalb des Nackens, den Teil, den ihre Mutter »Flaumkuhle« nannte, als Alex klein war. Ein Nest für Würmer und ein Hafen für Läuse, die dem Kamm beim Lösen der Haarknoten, das sich oft zu einem Drama entwickelte, widerstanden. Dann hat er die vier Runen ᛚ ᛟ ᚲ ᛁ, die den Namen Loki bilden, mit Tinte in diese kleine unsichtbare Vertiefung unter den Haaren tätowiert. Loki ist in der nordischen Mythologie der Gott der Zerstörung, den sie sich als Schutzgott ausgesucht hat. Jeder dieser Buchstaben hat eine eigene Bedeutung. Laguz steht für das Wasser, Othila für das Erbe und die Weitergabe von Wissen, Kenaz für die Fackel und das Licht und Isa für das Eis.

Und Alex findet, dass diese Verbindung zum Feuer, zum Wissen und zum Wasser unter allen flüssigen und festen Formen eine aussagestarke Kombination ist, die gut zu einem Gott der Zerstörung und besonders gut zu ihr selbst passt.

Kapitel 17

landinaswampmarchthroughthewoodsandinsomeinland
postfeelthesavagerytheuttersavageryhadclosedroundhimall
thatmysteriouslifeofthewildernessthatstirsintheforestinthe
junglesintheheartsofwildmentheresnoinitiationeitherinto
suchmysterieshehastoliveinthemidstoftheincomprehen
siblewhichisalsodetestableandithasafascinationtoothatgoes
toworkuponhimthefascinationoftheabominationyouknowi
maginethegrowingregretsthelongingtoescapethepowerless
disgustthesurrenderthehatetheywereconquerorsandfortha
tyouwantonlybruteforcenothingtoboastofwhenyouhaveit
sinceyourstrengthisjustanaccidentarisingfromtheweaknesso
fotherstheygrabbedwhattheycouldgetforthesakeofwhatwas
tobegotitwasjustrobberywithviolenceaggravatedmurdero
nagreatscaleandmengoingatitblindasisveryproperfortho
sewhotackleadarknesstheconquestoftheearthwhichmost
lymeansthetakingitawayfromthosewhohaveadifferentcom
plexionorslightlyflatternosesthanourselvesisnotaprettythin
gwhenyoulookintoittoomuchwhatredeemsitistheideaon
lyanideaatthebackofitnotasentimentalpretencebutanideaan
danunselfishbeliefintheideasomethingyoucansetupand
bowdownbeforeandofferasacrificeto

Dienstag, 31. Januar 2006, Shetlandinseln, Lerwick

Alex ist heute Morgen sehr früh aufgestanden, um nicht eine einzige Minute vom Up Helly Aa zu versäumen. Dieses Fest ist der Höhepunkt ihres hiesigen Aufenthaltes. Sie beabsichtigt, einem

Reisemagazin eine vollständige Reportage mit Text und Fotos vorzuschlagen. Am Samstag reist sie dann wieder ab. Wie auch immer. Nichts hindert sie, einen Monat oder sogar noch länger zu bleiben.

Sie erwischt die erste Fähre nach Lerwick, damit sie um 6 Uhr bei der Enthüllung der »Bulle« auf dem Market Cross ist. Sie wird vom Jarl durchgeführt, dem »Oberwikinger« der Feierlichkeiten, der in diesem Jahr Einar of Gullberuvik heißt. Dieser humorvolle Text, der von einem Künstler aus dem Ort in Schönschrift auf eine große Holztafel geschrieben wurde, beinhaltet eine Fülle von Hinweisen und Anspielungen, die von den Inselbewohnern sofort durchschaut werden, für Fremde aber geheimnisvoll bleiben. Alex trinkt einen Kaffee in der Thule Bar und lässt sich die unverständlichen Punkte von verschiedenen Personen erklären.

Dann, um 8.30 Uhr, erscheint zum ersten Mal der Jarl mit seinem Clan, ungefähr fünfzig bewaffneten Männern, die durch die Stadt paradieren. Der geschmolzene Schnee und der Nordwind, der einem sofort die Finger klamm werden lässt, können dem Mut der Krieger nichts anhaben. Auch nicht dem der Touristen, die sich bereits am Parcours versammeln. Die Farbe des Jahres ist ein tiefes Nachtblau, auf dem die verschiedenen Teile der Bewaffnung wie Silber und Chrom hervorstechen.

Besonders schön sind die Helme mit ihren Kinnriemen und Nasenschützern und vor allem die beiden Rabenflügel, die beide Seiten zieren. Wie Hugin, der Gedanke, und Munin, die Erinnerung, die beiden Raben von Odin, die ihm ins Ohr flüstern, was sie in den neun Welten gesehen haben, und ihn dabei unterstützen, bestimmten Kämpfern zum Sieg zu verhelfen, indem sie ihnen Mut, Klugheit oder List einflößen. Die Mehrzahl der Clanmitglieder trägt eindrucksvolle Bärte, die sich in nichts von denen ihrer nordischen Vorfahren unterscheiden.

Am Ende des Vormittags wird der Jarl im Rathaus empfangen. Alex ist es gelungen, eine Einladung zu dieser kurzen Zeremonie zu bekommen, in deren Verlauf der Bürgermeister seine Stadt den Wikingern übergibt, damit sie vierundzwanzig Stunden in ihr feiern können. Dann ist sie ihnen zum Museum gefolgt, wo die stolzen Krieger sich aus der Nähe zeigen und sich von den Touristen anfassen und fotografieren lassen. Danach ist sie in die Straßen zurückgegangen, um dort dem ersten Teil des Umzugs zu folgen, dem der Jüngsten. Eine Initiation und eine Inthronisation für zukünftige Up Helly Aas. Und auch eine Art Anheizen der Zuschauer, die zu Tausenden die Straßen des Ortes füllen.

Um 18.30 Uhr wird die öffentliche Beleuchtung in Lerwick, aber auch in den Gemeinden der umliegenden Inseln abgeschaltet. Das elektrische Licht wird nun durch Fackeln ersetzt, geschwenkt von tausend Wikingern, um den Drakkar auf seiner ersten und letzten Reise durch die Straßen zu begleiten. Lower Hillhead, St Olaf, King Harald Street hin und her, danach die King Erik Street. Die langen Fackeln, mit einem in Petroleum getauchten Jutetampon an der Spitze, erzeugen einen ekelhaften, dichten und schweren Rauch, der in der feuchten Luft kaum zu ertragen ist, wenn er durch Windböen auf den Zug geblasen wird.

Das Schiff, das ein Trupp von Zimmerleuten in mehreren Wochen gebaut hat, ist bordeauxrot gestrichen, vielleicht wie »Ochsenblut« oder »Falunrot«, das einen schönen Kontrast zu den blauen und silbernen Gewändern der nordischen Krieger bildet. Ein malerisches Zusammentreffen von Farben, das tolle Fotos verspricht, verstärkt noch durch den flackernden und tanzenden Schein der Flammen, der hell-dunkle Bewegungen erzeugt und von den Helmen und Äxten reflektiert wird.

Die Reihen der Zuschauer verschmelzen zu einer riesigen Prozession, die sich hinter dem Schiff, das bis zum Ort seiner Verbrennung auf Rollen vorangleitet, durch die Straßen wälzt. Die Menge folgt dem breiten Strom der Flammen, der das Schiff und seine bewaffnete Wikingerhorde zu tragen scheint. Das sieht aus wie ein Trauermarsch, aber fröhlich. Denn es ist ja eine Wiedergeburt, die beim Up Helly Aa gefeiert wird. Die des Tages, der nach einer endlosen Nacht wieder die Oberhand gewinnt.

Das Schiff hat gerade die Harbour Street und die Esplanade King George V erreicht, seine letzte Station vor der Fahrt nach Walhalla. Alle halten den Atem an. Der Kopf des Drachen mit stachligem, schuppigem Hals scheint das Publikum von weit oben genau zu inspizieren. Mit einem letzten Blick. Einem festen und angsteinflößenden Basiliskenblick.

Die Krieger treten einer nach dem anderen an das Schiff und werfen ihre Fackeln darauf, die sogleich ein wildes Feuer entfachen, das auf die Flanken übergreift. Die gebogene Holzkonstruktion wird sofort glutrot, und das Feuer strahlt eine so große Hitze aus, dass die Wikinger und Zuschauer der ersten Reihen zurückweichen. Von Windstößen angefacht, lodern die Flammen hoch in die Nacht hinaus, züngeln am Mast und klettern am langen Hals des Drachen empor.

Ein einziges Blitzlichtgewitter, und Alex macht ihre Fotos sogar zwei- oder dreimal, um sicherzugehen, dass ihr ein paar gute gelingen.

Sie schießt immer noch Fotos, als sie merkt, dass sich jemand gegen sie presst. Erst denkt sie, das sei zufällig, entschuldigt sich und rückt ein wenig weiter. Dann beginnt eine Hand, ihr über den Hintern zu streicheln, wagt sich weiter zur Leiste und bleibt auf ihrem Unterleib liegen. Sie dreht sich heftig um und fängt einen intensiv-blauen Blick auf, der sie herausfordert, eine Zunge, die auf obszöne Weise über die Lippen leckt, und schweren, mit Whisky beflaggten Atem.

Der Alarm schrillt laut und klar. Junior hat es geschafft, sie bis hierher zu verfolgen! Alex beißt die Zähne zusammen, ballt die Fäuste, spannt jeden einzelnen ihrer Muskeln an. Sie wird zu einem Block aus Stein, hart und rau, mit all seinen Unebenheiten und Kanten. Sie muss raus hier, aus der für die Show versammelten Masse und aus der Hitze des Infernos.

Sie drängt, schlängelt, windet sich zwischen den eng beieinanderstehenden Körpern hindurch, um von all diesen Menschen wegzukommen, die ihr plötzlich Angst machen, von all den Schreien, die sie bedrohen, von der ganzen Feier, die ihr nun fremd und sinnlos vorkommt. Sie möchte verschwinden, sich in Luft auflösen, sich weit wegbeamen, an einen anderen Ort, denn dieser ist plötzlich unerträglich geworden.

Das Herz hämmert heftig in ihrer Brust, sie kämpft darum, der Flut von Menschen und ihren Freudenschreien zu entkommen, dreht den Rücken zum Licht und möchte ins Halbdunkel der engen Straßen zurückweichen, damit verschmelzen, sich dort verstecken. Sie kommt schlecht vorwärts, versucht zu laufen, doch durch die kompakte, dichte Masse von Zuschauern, die nichts vom heidnischen Feuer verpassen möchten, lässt sich nur schwer eine Gasse schlagen.

In Panik dreht sie sich um und sieht die blauen Augen, die ihr beim Schwimmen gegen den Strom folgen.

Sie kämpft bis zur Erschöpfung, um ein Hindernis zu überwinden, das immer wieder von Neuem auftaucht. Eine Reihe von stehenden Körpern, immer die gleiche, immer eine andere, baut sich vor ihr auf, und es ist kein Ende in Sicht.

Jetzt weiß sie, dass sie alle Komplizen sind. Sie wollen sie gefangen nehmen, einsperren und zum Abschluss der Zeremonie den Göttern opfern. Und der große Typ, der ihre Spur aufgenommen hat, ist der, der sie zur Schlachtbank führen soll. Sie hat nicht vor, ihm die Aufgabe leicht zu machen. Nein, sie wird ihm nicht gestatten, sie Baldr und den Asen für die Verlängerung der Tage zu opfern. Denn sie lebt seit Monaten in einer Welt ohne Sonne und verehrt dort andere Götter als ihre. Die der Finsternis und des Eises, die der Verstellung und des Verrats, die der Zerstörung und des Hasses.

Sie reißt sich zusammen.

Nein, Junior hat all das nicht organisieren können. Er hat ihr einen Jagdhund auf den Hals gehetzt, nicht Tausende. Also hört sie auf zu laufen, dreht sich zu ihrem Verfolger um und erwartet ihn.

Er rückt zu ihr auf, drückt sich an sie und bringt ihre Atemzüge in Einklang. Dann legt er den Arm um ihre Hüfte. Sie hebt die Augen zu seinem Gesicht und seinen blauen Augen, die sie forschend mustern. Löst sich aus seinem Griff, greift nach seiner Hand und zieht ihn mit sich. Sie versuchen nun zusammen, aus der Menge herauszukommen, und in gemeinsamer Anstrengung überwinden sie schließlich die letzten Reihen der Zuschauer.

Sie hält die Hand des Typen weiterhin ganz fest und zieht sie beide fort vom hell lodernden Feuer. Die Straßen sind schwarz und leer. Verlassen. Sie sprechen nicht miteinander. Nur ihr Atem ist zu hören. Sie sind allein, sie weiß es. Ganz Lerwick ist auf den Beinen, versammelt in glückseliger Gemeinschaft. Er lässt sich ziehen, folgsam oder vielleicht neugierig, immer weiter aus dem Geschrei der Menge heraus.

Sie führt sie in schmale Straßen mit Treppen, die zwischen den Häusern verlaufen, in Durchgänge, die Schritt für Schritt steiler und enger werden, kleine, immer geheimnisvollere und finsterere Gässchen. Dann hält sie plötzlich an, presst ihn gegen eine Mauer und drängt sich an seinen Bauch. Seine blauen Augen drücken Überraschung aus, die Lippen verziehen sich zu einem Lächeln, sein Atem wird schneller.

Alex nagelt ihn mit einem seltsamen Blick fest, in dem verhängnisvolle Schatten tanzen. Sie sieht die Hütte wieder, die beiden Degenerierten mit der metallisch schimmernden Iris, und erkennt darin dasselbe kalte Stahlblau, das sich in diesem Moment auf sie richtet. Der Mann liefert sich arglos dem aus, was er für einen vielversprechenden Quickie hält, bevor er den Vertrag erfüllt, für den er, wie sie weiß, bezahlt wurde.

Sie reibt sich an ihm. Er lässt sie machen. Und stößt ein kleines, dümmliches »Ah« aus, als Alex' Klinge zum ersten Mal in seine Eingeweide fährt. Sie versenkt sie wieder, und noch mal, und noch mal, in einem mechanischen Stakkato, das nicht zu enden scheint. Und als seine Pupillen erst größer werden und dann verlöschen, gerichtet ins Nichts, versteht sie, dass er genug hat. Langsam wischt sie ihre Hand am Hosenbein des Mannes ab, dann säubert sie sorgfältig die Klinge des Messers, lässt es zusammenschnappen und steckt es in ihre Tasche.

Und dann, von einem Wutanfall gegen dieses geile Arschloch erfasst, das sie in ihrem Refugium aus Nebel, Felsen und Stürmen abschlachten wollte, fängt sie an, den zusammengesackten Körper mit harten Tritten zu bearbeiten. Ächzend stürzt sie sich auf ihn und stößt dabei Flüche aus. Sie schlägt ihn dafür, dass er sie gezwungen hat, so zu handeln, und für Junior und seinen Alten, und dafür, dass er sie bis hierher an einen Ort verfolgt hat, von dem sie glaubte, er könnte ihr Schutz bieten und diese Jagd beenden, deren Beute sie ist. Sie tritt und schlägt pausenlos, bis er zur Seite sinkt, bis seine Augen nicht mehr auf sie gerichtet sind.

Anschließend verlässt sie die finstere Gasse, zieht ihre Windjacke aus und rollt sie zusammen, die blutigen Seiten nach innen, in der Absicht, sie ins Meer zu werfen, das an der Mole tost.

Junior kann sich zum Teufel scheren. Er hat es auch heute Abend nicht geschafft, sie zu schnappen. Aber er hat einen seiner Pitbulls bis hierher geschickt, deshalb muss sie abreisen. Sie läuft, um die 22-Uhr-Fähre zu erreichen, die sie nach Bressay bringt, in ihr kleines Steinhaus auf der Heide.

Und morgen wird sie die Shetlandinseln verlassen. Ungern.

Kapitel 18

ordisjebienmonesperanceestmorteorestcefaitdemonaiseet
monbienmonmalestclairmaintenantjevoisbienjaiepousela
douleurquejeportetoutmecourtsusriennemereconfortetout
mabandonneetdellejenairiensinontoujoursquelquenou
veausoutienquirendmapeineetmadouleurplusfortecequejat
tendscestunjourdobtenirquelquessoupirsdesgensdelavenir
quelquundiradessusmoiparpitiesadameetluinaquirentdestine
segalementdemourirobstineslunenrigueuretlautreenamitie

5. Juli 2006, Metz, Le Donjon

Sie hat ihn bemerkt, seit sie sich auf Dauer hier niedergelassen hat und Stammgast im Donjon geworden ist. Er sitzt oft allein an der Theke, wo er mit Fred diskutiert, oder ist in ein Buch vertieft, unzugänglich für die Welt um ihn herum.

Seinen Vornamen hat sie auf Anhieb gemocht. Anton. Sie findet, dass er gut zu ihm passt. Dann haben sie ein paar Partien Billard gespielt, bei denen sie den Tisch leer gefegt hat, ohne ihm die Chance zu geben, auch nur eine einzige Kugel zu spielen. Um seine Reaktionen zu testen. Er war nicht sauer auf sie wie die meisten Schwachköpfe, gegen die sie spielt und die schwer daran zu kauen haben, von einer Frau geschlagen zu werden. Sie klammern sich dann an den Gedanken, dass sie aus purem Glück gewonnen hat, und am Ende verlieren sie doch immer wieder und werden wütend.

Nichts von alledem bei Anton. Kein einziges Chromosom eines in seinem Stolz gekränkten Gockels, der sich wegen einer verlorenen Billardpartie in einen Kapaun verwandelt fühlt und wie ein Idiot reagiert. Der seine Talmisporen zeigt und sie schnell wieder zurückzieht, wenn er kapiert, dass Alex davon nicht beeindruckt ist. Weil sie schon andere gesehen hat und von dieser Art von Verlierern bereits zum Frühstück locker ein Dutzend verspeisen kann.

Und schließlich weicht der Typ der sich abzeichnenden Konfrontation mit einer großspurigen Bemerkung aus, dem Sinn nach: »Du hast Glück, dass du eine Frau bist, denn ich schlage keine Frauen, schon gar keine Lesben.« Woraufhin sie sich nur schwer die Entgegnung verkneift: »Du hast recht, mein Kleiner, pass schön auf deinen Arsch und deine Eier auf. Und ja, ich bin lieber eine Frau als so ein Arschloch wie du, und warum keine Lesbe. Alles, was du willst, denn das ist besser, als sich mit einem Honk wie dir herumzuschlagen, du Vollpfosten!« Nein, sie hat keine Zeit, sich mit diesen Idioten zu streiten, die sie regelmäßig auf dem grünen Tuch fertigmacht. Normalerweise genügt ein eindringlicher, verächtlicher und drohender Blick. Und sie weiß, dass der Typ dann ganz schnell den Schwanz einzieht.

Anton gehört wirklich nicht zu dieser Sorte. Er ist ganz anders. Ein Bär vielleicht, aber ohne Klauen, ein Einzelgänger, nicht sehr gesprächig, ein bisschen schüchtern und in sich gekehrt, und jemand, der sich nicht nur über seine beiden Eier definiert und mit seinem Testosteronspiegel prahlt. Was seiner Männlichkeit keinen Abbruch tut. Außerdem hat seine Ruhe etwas Erholsames.

Sie haben sich an diesem Abend eine gute Weile an der Theke unterhalten. Fred läutet die letzte Bestellung in dem Moment ein, in dem der Bass von Flea »Falling Into Grace With You« anstimmt, dessen Funk durch den Wah-Wah-Effekt etwas klebrig und schwerfällig klingt und dadurch bestätigt, dass es höchste Zeit ist, schlafen zu gehen. Alex beobachtet Anton. Er erscheint ihr ein wenig nervös, ein wenig neben sich. Er atmet tief durch, leert sein Glas in einem Zug, dreht sich zu ihr um und bringt heraus:

»Hättest du Lust, zu Hause noch ein Glas zu trinken ... Also, ich will sagen ... bei mir?«

Sie fühlt in seiner tonlosen Stimme und an seinem Zögern, dass er all seinen Mut zusammengenommen und die zusätzliche Sicherheit der paar Whiskys, die er an dem Abend getrunken hat, benutzt hat, um diese wenigen Worte erfolgreich rüberzubringen. Und dass er diesen Satz, dem er eine gewisse Lässigkeit geben wollte, vermutlich vor dem Aussprechen einige Male in seinem Kopf wiederholt hat.

Sie findet ihn rührend, beobachtet ihn weiter und erkennt in dem zögernden Blick, den er ihr zuwirft, ein Anzeichen von Bedauern. Sie fühlt, dass er seine Frage zurücknehmen will, annullieren, alles wieder auf Anfang stellen. Denn er erwartet, dass sie ihm eine Abfuhr erteilt.

Aber sie lässt ihn nicht zu lange schmoren. Er gefällt ihr. Sie findet ihn verführerisch und intelligent. Es gibt keinen Grund abzulehnen. Also antwortet sie ihm mit einem verschmitzten Lächeln.

»Ja, gern! Das wurde auch Zeit!! Ich dachte schon, du würdest mich nie mehr fragen! Also, gehen wir?«

Sein Gesichtsausdruck amüsiert sie. Antons Augen, die vor ein paar Sekunden noch ausweichend und fast erloschen waren, beleben sich plötzlich und drücken eine Mischung aus Erleichterung und Verblüffung aus. Und vielleicht auch ein wenig Freude. Wie ein ängstlicher Knabe, der eine gute Note in seinem Heft entdeckt, obwohl er eine schlechte erwartet hatte. Oder *wie eine Henne, die ins Messer gelaufen ist.* Dieser Ausdruck kam Alex immer rätselhaft vor, und sie stellt sich dabei immer ein Bild von Benjamin Rabier oder Beatrix Potter vor. Und nun liefert Anton ihr eine Illustration in natürlicher Größe! Und das Messer ist sie.

Sie lächelt ihn weiterhin an und nimmt seine Hand. Sie verlassen das Donjon wie zwei Jugendliche, und was sie betrifft, so weiß sie, dass er noch einige Überraschungen erleben wird ...

Dritter Teil

Skuld

»Was sein wird«

Bedeutendes und viel ist davon zu sagen. Dies zunächst, dass der Fimbulvetr kommt; es herrscht Schneetreiben aus allen Himmelsrichtungen, der Frost ist dann groß, und die Winde sind scharf. Und die Sonne scheint nicht.

Gylfaginning, Kapitel 51

Wie ein Hagelschauer in der Tiefe des stürmischen Himmels
Wirbeln die gepeitschten Sterne im Wind,
Prallen zusammen, stürzen und verschwinden;
Ihrer Stütze beraubt, brechen die neun Sphären zusammen;
Und im schwarzen Meer, still, rauchend,
Versinkt langsam entsetzt die Erde!

Leconte de Lisle, »La Légende des Nornes« (Dritte Norne), *Poèmes barbares* (1889)

Kapitel 1

itsextraordinaryhowwegothroughlifewitheyeshalfshutwit
hdullearswithdormantthoughtsperhapsitsjustaswellandit
maybethatitisthisverydullnessthatmakeslifetotheincalculable
majoritysosupportableandsowelcomeneverthelessthere can
bebutfewofuswhohadneverknownoneoftheseraremomentso
fawakeningwhenweseehearunderstandeversomucheverythin
ginaflashbeforewefallbackagainintoouragreeablesomnolence

25. November 2006, Metz, Antons Wohnung

Sie ist es.

Ein Blitz aus heiterem Himmel. Seit einer Woche ist er fix und fertig. Sein Kopf ist eine einzige Achterbahn, jäh abstürzende Schienenstränge katapultieren ihn direkt in den sechsunddreißigsten Höllenkreis, in unerforschliche Abgründe der Abwesenheit und des Unverständnisses und schießen ihn dann in schwindelerregende Höhen.

Sie ist es.

Anton hockt erschöpft auf dem Sofa und starrt, ohne sie zu sehen, auf die ausgeschnittenen Artikel, die auf dem Sofatisch liegen. »Schrecklicher Mord in einem Hotel«, »Die Unbekannte im Hotel«, »Die Hotel-Würgerin«, »Die geheimnisvolle Mörderin von Zimmer 107«.

Sie ist es.

Er war neulich Abend zu betrunken, um zu hören, wie Fred darüber jammerte, wie die Welt zugrunde geht, und um seine Kommentare über die vermischten Nachrichten zu verstehen, die seit zwei Wochen Lothringen erschütterten. Doch inzwischen hat er sich erholt. Er hat im Donjon die ersten Zeitungen über den Fall eingesteckt. Die Ausgaben, die Alex vorsichtshalber aus seiner Wohnung mitgenommen hatte, als sie fortging.

Und seitdem ziehen die Journalisten jeden Tag neue Aspekte aus dem Hut, selbst wenn die Ermittlungen ins Stocken geraten sind und sie nur die Meldungen vom Vortag aufwärmen. Angekommen an einem toten Punkt. Weil es keine Spur gibt. Weil es keine Aufnahmen von den Videokameras des Hotels gibt, da sie außer Betrieb waren. Weil es keine Zeugen gibt. Daher der an diesem Morgen im *Région* veröffentlichte Aufruf mit dem Porträt des Toten. Die Vergrößerung eines Passfotos, die das jugendliche Gesicht des amerikanischen Musikers verpixelt, dessen Name, wie Anton gleichgültig entdeckt, Edward Hornby lautet.

Sie ist es.

Seit einer Woche schüttet er sich mit Alkohol voll. Pausenlos. Die anhaltende Wärme des Whiskys, um zumindest ein wenig das Eis zum Schmelzen zu bringen, das in seinem Hirn und in seinen Eingeweiden brennt. Die schweren Whiskyschwaden als Dämpfer, um die imaginären Gespräche, die er immer wieder mit Alex führt, und die endlosen, quälenden Selbstgespräche zu ersticken.

Sich lockern, die Benommenheit abschütteln, den Drang zu heulen unterdrücken, eine weiche Barriere zwischen sich und der Welt errichten, um sie in erträglicher Distanz zu halten, ein wenig unscharf, ein wenig stumpf, ein wenig filzig, nicht so ätzend.

Er bemerkt Pandora, die im Flur vorsichtig innehält. Das Wohnzimmer ist zu einem riesigen Schlachtfeld geworden, übersät mit Fallen und stinkendem Unrat, dem sie sich behutsam nähert. Sie läuft im Zickzack zum Sofa durch leere Flaschen und verschiedene Gefäße, in denen Reste von Hörnchennudeln verschrumpeln und langsam wieder ihre Gestalt von vor dem Kochen annehmen, Tassen mit vergessenem kaltem Kaffee, in instabilem Gleichgewicht auf wackeligen Bücher- und Papierstapeln oder auf dem Teppich verschüttet. Die Katze geht um die verschiedenen Hindernisse herum, hält hier und da an, um die Neugier ihres Geruchssinns zu befriedigen, und springt dann auf Antons Knie. Sie sieht ihn mit ihren blauen Augen an und wartet wie eine geduldige kleine Statue darauf, dass er aus seinem Dämmerzustand erwacht.

»Du hast recht, meine Schöne! Ich muss mich bewegen! So kann es nicht weitergehen! Wir werden uns eine gute Dose Thunfisch teilen, und ich werde wieder zu mir kommen ...«

Er nimmt Pandora auf den Arm, erhebt sich, als habe ein Wunder ihn geheilt, leicht schwankend aus den Kissen und schleppt sich mit ihr zur Küche, wo er eine Ecke der Arbeitsplatte freiräumt, indem er alles, was da rumliegt, mit der Rückseite des Armes zur Spüle schiebt.

»Du hast recht! Ich muss ein bisschen abwaschen, wir sind schon überfällig. Es stört dich doch nicht, wenn ich dir direkt in der Dose serviere? Hier, nimm! Du kannst alles allein auffressen, meine Schöne ... Du weißt ja, ich bin im Moment nicht sehr hungrig ...«

Er überlässt die Katze ihrer Konservendose und setzt sich an seinen Schreibtisch, der mit einem Mosaik von Hochglanzpapier bedeckt ist, das er seit Tagen rekonstruiert. Eine Sammlung, die ihn an Alex erinnert. Die Schuppen ihrer abgelegten Haut, die sie zurückgelassen hat.

Vor ihm in einer kleinen Schale der schwarze Kajalstift, den sie auf der Konsole im Badezimmer vergessen hat, eine Filmdose, in der er einige lange schwarze Haare aufbewahrt, die er aus dem Abfluss der Dusche gezogen hat, und eine Schachtel Lucky, in der sich noch vier Kippen befinden.

Und auf dem Regal eine Keksdose, in der ein langer Zopf liegt, die er aber nicht zu öffnen gewagt hat, seitdem Fred sie ihm gegeben hat. Bloß nicht wieder das Unbehagen, das dieser Zopf auslöste, als er ihn zum ersten Mal sah. Er ist nicht in der Lage, dieses Relikt von Sascha anzuschauen. Noch nicht. Vielleicht nie.

Anton sieht wieder Freds Lächeln, überglücklich, dass er ihm dieses Souvenir wie Balsam für sein unglückliches Herz geben konnte. Fred, der immer noch glaubt, dass Sascha wieder auftaucht. Dass sie ein weiteres Mal das Bedürfnis hatte, auf Distanz zu gehen, aber über kurz oder lang zu ihnen zurückkommen würde … Kaum zu glauben! Warum und für wen sollte sie zurückkommen?

»Du hast recht, Pandora! Ich kann nicht so weitermachen, mich betrinken und Trübsal blasen. Das geht schon eine Woche so, und ich bin kurz davor durchzudrehen. Ich muss sie suchen! Ich muss sie vor den Bullen finden! Sie braucht mich!«

Er hört mit seinem Puzzle aus Hochglanzpapier auf und steckt alle Teile vorsichtig in einen großen Packpapierumschlag. Dann durchsucht er den Inhalt der Kommodenschublade, zieht einen Schraubenzieher, einen Farbabkratzer und seine Stirnlampe heraus und steckt alles in einen kleinen Rucksack. Er schlägt die Tür zu und springt freudig lächelnd wie ein Schneekönig die Treppe hinab, in Hochstimmung bei der Aussicht auf diese neuerliche erste Begegnung mit ihr.

Kapitel 2

illatireedesapocheperceelamisesoussesyeuxetlabienre
gardeeendisantmalheureuxillasouffleedesaboucbebumec
teeilavaitpresquepeurduneborriblepenseequivintlepren
dreaucoeurillamouilleedunelarmegeleequifonditparbasardsa
chambreetaittroueeencorplusquunbazarillafrotteenelapasre
chauffeeapeineillasentaitcarparlefroidpinceeelleseretiraitil
lapeseecommeonpeseuneideeenlappuyantsurlairpuisillame
sureeavecdufildeferillatoucheedesalevrerideedunfrenetiqueef
froiellesestecrieeadieuembrassemoiillabaiseeetapreslacroisee
surlhorlogeducorpsquirendaitmalmonteedesmatsetlourd
saccordsillapalpeedunemaindecideealafairemourirouicestu
neboucheedontonpeutsenourririllaplieeillacasseeillaplaceeilla
coupeeillalaveeillaporteeillagrilleeillamangeequandilnetait
pasgrandonluiavaitditsituasfaimmangeunedetesmains

25. November 2006, Metz, Saschas Wohnung

Er kniet auf der Fußmatte, bearbeitet im schwachen Schein seiner Lampe das Schloss. Es verhöhnt ihn, wehrt sich, sträubt sich, will nicht aufgehen. Das läuft komplett anders als im Film.

Die anderen Wohnungen auf dieser Etage scheinen unbewohnt zu sein, oder die Nachbarn sind ruhig, schlafen früh oder sind schwerhörig. Kein Geräusch in dem Wohnhaus außer dem, das er mit seinen Amateureinbrecherwerkzeugen macht. Und die dumpfen Schläge seines Herzens, die in seinem Schädel hämmern. Ein wahrer Tumult.

Er hat derartig Schiss davor, überrascht zu werden, dass seine

Hände ganz feucht sind. Dazu kommt die Aufregung über den in jeder Hinsicht improvisierten Plan, den er ausführt. Sein ohnehin schon schwacher Mut droht zu schwinden. Der Schweiß läuft ihm von der Stirn in die Augen, die seit einigen Minuten vergeblich versuchen, den Riegel zu hypnotisieren.

Langsam versagen seine Nerven, die Atmung beschleunigt sich. Die nutzlosen Bemühungen und ungeschickten Handgriffe lassen ihn stöhnen. Frustration und der Gedanke aufzugeben befinden sich im Widerstreit. Er kämpft, versucht, Zeit zu gewinnen, ist kurz davor zusammenzubrechen.

Vor Wut aufheulen? Faustschläge? Fußtritte? Tränen der Kapitulation? All das gleichzeitig, vermischt. Er wird aufgeben müssen. Er ist kurz davor auszuflippen, kann den Druck nicht mehr aushalten.

Doch dann geschieht ein Wunder. Das alte Schloss, gerührt durch seine Ungeschicklichkeit oder besorgt über das unmittelbar bevorstehende Ausrasten, ergibt sich endlich. Ein leises Klicken, gefolgt von einem unheimlichen Knirschen, als die Tür aufgeht und sich in den Angeln dreht, damit Anton die düstere Wohnung betreten kann. Schnell schließt er die Tür wieder hinter sich und erstarrt in der Dunkelheit, benommen, betäubt. Er atmet auf, kommt wieder zur Besinnung.

Er ist eingetreten. Er ist bei ihr. Ohne sie.

Zum ersten Mal. Sie hat ihn nie zu sich eingeladen. Doch er wusste, wo sie wohnt, weil er ihr an einem Abend gefolgt war. Er hatte sich nicht davon abhalten können. Sie hatte sich verstohlen davongemacht, wie immer, aber er schlief nicht …

Um sich zurechtzufinden, macht er kurz das Licht an und ist überrascht von dem, was er entdeckt.

Das Zimmer erscheint ihm winzig, so sehr ist es vollgestopft. Von der Schwelle aus kann er das Ganze überschauen. Der Wohnraum ist auf seinen kleinsten Teil reduziert. Eine Matratze direkt auf dem Boden, ein Tisch, der auch als Schreibtisch dient, zwei Stühle, eine Kommode mit vier Schubladen, in einer Ecke steht ein Punchingball. Wie ein trauriger, blinder Wächter, der in Alex' Abwesenheit über ihr Heiligtum und ihre Mitbewohner wacht: ein Bass, ein Wäschetrockner, eine Dobro und ein Peavey-TNT-100-Verstärker, riesig an diesem begrenzten Ort.

Der Rest des Raumes wird fast völlig von Büchern eingenommen, die in Regalen stehen, welche alle Wände bis zur Decke bedecken, aber auch auf dem Boden aufgereiht sind oder wackelige Säulen bilden. Und sich wahrscheinlich auch in einigen der aufeinandergestapelten Kartons befinden, die das Kopfende des Bettes bilden.

Ihre Sammlung von CDs ist beeindruckend. Etikettiert nach Jahr, Genre, Musiker und Inhalt, sind sie sorgfältig in nach Maß gearbeiteten Holzkisten verstaut, welche in allen Richtungen kombiniert werden können. Die Arbeit eines Archivars für eine regelrechte Diskothek.

Plötzlich ist Anton verloren. Das Gefühl, in ein Möbellager oder in eine Garage geraten zu sein. Und so klein die Wohnung auch ist, im Grunde ein 20-m^2-Zimmer, weiß er doch nicht, wo er anfangen soll. Noch, wonach er in dieser gepanzerten Zelle, die eher einem Unterschlupf, einem Durchgangsort als einem Lebensraum ähnelt, suchen soll. Wenn Sascha beschlossen hat, bestimmte Papiere in ihren Büchern zu verstecken, ist es weder möglich, eines nach dem anderen durchzublättern, um sie herausfallen zu lassen, noch, alle Kartons zu öffnen, die seit ihrer Rückkehr aus Norwegen noch nicht ausgepackt sind oder schon für eine weitere Abreise bereitstehen …

Es kommt auch nicht in Frage, irgendetwas durcheinanderzubringen. Sein Einbruch macht ihm schwer zu schaffen. Er ist ohne ihr Wissen, ohne ihre Zustimmung hier, und ihr so etwas anzutun, macht ihn krank.

Aber Alex hat ihm keine Wahl gelassen.

Er schaltet seine Stirnlampe aus. Die schweren undurchsichtigen Vorhänge machen ihn von der Straße aus unsichtbar, und die Glühbirne in der Kugel aus orangefarbenem Reispapier wirft ein diffuses Licht auf die Dinge. Er muss sich ein wenig setzen, um das Ausmaß dieses Durcheinanders einzuschätzen und zu versuchen, seine Suche zu organisieren. Die Bestandsaufnahme der Regale ist etwas für später. Er zieht es vor, sich mit den Bereichen und Dingen des alltäglichen Lebens und mit dem, was sie ihm sagen können, zu beschäftigen.

Der Schrank, in dem sich die Kitchenette befindet, enthüllt ihm nichts Besonderes. Der kleine Kühlschrank ist ausgeschaltet, steht halb offen, und er findet darin nur einige Gläser mit indischen Gewürzen in Öl, eine angebrochene Tube Harissa und eine Dose Cola light. Auf der Arbeitsfläche darüber zwei Becher, von denen einer mit dem Logo der Indiana University Bloomington versehen ist, zwei flache Teller, zwei Schalen und eine geöffnete Packung Müsli. Er macht den Schrank wieder zu. Der spartanische Minimalismus und die extreme Einsamkeit, die all dies ausstrahlt, deprimieren ihn.

Die Toilette befindet sich in einem kleinen Verschlag, in dem Sascha die Karte der Shetlandinseln angepinnt hat. Dort liegen auf einer schmalen Konsole *Lesen auf dem Klo* von Henry Miller und *Taifun* von Joseph Conrad. Kein Badezimmer. Die Spüle dient gleichzeitig als Waschbecken.

Eine Untertasse, die auf einem Gestell neben dem Eingang als Ablage dient, bietet ihm nur ein wenig Kleingeld, Büroklammern, einen alten Kassenbon und ein Passfoto in Schwarz-Weiß. Sascha mit Wuschelkopf und abwesendem Gesichtsausdruck, die Augen aufs Objektiv, aber trotzdem woandershin gerichtet, ins Jenseits. Der Anflug eines unbestimmten Lächelns. Vorsichtig nimmt er das Foto in die Hand und lässt es in seine Brusttasche gleiten.

Er ist entmutigt, er hat umsonst den Einbrecher gespielt. Ein letzter Blick auf die Kommode, dann wird er verschwinden und endgültig darauf verzichten, Hunderte von Büchern zu durchforsten. Auch wenn sie vielleicht den Schlüssel zu Saschas Geheimnissen enthalten …

Er öffnet die erste Schublade, in der Slips und Büstenhalter liegen, und kommt sich wie ein Perverser vor, als er sich sieht, wie er die Unterwäsche – alles schwarz, aber ohne Schnickschnack – durchwühlt, befummelt und befingert. Zum größten Teil Boxershorts und Sport-BHs. Flüchtiger Gedanke: eines ihrer Höschen mitnehmen. Doch er stößt die Schublade abrupt zu, als ob ihr Inhalt herausspringen und ihm ins Gesicht fliegen könnte.

Er öffnet die zweite. Haufenweise T-Shirts mit rundem Ausschnitt und Tops in verschiedenen Farben, die er zerstreut durchsucht, während er sich nebenbei Bilder von Sascha in Erinnerung ruft, auf denen sie einige davon trägt. Dann stößt er in einer Ecke auf ein kleines Bündel von Pappkarten, die durch ein Gummiband zusammengehalten werden. Zugtickets. Gut fünfzehn. Er legt die Kleidungsstücke zurück und breitet seinen Fund auf dem Tisch aus wie einen Royal Flush oder weissagende Tarotkarten.

Alex hat sie chronologisch geordnet. Die oberste stammt vom 5. November vor drei Wochen, die unterste vom 20. Juli des letzten Jahres. Alle belegen regelmäßige Fahrten nach Gent, einmal pro Monat.

Anton konzentriert sich auf die letzten vier Aufenthalte, um zu sehen, ob er sie irgendwie mit den Daten in Verbindung bringen kann, an denen er Alex gesehen hat. Er durchforscht seine Erinnerungen, aber seine Verwirrung und die fiebrige Begeisterung, vielleicht etwas Wichtiges gefunden zu haben, hindern ihn daran, klar zu denken. Er setzt sich und lässt den Kurzfilm seines Lebens mit Sascha vor seinen Augen ablaufen. Wie an allen Tagen, seitdem sie gegangen ist.

Ihre erste Nacht. Ihr beschriebener Körper, rätselhaft, unentzifferbar. Ein einziger Text, der sich nicht preisgibt, der in einer kontinuierlichen Linie abläuft und dessen dunkle Geschichte weitergeht, sich vervollständigt und sich hinzieht. Ja, sich hinzieht …

Und plötzlich sieht er klarer. Er erinnert sich an Abende, an denen er nur bestimmte Stellen ihres Körpers berühren durfte, während andere noch zu empfindlich für Zärtlichkeiten waren. Er sieht sie auch wieder in Kleidungsstücken, die zu weit waren, zweifellos, um die Reibung auf der lädierten Haut zu verringern. Und er hört, wie sie erklärt, dass eine Tätowierung in etwa drei Wochen vernarbt … Er denkt an die Abstände ihrer Ausflüge, die ihm von Launen oder dem plötzlichen Bedürfnis nach Luftveränderung bestimmt zu sein schienen und nicht von der Notwendigkeit, das in schwarzer Tinte in ihr Fleisch geschriebene Werk zu vollenden …

Seine Entdeckung hat ihn wieder aufgemuntert. Er muss nach Hause. Sofort. Um die Adressen von allen Tätowierern in Gent zu suchen.

Er legt die Tickets auf einen Haufen, steckt sie dann in die Innentasche seiner Jacke, macht das Licht aus und zieht vorsichtig die Tür zu, als er geht. Die Scharniere knirschen einen Gutenachtgruß, was ihn ganz rappelig macht.

Kapitel 3

insomnieimpalpablebetenastudamourquedanslatetepour
venirtepameravoirasoustonmauvaisoeillhommemordre
sesdrapsetdanslennuisetordresoustonoeildediamantnoir
pourquoisurnotregorgearidetoujourspenchertacoupevi
deetnouslaisserlecoutendutantalessoiffeursdechimerephil
treamoureuxoulieamerefraicheroseeouplombfondupour
quoibelledenuitimpurecemasquenoirsurtafigurepourintri
guerlessongesdornestupaslamourdanslespacesouffledemes
salinelassemaispasrassasieeencorinsomnieestulaneenpeine
deburidanoulephalenedelenfertonbaiserdefeulaisseungout
froidideferrougeohviensteposerdansmonbougenousdor
mironsensembleunpeu

27. November 2006, Bressay, Shetlandinseln, Lynghei Guest House

Die Frau begrüßt sie ein wenig eingeschüchtert, tritt zur Seite, um sie hereinzulassen, und führt sie zum Salon. Kelly findet sich in einer warmen Wohnstube wieder, in der der einzigartige Geruch von Torfbriketts hängt, die knisternd in der offenen Feuerstelle verglühen. Eine Teekanne und *Shortbreads* stehen für sie bereit.

Moira Tulloch, Lehrerin im Ruhestand, steht auf der Liste der Anbieter von B&B. Seit zwei Jahren hat sie einen kleinen Schafstall gemietet, der in ein Ferienhäuschen umgewandelt wurde.

Die Polizistin beschließt, sie zunächst über das Opfer zu befragen. Die alte Dame ist sichtlich bewegt und noch schockiert von dem Drama und der Gewalt des Verbrechens, das die ganze Gemeinde erschüttert hat. Sie kannte den Mann, seitdem er ein kleiner Junge war, weil sie ihn jahrelang unterrichtet hatte. Einmal mehr zeichnet sie das Porträt eines braven, nicht bösartigen Typen, der aber unangenehm werden konnte, wenn er getrunken hatte, was er seit seiner Scheidung sehr oft tat.

Dann fragt Kelley sie nach ihrem Gast vom Dezember 2005 bis zum Januar 2006, eine Alexis Fjærsten. Ihretwegen sei sie gekommen.

»Oh, Alexis … Eine charmante junge Frau, ja, wirklich sehr charmant. Sie hat mir sofort gut gefallen. Diskret, sanft, und so neugierig auf die hiesige Kultur! Wir haben stundenlang darüber gesprochen … Sie hat mir von ihren vielen Reisen erzählt und auch von ihrer Leidenschaft für alles, was mit der skandinavischen Geschichte und Mythologie zu tun hat, ein Gebiet, auf dem sie unschlagbar war … Sie hat norwegische Wurzeln, müssen Sie wissen! Ja, ein wahres Vergnügen, sich mit ihr zu unterhalten. Und in einem flüssigen und präzisen Englisch, das von ihrem Aufenthalt in den Vereinigten Staaten geprägt war. Betonungen, Ausdrücke, wie man sie heute in den amerikanischen Serien hört … Sie hat einen Teil ihres Studiums dort unten verbracht, an einer Universität im Mittleren Westen, wenn ich mich recht erinnere, nicht weit von Chicago … Ich hätte mich gefreut, wenn sie etwas länger auf unseren Inseln geblieben wäre, und ich war überrascht und auch ein wenig verletzt, als sie so überstürzt aufbrach, am ersten Februar statt am dritten oder vierten. Zumal sie einige Tage davor die Möglichkeit angedeutet hatte, ihren Aufenthalt um einen oder zwei Monate zu verlängern … Ich freute mich darüber … Das Haus war bis Mitte Mai frei, und ich mochte ihre Gesellschaft sehr … Doch sie sagte mir, dass eine Familienangelegenheit, ein Todesfall, soweit ich verstanden habe, sie zwingen würde, nach Hause zu fahren. Und ich habe seitdem leider nichts mehr von ihr gehört … Ja, wirklich eine bewundernswerte Frau ...«

Kelly bemerkt die widersprüchlichen Gefühle, die Moira Tullochs Erinnerungen beherrschen. Eine traurige Freude.

»Können Sie beschreiben, wie sie aussieht?«

»Oh ja! Hübsch, nicht sehr groß, eher schlank … Ich würde sogar sagen, dünn … Wenn ich sie zu einem Imbiss oder zum Abendessen einlud, hat sie kaum etwas gegessen, sie pickte wie ein Vogel … Ihre Haare sind sehr lang, wunderschön und natürlich gewellt … tiefschwarz wie die Nacht, mit einem bläulichen Schimmer, wie Federn von Krähen oder von manchen Schwalben … Ich habe nie gesehen, dass sie sie zusammengebunden oder geflochten hat, nicht mal bei starkem Wind … Eine unglaubliche Haarpracht! Und große dunkle, ein wenig melancholische Augen … Ja, ein leicht verschleierter Blick, in die Ferne schweifend …«

Kelly spürt, wie ihr Herz schneller schlägt. Sie lächelt ihre Gastgeberin an und dankt ihr, dass sie sie empfangen und ihr Zeit geschenkt hat, bevor sie sich verabschiedet.

Sie steigt in die Fähre, die sie nach Lerwick zurückbringt, macht einen kurzen Abstecher zu ihrer Wohnung, um das Reisemagazin zu holen, und kehrt schnell ins Büro zurück.

Im Revier zieht sie sich auf die Toilette zurück, um ohne Zeugen mit lauter Stimme und in einer Endlosschleife die weitgehend eingerosteten Reste ihres Schulfranzösisch wiederzubeleben, indem sie vor dem Spiegel artikuliert. Eine nicht sehr schlüssige Lippenübung mit Mimik und Grimassen. Die etwas zu sehr rollenden r, die nasalierten Diphtonge, unmöglich die mal stummen, mal nicht stummen Konsonanten. Eine echte Kraftanstrengung. Sie konzentriert sich auf einen einleitenden Satz, auf etwas Einfaches, auf ein »Bonnejourrrr, je voudrrrraiss parrrler à Alexiss Fjærsten s'il vouss plaîte!« Dann würde sie sehen, was kommt …

Aufgeregt wie vor einer mündlichen Prüfung ruft sie bei der Redaktion des Magazins an. Doch sie hat kaum Zeit, das erste Wort auszusprechen, als ihr Gesprächspartner vorschlägt, auf

Englisch weiterzureden. Sie muss unbedingt an ihrem Akzent arbeiten …

»Alexis Fjærsten? Ja, sie gehört zu unseren Mitarbeitern, oder sie hat zumindest dazugehört, aber nicht als feste Angestellte, hat also kein Büro hier, wie die meisten Freelancer. Sie hat uns in den Jahren 2004 bis 2005 mehrere Reportagen geschickt, die wir veröffentlicht haben. Hauptsächlich Texte über die USA. Jedoch nichts in diesem Jahr seit letztem Februar, ein großer Artikel über ein Fest auf den Shetlands. Aber ich kann Ihnen ihre E-Mailadresse geben ...«

Mit einem entzückten »Merci beaucoup« verabschiedet Kelly sich und setzt sich sofort an ihren Bildschirm, um eine kurze Nachricht zu senden …, die ihr aber gleich mit einer Fehlermeldung zurückgeschickt wird. Die Adresse ist ungültig.

Kelly versucht es daher mit Google, wo sie weitere Hinweise auf Artikel findet, die für verschiedene Kultur- und Musikmagazine geschrieben wurden, mit denen sie nacheinander Kontakt aufnimmt. Man schickt ihr weitere Mailadressen, die ebenfalls abgelaufen sind. Schließlich versucht sie es für den Fall eines Falles mit einem französischen Online-Telefonbuch, findet dort aber auch nichts über diese Frau … Es ist jedenfalls seltsam mit dieser Person, die für den Moment so ungreifbar wie ein Geist zu sein scheint …

Kelly braucht einen Muntermacher, sie hat ihn verdient. Einen mit Whisky verstärkten Kaffee und vielleicht sogar einen zweiten. Um sich zu entspannen und über den Tag und die gefundenen Hinweise nachzudenken. Sie ist es leid, mit einem Haufen rückständiger Idioten zu arbeiten, und sorgt dafür, dass sie nach der Arbeit nicht mit ihnen zusammentrifft. Selbst wenn sie anerkennen muss, dass sie allmählich etwas freundlicher mit ihr umgehen. Es gibt sogar welche, die ihr schöne Augen machen, seitdem sie begriffen haben, dass sie kein kleines zerbrechliches Ding ist, das ihr geballtes Imponiergehabe beeindruckt. Ihre Kollegen merken langsam, dass sie eine Art Bulldogge ist und nichts und niemand sie dazu bringen kann, diese Ermittlungen aufzugeben.

Sie verkehren alle im Captain Flint's neben dem Revier.

Folglich hat sie sich für den Feierabend ein anderes Lokal gesucht und in der Thule Bar Anker geworfen, eine kleine Kneipe mit Stammgästen am Hafen. Die Kneipe sieht nicht besonders aus, ist aber immer voll von alten Männern und Fischern, mit denen sie sich in aller Ruhe mit der nordischen Abgeschiedenheit bekannt macht, in den Qualm der Tabakpfeifen und den Duft von Fisch und Diesel getaucht. Sie liebt es zuzuhören, wenn die Alten sich an Stürme und Schiffbrüche erinnern oder von den glorreichen Zeiten des *Shetland Bus* erzählen, die ihr singender Akzent in das Licht der mythologischen Sagen taucht.

Kapitel 4

danslejardinabritelejourensoleilleaetefaitpourtonplaisiret
tajoienepensepasacequelesdonsdelarecolteparfoisonttrahi
lespromessesduprintempslafleurdupoirierblancheetjoliese
tendaudessusdetoienarceauxlaisseladonclelongdetouslesco
teauxseparpillerparlesrafalesunprochainsoirpourquoisoupi
rerpourquoisesoucieruseparlafatigueetlapeinepourquoipo
serdesepouvantailsquicliquettentjouretnuitsurleurperche
pourquoiveuxtuchasserlemoineaudetesrichesbranchesfleu
rieslaisseledabordpourprixduchantprendretesesperanceslu
neapreslautrecroismoitusaisquetugagnesalechangetroquan
tunechansoncontreunfruittardifsouvienstoiduproverbele
tempssecoulejeveuxvivrejeveuxchanterjusquàcequemeurela
dernierevedurebalayerconfianttoutenunmonceauetrejeter
bienlointouteparadebaslesbarrièresquemoutonsetgenisse
salenviserepaissentgloutonnementjaibriselafleurqu'importe
ceuxquijouissentdesrestesdesmorts

27. November 2006, Gent, Hostel De Draecke

Anton bezahlt sein Zimmer für eine Woche und zeigt dem Typen an der Rezeption das kleine Foto von Alex, für den Fall, dass … Es sagt ihm nichts. Am Abend wird er es noch einmal beim Nachtportier versuchen.

Er macht einen Spaziergang, wandert herum, orientiert sich. Diese ersten Stunden in einer Stadt, die ihm fremd ist und deren Sprache er nicht spricht, mag er besonders gern. Sich ohne touristischen Plan und ohne Ziel herumtreiben, sich absichtlich verlaufen, sich die Ohren durch zufällig aufgeschnappte Gesprächsfetzen verwirren lassen, einen ersten Eindruck von der Sprache bekommen, indem man Schilder, Werbetafeln und die Schlagzeilen der Zeitungen liest.

Gent kommt ihm sofort vertraut vor. Er bedauert, dass er dieses Venedig des Nordens nicht zusammen mit Sascha entdecken kann. Doch der Gedanke, dass sie hier sein könnte, irgendwo, nicht weit, lässt ihn mit dieser Stadt in Einklang kommen. Die polierten Pflastersteine, über die ihre Schritte geglitten sind. Die soliden mittelalterlichen Gebäude aus blaugrauen Steinen, deren Pfosten, farbige Glasfenster und Giebel sie betrachtet hat. Die Brücken, auf denen sie stehen geblieben ist, um sich über die Kanäle zu beugen. Die Glocken- und Uhrentürme, auf die sie ihre Augen gerichtet hat.

Es beginnt zu nieseln, hartnäckig und ohne Pausen. Die Luft füllt sich mit einem mineralischen Duft, und kurz danach werden die Fassaden noch dunkler.

Mitten am Nachmittag neigt sich der Tag bereits dem Ende zu und lässt die Wahrnehmungen verschwimmen. Das ganze Viertel bekommt die Irrealität einer Hintergrundkulisse, die Anton mit weit geöffneten Augen und wachen Sinnen durchquert. Er vermisst seinen Fotoapparat, den er vergessen hat. Mit dem Kopf wirklich woanders. Weder wie ein Profi noch wie ein Tourist. Zu ungeduldig.

Auf seiner Wanderung entdeckt er in engen, vertraulich anmutenden Gassen, die kaum breiter als seine Schultern sind, kleine Geschäfte und unglaubliche Kneipen, die Lust auf einen Zwischenstopp machen. Er merkt sich einige Bezugspunkte – einen Straßennamen, ein Plakat, einen geschnitzten Schriftzug über einem Fenster –, damit er in den nächsten Tagen in dieses Labyrinth zurückkommen kann, um nach Spuren von Sascha zu suchen und Dinge zu finden, die Erinnerungen an sie in ihm wachrufen.

Sein Weg führt ihn zurück zu den Quais, und der klebrige Nieselregen, der sich in eisigen Regen verwandelt, bringt ihn dazu, die Tür von 't Dreupelkot aufzustoßen, einer winzigen Kneipe, kaum größer als sein Zimmer, die zu dieser Stunde so gut wie leer ist. Es ist noch früh, aber schon fast dunkel. Der Wirt legt seine Zigarre ab und unterbricht eine Dominopartie, um ihn zu begrüßen.

»Goedemiddag!«

»Bonjour!«

Anton schaut auf und versucht, die Etiketten auf den Flaschen an der Wand hinter dem Wirt zu lesen. Genever, zu Hunderten. Er interessiert sich nicht für die geschmacklichen Varianten. Avocado, Pilz, Schokolade, Kokosnuss, Tiramisu oder auch Pina Colada sagen ihm nichts. Vielleicht ist er zu alt. All das erscheint ihm zu affig, zu süß, zu kitschig, zu wenig Gin. Die Auswahl an einheimischen und importierten Genevern in Litern und Steinkrügen ist dagegen sehr verlockend. Er entscheidet sich für einen *Graanjenever vintage 1990.* Die Dosis ist großzügig. Der erste Schluck, den er vorgebeugt schlürft, um nichts zu verschütten, wärmt ihn schnell. Er bestellt noch einen und setzt sich in den großen Ledersessel, der ihn am Fenster neben dem Radiator anlächelt.

Tom Waits umhüllt die wenigen Gäste mit seiner Smaragdstimme. *Nighthawks at the Diner* vervollständigt die warme Intimität der Kneipe so gut, dass man das Gefühl hat, das Livealbum wäre hier produziert worden … Das aufgenommene Lachen, das auf gesprochene Einlagen des Sängers antwortet, untermalt die Gespräche der wenigen Gäste; ein lässiger Kontrabass lässt »On a Foggy Night« swingen und bringt perfekt die vom Alkohol, vom Moment und vom Ort erzeugte sinnliche und emotionale Stimmung zum Ausdruck. Der Regen prasselt an die Fenster und gibt vom Quai ein kaleidoskopisches Bild, von dem Anton sich voll und ganz absorbieren lässt.

Morgen beginnt er mit seinem Streifzug durch die Gemeinde. Dreizehn auf dem Stadtplan markierte Tätowierer. Er wird im Zentrum anfangen und sich von dort in immer größerem Radius bis zum äußersten Rand entfernen. Hier hat Sascha ihren Körper mit einem schwer lesbaren Manuskript bedeckt.

Und es handelt sich um das Werk eines einzigen Schreibers.

In seinem Inneren ist er eifersüchtig auf denjenigen, der dieses langfristige Projekt mit ihr teilt. Auch wenn mehrere Tätowiererinnen auf seiner Liste stehen, ist er davon überzeugt, dass es sich um einen Mann handelt. Und er beneidet diesen Kerl, dem sie seit mehr als einem Jahr ihren Körper anvertraut, diesen Kerl, dem sie bei ihren langen Sitzungen sicherlich ihre Geschichte erzählt hat, diesen Kerl, der den Schlüssel für all die Texte hat, der mit ihr Geheimnisse und eine Intimität teilt, die sie ihm verwehrt hat.

Er wird sie sich genau ansehen, diese Typen, denen er die Fotos zeigen wird. Die geringste Störung, Stirnrunzeln, Falten, Blinzeln, Erweiterung der Pupillen, Schwankungen des Klangs ihrer Stimme. All diese kleinen, unwillkürlichen Zeichen werden ihm zweifellos verraten, wer dieser Typ ist. Er wird ihn erkennen. Selbst wenn er behauptet, noch nie eine Tätowierung wie die von Sascha gesehen zu haben.

Sie ist nie auf den Gedanken gekommen oder hatte nie die Zeit, in seinem Computer aufzuräumen. Der Ordner »Pergamente«, in dem alle Fotos gespeichert sind, die er von ihr gemacht hat, ist nicht im Papierkorb gelandet. Ein Dutzend Bilder. Alles, was ihm von ihr geblieben ist. Und auch diese Stadt, in die sie wiederholt gefahren ist, die Orte, die sie gut kennt und die er finden muss.

Vielleicht hier. Er muss es versuchen.

Er steht auf, bestellt noch einen Genever und zieht das Passfoto heraus, das seine Brusttasche nicht mehr verlässt, um es dem Wirt zu zeigen.

»Haben Sie sie schon mal gesehen?«

Nach einem kurzen Blick auf das Miniporträt sieht der Kneipier Anton fragend und misstrauisch an; der muss schnell etwas improvisieren.

»Das ist ein Foto von meiner Tochter. Ihre Mutter und ich machen uns Sorgen. Wir haben seit zwei Monaten nichts mehr von ihr gehört. Wir wissen, dass sie regelmäßig nach Gent fährt. Vielleicht hat sie hier schon mal was getrunken …«

Der Wirt entspannt sich etwas, seine Augen und sein Gesicht werden weicher.

»Ja, ich erkenne sie. Sie kommt ab und zu her, unregelmäßig, ein oder zwei Abende pro Monat. Vor zwei oder drei Wochen war sie hier. Nicht sehr gesprächig, zurückhaltend … Sie setzt sich auch gern ans Fenster. Aber sie sieht nicht mehr so aus wie auf dem Foto. Sie hat ihre Haare abrasiert. Sieht fast so aus wie ich …«

Er streicht über seinen kahlen Schädel und lächelt Anton an, der sein Bestes tut, um *ad hoc* den Ausdruck erleichterten Erstaunens oder erstaunter Erleichterung anzunehmen … Diese Bestätigung tut ihm gut. Jemanden zu treffen, der sie, wenn auch nur ein bisschen, kennt, bringt sie ihm wieder näher. Auch der Sessel, in dem sie gesessen hat.

Er steckt das Foto wieder an sein Herz. Denn Sascha kommt regelmäßig hierher, taucht vielleicht in den nächsten Tagen auf. Zu Ehren ihres monatlichen Rendezvous.

Kapitel 5

aumilieudunamasdossementshumainsjappriscommentles
cranesalignessajustentetsaccordentetjepensaiautempsqui
nestplusautempsquisestperdudansleloin taingrisatredupas
selesvoiladeboutetroitementrangessurunememefileceuxqui
naguerescbaissaientetlesbrasrobustesquisesontportedes
coupsmeurtriersonlesaentassespelemeleafinquetranquille
setpaisiblesilspuissentsereposericiomoplatesarracheesde
sepaulesquivousdevaientleurvigueurquisongeavousdeman
derquelfardeauilvousafalluporteretvousquifutesplusgracieu
sementactifsvosmainsvospiedsdelicatsontetejetesloindessil
lonsdelaviepauvrespelerinsepuisesdefatiguescestenvainque
vousavezesperetrouverlereposdanslanuitdessepulcresonvou
safaitreveniralalumièredujourquelqueprecieuxquaitetele
noyauquipeutaimerlecorcescheetvide

28. November 2006, Gent, Walhalla Tattoo Studio

Der bemalte und stark gepiercte Muskelprotz nimmt sich Zeit, jeden Abzug genau zu betrachten, bevor er zum nächsten übergeht. Schaut sie einschätzend und professionell an.

»Und du sagst, dass sie so auf dem ganzen Körper ist? Ein einziger Text, der sie völlig bedeckt? Das ist ja krass!«

»Ja, ihr ganzer Körper ist wie mit Tinte bekleidet, abgesehen von den Unterarmen, von den Unterschenkeln, vom Hals und vom Gesicht.«

»Wow! Das ist eine irre Arbeit! Das dauert Stunden über Stunden, Monate, vielleicht sogar Jahre. Ich würde mich freuen, wenn man mir einmal eine solche Arbeit anvertrauen würde! Aber ehrlich gesagt, ich glaube nicht, dass ich etwas so sauber schreiben könnte. Das ist wirklich sehr gut gemacht. Der Kerl ist echt gut. Die Schönschrift ist so regelmäßig, dass man an ein Abziehbild denken könnte. Ich seh so was zum ersten Mal, vor allem auf so 'ner Fläche. Wenn du diesen Künstler findest, komm wieder vorbei und sag mir, wer das ist … Ich würde ihn gern kennenlernen! Tut mir leid, dass ich nicht mehr für dich tun kann. Viel Glück!«

»Danke, dass du dir die Zeit genommen hast. Schönen Tag noch!«

Anton verlässt den Shop, ein wenig überrascht von der Jovialität des Typen, dessen bunter Bikerstyle ihn schwer beeindruckt hatte, als er eingetreten war. Er streicht den roten Punkt auf seinem Plan durch und geht zur zweiten Adresse, zum Haring Steeg Nr. 8. Bernds Tattoo Shop. Ein winziges Atelier im Erdgeschoss eines schmalen Hauses mit abgestuftem Giebel.

Als Anton die Tür aufstößt, ist der Typ über den muskulösen Körper eines Kunden gebeugt. Er zeichnet darauf ein kompliziertes Labyrinth, das bereits die Brustmuskeln bedeckt und dessen verschlungene Gänge sich auf dem Oberbauch abzuzeichnen beginnen.

Der Tätowierer hält inne, das unangenehme Geräusch der Maschine hört auf. Er richtet sich auf, um ihn zu begrüßen, dreht die Stereoanlage leiser, die eine Liveversion von »Killing in the Name« ausspuckt, und pflanzt sich fragend vor Anton auf.

Ein sehr großer, friedlich aussehender Typ, trotz seines rasierten Schädels und der schwarzen Tattoos, die sich auf seinen Armen schlängeln. Vielleicht ist es seine kleine Schildpattbrille, die ihn so freundlich aussehen lässt. Anton hält also seine Rede, holt die Fotos aus dem Umschlag und beobachtet den Typen gespannt.

Wie der vorherige lässt er sich Zeit und untersucht sorgfältig die feinen Buchstaben. Dann verweilt er ein wenig bei dem kleinen

Passfoto und sieht es sich schließlich genauer an. Ein klarer grüner Blick.

»Wirklich eine sehr schöne Arbeit von seltener Regelmäßigkeit und mit der Genauigkeit einer sicheren Hand. Eine einzige Hand, ein einziger Tätowierer. Das ist gewiss. Und auch eine Reihe von Sitzungen über mehrere Monate. Ich habe dein Mädchen nie gesehen, und ich denke, dass keiner von meinen Kollegen in Gent in der Lage wäre, diese Art von mittelalterlicher Kalligrafie auszuführen. Wahrscheinlich hat sie ihre Tätowierungen woanders her, vielleicht aus Antwerpen oder aus Brügge. Tut mir leid, ich hätte dir gern mehr dazu gesagt, aber ich sehe wirklich nicht …«

Sie verabschieden sich mit einem festen Händedruck, und Anton findet sich erneut auf der Straße wieder, um einen zweiten Punkt auf dem Plan abzuhaken. Völlig verwirrt.

Sascha konnte tatsächlich den Zug nach Gent genommen und sich dann überall hinbegeben haben, egal wohin, denn sie ist eine Meisterin im Spurenverwischen. Im Umkreis von fünfzig, sechzig Kilometern von hier findet man Brügge und Antwerpen, aber auch Brüssel und Lille, und wahrscheinlich über hundert Tätowierer … Und wenn man den Bereich noch weiter ausdehnt, kommt man in die Niederlande oder nach England, und das macht ihn schwindelig …

Im Moment ist er sich nicht sicher, ob er den Kerl finden kann, den Sascha seit über einem Jahr trifft … Und selbst wenn er ihn findet, garantiert ihm nichts, dass der Typ ihm irgendetwas sagt. Wie in vielen anderen Berufen gibt es bei den Tätowierern wahrscheinlich eine Art Ethik, die ihnen gebietet, nicht mit dem Erstbesten über die Geheimnisse ihrer Kunden zu reden …

Er macht sich wieder auf den Weg, um seine Suche fortzusetzen, die Nase im Stadtplan. Doch sein morgendlicher Tatendrang hat gerade einen schweren Rückschlag erlitten.

Kapitel 6

quelquechosedhorriblementfroidtombesurmesepaules
quelquechosedegluantsattacheamoncouunevoixvientdu
cielquicriemonstresansquejesachesicestdemoietdemesvices
quilsagitousilonmindiquedailleursletrevisqueuxquisatta
cheamoi

28. November 2006, Gent, Bernds Tattoo Shop

Bernd hat einen Kloß im Magen, seine Hände zittern, sein Hirn ist wie erstarrt. Als der Typ die Fotos rauszog, war sein erster Gedanke: Alex ist tot. Er sah deutlich ihren auf dem Edelstahltisch eines Leichenschauhauses ausgestreckten Körper vor seinen Augen, fahl, in kaltes Neonlicht getaucht, und den Gerichtsmediziner, der herumlief und aus allen Winkeln Aufnahmen machte. Stücke ihrer Haut, tot. Der Beginn einer Ermittlung. Ein Heft oder eine Harddisk, bei ihr zu Hause gefunden, eine Adresse, die bis zu ihm zurückverfolgt werden kann.

Vor kaum vier Tagen hat sie ihm geschrieben. Sie habe Kopenhagen verlassen, wo sie Cousins besuchte, anscheinend die einzige Familie, die sie noch hat. Sie brach nach Antwerpen auf und bestätigte ihren Termin in drei Wochen. Vier Tage … Unmöglich, dass die französische Polizei schon am Ball ist, vor allem hier. Und der Typ sieht auch nicht wie ein Bulle aus. Wenn er Polizist wäre, hätte er die blöde Geschichte vom Vater, der sich um seine Tochter Sorgen macht, nicht erfinden müssen …

Also, woher kommt der Kerl? Und woher hat er die Sammlung von Fotos der nackten Alex? Jüngere Fotos. Der Auszug aus Conrad vom letzten Monat war dabei. Vielleicht ein Privatdetektiv. Aber wer hat ihn losgeschickt, um Alex zu suchen?

Bernd ist zu verwirrt, um weiterarbeiten zu können. Er kann sich nicht konzentrieren, bittet sein Labyrinth, sich wieder anzuziehen, und entschuldigt sich dafür, dass er die Sitzung abbrechen muss. Dann macht er einen Anruf, um den 10-Uhr-Termin auf morgen zu verschieben, steigt in seine Wohnung hinauf, und seine Gedanken beginnen sich im Kreis zu drehen.

Hoffentlich war ihm die plötzliche Erregung nicht anzumerken … Der Typ hat ihn angesehen, als ob er seine Gedanken sezieren wollte.

Er sucht im Posteingang nach Alex' neuer Mailadresse, um ihr zu schreiben. So sachlich wie möglich und ohne die Angst, die ihm in die Glieder gefahren ist, durchblicken zu lassen. Er kann den Kerl nicht einmal genau beschreiben. Zu absorbiert von den Fotos, von seiner Befürchtung, dass Alex etwas Schlimmes passiert ist, von seinem Bemühen, den Sturm zu verbergen, der ihm im Hirn, im ganzen Körper tobte. Er hat ihn kaum angeschaut, ihn sich nicht eingeprägt.

From: bosruiterenoehoe@yandex.com
To: ileauxfeuilles@hushmail.com

Hallo Alex,
ein Typ ist eben im Atelier vorbeigekommen. Er läuft mit einer Reihe von Nahaufnahmen deiner Haut herum und gibt vor, dein Vater zu sein. Anscheinend geht er zu allen Tätowierern in Gent. Ich hab den Unschuldigen gespielt, so gut ich konnte, aber ich war noch nie ein guter Schauspieler, und ich spürte, dass er sehr aufmerksam und inquisitorisch war. Ich hoffe, ich hab nichts durchblicken lassen, denn als ich die Fotos sah, wurde mir ganz anders. Daher kann ich dir nichts Besonderes über den Kerl sagen.

Franzose, dunkelhaarig, etwa vierzig, mittelgroß. Hat keine besonderen Merkmale. Ein Durchschnittstyp, und ich hab ihn nicht wirklich angeschaut … Ich glaub nicht, dass das ein Bulle ist. Eher so was wie ein Privatdetektiv. Und du weißt vielleicht, wer so einen Typen hinter dir herhetzt …

Pass auf dich auf. Und halt mich auf dem Laufenden.

Klapzoen
B.

Kapitel 7

jenesaisrienjenetrouverienjaipasseparquelquechosedeffroy
ablequoiahvoilacequiestaffreuxjenepourraisvouslediremai
sadessouvenirsquimereviennentjailasensationdavoiretemor
touidocteurdavoiretetuelabasdansunechambreilyavaitunli
tetpuisjenesaisplusjenesaisplusrienaijerevesuisjelejouetde
lafievrecestbienpossibleaprestoutpourtantnonaidezmoije
cherchedepuiscematinhelasmoncerveauestfaibleencorema
memoireebranleeparlamysterieusesecoussenesuisjepasfou
jemesensmieuxcependantlesbourdonnementsontcesseondi
raitquejaientousmesmembresungrandbienetrecommeune
lassitudedebonheur

28. November 2006, Antwerpen, Het Apocalyps

Alex sieht in die tanzende blaue Flamme auf der Oberfläche ihres starken Kaffees, der mit einem Schuss heißem, brennendem Genever angereichert ist. Es ist ihr fünfter. Fast neun Uhr morgens. Sie ist gestern Abend kurz vor Mitternacht in dieser kleinen Kneipe angekommen und hat sie nicht wieder verlassen.

Die Stunden vergingen wie im Fluge, zwischen der Theke und der Dartscheibe. Eine echte Korkscheibe mit echten Darts mit Stahlspitze, die beim Aufprall einen trockenen, dumpfen, gedämpften, weichen Ton erzeugen. Nicht dieses blöde elektronische Modell, das inzwischen sämtliche Kneipen überschwemmt, grell flackert und einen Schwall von nervigen kleinen Geräuschen ausspuckt, die »Popcorn«, auf einem Bontempi gespielt, zu einem Meisterwerk machen …

Es ist die zweite Nacht, die sie hier mit Tobias, dem Wirt, verbringt. Einem ehemaligen Hippie, bei dem sie sich gut vorstellen kann, wie er vor dreißig oder vierzig Jahren ausgesehen hat. Dieselbe kleine runde Brille, dieselben langen Haare, zu zwei Zöpfen geflochten, die ein Gesicht mit hohen Wangenknochen und einen klaren, leuchtenden Blick einrahmen. Sie findet, er ähnelt John Mayall. Eine Mischung aus Jazz und Blues. Er ist unerschöpflich, was dieses Thema betrifft, die reinste Enzyklopädie in vielen Bänden. Er kennt alle Strömungen, die Untergenres, die Untertypen, ohne sich auf die eine oder andere Richtung festzulegen. Im Gegenteil. Er ist offen für alle Möglichkeiten und die modernsten Verarbeitungen, selbst für jene, die hermetisch sind oder dysphon erscheinen und nicht nur profan.

Seine LP-Sammlung ist spektakulär. Sie nimmt rechts von der Theke eine halbe Wand ein. Geordnet, klassifiziert, inventarisiert in etwa zwanzig quadratischen Regalfächern, die bis zu einer von Generationen von Tabakrauchern geschwärzten Decke gestapelt sind. Gute Aufnahmen und eine Menge Raritäten, die er seinen Gästen in langen Nächten vorspielt. Er hat ihnen gerade den »Dippermouth Blues« von der Creole Jazz Band aufgelegt, eine Aufzeichnung von 1923, mit Armstrong auf dem Kornett … Eine spontane Reise in die Roaring Twenties, um einem geheimen Konzert in einem verrauchten *Speakeasy* in New York oder Chicago beizuwohnen …

Tobias ist ein Nachtmensch. Er öffnet seine Kneipe von elf Uhr abends bis zehn Uhr morgens. Alex würde gern sein Porträt schreiben und auch einen Artikel über die Nachtbummler, die sich hier treffen.

Sie hat Het Apocalyps durch Zufall gefunden, vorgestern, als ein feuchter Schneeschauer sie dazu zwang, Schutz zu suchen. Dort stieß sie auf andere Nachtschwärmer, auf Strichjungen und Huren, die hierherkommen, um eine Pause zwischen zwei Nummern einzulegen und sich bei einer Tütensuppe oder einem Kaffee mit Schuss aufzuwärmen.

Alles gefällt ihr an diesem Zufluchtsort, der ruhig ist und das direkte Gegenteil der Idee vom Ende der Welt, die das Kneipenschild erweckt. Das Kommen und Gehen der Stammgäste, die Begegnungen und Gesprächsfetzen in mehreren Sprachen, die Musik, der Wirt. Sie fühlt sich zu Hause. Und sogar besser als zu Hause.

Nichts Aufgesetztes, alles authentisch.

Außer der Schallplattenwand gefallen ihr die Terrakotta-Bodenfliesen, die stellenweise sehr abgenutzt, ausgehöhlt und poliert sind. Sie stellt sich vor, wie sie seit der Renaissance beschritten wurden, von reichen Seiden- und Gewürzhändlern, von Breughel Vater und Sohn, van Dyck oder dem großen Rubens, und von vielen Seeleuten und Hafenarbeitern, die alle kamen, um die Wärme des Ortes zu genießen.

In einer Feuerstelle von der Größe eines Alkovens knistern Flammen, die den ganzen Boden erwärmen. Ein wahres Höllenmaul, das dem *Garten der Lüste* von Hieronymus Bosch entsprungen ist. Zwei alte Ledersessel, abgewetzt, aber immer noch bequem, laden zum Dösen vor dem brennenden Feuer ein.

In einem Regal liegen für die Gäste Bücher und Zeitschriften zur Seefahrt auf Niederländisch, Englisch und Deutsch, ein Satz mit abgenutzten Filzwürfelbechern, eine Mah-Jongg-Schachtel und ein Scrabble-Spiel. Und eine Kiste mit Kapla-Bausteinen, mit denen Tobias und sie mehrere *tumbling towers* auf dem glatten Holz der Theke gebaut haben.

Sie schickt sich an, in ihr Hotelzimmer zurückzukehren, um dort einige Stunden zu schlafen und sich ein wenig zu erholen, bis sie nächste Nacht wieder herkommt. Sie hat beschlossen, ihren Aufenthalt in Antwerpen, das ihr weniger vertraut ist als Gent, zu verlängern. Und ihre Erkundung der Stadt auf der Suche nach anderen verrückten Orten fortzusetzen.

Ein kleines Piepen ihres Computers weist sie darauf hin, dass sie eine Mail bekommen hat. Bernd.

Ihre Freude schrumpft, zieht sich zurück und verschwindet augenblicklich. Was sie liest, lässt sie erstarren. Brutal herausgerissen aus der Gemütlichkeit der Kneipe, aus der sanften, schlaflos verbrachten Nacht, aus der beruhigenden Anwesenheit von Tobias, wird sie zu einem Granitblock, dessen Quarz- und Glimmersplitter zermahlen und zerschneiden. Ihr Speichel schmeckt metallisch, die Fäuste verkrampfen sich, eine Sirene beginnt, in ihrem Schädel zu heulen.

Sie ist unvorsichtig geworden, ihr stockt der Atem. Die Lungenflügel sind zusammengepresst wie zwei trockene Schwämme. Ein schmerzhafter Atemstillstand. Ein instinktives Streben, ein plötzlicher Schrei nach Luft versetzt sie in Weißglut. Die Arschlöcher sind in Gent und haben Bernd gefunden. Und sie benutzen ihn, um sie aufzustöbern …

Panik befällt jede Faser ihres Körpers. Alles in ihrem Inneren klopft und hämmert, ihr Herz schlägt, als ob es herausspringen wollte. Ein verzweifeltes Klar-Schiff-zum-Gefecht, ein Rette-sich-wer-Kann im Voraus.

Sie nimmt noch einen irrlichternden Feuerkaffee, setzt sich in einen der beiden Sessel und versucht, ihre Aufmerksamkeit auf das Glühen der Glut und die kleinen Flammen der verbrannten Holzscheite zu richten. Sie lässt sich von ihren zufälligen und chimärischen Bewegungen absorbieren. Versucht, ihre Gedanken zu ordnen, normal und ruhig zu atmen, das Durcheinander in ihrer Brust zu zähmen.

Junior kommt näher, und die Welt wird jeden Tag enger. Sie ist erschöpft. Bei diesem vergeblichen Irrsinnslauf kann sie den Abstand zu denen, die sie verfolgen, nicht mehr halten. Sie sind ganz nah, und sie können sich jeden Moment auf sie stürzen. Sie haben einen Hinterhalt gelegt. Der Boden ist ein Minenfeld. Sie ist in die Enge getrieben, und die anderen schauen zu, wie sie sich durch ein großes Labyrinth mit beweglichen Wänden kämpft, bei dem Junior sich damit amüsiert, die Mechanismen zu steuern. Damit jeder Fluchtversuch in einer Sackgasse endet.

Dead end. Ende der Fahnenstange. Sackgasse. Die Höhle des Löwen. Der Boden der Tatsachen. Endstation. Alles bleibt stehen. Bruchlandung. Es gibt kein Danach mehr, es geht nicht mehr weiter, es gibt überhaupt nichts mehr.

So ist es.

Bleibt noch Bernd. Er kann davonkommen. Vielleicht.

Sie schreibt ihm eine kurze Mail, fordert ihn auf, vorsichtig zu sein, aufzupassen, für den Fall, dass der Kerl nachhakt. Sie bleibe vorerst in Antwerpen und werde ihm sagen, was sie als Nächstes tut.

Die Fotos bereiten ihr Kopfzerbrechen. Anton muss Kopien haben. Ganz bestimmt. Eine Sicherung auf seinem Computer. Und sie hat nicht daran gedacht. Und vielleicht haben sie ihn umgebracht, um an die Kopien zu kommen … Oder sie haben seine Mülleimer durchsucht und diejenigen eingesammelt, die sie zu Konfetti gemacht hat. Wie haben sie ihn gefunden? Indem sie sie von dem Hotel in Nancy verfolgt haben?

Sie muss zu sich nach Hause. Nicht lange. Einige Stunden, einen Abend, eine Nacht. Herauskriegen, was mit Anton passiert ist, und schauen, ob es etwas Neues über den Amerikaner gibt, den sie umgebracht hat. Dann wird sie wieder nach Gent gehen. Trotz allem.

Der Gedanke, dass die Schweine sich Bernd ihretwegen vorknöpfen, ist ihr unerträglich. Bei der Vorstellung, dass sie ihm etwas antun könnten, verzieht sie das Gesicht …

Kapitel 8

mollementdrapeduncamaildenueesgriseslecrepusculede
roulaitsesbrumeusestenturessurlapourprefondantedunso
leilcouchantellesavancaitlentementsouriantdunsourireva
guebalancantsataillemincedansunerobeblanchepiqueede
poisrougesunpeupledejeunesgensetdejeunesfilleslaregar
daientvenirfascinesparsonoeilcreuxparsonriremaladifelle
marchaitsureuxlesetreignaitdesespetitsbrasetcollaitfurieuse
mentseslevrescontreleurboucheilshaletaientetfrissonnaient
detoutleurcorpshorsdhaleineeperdushurlantdedouleurils
setordaientsousleventdesonbaisercommedesherbessousle
souffledunoragedesmeresdesoleesembrassaientsesgenoux
serraientsesmainspleuraientdelongssanglotsetelleimpas
siblepaleloeilfixepleindelueursmouilleeslesmainsmoitesles
seinsdardantleurspointeslesrepoussaitdoucementetconti
nuaitsarouteunejeunefillesetrainaitasespiedstenantsapoi
trineadeuxmainsralantcrachantlesanggraceophtisieaiepi
tidemajeunessemaislagouleimplacablelaserraitdanssesbra
setpicoraitsurseslevresdelongsbaiserslavictimepalpitait
faiblementencoreelleletreignitplusetroitementetchoquases
dentscontrelessienneslecorpsseconvulsafaiblementpuisde
meurafroidinerteetlesjouessecouvrirentdeteintesglauques
devapeurslivides

30. November 2006, Gent, ’t Dreupelkot

»Sieh mal, da ist Bernd! Er kann dir bestimmt helfen mit deiner Tochter. Sie kennen sich.«

Joos, der Wirt, macht ein Zeichen mit dem Kopf in Richtung Tür, und Anton, der den Blick auf den Neuankömmling richtet, entdeckt überrascht den großen Tätowierer, die Nr. 2 auf seiner Liste, der mit der Schildpattbrille.

Als Bernd den etwas abgeschlafften Mann an der Theke bemerkt, der ihn plötzlich ansieht, zuckt er leicht zurück. Er erstarrt auf der Schwelle, bereit umzukehren. Der Besuch dieses Typen, die Fotos, die besorgten Erkundigungen nach Alex, alles dreht sich seit zwei Tagen in seinem Kopf wie ein außer Rand und Band geratenes Karussell, das sich nicht stoppen lässt. Er hat nicht geschlafen, ist mit den Nerven am Ende. Er kann nicht einfach weglaufen. Zu spät. Er lächelt.

»Goedenavond, Joos!«

Der Wirt, der in der Kellerluke verschwunden ist, antwortet aus dem Off.

»Goedenavond, Bernd!«

Er atmet tief durch und nähert sich der Theke, ohne den Typen aus den Augen zu lassen, ohne aufzuhören zu lächeln.

»Erlaubst du?«

»Bitte, setz dich. Hallo Bernd! Ich bin Julien.«

Kopfnicken. Der Tätowierer bestellt, ohne zu fragen, zwei *Oude Jenever.* Sie stoßen an. Er legt los.

»Also, haben deine Nachforschungen was gebracht? Einen Hinweis, eine Spur, die dich zu deiner Tochter führt?«

Anton starrt ihn einen Moment an, als ob er ein wenig überrascht von der Frage wäre, fährt dann aber wie selbstverständlich fort.

»Nein, bis jetzt nichts. Ich habe alle dreizehn Tätowierer, die in der Stadt leben, aufgesucht, und *nada*. Ich muss meinen Suchbereich erweitern. Ich werde wohl deinem Rat folgen und mich in Antwerpen und Brügge umhören, da ich den genialen Kopierer, den ihr mir beschrieben habt, hier nicht finde ...«

Bernds Herz macht einen Satz. Scheiße. Als er glaubte, den Franzosen zu entmutigen und fernzuhalten, hat er ihn direkt auf Alex' Spur gesetzt, und er hat keine Möglichkeit, sie vor ihm zu warnen. Oder ihr den Kerl zu beschreiben, jetzt, da er alle Zeit hat, ihn zu betrachten. Seit zwei Tagen hat er nichts von ihr gehört, und er hat keine Adresse. Er kann sie nicht erreichen, bis sie beschließt, sich zu melden …

Der Typ sieht ihn an, spricht mit ihm.

»Stimmt was nicht? Wollen wir noch einen nehmen? Hast du Zeit?«

»Ja, gern. Nein, entschuldige bitte … Ich muss wieder an die Arbeit ... Ein Termin, den ich vergessen habe zu verlegen … Aber egal, ich mach das morgen früh ...«

»Zum Wohl!«

»Proost!«

Anton zieht das kleine Passfoto aus der Tasche und legt es auf die Theke. Sieht es intensiv an, versenkt sich darin, stürzt dann sein Glas in einem Zug runter und setzt noch einmal an.

»Bist du wirklich sicher, dass sie dir nichts sagt? Dass ihr euch nie begegnet seid, vielleicht sogar hier? Joos hat mir eben gesagt, dass ihr euch kennt ...«

Der Wirt, der seinen Namen gehört hat, hebt den Kopf und fängt den bösen Blick auf, den Bernd ihm zuwirft, bevor er sich wieder Anton zuwendet.

»Das hat Joos dir gesagt? Da muss er mich verwechseln. Denn ich würde mich an dein Mädchen erinnern, wenn ich sie gesehen hätte … So hübsch, wie sie ist, selbst auf einem schrecklichen Foto … Und mit ihrer offensichtlichen Vorliebe für tätowierte Haut … Ich kann mir nicht vorstellen, dass ich an ihr vorbeigehen könnte, ohne sie zu bemerken … Und ich muss gestehen, seitdem du mir ihre Tätowierung gezeigt hast, musste ich immer daran denken … Also, wenn du sie gefunden hast, würde ich mich freuen, wenn du uns miteinander bekannt machst … Ich möchte sie in Lebensgröße sehen … Ich spreche natürlich von ihrer Tätowierung! Nein, tut mir echt leid, wir kennen uns ja nicht, und das ist wirklich schade. Und es tut mir auch leid, dass Joos dir falsche Hoffnungen gemacht hat. He, Joos! Du bist nicht nett! Du hast dich getäuscht, und Julien hat dich falsch verstanden … Gib uns noch 'ne Runde auf den Schreck! Und auch etwas Musik!«

Der Wirt zuckt mit den Schultern, schenkt zwei Gläser ein, drückt fest auf den Play-Knopf der Anlage, die hinter der Theke steht, und steigt wieder in den Keller. Perlende Akkorde auf einem Klavier, schleppende, aber dennoch knallharte Beats auf dem Schlagzeug. Nick Caves Stimme setzt im fünften Takt ein. »Abattoir Blues«.

Anton steckt das Foto in die Brusttasche seiner Jacke zurück. Bernd konzentriert sich auf den Song und schlürft an seinem Getränk, um seinem Herzen Zeit zu geben, langsamer zu schlagen. Seit gestern hat er begriffen, dass Alex – im Gegensatz zu dem, was er immer glaubte – nicht nur von Phantomen und Alpträumen verfolgt wird. Jemand ist hinter ihr her, und das ist keine Fata Morgana. Es ist der Typ, der neben ihm sitzt. Oder dessen eventueller Auftraggeber. Ein neuerlicher Panikanfall löst wieder die innere Kavalkade aus. Er gibt sich noch eine Strophe Zeit, bevor er loslegt. Um seinen Puls an den schweren Rhythmus des Songs anzupassen, um den Trübsinn der Worte aufzusaugen, in die dämmrige Bildwelt einzutauchen und mit einem kräftigen Fußtritt, der ihn wieder ins Hier und Jetzt versetzt, in Schwung zu kommen. Denn Alex muss von ihrem Verfolger befreit werden.

»Sag mal, Julien, warum machst du dir so viele Sorgen um deine Tochter? Soweit ich das beurteilen kann, ist sie doch kein kleines Kind mehr und sieht ziemlich unabhängig aus. Wenn du mich fragst, um die stundenlangen Schmerzen einer solchen

Tätowierung zu ertragen, muss sie schon ziemlich hart drauf sein! Glaub mir, ich weiß, wovon ich rede!«

Anton, der seine Geschichte nicht viel weiter ausgearbeitet hat als bis zu dem familiären Miniszenario, das seine Suche motiviert, muss ein bisschen genauer werden. Was Joos ihm sagte, hat sich ihm eingeprägt, es macht ihn eifersüchtig. Der Kneipier hat sich bestimmt nicht getäuscht … Dieser Bernd kennt Alex gut und lügt ihn an. Daran besteht kein Zweifel.

»Ja, wir machen uns Sorgen. Denn normalerweise lässt Alex regelmäßig von sich hören. Eine Mail, ein Anruf, kurz, nur ein paar Worte, um zu sagen, dass alles gut ist. Aber jetzt nichts, absolutes Schweigen seit zwei Monaten. Sie mag zwar ein großes Mädchen sein, aber für ihre Mutter ist sie immer noch ein Baby … und für ihren Vater natürlich auch. Wir fürchten, dass ihr etwas zugestoßen ist. Auch die Sache mit der Tätowierung, von der sie uns erzählt hat, kam uns komisch vor … Aber vielleicht hast du recht. Vielleicht übertreiben wir und sollten uns nicht verrückt machen, aber wir sind ja ihre Eltern … Daran ändert sich nichts … Sag mal, du kennst dich doch in dem Metier aus und bist ziemlich versiert – ich hab gestern dein Labyrinth gesehen, Hut ab! –, kannst du mir wirklich keinen Hinweis geben? Die Welt der Tätowierung ist doch nicht so groß … Wenn der Typ, der an Alex gearbeitet hat, ein solches Talent hat, und das sagen alle, muss er doch im Milieu bekannt sein ...«

Die zitternde Stimme von Nick Cave, die die seltsame Litanei von »Fable of the Brown Ape« herunterleiert, als ob er weinen würde, schwebt gespenstisch durch die Kneipe. Anton trinkt einen Schluck Genever. Er lächelt den Tätowierer an und versucht, die Wirkung seiner improvisierten Rede einzuschätzen.

Tief in seinem Inneren wird Bernd langsam sauer. Wegen Joos schöpft dieser Typ Verdacht. Und er hat offensichtlich beschlossen, die Sache nicht fallen zu lassen und seine erfundene Rolle weiterzuspielen, koste es, was es wolle … Jedenfalls hat er, ob er nun Profi, Detektiv, Handlanger oder ein zurückgewiesener und klammernder Liebhaber ist, seine Tarnung eher schlecht vorbereitet … Denn Alex hat schon lange keinen Papa mehr, der sich um ihr Kommen und Gehen, um ihre Abwesenheit und ihre Ausschweifungen sorgt. Sie hat ihm erzählt, dass sie keine Eltern mehr hat, dass beide gestorben sind, als sie ein kleines Mädchen war, und dass ihre norwegische Großmutter sie aufgezogen hat. Irgendwann wird der Typ sich verplappern … Er muss ihn dazu bringen …

»Nimmst du noch einen Kleinen?«

»Gern! An dem Punkt, an dem ich bin … Ich hab das Gefühl, dass ich in den letzten Tagen eine Vorliebe für Genever entwickelt habe!«

Joos füllt stumm und mit sicherer Hand ihre beiden Gläser. Randvoll, kein Tropfen daneben.

»Prost, Julien … Sag mir, wenn ich zu indiskret bin, aber ich bin trotzdem neugierig … Wo hast du die Fotos her? Die Großaufnahmen von der Tätowierung, die du mir gezeigt hast? Das sind sehr schöne Abzüge, echt toll … Und ich denke, dein Mädchen hat dich sicherlich nicht darum gebeten, sie nackt zu fotografieren ...«

Anton schüttelt den Kopf und nimmt noch einen Schluck von dem Schnaps. Seine beginnende Trunkenheit macht ihm das Lügen leichter. Er findet sogar Gefallen an dem Spiel. Vor allem jetzt, da er sicher ist, den Mann gefunden zu haben, den er suchte …

»Nein, ich bin nicht der Fotograf … Wir verstehen uns gut, wir sind Kumpel, aber so weit geht das nicht! Ich hab die Fotos in ihrem Computer gefunden, und ich sage dir, das war wirklich ein Schock! Ich hab nie gedacht, dass Alex so was machen würde … Das ist für sie wie ein Kleidungsstück, wie eine zweite Haut. Man könnte meinen, Samt oder Seide … Ich hab nicht mal gewagt, all das ihrer Mutter zu zeigen … Wahrscheinlich sind die Fotos von einem ihrer Freunde oder vielleicht sogar vom Tätowierer selbst gemacht worden.«

»Nun, du hättest sicher damit anfangen sollen, den oder die Freunde zu suchen … Sie müssen Infos haben … Vielleicht hättest du dann dein Mädchen bei dem einen oder anderen schon wiedergefunden … Und du hättest dir eine Menge Angst erspart! Jedenfalls ist der Freund ein Profi … Und ich könnte so einen Typen für mein *book* gebrauchen, weil die Erinnerungsfotos, die ich von meinen Tätowierten mache, im Vergleich zu seinen echt scheiße aussehen! Also, nehmen wir noch einen letzten Kleinen für den Weg, und dann geh ich heim. Sonst kann ich morgen nicht mehr geradeaus gehen, und ich könnte mich in den Gängen meines Labyrinths verlaufen!«

»Babe, You Turn Me On« schwebt in der Luft über ihnen wie ein Schlaflied. Als ob die kristallklaren Akkorde des Klaviers den Waffenstillstand einläuten und die Spannung des Abends auflösen würden. Als ob Nick Cave ihnen Gute Nacht wünschen würde. Als ob ihr ganzes Gespräch nur eine Farce, ein Traum, ein schlichtes Missverständnis gewesen wäre.

Joos schließt mürrisch die Tür hinter ihnen. Er muss mit Bernd reden. Es gab so etwas wie einen falschen Ton. Er hat vielleicht Mist gebaut …

Auf dem Gehsteig nehmen sich Bernd und Anton einen Moment Zeit für eine rührselige Verabschiedung.

»Also, bis zum nächsten Mal, Julien. Und vielleicht bis morgen Abend, wenn du beschließt, deine intensive Geneverkur fortzusetzen … Du weißt, wo du mich findest, du hast meine Adresse! Schlaf gut, und mach dir keine Sorgen, deine Tochter wird schon wieder auftauchen …«

Sie trennen sich wie zwei leicht betrunkene gute Kumpel, die etwas zu laut sprechen, wie im Zeitlupentempo. Gelächter, verschwörerische Umarmungen, und jeder geht seines Weges.

Kapitel 9

theroadofexcessleadstothepalaceofwisdomprudenceisari
chuglyoldmaidcourtedbyincapacityhewhodesiresbutacts
notbreedspestilencethecutwormforgivestheplowdiphimin
theriverwholoveswaterafoolseesnotthesametreethatawise
manseeshewhosefacegivesnolightshallneverbecomeastar
thebusybeehasnotimeforsorrowadeadbodyrevengesnoinju
riesifthefoolpersistsinhisfollyhewouldbecomewiseshameis
pridescloke

30. November 2006, Metz, Basislager

Das Schloss ist aufgebrochen, ihre Wohnung durchsucht worden, selbst wenn auf den ersten Blick nichts gestohlen wurde. Sie sind zu ihr nach Hause gekommen. Folglich ist es nicht mehr ihr Zuhause.

Sie stellt sich vor, wie sie alles angefasst haben, ihre dreckigen Pfoten überall hingelegt, die Bücher durchgeblättert, die CD-Boxen geöffnet, ihre Klamotten durchwühlt, ihre Hintern auf die Stühle gesetzt, Akkorde auf ihrer Gitarre angeschlagen, die Laken ihres Bettes zerknittert. Und das ist unerträglich.

Ihr Ekel dehnt sich nun auf ihr einziges Refugium aus, auf dieses Zimmer und ihre beruhigenden Bücher, ihre Platten, ihren bescheidenen, aber ausreichenden Komfort.

Es ist das letzte Mal, das sie hierher zurückkehrt. Sie wird ein paar Sachen in ihrem Rucksack auswechseln, ihre Festplatten mitnehmen, ihre Bücher zurücklassen und die Tür hinter sich zuschlagen. Endgültig.

So sollte es nicht enden. Sie hatte unendliche Sitzungen mit Kartonpacken, Etikettieren, In-Plastik-Einwickeln und dem Füllen eines Containers ins Auge gefasst und eine Abfahrt mit einem Frachter zu einer kalten Insel am Ende der Welt, wo sie eine vertraute Umgebung wiederaufbauen würde, jene ihrer Kindheit, eine vor Stürmen geschützte Unterkunft wie das *Sommerhus* von Aglen. Ein kleines, in den Felsen eingebettetes und von den Wellen gewiegtes Haus, dessen Fenster alle den Horizont umfassen …

Sie hatte an die Orkneys oder Färöer gedacht, wegen ihrer Klippen und der kahlen, trostlosen Landschaft. Und auch, um die Überreste ihres Vaters dorthin mitzunehmen. Eines Vaters in Schachteln, Schnipseln und Bauteilen, den sie aus Norwegen zurückgeholt hatte. Sechs aufgestapelte Kästen, ein Golem aus Pappe, größer als in natura, ein Monolith aus Papier, mit Bleistift unterstrichene Passagen in Büchern, Taschen mit verschwommenen, mit der Zeit rötlich angelaufenen Fotos, einigen wenigen Notizbüchern, die mit runden, winzigen Schriftstücken, Reflexionen und im Entstehen begriffenen Essays gefüllt sind, die für immer unvollendet bleiben, und einer Mineraliensammlung, die mit kleinen weißen Gummibändern auf Sperrholzplatten befestigt ist … Sie hatte sich vorgestellt, dass sie ihn rekonstruieren würde, so wie man mit einem Rätsel oder einem Puzzle kämpft … Dass er ein großes Patience-Spiel für später sein könnte, mit dem sie sich im Winter beschäftigt … Dass sie diesen Vater filigran wiedererscheinen lassen würde, indem sie ihn in seiner Lektüre sucht, und dass sie ihm dann alle seine Sachen wiedergeben könnte, indem sie ein Feuer auf der Heide anzündet, dessen Asche der Wind aufwirbelt und verstreut …

Und jetzt weiß sie nicht mehr, wohin sie gehen soll. Sie haben sie bis zu den Shetlands verfolgt, wo sie sich außer Reichweite wähnte und glaubte, den Ort gefunden zu haben, an dem sie sich endlich niederlassen könnte … Doch sie finden sie wieder, überall, sie sind eine Bedrohung. Für sie. Für alle, die ihr wohlgesonnen sind. Und dieser letzte Gedanke führt sie zu Anton zurück. Sie muss wissen, wie es ihm geht und ob die Arschlöcher ihm etwas angetan haben.

Sie versucht, bei ihm zu Hause anzurufen. Es klingelt ins Leere, dann meldet sich der Anrufbeantworter. Diese aufgezeichnete, einbalsamierte Stimme ohne Körper macht ihr Angst. Sie hinterlässt keine Nachricht.

Es ist unmöglich, ins Donjon zu gehen oder Fred anzurufen, um zu fragen, ob Anton dort ist. Niemand darf wissen, dass sie hier ist. Morgen früh wird sie den ersten Zug nehmen, ganz gleich wohin, um kurz nach fünf Uhr. Diejenigen, die sie suchen und deren Schlinge sich immer mehr zuzieht, haben Informanten in dieser Ecke. Das ist völlig klar. Selbst unter Leuten, die sie kennt. Kein Risiko eingehen. Sich nicht unversehens in ihre ekelhaften Arme werfen. Niemals. Sie wird Anton später noch einmal anrufen, in der Nacht. Nur um ihn zu hören. Und dann wird sie auflegen. Als ob sie sich verwählt hätte.

Denn sie hat beschlossen, wach zu bleiben und sich in ihrem Zimmer umzuschauen, um herauszukriegen, was sie mitgenommen haben könnten. Das Passfoto, das Bernd erwähnt hat, lag seit fast zwei Jahren in der Ablage an der Tür. Das letzte Bild von einem Fotostreifen aus einem Passbildautomaten. Von den vier Bildern, die das Gerät ausgespuckt hatte, waren zwei brauchbar gewesen. Bei den beiden anderen hatte sie die Augen geschlossen und die Bilder deshalb weggeworfen.

Sie öffnet die erste Schublade der Kommode, um ein Höschen und einen BH herauszunehmen, doch der Anblick ihrer Unterwäsche, die sie durchwühlt, durcheinandergebracht und vielleicht sogar beschnüffelt haben, macht sie krank. Sie schließt die Schublade wieder.

Die zweite Schublade ist auch durchsucht worden, auch die

Stapel T-Shirts, die hastig wieder hineingelegt wurden. So haben sie Bernd gefunden! Die Zugtickets von all ihren Fahrten nach Gent … angefangen mit dem ersten, dem ihrer Begegnung …

Warum hat sie die bloß aufgehoben? Kleine greifbare Zeugen ihrer Auferstehung, der Wiederherstellung ihres Körpers? Vielleicht … Girlie-Fetischismus! Und der hat es ihnen ermöglicht, einen Killer dorthin zu schicken. Und jetzt muss Bernd die Sache ausbaden …

Bei diesem Gedanken spürt sie bittere Galle im Mund. Sie schluckt.

Am liebsten würde sie etwas zerschlagen, zerbrechen, zusammentreten, kurz und klein hauen, pulverisieren. Ihr Körper verhärtet sich, sie ballt die Fäuste. Atmet stoßweise. Nur die Nasenflügel und ihre Brust, die sich ruckartig und zu schnell hebt, scheinen der Erstarrung zu entgehen. Ihr Keuchen füllt die Stille.

Schließlich streckt sie einen Arm aus und greift nach einer CD, *Room To Move*, die sie in den Player steckt. Die Anthologie von John Mayall & The Bluesbreakers, die die Jahre 1969–1974 abdeckt. Der Titel passt zur Situation, und Mayalls Stimme wird ihr helfen, Druck abzulassen. Eine Liveaufnahme. Im ersten Song stellt er seine Musiker vor, und sie fühlt sich nicht so allein in diesem plötzlich feindselig gewordenen Zimmer.

Die Basslinie von »California«, eine Schleife von zwölf Noten, die über neun Minuten wiederholt werden, führt sie sehr weit weg. Eine Musik für die Straße, für Fahrten in der Nacht, wenn derjenige, der fährt, zum Hüter des Schlafes der anderen wird, die voller Vertrauen im Auto schlummern. Eine lange, verlassene und gerade Straße, die Augen auf die beiden Scheinwerferstrahlen gerichtet und vielleicht noch darüber hinaus, auf den weit entfernten Horizont, den Schimmer der orange-blauen, fahlen Morgendämmerung. Eine Fata Morgana.

Als die CD zu Ende geht, zeigt die Uhr, dass sie einen unzeitigen Weckruf bei Anton probieren kann. Um ein letztes Mal seine benommene Stimme zu hören, um zu erfahren, dass er zu Hause ist, am Leben, und dass es ihm gut geht. Dann wird sie auflegen und sich in den morgigen Tag stürzen, über ein Ziel nachdenken.

Doch niemand hebt ab, selbst nach drei Versuchen nicht, und jäh steigt wieder die Angst auf. Sie schnappt sich ihre Jacke, greift sich den Rucksack und geht, sogar ohne die Tür zu diesem Ort zu schließen, den sie für immer aufgegeben hat.

Kapitel 10

willyoutellmebartlebywhereyouwerebornwouldprefernot
towillyoutellmeanythingaboutyourselfiwouldprefernot
tobutwhatreasonableobjectioncanyouhavetospeaktomei
feelfriendlytowardsyouwhatisyouranswerbartlebysaidiafte
rwaitingaconsiderabletimeforareplyduringwhichhiscounte
nanceremainedimmovableonlytherewasthefaintestconcei
vabletremorofthewhiteattenuatedmouthatpresentiprefer
togivenoanswerhesaidandretiredintohishermitageistran
gelyfeltsomethingsuperstitiousknockingatmyheartandde
nouncingmeforavillainifidaredtobreatheonebitterworda
gainstthisforlornestofmankindatlastfamiliarlydrawingmy
chairbehindhisscreenisatdownandsaidbartlebynevermind
thenaboutrevealingyourhistorysaynowyouwillhelptoexami
nepaperstomorrowornextdayinshortsaynowthatinadayor
twoyouwillbegintobealittlereasonablesaysobartlebyatpresen
tiwouldprefernottobealittlereasonablewashismildlycadave
rousreply

1. Dezember 2006, Gent, Korenmarkt

In den Boden eingelassene Leitplanken, die Schienen der Straßenbahnen, erleuchten das Dunkel mit ihren metallischen Netzen und zeigen immer den richtigen Weg an. Die Luft ist feucht und die Kälte brutal nach den Stunden, die er gerade in der gut geheizten kleinen Kneipe verbracht hat. In seinem Inneren lodert ein Feuer. Der ganze Alkohol, den er in sich reingeschüttet hat, heizt weiterhin seine Wut an.

Bernd marschiert schnell über die glänzenden Pflastersteine, ungeduldig, heimzukehren und vielleicht eine Nachricht von Alex zu finden, die ihm sagt, dass sie sich verdünnisiert hat. London, Frankfurt, Zürich, egal wohin, weit weg von Antwerpen. Darauf brennend, ihr neue Informationen über diesen Kerl – Julien oder wie immer er heißen mag – schicken zu können, der ihn mit seinem sympathischen Aussehen und seiner harmlosen Miene den ganzen Abend belogen hat … Dieser Arsch, der Alex seit Monaten terrorisiert und kurz davor ist, sie aufzuspüren … Das wird nicht geschehen. Das darf nicht sein.

Er geht langsamer und bleibt stehen. Abrupt.

Dann dreht er um und geht wieder über den verlassenen Groentenmarkt. Sein Atem beschleunigt sich, er saugt die Luft mit offenem Mund ein, um ein wenig von der Spannung auszuatmen, die seine Lunge einschnürt und ihn zusammenpresst. Er macht längere Schritte, als ob er laufen würde, immer schneller, und landet am Quai. Vor dem nicht mehr erleuchteten 't Dreupelkot wird er langsamer und sieht ihn als leicht verschwommene Silhouette im spärlichen, nebligen Licht. Er steigt die Treppe hinab, die zur Uferpromenade an der Leie führt, und beobachtet ihn weiter aus der Entfernung. Der Kerl taumelt und schwankt wie eine erschöpfte Motte und bleibt mit hochgerecktem Kopf stehen, um die wirbelnde Luft dieser sternlosen Nacht einzuatmen. Dann nähert er sich dem Kanalufer. Unvorsichtig. Etwas zu nah.

Bald steht er direkt hinter ihm und legt eine Hand auf seine Schulter, um ihn festzuhalten.

»He!«

Der Typ dreht sich lächelnd um. Mit einem leicht idiotischen, nahezu erstaunten, fast glücklichen Lächeln.

Bernd stößt ihn zurück.

Der Typ fällt ins schwarze Wasser, ohne ihn aus den Augen zu lassen, fuchtelt mit den Armen, stößt einen kleinen erstickten, ertränkten Schrei aus. Einen einzigen. Er schluckt Wasser und verschwindet im eisigen Fluss.

Der Tätowierer setzt sich hin, die Beine in der Leere, und sieht zu, wie die Strudel zu Wellen, zu einem Kräuseln und dann zu nichts werden. Die dunkle, glasige Wasseroberfläche ist wie eine Grabplatte.

Kapitel 11

envillandsvommerstillevedoyensboyekystdeklarebolgerspil
leomkringdensrenebrystenjegergarogboyersegidenstreiteu
rogskytersaforloyerdetsmukkekreaturogfuglenkaneidrage
tilredetsluneskjodogfuglenvileiklagesinsmerteogsinnodog
derfortausdendukkerdyptidenmorkefjordogbolgenkaldse
glukkerogsletterutdenssporisjoensypegrunnergrortangen
bredogfriskderundervildenblundederbordenstummefisk

1. Dezember 2006, Metz, Antons Wohnung

Der Schlüssel für Notfälle ist an seinem Platz. Alex stellt sich auf die Zehenspitzen und nimmt ihn vom oberen Türrahmen. Sie öffnet vorsichtig die Tür, macht kein Licht an. Lässt ihren Augen Zeit, sich an die Dunkelheit zu gewöhnen.

Kein verdächtiger Geruch, keine auffällige Unordnung. Sie geht im Dunkeln zum Schlafzimmer. Das Bett ist nicht benutzt worden. Pandora hebt ein wenig den Kopf, um ihr zu zeigen, dass sie ihre Anwesenheit bemerkt hat, und begrüßt sie mit einer Bewegung des Schwanzes, streckt sich lang aus und setzt ihre Siesta fort.

Alex wirft einen Blick ins Bad, in dem sie auch nichts findet. Zurück im Wohnzimmer, macht sie das Licht an. Zunächst ist sie beruhigt, dass die Wohnung nicht auf den Kopf gestellt wurde. Und dass die Katze ruhig ist. Und dass Anton nicht da ist. Dann denkt sie an ihre eigene Wohnung, die auch durchsucht wurde, ohne verwüstet zu werden. Und der Gedanke, dass Anton vielleicht entführt und woanders umgebracht wurde, schleicht sich langsam in ihren Kopf. Von einem leichten Schwindelgefühl erfasst, sinkt sie auf den Teppichboden.

Alles ist ihre Schuld. Sie hat ihn in diese verdammte Scheiße reingeritten, und wenn das so ist, ist er jetzt tot, ihretwegen … Sie hat ihn auf das absurde Hirngespinst einer normalen Beziehung gebracht, ihn monatelang benutzt, indem sie ihn die Rolle des lieben Kerls spielen ließ, zugleich Kumpel und zärtlicher Liebhaber … Und er hat an ihre Fiktion geglaubt, ein Spiel mitgespielt, dessen Regeln sie ihm nicht richtig erklärt hat, ohne auch nur zu ahnen, dass alles in einem *snuff movie* enden würde …

Sie bleibt dort liegen, niedergeschlagen, geschüttelt von heftigen Schluchzern, die die Katze alarmieren und ins Wohnzimmer locken, wo sie Alex mit ihrem weichen Fell streichelt und schnurrend ihr Mitgefühl zum Ausdruck bringt.

Alex weiß nicht, wie viel Zeit sie zusammengekauert zwischen Stuhl und Sofatisch verbracht hat. Pandora ist an ihrem Schenkel eingeschlafen.

Sie steht auf, verlässt die Wohnung und legt den Schlüssel wieder an seinen Platz. Es ist nach fünf Uhr. Durch noch menschenleere Straßen, die sie zum letzten Mal einschlägt, geht sie zum Bahnhof. Ohne zu wissen, was Anton zugestoßen sein mag.

Kapitel 12

ildetachelacordequipendetlepauvrecorpstombeaterreces
tunspectaclealorsatroceavoirarrachantlesagrafesdorquiser
vaientadrapersesvetementssurelleillesleveenlairetsemetaen
frappersesdeuxyeuxdansleursorbitesainsineverrontilsplus
ditilnilemalquejaisubiniceluiquejaicauseainsilestenebres
leurdefendrontellesdevoirdesormaisceuxquejeneussepas
duvoiretdeconnaitreceuxquemalgretoutjeussevoulucon
naitreettoutenclamantcesmotssansrepitlesbraslevesilsefrap
paitlesyeuxetleursglobesensangcoulaientcenetaitpasunsuin
tementdegouttesrougesmaisunenoireaversedegreleetdesangi
nondantsonvisageledesastreaeclate

1. Dezember 2006, Gent, Bernds Wohnung

Nichts scheint wahr zu sein. Bernd sieht ungläubig auf seine Hände. Er öffnet und schließt sie, um sie zu spüren. Es war so leicht gewesen. Kaum ein Stoß. Nur ein kleiner Schubser.

Er hat Jim Morrison gewählt, der ihn in einer schlaflosen und nebulösen Nacht begleiten soll. *Strange Days.* Der gleichnamige Song hat noch nie so wahr geklungen. Er macht sich einen Kaffee und holt die Flasche mit dem sechzehn Jahre alten Lagavulin Islay Single Malt hervor. Die rauchigen und torfigen Aromen, die Mineralität und Frische dieses Whiskys, der auf einer winzigen schottischen Insel destilliert wird, um die Bitterkeit zu überdecken, breiten sich in seinem Mund aus.

Der Film dieses Abends läuft in schwindelerregenden Schleifen vor seinen Augen ab, und auch eine Reihe von alternativen

Versionen: die, in der er zu Hause bleibt und nicht ausgeht, um ein Gläschen zu trinken; die, in der er umdreht, bevor der Typ ihn sieht; die, in der Joos sich darauf beschränkt, stummer Statist zu sein und die Klappe hält; die, in der er direkt nach Hause geht, als die Kneipe schließt …

Er ist sauer auf den Kerl. Darauf, dass er gekommen ist und ihm stundenlang Schwachsinn auftischte. Dass er darauf beharrt hat, die Maske des lieben und besorgten Vaters zu tragen. Er hätte ihn bitten können, seine Show zu beenden und auszuspucken, was Sache ist. Mehrere Male. Er hatte daran gedacht. Es hätte genügt, ihm zu sagen, dass er Alex kennt. Auch das wäre leicht gewesen.

Er hat es nicht gemacht.

Und sie haben weiter für einen Abend die Saufbrüder gespielt. Ohne dass einer von ihnen daran glaubte. Eine eiserne Faust ohne Faust. Ein idiotisches und sinnloses Wortgefecht, das er verloren hat; er wird nie erfahren, wer dieser Typ war und was er wirklich von Alexje wollte …

Die ersten Bassnoten von »You're Lost Little Girl« und der ätherische, einfache Refrain zerstreuen ihn ein wenig und rufen ihm das Passfoto von Alex in Erinnerung. Das er sich geschnappt hat, als der Kerl pinkeln war. Er tastet nach der Gesäßtasche seiner Jeans und zieht das glänzende kleine Rechteck heraus. Er schaut es an, befragt den leicht verschwommenen Blick. Der nicht wirklich auf die Dinge gerichtet ist und distanziert bleibt. Ein undurchdringlicher Filter, eine oberflächliche Anwesenheit, so fern wie eine Abwesenheit.

Er steht ein wenig schwankend auf, um auf und ab zu gehen. Schließlich findet er *Liebe ist ein Höllenhund*, schlägt es irgendwo auf und legt Alex' unergründliches Gesicht zwischen die Seiten 48 und 49. Um es nicht zu verlieren, um es zu schützen. Er schließt es ins Buch ein.

Zurück auf dem Sofa, gibt er sich dem flüssigen Komfort des Whiskys hin, als das Riff von »Love Me Two Times« ihn wiederbelebt.

Schnell stellt er die Flasche ab, greift mit den Händen nach einer imaginären Gitarre, die irgendwo auf dem Sofatisch liegt, und schließt sich im dritten Takt mit einem perfekt beherrschten Playback Robby Krieger an. Mit geschlossenen Augen singt er den Refrain, ohne ihn zu artikulieren, nur für sich selbst. Morrisons bissige Stimme überträgt all ihre Energie, all ihren Zorn auf ihn.

Und Bernd denkt wieder an seine Abneigung gegen diesen Typen, die den ganzen Abend, all diese Stunden der Heuchelei geprägt hat. Dieser Bastard, dieser Feigling mit seinem Schnüfflerjob hat in ihm eine Wut und eine Abscheu aufkommen lassen, wie er sie noch nie erlebt hat. Die jetzt den ganzen Raum einnehmen. Ein riesiger Tumor, dessen Verzweigungen er bis in die Fingerspitzen spüren kann, die er vor sich wieder zu zwei Basaltfäusten schließt.

Er hat ihn nur gestreift. Er hat ihn kaum berührt. Ein Ruck im Lauf der Welt hat den Rest erledigt.

Kapitel 13

ouilaherselenomconvientlesaiguillessontdisposeesenherseet
puislensemblesemaniecommeunehersequoiquesurplaceeta
vecbienplusdesavoirfairelasurlelitonfaitsetendrelecondam
neetpuisilyadanslatraceuseunerouedenteequiestuseeellegrin
cetresfortquandcamarcheetalorsonnesentendpresqueplusles
piecesdetacheessonthelasfortdifficilesaseprocurericidoncvoi
lalelitilestentierementrecouvertdunecouchedouatesurcet
teouateonfaitsetendrelecondamneaplatventreetnaturelle
mentnuvoicipourlesmainsetlapourlespiedsetlapourlecoudes
sanglesquipermettentdelattacherlaalatetedulitalendroitoul
hommeaplatventredoitposerlevisagetoutdesuitesetrouvecet
teprotuberancerembourreequonpeutaisementreglerdetelle
sortequelleentreexactementdanslabouchedelhommececia
findempecherlescrisetlesmorsuresdelalanguenaturellement
lhommeestcontraintdeprendrecadanssabouchesinonilala
nuquebriseeparlasanglequiluimaintientlecoulaherseparait
travaillerdefaconuniformeelleenfonceenvibrantsespointes
danslecorpsquiluimemevibredesurcroitaveclelitetpourper
mettreatoutunchacundeverifierlexecutiondelasentencelaher
seaetefaiteenverrecelaaposequelquesproblemestechniques
pouryfixerlesaiguillesmaisapresdenombreuxessaisonyestar
riveehouinousnavonspascraintdenousdonnerdumaletcha
cundesormaispeutvoiratraversleverrelinscriptionsexecuter
danslecorpsvousnevoulezpasvousapprocherpourregarderle
saiguilles

1. Dezember 2006, Metz, Bahnhofsrestaurant

Angespannt und blass nippt sie an einem schlechten, wässrigen und bitteren Espresso, der wie eingeschlafene Füße schmeckt. Oder wie Schlamm. Sie liest immer wieder den langen Artikel auf den Regionalseiten des *Républicain Lorrain.*

Die Ermittler haben schließlich das Phantombild erstellt, das sie vor Augen hat. Sie erkennt sich darauf nicht, abgesehen vielleicht von den Haaren, aber in einer Version von ihr, die inzwischen überholt ist.

Sie hat wieder die drei Alten in der Kneipe vor Augen, und die Art und Weise, in der sie sie angestarrt haben, als sie mit diesem Dreckskerl hereinkam, der einkehren wollte, um ein Glas auf dem Land zu trinken. Von ihnen hat die Polizei die ersten Hinweise bekommen.

»Der Aufruf nach Zeugen, den wir vor zwei Wochen in unseren Kolumnen weitergegeben haben, hat Früchte getragen. Die Wirtin vom ›Café des Amis‹ in Ars-sur-Moselle hat als Erste reagiert. Mireille Thomas erinnert sich lebhaft daran, dass sie am Tag des Mordes gegen Mittag einem Paar zwei Bier serviert hat. Der Mann, da ist sie sich sicher, war der von dem Foto, das verbreitet wurde, Edward Hornby (38), das Opfer, ein amerikanischer Musiker. Die Polizei sucht die Frau, die ihn an diesem Tag begleitet hat. Sie ist jung, schlank, mittelgroß und hat sehr dunkles oder schwarzes, langes und lockiges Haar. Sie könnte zwischen zwanzig und dreißig Jahre alt sein, und sie trug eine Jeans und eine schwarze Sweatjacke mit Kapuze und Reißverschluss. Diese Details, die von zwei Gästen des Lokals bestätigt wurden, haben es ermöglicht, ein erstes Phantombild zu erstellen, das, wie die Ermittler hoffen, dazu beitragen soll, schnell die Identität der Frau herauszufinden, die ›Die Unbekannte von Zimmer 107‹ genannt wurde.«

Sicherlich haben sie gute Gründe zu hoffen … Bald werden sie sogar überschwemmt werden. Dieses Phantombild wird, so wenig ähnlich es auch ist, eine Sturzflut auslösen. Alle, die sie an dem Abend des Konzerts von Coco Robicheaux gesehen haben, werden sie wiedererkennen … Zuschauer, der Bürgermeister des Kaffs, der Fotograf, der ihr von der Zeitschrift mitgegeben wurde … Sie werden alle in Scharen kommen, um sie auszuliefern. Ohne das Team vom Donjon, Fred an der Spitze, mitzuzählen. Bald werden die Bullen ihren Namen haben. Eine Polyphonie von Denunzianten.

Sie muss verschwinden. Raus aus Frankreich, raus aus Europa, so schnell wie möglich. Noch heute Morgen.

Sie schüttet den letzten Schluck des miesen und kalten Kaffees runter, lässt drei Euro auf dem Tisch liegen und zieht los. Dabei nimmt sie die Doppelseite aus der Mitte der Zeitung mit, knüllt sie zusammen und wirft sie in einen Mülleimer in der Bahnhofshalle.

Am Automaten kauft sie ein Ticket nach Luxemburg-Stadt. Ihr Zug fährt in zehn Minuten. Dann ein Shuttle zum Flughafen, ein Ticket nach Kopenhagen auf SAS und dann ein Direktflug mit Icelandair nach Halifax. Ein diskreter Eingang zum amerikanischen Kontinent. Der Zugang zum Riesenraum durch die Hintertür. Von da Neufundland, dann vielleicht Labrador, um sich dort zu vergraben. Den Sturm vorbeiziehen lassen. Sich den ganzen Winter in einer abgelegenen Gemeinschaft verstecken. In Vergessenheit geraten, fern von den großen Routen, fern von der Welt, fern von allem. Sie wird sich etwas einfallen lassen …

Es ist noch früh. Heute Abend schläft sie in Nova Scotia.

Kapitel 14

onestpretlesbommesserangenttoujoursensilenceavecleur
couverturreensautoirlajugulaireducasqueaumentonappuyes
surleursfusilsjeregardeleursfacescrispeespaliesprofondes
cenesontpasdessoldatscesontdesbommescesontdescivil
sderacinesilssontpretsilsattendentlesignaldelamortetdu
meurtrechacunsaitquilvaapportersatetesapoitrinesonven
tresoncorpstoutentiertoutnuauxfusilsbraquesdavanceau
xobusauxgrenadesaccumuleesetpretesetsurtoutalametbo
diqueetpresqueinfailliblemitrailleuseatoutcequiattendet
setaiteffroyablementlabasavantdetrouverlesautressoldats
quilfaudratuerilsnesontpasinsouciantsdeleurviecomme
desbanditsaveuglesdecolerecommedessauvagesmalgrela
propagandedontonlestravailleilsnesontpasexcitesilsson
taudessusdetoutemportementinstinctifilsnesontpasivresni
materiellementnimoralementcestenpleineconsciencecom
meenpleineforceetenpleinesantequilssemassentlapourseje
terunefoisdeplusdanscetteespecederoledefouimposeatou
tbommeparlafoliedugenrebumainilsattendentlattentesal
longeseterniselafindujourrepandunesombrelumieregran
diosesurcettemasseforteetintactedevivantsdontunepartie
seulementvivrajusqualanuit

1. Dezember 2006, Gent, Bernds Wohnung

Alex ist in einen riesigen Käfig eingesperrt, in einen großen, reich verzierten Vogelkäfig, in dem Schwärme von in Panik geratenen Vögeln in einer wilden Kakophonie umherflattern. Er hält einen schweren, altertümlichen Schlüssel, so breit wie seine Handfläche, den er in ein kompliziertes Schloss steckt, mit dem er kämpfen muss. Das schrille Durcheinander beunruhigt ihn, die auf dem Boden liegenden schwarzen Federn werden bei jedem seiner Schritte aufgewirbelt. In einer Ecke, am Rand eines mit Sumpfdotterblumen bedeckten Teiches ausgestreckt, sieht er sie. Alex, schlafend, zwischen den verstreuten Blättern eines Textes, vielleicht aus einem Buch herausgerissene Seiten. Weit weg von der Welt und gleichgültig gegenüber dem Tumult, scheint sie auf den weichen Federn zu schweben, heiter und lächelnd. Doch was macht er da? Nichts deutet darauf hin, dass sie gerettet, aus diesem in sich abgeschlossenen Universum herausgeholt werden muss, in dem es ihr anscheinend gut geht, in dem sie in Frieden lebt und in das sie sich vielleicht zurückgezogen hat, um sich allem und jedem zu entziehen …

Eine Alarmglocke schrillt, die mit dem wirren Gezwitscher der Vögel konkurriert.

Das Klingeln des Telefons zwingt Bernd, den Käfig zu verlassen und sich von dem Sofa zu erheben, auf dem er die Nacht verbracht hat. Die Flasche Whisky mit dem Geschmack von Heide und Stürmen fällt zu Boden, als er aufsteht. Leer. Er steckt noch voll in seinem Dilemma, spürt noch das Gewicht des Schlüssels in der Hand.

Es ist sein Labyrinth-Kunde, der von der Straße aus anruft, überrascht, dass der Laden geschlossen ist. Es ist bereits Nachmittag. Bernd geht hinunter, um sich zu entschuldigen, dass er den Termin erneut verschieben muss. Eine verdammte Grippe, die ihn lahmlegt. Der Typ versteht und wünscht ihm gute Besserung.

Dann steigt er wieder hinauf, macht sich einen Kaffee und schaut in seine Mailbox. Noch immer nichts Neues von Alex. Er legt *Surrealistic Pillow* von Jefferson Airplane auf. Ihr zweites Album. Die B-Seite. Und er schläft wieder ein, bevor die Kuschelstimme von Grace Slick ihn einlädt, sich Alice bei ihrer halluzinierten Verfolgung des weißen Kaninchens anzuschließen.

Kapitel 15

itwasapitchyblacknightasstiflingasajunenightcanbeand theloootheredhotwindfromthewestwardwasboominga mongthetinderdrytreesandpretendingthattherainwaso nitsheelsnowandagainaspotofalmostboilingwaterwouldfal lonthedustwiththeflopofafrogbutallourwearyworldknew thatwasonlypretence

1. Dezember 2006, Lerwick, Shetlandinseln, Polizeirevier

Seit drei Tagen verfolgt Kelly die digitale Spur von Alexis Fjærsten und findet dabei viele Artikel in den Archiven verschiedener Magazine. Mit Interesse hat sie eine Reihe Porträts von Musikern aus New Orleans überflogen, die im Frühjahr 2005 geschrieben wurden.

Sie hat sie auch auf einer Liste der *Alumni* einer Universität im Mittleren Westen gefunden, wo sie 2004–2005 für einen Masterabschluss in zwei Fächern, Literatur und Musik, eingeschrieben war. Durch einen Anruf in Bloomington, Indiana, erfährt sie, dass Fjærsten ihr viertes Semester nicht abgeschlossen und sich im darauffolgenden Herbst nicht wieder eingeschrieben hat.

Die Uni schickt Kelly ein Gruppenfoto, auf dem Alex zu sehen ist und das bei einem Weihnachtsempfang aufgenommen wurde, der die *International Students* rund um den Dekan versammelte. Doch sie steht im Hintergrund, halb verdeckt und im Schatten. Die schlechte Qualität des Bildes lässt vermuten, dass eine Vergrößerung nichts bringen wird …

Sie beschließt, Seumas anzurufen, einen guten Freund aus dem

Jurastudium, der wie sie Polizist geworden ist, aber in der nationalen Einheit von Europol.

»Hallo, Seumas? Ich bin's, Kelly! Kelly ›Kickass‹ McLeish … Und stell dir vor, ich rufe dich aus Bad Lerwick an!!«

»Hey!! Hallo Kickass! Verdammt lang her! Was hast du angestellt? Du musst echt nicht nett gewesen sein, wenn sie dich zur Deportation verurteilt haben! Erzähl!«

»Ich glaube wirklich, das ist eine Frage des Karmas … Das ist die Geschichte meines Lebens, es liegt an mir: ein großes Gehirn bei der Geburt, zu stark in allem, zu gute Prüfungsergebnisse … Wer wird also auf heikle und unmögliche Missionen geschickt??? Meine Wenigkeit!!! In dieser neuen Episode mit dem Titel ›Kelly im Land der ewigen Finsternis und der Inzuchtinsulaner‹ ist das Drehbuch gnadenlos festgelegt worden: Man hat mir einen Mordfall angehängt und einen Haufen von debilen Nichtsnutzen, die nichts tun, um mir zu helfen, außer dass sie versuchen, mich wieder ins Flugzeug zu setzen … Und seit der Tat, die immerhin im letzten Winter begangen wurde, gibt es keine Spur …«

»Das klingt ja toll! Du hast echt das große Los gezogen, meine Schöne!! Bist du sicher, dass du nicht mit jemandem geschlafen hast, damit man dir diesen geilen Job zuschustert?? Ein Aufenthalt auf den Inseln, alles inklusive und voller gastfreundlicher Eingeborener …«

»Du sagst es! Ein Traum! Aber allein macht das nicht so viel Spaß wie zu zweit … Deshalb rufe ich dich an. Ich brauche ein wenig Hilfe. Und auch ein paar von deinen Neuronen, denn meine werden langsam schlapp … Nicht genug Sonne, du verstehst, und etwas zu viel Whisky … Der Trank, der mir hilft, das Exil zu ertragen … Ich schick dir mal den Untersuchungsbericht und alles, was ich seit meiner Ankunft rausgefunden habe. Der Mord ist letzten Januar passiert, in der Nacht des Up Helly Aa, einer Art von heidnischem Fest, bei dem die Eingeborenen die Rückkehr des Lichts und ihre Wikingerwurzeln feiern … Eine

Großveranstaltung, die den lokalen Tourismus ums Tausendfache ankurbelt und ebenso viele Verdächtige liefert … Vielleicht kannst du einen Blick darauf werfen, denn möglicherweise ist da eine Spur, die ich übersehen habe … Ich habe all diese Wochen damit verbracht, in kalter Asche zu stochern, in der Hoffnung, ein wenig Glut zu finden … Ich bin fix und fertig, und mir geht langsam die Luft aus … Und dann möchte ich noch, dass du eine Fahndung rausgibst nach einer Franko-Norwegerin, Alexis Fjærsten, F-J-E im A-R-S-T-E-N. Ich möchte wissen, ob sie auf die eine oder andere Art in den Dateien auftaucht …«

»Alles klar, Kickass!! Schick mir den Papierkram, und ich schau mir das an! Und was deine zweite Bitte betrifft, so ist das schon raus … Das wird nicht lange dauern … Und da ist es … Nein! Tut mir leid, da ist nichts! Sie ist in keiner unserer Datenbanken. Warum erkundigst du dich nach ihr? Hat sie was ausgefressen? Ist sie eine Verdächtige?«

»Nun, all das hängt noch an einem Haar … das vielleicht von ihr ist, und das man an der Leiche gefunden hat … Der Rest ist meine berühmte Intuition, die sich dreht und windet …«

»Okay, ich verstehe … Ich kann noch etwas für dich tun: den Namen ins SIS eingeben, ins Schengener Informationssystem, und zwar als Person, die nicht nur als Zeuge gesucht wird, sondern auch im Verdacht steht, an einem Mord beteiligt zu sein und daher gewalttätig sein kann. Und ich ruf dich zurück, sobald ich was Neues über sie habe. Bis bald, Kickass, und wenn die Trolle des Nordens dich loslassen, falls sie dich eines Tages überhaupt loslassen, vergiss nicht, dass ich immer bereit bin, dir eine Niederlage beim Dart zu verpassen!!!«

»Nicht mal im Traum, McKenzie!! Du kannst schon mal anfangen zu trainieren, denn ich habe hier eine kleine Kneipe gefunden, in der ich jeden Abend spiele … Ich werde dich auseinandernehmen! … Bis sehr bald und danke für deine Hilfe! Ciao!«

Es ist fast 23 Uhr. Sie hat die Nase voll, und die Augen tun ihr weh. Lichtblitze, weil sie den ganzen Tag am Bildschirm gehangen hat, und sogar ein Anflug von Migräne. Verdammtes Land, in dem sie seit ihrer Ankunft in einem Kabuff und unter künstlichem Licht wie eine Topfpflanze lebt … Ansonsten ist es höchste Zeit, an die Bewässerung zu denken: ein letzter Zwischenstopp im Thule … Ein kleiner, heißer Whisky, vielleicht zwei, und ab in die Falle!

Kapitel 16

etjesentismesyeuxsefermercommesidanslabrumeachacun
descilsdemespaupieresunemaininvisibleavaitliedespierres
jetaiscommeestunpretreauseuildusaintparvissongeantet
quandmesyeuxserouvrirentjevislombrelombrehideusei
gnoreeinsondabledelinvisiblerienvisionformidablesansfor
mesanscontoursansplanchersansplafondoudanslobscurite
lobsecuritesefondpointdescalierdepontdespiralederampe
lombresansunregardlombresansunelampelenoirdelincon
nudaucunventagitelombrevoileeffrayantduspectreeternite
quinapointvucelanarienvudeterriblecestlespacebeantleten
dueimpassiblequelquechosedaffreuxdetroubleetdeperdu
quifuitdanstouslesensdevantloeileperdulaceciteglaceeetplus
quunmarbrelourdeunetranquillitemuetteaveugleetsourdel
horribleinterieurdunsepulcreinfini

1. Dezember 2006, Sydney, Nova Scotia

Der Bus hat sie in Sydney, Nova Scotia, abgesetzt. Nicht in New South Wales …

Der Ort hat nichts zu tun mit der großen australischen Bucht und ihrer schönen Oper, die sich wie eine Orange in Viertel teilt. Sydney, zweifellos die tragischste und hässlichste Stadt auf dieser Seite der Welt, eine Stadt in der Krise mit einem Phantomzentrum, das man immer noch sucht, wenn man schon mittendrin ist.

Eine Art Mini-Detroit, das wie ein kariöser, zahnloser Mund aussieht. Auf jedes noch hinter seiner rissigen Fassade stehende Gebäude kommt ein anderes, bei dem alle Öffnungen mit Hohlsteinen verschlossen wurden, und ein drittes, das verschwunden ist, abgeschossen wurde, sich in ein leeres Grundstück verwandelte, in eine schlammige Einöde, vielleicht in einen zukünftigen Parkplatz, aber für welche Autos?

Alex irrt durch die menschenleere Stadt, gebeutelt von Windstößen und ertränkt von Wassermassen, die die Gullydeckel hochdrücken und den Brunnen eines kleinen verlassenen Platzes überlaufen lassen.

Sie hat ein Zimmer in einem riesigen Herrenhaus im Südstaatenstil gefunden, das in ein Bed & Breakfast umgewandelt wurde und kaum Gäste hat. Es ist Nebensaison. Ein hübscher Ort, der von Kate geleitet wird, einer etwas exzentrischen Frau, deren Sammelleidenschaft ihr gleich gefallen hat: Die Zimmer sind überfüllt mit den unterschiedlichsten Gegenständen, die Wände derartig mit Rahmen bedeckt, dass man die Tapete nicht mehr erkennen kann.

Die alte Dame hat sie mit einer Tasse Tee und Scones empfangen. Eine regelrechte Zeitreise. Selbst das viktorianische Porzellan ist stilecht. Sie ist offensichtlich entzückt, jemanden vom »Alten Kontinent« wiederzusehen, und hat Alex schnell den Familientartan gezeigt, der sie mit dem Clan MacDonnell of Glengarry verbindet. Und sie hat ihr das Zimmer in Blau, Grün und Rot gegeben, den Farben ihrer schottischen Vorfahren.

Dann hat sie einen Plan für sie gezeichnet, auf dem drei kleine Kreuze die Lokale in der Innenstadt darstellen sollen. Doch das kleine Stück Papier hat sich längst in Brei verwandelt, und Alex zieht immer verärgerter und mutloser durch eine Landschaft, die an das Berlin von 1945 erinnern könnte.

Als sie schon fast eine Stunde durch die rechteckig angelegten Straßen gelaufen ist, lenkt ein bläuliches Blinken ihre Aufmerksamkeit auf einen Durchgang, der wie eine Sackgasse aussieht. Sie geht hinein und findet schließlich eine kleine Kneipe ohne Fenster oder Schaufenster, das *Red Roses and Thistle*. Es kommt ihr vor, als ob sie in eine Kühlkammer eintritt. Sicher das weiße Neonlicht und auch das gedämpfte, wattige Geräusch der Tür, die ein Windstoß hinter ihr schließt.

Drei Augenpaare starren sie an. Das einer jungen, etwas blassen Barmaid und die von zwei Gästen in schlammbedeckten Overalls. Es gibt in dieser Stadt also doch noch Leute, die arbeiten und Maschinen in Gang halten … Die ganze Aktivität findet zweifellos unterirdisch und im Geheimen statt, nach dem Vorbild dieser kleinen Spelunke in einem Winkel, in den nie Tageslicht fällt.

Sie nickt dem Empfangskomitee zu, geht zur Theke, legt ihre Schachtel Lucky darauf, zieht eine halb aufgeweichte Kippe heraus und schickt sich an, sie anzuzünden. Doch die junge Frau weist sie darauf hin, dass dies bis 20 Uhr ein Nichtraucherort ist, aufgrund eines Gesetzes der Provinzregierung, das unter Glas neben dem Eingang angebracht ist.

Nun gut. Sie legt ihr Feuerzeug wieder hin und auch die Zigarette, die nun Zeit zum Trocknen hat, denn sie sieht sich nicht zum Rauchen ins feuchte Grau hinausgehen. Dann bestellt sie ein *Propeller Honey Wheat Ale*, dessen Frische sie erschauern lässt, aber dessen honigartige Sanftheit etwas Tröstliches und Belebendes hat.

Die Kneipe füllt sich nach und nach mit Arbeitern, die einen tristen Tag hinter sich haben und vielleicht auch ein trauriges Leben, wenn man Shania Twains mit Ahornsirup versüßten Neo-Country-Pop hört.

Alex sieht, wie sie hereinkommen, sieht ihre niedergeschlagenen Mienen und fragt sich, was es bedeutet, in Sydney geboren zu werden, hier aufzuwachsen, zu arbeiten und zu wissen, dass man hier sterben wird und dass die einzigen Orte, die ein wenig menschliche Wärme bieten, Kneipen wie diese sind, weiß gekachelt wie ein Leichenschauhaus und in ein fahles Licht getaucht, in dem jeder wie eine Leiche aussieht.

»Man! I Feel Like a Woman!« läuft zum siebten Mal, als ob in der Jukebox nur eine einzige Single wäre. Die Worte prägen sich in Alex' Gehirn ein. Schließlich hört sie im Gitarrenriff einen Anklang von »La Grange«, es wird ernst … Shania und die bärtigen Texaner im Country vereint … Sie klimpert die Basslinie wie auf einem Piano auf ihrem Schenkel, und wenn das so weitergeht, sieht sie sich schon in den Chor der Typen einstimmen, die volle Kanne den Refrain mitsingen und anstoßen. Und die sie aufgenommen haben. Sie wird automatisch in die Runden einbezogen, die immer wieder an ihrem Ende der Theke ankommen.

Sie muss eine Mail nach Gent schicken.

Es ist wahrscheinlich zu spät für Anton. Die Schweine haben ihn bestimmt schon ausfindig gemacht. Aber Bernd kann sie noch retten. Vielleicht. Es auf jeden Fall versuchen. Sie muss sofort wissen, ob es ihm gut geht, wünscht, er wäre hier und würde neben ihr sitzen. Sie würden die Vorzüge der hiesigen und der belgischen Biere diskutieren, er würde ihre Hand halten, ihren Rücken streicheln und sie in die Arme nehmen. Und all die Trübsal, die sie umgibt, all der Schlamm, der in ihr steckt, würden verschwinden. Sich verflüchtigen durch seine sanfte Präsenz und seine beruhigende Ruhe.

Da sie ihn nicht an sich drücken und sich in die auf seinen Körper gezeichneten Landschaften vertiefen kann, beschließt sie, ihm eine kleine Nachricht zu schicken. Um ihn zu beruhigen, ihm zu sagen, dass es ihr gut geht, und um ihn zu erinnern, dass er vorsichtig sein soll. Und morgen früh verlässt sie Nova Scotia. Um nach Neufundland zu gehen und dann in Labrador unterzutauchen.

Kapitel 17

commedansunmiroirsedoublenotreimageparunenuitdhiver
jemesuisapparujavaislesmemesyeuxdanslememevisagemo
nagedunseuljournesetaitpasaccrumonfantomesassitpresde
moinousparlamestoutcequilmedisaitmeparaissaitancienet
luimeregardaitsesyeuxgrispleinsdeblamesmonlangagenou
veaucontredisaitlesienpourtantcetaitbienmoirapprochede
moimemececompagnondunsoirnetaitpasetrangerentrenous
cependantquelledistanceextremelundenousdeuxsemblaita
lautremensongerilpartitdoucementcommeexpireuneflam
memelaissantseullecoeurtristeetlespritconfuscetautreavec
mestraitsmortelscetaitmonameauxmotsdeveritequejenecom
prendsplus

2. Dezember 2006, Gent, Bernds Wohnung

Er wacht auf und schreckt hoch. Desorientiert. Gerädert. Mit in der Dunkelheit weit aufgerissenen Augen erstickt Bernd und saugt lange Luftstöße ein, die das Feuer nähren, das seine Lunge verschlingt. Die Uhr zeigt 1.30 Uhr. Sein Herz rast. Außer Atem schließt er wieder die Augen und wartet reglos darauf, dass das innere Durcheinander sich beruhigt.

Ein Blinken erhellt das Dunkel. Dieser winzige Defibrillator erweckt das Herz wieder zum Leben. Eine Nachricht von Alex.

From: jormungandogfenrir@hushmail.com
To: bosruiterenoehoe@yandex.com

Ich musste heute Morgen überstürzt abreisen. Die Falle schließt sich, sie sind überall. Ich bin heute Abend in Kanada, in Nova Scotia. Mach dir keine Sorgen um mich. Mir geht es gut. Ich kann sicherlich nicht so bald nach Europa zurückkehren, vielleicht sogar nie. Ich werde untertauchen, für eine Weile unsichtbar sein. Mach's gut, pass auf dich auf. Sie haben dich gefunden, als sie mich suchten. Du kannst mir aus Gent bis Mittag an diese Adresse schreiben. Und vor allem, lösch alle Mails, die ich dir schicken konnte, vor allem diese. Ich melde mich wieder bei dir, wenn der Himmel sich aufklärt.

Klapzoen

A.

Bernd antwortet auf der Stelle.

From: bosruiterenoehoe@yandex.com
To: jormungandogfenrir@hushmail.com

Sag mir, wo ich dich treffen kann. Ich muss Gent so schnell wie möglich verlassen. Ich packe meine Tasche. Schick mir ein Ziel.

Klapzoen

B.

Kaum ist die Mail raus, liest Bernd noch einmal seine letzten Worte und findet sie nicht ganz richtig. Erwartet er wirklich von Alex, dass sie ihm sagt, wohin er gehen soll? Er fühlt sich völlig hilflos. Ein Drachen, dessen Schnur gerissen ist, schwebend, wegtreibend, hin- und hergeworfen vom wütenden Wind und von Blitzen … Die kombinierten Dämpfe von Gin und Whisky sind nicht mehr da, um zu verwischen, was gestern Morgen passiert ist … Er hat einen Mann getötet, den er nicht kannte, und das für eine Frau, von der er fast nichts weiß …

Nur dass fast jeder Zentimeter ihres Körpers mit Narben bedeckt ist. Dass sie ihn in der ersten Nacht, in der sie sich geliebt haben, gerührt hat. Dass er sich an jenem Abend geschworen hat, ihr zu helfen und ihr nie wehzutun. Dass sie ihm vertraut. Dass sie sich nur wenige Stunden im Monat gesehen haben, seit sie sich kennen. Dass er nichts von all den Narben weiß, die sie im Kopf hat. Dass er mehr an ihr hängt, als er dachte. Dass er sie begleiten wird, ohne zu wissen, vor was oder vor wem sie flieht. Dass er Zeichner war und zum Mörder geworden ist. Dass seine Hände ihm jetzt fremd geworden sind. Dass er auch sich selbst fremd geworden ist. Dass die Weltachse nicht mehr dieselbe ist. Dass sein Leben nicht mehr ihm gehört, sondern von jetzt an ein Teil von Alex' Leben ist. Dass er auf Sicht segeln muss ohne etwas Greifbares, ohne Bezugspunkte, mit dem Kopf voran ins Unbekannte.

Die Antwortmail lässt ihn aus dem Abgrund auftauchen, in den sein Schwindelgefühl ihn gestürzt hat.

From: jormungandogfenrir@hushmail.com
To: bosruiterenoehoe@yandex.com

Triff mich in St. John's, Neufundland (vergiss auf keinen Fall den Apostroph und das s, sonst landest du in New Brunswick). Es gibt jeden Tag Direktflüge von London. Wer zuerst ankommt, nimmt ein Zimmer im City Hostel. Bis dahin keinen Kontakt mehr.

Das war's. Die Flucht beginnt. Alles wird weniger abstrakt und auch weniger besorgniserregend. Er kennt die ersten Etappen.

Er steht auf, holt den Atlas, findet Neufundland und zieht mit dem Finger eine gekrümmte transatlantische Linie, die Gent mit St. John's verbindet. Mehrere Male. Dann löscht er die letzten Mails von Alex und den Ordner, in dem er die Korrespondenz mit ihr von Anfang an gespeichert hat. Er geht nach unten und holt seinen Terminkalender aus dem Laden. Um ihn später wegzuwerfen, weit weg von hier.

Er macht sich einen Kaffee und setzt sich mit der Metallschachtel, die seine »Reisekasse« enthält, aufs Bett. Zählt die Scheine, die ihn bald bis nach Feuerland bringen sollten. Bis zum Morgen, bis die Bank öffnet, hat er noch mehrere Stunden vor sich. Zeit, um seinen Rucksack zu packen und Pullover, Fleecejacken, Handschuhe und Mützen darin zu verstauen. Zeit, um ein paar Platten zu hören, bevor er sie zurücklässt, traurig bei dem Gedanken, dass all diese Musik niemanden in Schwingung versetzt, wenn er fort ist.

Kapitel 18

ouvragedundieusouffrantettorturetelmeparutalorslemon
decestrevequemeparutalorslemondeetlafictiondundieuune
vapeurcoloreedevantlesyeuxdunetredivinementinsatisfait
bonetmechantetplaisiretsouffranceetjeettucestvapeurcolo
reequemeparuttoutceladevantdesyeuxcreateursdetourner
sonregarddeluimemevoilacequevoulutlecreateurlorsilcrea
lemondeplaisirdivrogneestpourceluiquisouffredesasouf
francedetournerlesyeuxetseperdreplaisirdivrogneetperte
desoitelmeparutunjourlemondecemondeletoujoursimpar
faitcopieduneeternellecontradictionetimparfaitecopiereve
divrognepoursonimparfaitcreateurcedieuquejecreaifutou
vrageetdeliredhommecommelesonttouslesdieuxhommeile
taitetsimplementunpauvremorceaudhomme

3. Dezember 2006, Metz, Le Donjon

Fred läuft seit drei Tagen nicht mehr rund. Er kann mit den Stammgästen nicht mehr über die Thekenwitze lachen und hat sogar die Jukebox ausgestellt.

Jene, die ihn gut kennen und ihn in dieser schweigsamen Version nicht wiedererkennen, sind davon überzeugt, dass er etwas ausbrütet. Ständig zerbricht er Gläser, meckert über alles und jeden und kippt sich schon morgens die Hucke voll. Er fängt mit Weißwein an und ist schon vor Mittag beim Cognac. Deshalb ist er abends blau und schmeißt weit vor Feierabend alle umstandslos raus, um sie nicht mehr zu sehen, nicht mehr lachen zu hören und in der Kneipe allein mit der wieder eingeschalteten Jukebox als Nachttischlampe vor sich hin zu grübeln …

Und heute Abend ist es noch schlimmer. Er hat keine Neuigkeiten von Alex, die gestern zurückkommen sollte und ihn nicht angerufen hat. Und er hat seit drei Tagen das Phantombild im Kopf, das im *Répu* veröffentlicht wurde. Sie ist die Mörderin von Zimmer 107 … Ihm ist übel.

Dieses Mädchen, das er als seine eigene Tochter ansieht, hat einen Typen getötet … Dieser Gedanke empört und erschreckt ihn. Er versucht mehr schlecht als recht, ihn zu unterdrücken, doch Antons Schweigen beunruhigt ihn von Minute zu Minute mehr, und die Idee, dass Alex die Ursache dafür ist, drängt sich auf, schleichend und giftig.

Er wünscht, er hätte Anton zurückhalten können, als dieser ihm fröhlich ankündigte, er würde acht Tage für eine Fotoreportage nach Belgien fahren. Er sieht ihn wieder vor sich wie an jenem Tag, so strahlend, so aufgekratzt.

Und dann hat er die Kamera und alle Filme auf dem Sofatisch gefunden, als er in Antons Wohnung ging, um Pandora zu füttern. Bei dem Anblick drehte sich ihm der Magen um.

Seit drei Tagen fügt er alles zusammen, stellt Verbindungen her, kombiniert, vergleicht und überdenkt. Und seine Hypothesen, so unvorstellbar und grauenhaft sie auch sein mögen, stehen alle unverrückbar fest und führen immer wieder zur gleichen Schlussfolgerung.

Also versucht er, sie beiseitezuschieben und zu verscheuchen, indem er sein Gehirn in Schnaps ertränkt. Doch er weiß, dass der schwarze Likör, der ihn vergiftet, ein Destillat dessen ist, was wirklich passiert ist. Und dass die Bullen bald im Donjon aufkreuzen werden, um mit ihm über Anton und Alex zu sprechen …

Kapitel 19

depuisplusdequarantesiecleslhumanitenapointcessedereste
rasserviejenedispasadesmaitresilssontdelordredelachairje
nenparlepasicietceschainesdailleurssebrisenttotoutardmai
sauxfantomesdesonespritsaservitudeestenelleonsepuiseatran
cherlesliensquilenserrentellelesrenoueaussitotpourmieux
seligoterdechaqueliberateurellesefaitunmaitreetdechaquei
dealquidevaitlaffranchirellefabriqueaussitotuneidolegros
sierelhistoiredelhumaniteestlhistoiredesidolesetdeleursre
gnessuccessifsetlondiraitquamesurequelhumanitevieillitle
pouvoirdelidoleestplusvasteetplusmeurtrierletraitcommu
naucultedetouteslesidolesestladaptationdunidealauxmauvai
sinstinctsdelhommelhommecultivelesvicesquiluisontpro
fitablesmaisilabesoindeleslegitimerilneveutpaslessacrifieril
fautquillesidealisecestpourquoileproblemeauquelilnacesse
detravailleraucoursdessieclesaetedemettredaccordsonidea
lavecsamediocriteilyesttoujoursarrivelafoulenyapointdepei
neellejuxtaposelunalautresesvertusetsesvicessonheroismeet
samechancetelaforcedesespassionsetleflotrapidedesjoursqui
lemporteluifontoubliersonmanquedelogique

3. Dezember 2006, St. John's, Bar None

»Triff mich in der Bar None.«

Bernd findet diese Nachricht zusammen mit einer groben Skizze in dem Zimmer, das sie für sie beide im Hostel reserviert hat. Er lässt sich den Weg von dem jungen Nachtwächter an der Rezeption bestätigen und macht seine ersten Schritte in der eisigen Nacht.

Sonntagabend. St. John's scheint bereits hinter seinen in allen Farben gestrichenen Holzfassaden zu schlafen. Bernd marschiert mitten auf der Straße. Gehsteige gibt es nicht mehr. Autos, die auf beiden Seiten parken, auch nicht. Alle sind unter Schneewehen verschwunden und machen hier und da durch eine Antenne oder durch einen Rückspiegel, ausgestreckt wie eine Hand, auf sich aufmerksam.

Er biegt nach links ein und findet sich in einer abschüssigen Gasse mit Treppen wieder. Auf einem Absatz zwischen zwei Treppen bleibt er vor einer schwarzen, anonymen und in der dunklen Wand fast unsichtbaren Tür stehen. Das könnte ein Lieferanteneingang sein, über dem sich ein kleines Holzschild befindet, das von einer Funzel schwach erleuchtet wird. Die innere Fläche des o von None, verziert mit kleinen Noppen an den vier Himmelsrichtungen, sieht aus wie ein Fadenkreuz.

Wenn man eingetreten ist, muss man in fast völliger Dunkelheit etwa zwanzig Stufen hinaufsteigen. Die Kneipe befindet sich im ersten Stock auf der rechten Seite. Es handelt sich um einen großen rechteckigen Raum, in dem in der Mitte ein Billardtisch steht. Die einzigen Lichtquellen sind die Lampe, die das marineblaue Tuch beleuchtet, und drei kleine Hängelampenschirme, die Kreise von der Größe eines Desserttellers auf die Theke zeichnen.

Der Abend ist ruhig, anscheinend im Einklang mit dem akustischen Folk von *One Foot in the Grave*, das in der Stille gespielt wird. Oder vielleicht ist es noch etwas zu früh. Fünf Gäste im Saal, alle konzentriert auf die gerade laufende Billardpartie. Keiner nimmt von Bernds Ankunft Notiz. Auch Alex nicht, völlig ins Spiel vertieft und abwesend von der Welt.

Er setzt sich an die Theke und bestellt einen heißen Whisky. Die sehr junge Barmaid, zweifellos eine Studentin, hat die Zitronenscheibe erfreulicherweise mit fünf Nelken bestückt. Das erinnert ihn an seine Spritztour nach Donegal.

Es ist das erste Mal, dass er Alex Billard spielen sieht, und er entdeckt bei ihr eine Sicherheit und Stärke, die er bislang nicht kannte. Kein bisschen Zerbrechlichkeit und kein bisschen Wärme auf ihrem Gesicht und in ihren Bewegungen. Eiskalt macht sie ihren Gegner platt, ohne ihn anzuschauen, und kündigt jeden ihrer Stöße an. Sie räumt den Tisch systematisch auf. Schließlich verschwindet die 8 nach zwei langen Banden und einem Retroeffet. Der Typ mimt schwachen Beifall, bedankt sich für die Lektion und geht zur Theke, um eine Runde zu bestellen.

Alex macht sich daran, das Dreieck neu aufzubauen, indem sie die Kugeln so lange austauscht, bis sie mit deren Anordnung zufrieden ist. Sie schiebt sie zusammen, indem sie sie aneinanderklacken lässt, und befreit sie vom Rahmen, um eine neue Partie zu beginnen. Ein junger Typ nähert sich dem Tisch. Während sie die Spitze des Queues reibt, schaut sie mechanisch zur Theke und sieht Bernd.

Er kann sehen, wie ihr Gesichtsausdruck wechselt und sich völlig verändert. Ihre Züge entspannen sich, der Blick erhellt sich, der Mund lächelt, als ob die Eismaske, die ihr Gesicht erstarren ließ, gerade vor seinen Augen geschmolzen wäre. Er ist darüber verblüfft und fassungslos. Ein Wunder.

Sie durchquert den Raum, geht zu ihm, packt seinen Nacken und drückt ihre Lippen auf seinen Mund. Dann legt sie eine Hand auf seinen Oberschenkel und streichelt ihn, während sie ihn wieder küsst.

»Ich kann kaum glauben, dass du hier bist!«

Bernd ist zu aufgeregt, um zu antworten. Also nimmt er sie in die Arme und drückt sie fest an sich, als ob er sich vergewissern will, dass sie es wirklich ist. Er riecht ihr Parfüm, nimmt ihre Wärme auf, sein Herz fliegt davon und trägt den langen Alptraum, mit dem er sich seit Tagen herumschlägt, mit sich fort. Alex tupft leichte Küsse auf seine Augenlider, nimmt ihn bei der Hand und zieht ihn mit.

»Komm, gehen wir nach Hause!«

Sie rennen die Treppe hinunter und laufen in die klare, wie Kristall schneidende Nacht. Wie Kinder glitschen sie durch die vereisten Straßen, in denen ihr silbriges Lachen widerhallt. Außer Atem stürmen sie ins City Hostel, steigen zu ihrem Zimmer hoch und schließen sich dort ein. Die Welt existiert nicht mehr. Die Welt ist verschwunden. Sie sind zwei Schiffbrüchige, zwei Überlebende, zwei Leben, die sich gegenseitig fehlten.

Ihre in Tinte gekleideten Häute streicheln sich, reiben sich aneinander, verschmelzen, vermischen ihre Zeichnungen und Worte und schaffen ein Universum für sie allein, eine vertraute, gemütliche Zuflucht, geschützt vor den Unbilden der Welt. Sie lieben sich mit einer überschäumenden und verzweifelten Liebe. Als ob es das erste Mal wäre. Als ob es das letzte Mal wäre. Und die Lust, die beide durchströmt, löst ihre Spannung und lädt sie mit einer nachhaltigen Energie auf, die sie unbesiegbar macht.

Sie sind eine einzige Haut, an die sie sich mit aller Kraft klammern, ein einziger Atemzug, den sie geben und wieder nehmen, wenn sich ihre Lippen treffen, ein einziges Herz, das in ihren Körpern dickes schwarzes Blut pulsieren lässt. Schwarz wie eine Nacht ohne Mond und Sterne, schwarz wie der dünne Tintenfilm, der sie einhüllt, schwarz wie all das Bedauern, das sie drängt und stumm macht, schwarz wie ihr wogender Horizont, an dem keine Sonne mehr glänzt, schwarz wie die Phantome, mit denen zu leben gelernt werden muss, schwarz wie ihre miteinander verknüpften Hoffnungen, schwarz wie der Tod, der erleichtert und Frieden gibt, schwarz wie ihre vergrößerten Pupillen in der Dunkelheit des Zimmers, die sie voll aufnimmt.

Kapitel 20

murderinordinarycasesisanincidentofcoarseandvulgarhor
rorandflingstheinterestexclusivelyuponthenaturalbuti
gnobleinstinctbywhichwecleavetolifeaninstinctwhichasbein
gindispensabletotheprimallawofselfpreservationisthesa
meinkindamongstallllivingcreaturesthisinstincttherefore be
causeitannihilatesalldistinctionsanddegradesthegreatestof
mentothelevelofthepoorbeetlethatwetreadonexhibitshuman
natureinitsmostabjectandhumiliatingattitudethepoetmust
throwtheinterestonthemurdereroursympathymustbewi
thhimasympathyofcomprehensionbywhichweenterinto
hisfeelingsandaremadetounderstandtheminthemurderer
theremustberagingsomegreatstormofpassionjealousyambi
tionvengeancehatredwhichwillcreateahellwithinhimandinto
thishellwearetolook

4. Dezember 2006, Gent, Graslei

Der Nachmittag ist grau, regnerisch und kalt. Drei Polizeifahrzeuge befinden sich an Ort und Stelle. Die roten und blauen Blinklichter beleben die Fassaden und abgestuften Giebel, die im ausgehenden Tag schwarz geworden sind. An der Graslei und an der Korenlei wird die Menge der Schaulustigen immer größer.

Es herrscht eine erwartungsvolle Spannung. Einige betrachten die Szene von den beiden Steinbrücken aus, die diesen Abschnitt des Kanals eingrenzen. Kinder werden auf Schultern getragen, damit sie nichts von dem Einsatz verpassen. Man verrenkt sich den Hals, um etwas zu erkennen. Viele Handys und Fotoapparate werden gezückt, die Arme wie Periskope hoch über den Köpfen, um vielleicht ein gutes Foto der Leiche zu schießen, das man an eine Zeitung verkaufen, ins Netz stellen, heute Abend Freunden zeigen kann, um anzugeben und sich einen Aperitif spendieren zu lassen ...

Schließlich bergen die Polizeitaucher eine Leiche aus dem Kanal und hieven sie auf die nassen Steine am Ufer.

Der Mann liegt auf dem Rücken, die Augen sind weit geöffnet und mit dem erstaunten Blick eines toten Fisches in den Himmel gerichtet. Schnell steckt man ihn in einen Leichensack und zieht den Reißverschluss zu, dann wird er auf eine Trage gelegt und in einen Wagen des gerichtsmedizinischen Instituts geschoben, der sich langsam einen Weg durch die Menge der geschockten Zuschauer bahnt.

Auf dem Kanal suchen die Taucher von einem kleinen motorisierten Schlauchboot aus, das mit einem kräftigen Scheinwerfer ausgestattet ist, weiterhin das Wasser und seinen schwarzen Schlamm mit Stangen ab, auf der Suche nach einer Waffe vielleicht oder auch einer Tasche oder sogar nach einer zweiten Leiche. Geflüsterte Spekulationen breiten sich von einem Ende des Quais zum anderen aus. Polizisten suchen das Ufer ab und heben mit behandschuhten Händen kleine Dinge auf, Zigarettenstummel und leere Verpackungen, die in transparenten Plastikbeuteln gesammelt werden.

Mehrere Journalisten treten von einem Fuß auf den anderen, schwirren herum, versuchen, zwischen den ungefähr zwanzig eingesetzten Polizisten einen zu finden, den sie befragen können und der ihnen erste Informationen gibt. Einen Namen vielleicht und ein bisschen Material für einen ersten Bericht mit einer fetten Schlagzeile vor Redaktionsschluss. Obwohl sie genau wissen, dass sie in diesem Stadium nicht viel erreichen werden.

Man verweist sie an Oberinspektor Herreweghe von der örtlichen Polizei. Ein junger Mann mit Schnurrbart überrundet seine beiden Kollegen und wirft sich geradezu auf den Ermittlungsbeamten, indem er ihn an der Schulter packt und zum Umdrehen zwingen will:

»Guten Tag! Johan Gertner, Redakteur von *Het Nieuwsblad*. Hätten Sie ein paar Informationen für unsere Leser?«

Der Polizist macht keinerlei Anstrengung, seinen Ärger zu verbergen. Sein Ton ist säuerlich und eisig.

»Was meinst du wohl, Johan Gertner, welche Art von Informationen ich für dich haben könnte? Wenn du verfolgt hast, was seit unserer Ankunft hier auf dem Quai passiert ist, wird dir sicher nicht entgangen sein, dass wir gerade, vor nicht mal fünf Minuten, die Leiche eines Mannes aus dem Kanal gezogen haben, der unter der St.-Michael-Brücke eingeklemmt war. Ein Passant hat uns vor wenig mehr als einer Stunde angerufen, um uns auf ihn hinzuweisen. Ich habe nichts hinzuzufügen, außer dass der Mann tot ist. Aber das hast du vermutlich schon selbst rausgekriegt. Wie du dir vorstellen kannst, ist es für Vermutungen entschieden zu früh. Die Untersuchung der Indizien wird folgen, und nach der Autopsie werden wir sicher sagen können, ob es sich um einen Unfall, einen Selbstmord oder sogar um ein Verbrechen handelt. Es tut mir furchtbar leid, aber du siehst, es gibt wirklich nichts, was du deinen Lesern als Knüller in der morgigen Ausgabe präsentieren könntest. Du solltest besser nach Hause gehen. Dein Notizbuch ist durchgeweicht, deine Notizen sehen aus wie Rorschachtests ... Du kannst dich auch gern neben die Schaulustigen stellen. Davon gibt es ja genug! Die wissen bestimmt mehr als ich. Guck sie dir an, mit großen Augen, ganz aufgeregt, um auch nicht die geringste Kleinigkeit zu verpassen! Es kommt ja nicht alle Tage vor, dass man sich eine echte Wasserleiche zu Gemüte führen kann! Die alle dort werden dir eine gesalzenere und raffiniertere Geschichte bieten können als ich, da bin ich mir sicher! Und wenn du ein paar Euro ausgeben kannst, werden sie dir sogar ein schönes Bild der Leiche andrehen! Wenn du Glück hast, vielleicht sogar mehrere! Damit du uns damit morgen früh eine ganze Seite liefern kannst!! Ein schönes Frühstück, viel Protein für deine Leser!!«

Daraufhin dreht sich der Inspektor von dem Schreiberling und allen versammelten Aasgeiern weg, die sich einen abfrieren, um ihre Gier nach Unheimlichem zu stillen. Er findet sie alle zum Kotzen. Es schaudert ihn, und er zieht seinen Kragen hoch, während er sich in Richtung Kanal bewegt, wo die Taucher weiterhin das dreckige Wasser durchsuchen. Auf dem Quai sind zusätzliche Scheinwerfer aufgestellt worden. Das wird ein langer Abend. Er nimmt sein Handy und schickt dem Gerichtsmediziner eine Nachricht.

»Hallo Boukje, hier ist Dirk. Es wird nicht lange dauern, dann kriegst du den Typen, den wir aus dem Kanal von Graslei gefischt haben. Wir haben noch nichts. Ruf mich an, sobald du ihn angesehen und eine erste oberflächliche Untersuchung vorgenommen hast. Ich nehme alles, was du mir gibst. Egal was, Hauptsache, ich kann von hier weg. Und der verdammten Meute entkommen, die die Quais verstopft und nach einer Nachricht geifert. Das macht mich völlig fertig. Vielleicht stellt sich heraus, dass der arme Kerl nur ausgerutscht ist. Sag du es mir. Bis später.«

Kapitel 21

oblescimesdespinsgrincentenseheurtantetlonentendaussise
lamenterlautanetdufleuveprochainagrandvoixtriomphalesle
selfesrireauventoucornerauxrafalesattysattysattyscharmantet
debraillecesttonnomquenlanuitleselfesontrailleparcequun
detespinssabatauventgothiquelaforetfuitauloincommeunear
meeantiquedontleslancesopinssagitentautournantlesvillage
seteintsmeditentmaintenantcommelesviergeslesvieillardset
lespoetesetneseveilleront aupasdenulvenantniquandsurleurs
pigeonsfondrontlesgypaetes

4. Dezember 2006, Gent, Antonius Triestlaan 12

Dirk ist noch nicht nach Hause gefahren. Und jetzt ist es sowieso zu spät. Sein Bürosessel lockt ihn zu einem kleinen Nickerchen vor dem Morgengrauen. Jetzt gleich.

Boukjes Anruf hat ihn gerade noch erwischt, bevor er die Evakuierung der Quais anordnete, um die Hunderte von speichelnden Visagen nicht länger sehen zu müssen, denen weder die Kälte noch die Nacht noch der Regen etwas anhaben konnten, so gebannt hatten sie das schwarze Wasser betrachtet und hartnäckig darauf gewartet, dass der Kanal noch weitere Leichen ausspucken würde.

Die ersten Untersuchungen haben nichts Verdächtiges ergeben. Keine Spur von Schlägen, nichts, das erlaubt, an Fremdeinwirkung zu denken. Doch der Tote ist buchstäblich in Alkohol eingelegt. Ein kapitales Besäufnis mit Genever. Eine Dosis ausreichend für ein Alkoholkoma, sodass man an einen Unfalltod denken könnte. Der Heimweg in der Nacht auf glitschigem Pflaster und ein einziger falscher Schritt, etwas zu nah am Kanal. Ein idiotischer Tod. Er wäre nicht der Erste, dem das passiert ist.

Dirk erinnert sich an eine andere Wasserleiche vor drei, vier Jahren. Infolge einer dämlichen Wette zwischen besoffenen Studenten. Der Typ ist vor den Augen seiner Kumpel untergegangen, die sich kaputtlachten und zu breit waren, um zu reagieren ...

Als er im De Draecke war, hat er im Zimmer von diesem Anton Strzebniok, 44 Jahre, ein Dossier gefunden, das auf dem Bett ausgebreitet war. Ein Plan von Gent und seiner Umgebung, mit kleinen roten Punkten als Markierungen, alle mit einem schwarzen Kreuz durchgestrichen, eine Liste mit allen Tätowierern und Piercing-Studios in der Gegend, deren Adressen zu den markierten Punkten auf der Karte passten, und ein Packpapierumschlag mit einem Dutzend großformatiger Abzüge, Großaufnahmen auf Glanzpapier, Stücke von tätowierter Haut, die mit kleinen schwarzen Buchstaben bedeckt ist, Kalligrafien. Er hat alles an sich genommen, auch die Reisetasche des Mannes, und in der Herberge angeordnet, dass in Zimmer 23 nichts angerührt werden darf, bis ein Team kommt und nach eventuellen Hinweisen sucht.

Er versucht, das Puzzle zusammenzusetzen, und gießt sich mechanisch den Rest aus der Kaffeemaschine ein, die seit dem Vorabend versucht, ihren schmählichen Inhalt warm zu halten. Konzentriert sieht er sich die Fotos an und befestigt sie mit Reißzwecken nach anatomischen Gemeinsamkeiten an der Pinnwand.

Mühelos identifiziert er die vom Rücken, indem er den Vorsprung eines Schulterblattes ausfindig macht, die Beuge zwischen unterem Rücken und Po, die Spitzen einer Reihe von Wirbeln. Dann kann er durch die Wölbung einer Brust den vorderen Teil der Büste ausmachen, in der Ecke eines Negativs die schattige Vertiefung des Nabels und gespannte Haut auf dem Beckenknochen. Die letzten enthüllen schließlich den unteren Teil des Körpers mit der Leistenbeuge, der Umgebung eines Knies, der konvexen Oberfläche eines Knöchels. All diese vergrößerten Teile des Körpers einer Frau legen Narben ihrer Haut unter einem Netz von Sätzen auf Französisch und Englisch frei, die offenbar undurchdringlich sind und die Haut vollständig wie ein blickdichter und leichter Schleier verhüllen ...

Vor heute Abend hat er Tätowierungen noch nie unter dem Aspekt von Weiblichkeit und Sinnlichkeit betrachtet. Im Gegenteil. Er hat darin immer eine Demonstration von Männlichkeit gesehen, in der Tendenz machohaft und kriminell, auffällig und vulgär, eine Art schmerzhaften Initiationsritus, der einen zum Mann macht, eine Sache für Seeleute, Biker, Fernfahrer, Knackis oder Angeber. Insgesamt gesehen jedenfalls nichts, was dazu geeignet sein könnte, ihn zu erregen oder zu interessieren.

Doch die Hautausschnitte, die er vor Augen hat, stacheln seinen kriminalistischen Forscherdrang an. Das ist es übrigens zum Teil auch, was ihn im Büro festhält, hin- und hergerissen zwischen dem Toten vom Graslei und dem mit einem langen tätowierten Rätsel bedeckten Körper dieser Frau ... All das hat etwas von Conan Doyle oder Agatha Christie ... Eine Geschichte, bei der Sherlock Holmes oder Hercule Poirot den Schlüssel für den Mord an einem Mann in einem seltsamen, chiffrierten Text suchen würden, der mit Tinte auf eine Frau geschrieben wurde ...

Er verjagt seine literarische Fata Morgana mit einem Schluck lauwarmem Kaffee und konzentriert sich wieder auf seine Wasserleiche und darauf, was sie mit der Frau auf den Fotos verbinden könnte. Es ist möglich, dass sie seine Geliebte war oder vielleicht ein Modell oder vielleicht beides. Oder vielleicht auch nicht. Auf jeden Fall hat der Typ es sich in den Kopf gesetzt, den Künstler zu identifizieren, der die Haut seines Mädchens in ein langes Pergament verwandelt hat, das mit einem dichten, schwer lesbaren Text bedeckt ist. Aus irgendeinem Grund haben ihn seine Recherchen nach Gent geführt, wo er die Tätowierstudios der Stadt systematisch abgeklappert hat. Hatte er vorher schon andere Städte in Planquadrate aufgeteilt und besucht? Suchte er den Tätowierer aus eigenem Antrieb oder ist er damit beauftragt worden? War er hinter dem Mädchen her?

Falls sich das herausstellt, ist der Typ ganz einfach wegen einer enttäuschten Liebe durchgeknallt. Seine Ische verlässt ihn, er versucht, sie hier zu finden, sie davon zu überzeugen, zu ihm zurückzukehren, aber seine Nachforschungen führen zu nichts ... Oder, auch gut, es ist ihm gelungen, sie wiederzufinden, aber sie möchte nichts mehr mit ihm zu tun haben ... Die Trennung ist unwiderruflich, definitiv, sie sagt ihm das bei einer letzten Szene, und dann gießt er sich einen hinter die Binde, um seinen Schmerz zu ertränken, füllt sich fast bis zur Bewusstlosigkeit ab, um sich Mut zu machen, und springt dann in den Kanal ... Und das ist das Ende dieser unglücklichen Liebesgeschichte, in einer traurigen Winternacht, im historischen Zentrum von Gent, in *seinem* Zuständigkeitsbereich ...

Er kommt nicht weiter und muss aufhören. Seine Hypothesen sehen langsam aus wie Handlungen einer Telenovela ... Es ist höchste Zeit, eine Pause zu machen. Und selbst wenn sich das alles als ein schlichter Unfall oder vielleicht als Selbstmord herausstellt, wird er Kontakt mit der französischen Polizei aufnehmen müssen. Morgen Vormittag.

In der Zwischenzeit gibt er den Einladungen seines Sessels nach und macht ein unbequemes, aber wollüstiges Nickerchen, im Verlauf dessen er die samtweiche Haut einer Frau streichelt, deren Tätowierungen, komplizierte Bilderrätsel, ihn erregen, sich verändern, wenn er sie mit den Fingern berührt, und Nacht für Nacht durch akrobatische Umarmungen, die den Körper in allen Positionen zu lesen erlauben, ihr Geheimnis offenbaren …

Kapitel 22

thebrandishtswordofgodbeforethemblazdfierceasaco
metwhichwithtorridheatandvapourasthelibyanairadusbe
gantoparchthattemperateclimewhereatineitherhandthe
hastningangelcaughtourlingringparentsandtotheasternga
teledthemdirectanddownthecliffasfasttothesubjectedplai
nethendisappeerdtheylookingbackalltheeasternsidebehel
dofparadisesolatethirhappieseatwavdoverbythatflaming
brandthegatewithdreadfulfacesthrongdandfieriearmessom
naturaltearstheydropdbutwipdthemsoontheworldwasallbe
forethemwheretochoosethirplaceofrestandprovidencethir
guidetheyhandinhandwithwandringstepsandslowthroughe
dentooktheirsolitarieway

5. Dezember 2006, St. John's, City Hostel

Sie sitzen an den beiden Plätzen im kleinen Computerraum der Herberge, um online die Presse zu sichten. Bernd sieht die Seiten der belgischen Zeitungen durch, die Ausgaben von Gent, und Alex die Artikel in den regionalen Tageszeitungen Lothringens, die sich mit der Sache im Hotel in Nancy beschäftigen. Ihr Name ist immer noch nicht veröffentlicht worden. Offiziell ist sie nicht die Unbekannte aus Zimmer 107. Noch nicht ...

Sie wollen im Coffeeshop an der Ecke frühstücken und danach den Zollweg bis auf den Signal Hill auf der Klippenseite oberhalb von Battery hinaufsteigen. Der Tag ist strahlend, gesättigt mit gleißendem Licht, das allem eine beinahe zu klare, fast schmerzhafte Schärfe verleiht. Alex beendet ihre Sitzung und will gerade die Fäustlinge anziehen, als Bernd auf einen Artikel im *Het Nieuwsblad* stößt.

Ende des Waffenstillstands. Schluss mit lustig. Unbehagen und Spannung sind wieder da, mit voller Kraft.

Der Kerl ist aus dem Wasser gefischt worden. Und er hat einen Namen. Anton Strzebniok. Bernd hat das Foto des Typen vor Augen, und dieser Tote, abstrakt, weit weg, auf der anderen Seite des Ozeans gelassen, anonym, kaum berührt, so schnell gefallen und blitzschnell vom Nichts verschluckt, taucht in voller Größe wieder auf und schreit seine Existenz auf Seite eins in die Welt hinaus.

Er war ein französischer Fotograf, 44 Jahre alt, und ist zur »Wasserleiche von der Graslei«, zum »leblosen Körper«, zur »Leiche«, zu »sterblichen Überresten« geworden. Die Umstände seines Todes stehen noch nicht mit Sicherheit fest, man weiß noch nicht, ob es sich um Unfall, Selbstmord oder Verbrechen handelt. Die Polizei hat mit den Ermittlungen begonnen, und ihre sorgfältige und effektive Arbeit wird ohne jeden Zweifel Früchte tragen und weitere Informationen zutage fördern, die unmittelbar an die Leser weitergegeben werden …

Bernd ist wie gelähmt. Sein Gehirn arbeitet auf Hochtouren, er bleibt am Namen des Mannes hängen, unfähig, den Artikel weiterzulesen. Das Einzige, was er sicher weiß, ist, dass er ein Mörder ist, ein kaltblütiger Mörder.

Alex errät an seiner plötzlichen Starre, dass etwas nicht stimmt. Sie streichelt ihm über den Kopf, lehnt sich über seine Schulter, um auf den Bildschirm zu sehen, und versteht nicht sofort, was ein Foto von Anton in einer Ansicht der Graslei, die den flämischen Artikel illustriert, zu suchen hat … Einige Sekunden lang gelingt es ihr nicht, den Sinn dessen, was sie sieht, zu erfassen. Schließlich kann sie den Titel entziffern und begreift, dass Anton tot ist.

Ihr dreht sich der Magen um. Ein unhörbares Stöhnen bleibt ihr in der Kehle stecken. Tränen trüben ihren Blick auf den Bildschirm. Sie braucht noch ein paar Sekunden, bis die Stücke sich zusammensetzen, bis sie endlich durchblickt. Der Abend im 't Dreupelkot, von dem Bernd ihr erzählt hat ...

Und von einer Sekunde auf die andere verwandelt sich Alex' Kummer in kalte Wut. Auf Anton. Ihr Herz sträubt sich wie ein Igelfisch und sondert ein bösartiges Gift ab, das in jede ihrer Zellen eindringt. Kochende Wut pulsiert hinter ihren Augen, in ihren Schläfen, in ihren Fäusten, Wut auf diesen hinterhältigen Widerling, den sie nicht erkannt hat und der ihr seit Monaten im Auftrag des anderen Dreckskerls auf den Fersen war. Der ihn über ihr Kommen und Gehen informiert hat. Der ihm auch Aufnahmen von ihrem nackten Körper geschickt hat, die er ohne ihr Wissen gemacht hat. Der ihre Wohnungstür aufgebrochen hat, um das Passfoto zu holen und die Zugtickets aufzustöbern, die ihn zu Bernd geführt haben.

Sie ist aufgeregt, atmet in kurzen Zügen. Setzt sich wieder und hält sich den Kopf mit den Händen. Ihr linker Fuß trommelt einen wütenden Rhythmus auf den Boden.

Eine Flut von Bildern taucht vor ihr auf, die sie anwidern. Alle mit diesem Mistkerl gemeinsam verbrachten Momente, ihre Intimität, die idiotische Art und Weise, in der sie ihm vertraut hat, in der sie sich sogar um ihn gesorgt hat. Und während dieser ganzen Zeit hat er sie so richtig schön verarscht, dieses dumme Schwein!

Sie ist dermaßen wütend, dass sie Lust hat, zu schreien, alles kurz und klein zu schlagen, alles zu zerstören. Sie schaut wieder auf, und ihr Blick fällt auf Bernd, der aus seiner Erstarrung erwacht ist und nicht versteht, was gerade vor sich geht.

Er sieht so beunruhigt aus, so hilflos, dass Alex ihm um den Hals fällt und ihn voll auf den Mund küsst. Dann versenkt sie den Blick in seine aquamarinfarbene Iris.

»Mach dir keine Sorgen! Du hast alles richtig gemacht! Du hast uns diesen Hurensohn vom Hals geschafft. Jetzt ist es vorbei, jetzt kann er dem anderen Irren aus den Bayous nichts mehr verraten. Du hast einen der Jagdhunde, die sich an meine Fersen geheftet haben, eliminiert, nichts weiter. Nichts Schlimmes. Es gab keine andere Möglichkeit. Dank dir können wir ein bisschen aufatmen und uns weiter erholen ... Los, komm! Raff dich auf! Wir gehen! Ich brauche einen Kaffee! Wir müssen nachdenken, sehen, was wir jetzt machen ...«

Bernd ist völlig durcheinander. Er versteht nur Bahnhof. All das erreicht seine Sinne, aber es erschließt sich ihm nicht. Er weiß nicht, wie er Alex interpretieren soll, und versteht nicht, wovon sie redet. Aber sie scheint dermaßen überzeugt, dass das Verschwinden dieses Kerls eine gute Sache ist, dass er ihr in dem folgt, was für sie Sinn zu machen scheint. Er macht sich Alex' Logik zu eigen und hängt sich an sie, um sich nicht weiter in seinen sinnlosen Gedanken zu verheddern. Und er fühlt sich erleichtert. Dieser Anton war ein dreckiger Typ. Er hat ihn erledigt. Für sie. Das genügt ihm.

Außerdem ist es sowieso zu spät.

Sie sitzen im selben Boot und werden dasselbe Schicksal erleiden. Wie siamesische Zwillinge. Zu zweit und einer des anderen Zuflucht. Denn abgesehen von ihnen beiden gibt es weder etwas, worauf sie vertrauen können, noch etwas, woran sie sich halten können – oder etwas Wahres in dieser zusammengeschrumpften Welt, in der sie Fremde sind.

Kapitel 23

lefouestindividualistechacunagitasaguiseilnesoccupepasde
sonvoisinilfaitsongesteilpoussesoncrientouteindependan
celunsesuiciderait lentementaumilieudecettecourquaucun
nesongeraitaintervenirilssontdesroissolitaireslecorpsque
nousleurvoyonsestunedoublurecachantunesecondeperson
naliteinvisibleauxprofanesquenoussommesmaisquihabitee
neuxquandlemaladevoussembleunetreordinairecestque
sasecondepersonnaliteestsortiefaireunpetittourellerevien
draaulogisilslattendentsileurconversationparaitincoheren
tecenestquepournouseuxsecomprennentlarapiditedeleur
penseeesttellequelledepasselescapacitesdetraductiondelalan
gueilslaissentdesmotsenroutecommeonsautedeuxmarches
descalieralafoisquandonestjeuneetquelonadusoufflelesfous
forgentleurvocabulairelesfousparlentendehorsdesreglesseta
bliesilnyapasunpeupledefouschaquefouformealuiseulunpro
prepeuple

5. Dezember 2006, Gent, Antonius Triestlaan 12

Die Hypothese von einem Unfall fällt in sich zusammen, die eines Selbstmordes löst sich in Rauch auf: Es liegt auf der Hand, dass es sich um einen Mord handelt.

Der Anruf in Frankreich bringt mehr Fragen als Antworten. Seine Wasserleiche, die gerade von einem Bekannten als vermisst gemeldet worden ist, hängt auf eine Art und Weise, die Dirk noch nicht durchschaut, mit einem strangulierten Mann zusammen, der in einem Hotelzimmer in Lothringen aufgefunden wurde, am

Stadtrand von Nancy. Ein grausamer Mord, vor einem Monat verübt. Ein amerikanischer Tourist, fast enthauptet mit seiner Krawatte und dann übel zusammengeschlagen. Höchstwahrscheinlich von einer Frau ...

Um dieses Wirrwarr komplett zu machen, haben ihm die französischen Kollegen ein Foto von Strzebnioks Freundin gefaxt, einer Alexis Fjærsten, 25 Jahre alt, keine Vorstrafen. Eine hübsche Brünette mit dunklen Augen und einer herrlichen Mähne ...

Außerdem hat man ihm etwas von Haaren erzählt. Etwas über eine Keksdose. Aber er hat das nur schwer verstehen können. Sein Französisch ist dürftig, seine Schulkenntnisse sind nicht mehr taufrisch ... Das Englisch seines Gesprächspartners war auch ziemlich holprig, so voll von überraschenden Wendungen, dass es geradezu poetisch war ... Und die fast schlaflose und mit schlechten Träumen überstandene Nacht hat zweifellos sein musikalisches Ohr und sein Übersetzungsvermögen beeinträchtigt ... Er ist nicht mehr zwanzig ... Aber immerhin ...

Auf jeden Fall scheint festzustehen, dass das Mädchen das Verbindungsglied der beiden Fälle und unauffindbar ist.

Und wenn das der allererste Beginn der Spur ist, wird er sich daran festbeißen. Auch wenn es überhaupt nicht sicher ist, ob er den Anruf richtig verstanden hat ... Denn seit gestern Abend ist er wirklich nicht besonders weit gekommen.

Sein morgendliches Klinkenputzen bei allen Tätowierern in der Stadt hat nichts gebracht. Sie erinnern sich zwar an Strzebniok und seine Fotos, aber das ist auch schon alles. Der Typ hat ihnen allen erzählt, dass er seine Tochter sucht ... Ein einziger Shop ganz in der Nähe, auf dem Haring Steeg, hat jährlichen Betriebsurlaub. Und zwar der eines Bernd de Jongh, 28 Jahre alt, Bürger von Gent, ohne Eintrag im Strafregister, noch nicht mal die Spur einer alten Verfehlung. Ein angesehener Bursche, sagen die Nachbarn, gut erzogen, Typ freundlich-hilfsbereit. Und ein hervorragender Zeichner nach dem, was man hört ...

Dirk gibt den Namen in das SIS ein, um den Urlaubsort von de Jongh zu ermitteln. Ein Scan des Passes erscheint, aufgenommen in Heathrow am 3. Dezember morgens, wo er einen Flug der Air Canada nach Neufundland genommen hat. Ein Hin- und Rückflugticket. Er wird Weihnachten wieder in Gent sein ...

Dirk beschließt, noch eine Weile nachzudenken, bevor er die großen Maschinerien in Gang setzt, Europol, Interpol und das ganze Tamtam. Vielleicht stellt sich heraus, dass der junge Typ losgefahren ist, um eine Schneeschuhwanderung bei den Eskimos zu machen ...

Die Augen auf das unbewegte Gesicht von Alexis Fjærsten gerichtet, versucht er, sich im Geiste die Collage vorzustellen, die sie zu der tätowierten Frau machen würde ...

Kapitel 24

ouituercestvivreonnepeutvivresanstueretpeutetrequaforcede
tuerongagnelaviemoncorpsettousmesmembresetmesyeuxet
maboucheetmesoreillescestdusangquilesafaitsetjesens
quenmesveinesilmecouleuneamedesangunepenseedesanga
boirejaisoifdetoutelessencedelavieetdelapourpredetoutesle
sarterestristevampireaquoibonnonmaissicetaitvraiquene
crasantlespetitsonfortifielesmeresquenetouffantlavenirone
terniselepresentpeutetrejaimeacroirecelacarlavenirmecau
seunetellehorreurquilmempechedejouirdelabenedictiondes
choseslavenirquelindignitedautruiseroulesurletapisdemes
plaisirsetsavoirmonnayeeendesottesmainslagloiredemone
goismeroyalablavenirsionpouvaitleteniretleperceraucoeu
rouletranglersansbruitpourquedieunesenapercoivepas

6. Dezember 2006, Lerwick, Shetlandinseln, Polizeirevier

»Hallo Kickass! Flaggschiff an Raumstation, kannst du mich hören?«

»Einwandfrei, Seumas! Du erwischst mich genau in dem Moment, in dem ich aufhören wollte, in die Pedale zu treten, um meinen Atari ST zu betreiben ... Und wie jeden Abend werde ich gleich den Pub der Basis aufsuchen, für meine intensive Sitzung mit Dart-Whisky-Bier, der lokalen Variante des Triathlons ... Darin werde ich übrigens immer besser! Und es sieht ganz danach aus, dass ich von Shetland keinen Wollpullover, sondern eine schöne Zirrhose mitbringe! Sag mir, dass du Neuigkeiten hast, McKenzie!! Ich brauche in der Tat jemanden, der mich etwas aufmuntert!!«

»Ich hab, was du brauchst, mein Schnuckelchen!! Die französische Polizei hat heute Nachmittag Interpol kontaktiert ... Eine Anfrage zu einer gewissen Alexis Fjærsten, im Rahmen der Ermittlungen zu einem anderen Mord. Das Opfer ist ein Amerikaner, der vor einem Monat in einem Hotel ermordet wurde. Anscheinend ist der Typ massakriert worden, zuerst mit seiner Krawatte stranguliert, bevor er als Punchingball benutzt wurde. Die DNA der Frau ist überall im Zimmer und auf der Leiche gefunden worden ... Was sagst du dazu, Kickass? Wird deine schlechte Laune besser?«

»Ah, gut ... Diese Ermittlung wird immer spannender! Selbst wenn sie nicht immer nach der gleichen Methode vorgeht, ist diese Dame die reinste Furie. Voller Wut und Verbitterung ... Haben die Franzosen noch was? Wissen die, wo sie ist?«

»Noch nicht ... zumindest nichts Genaues ... Aber es gab zur Täterbeschreibung eine Anfrage bei der FPA, das ist eine Datenbank mit Informationen über Flugpassagiere, ganz neue Sache, gerade vor einigen Tagen probeweise eingeführt ... Und ich sage dir, das hat sich gelohnt! Man weiß, dass Fjærsten in Kastrup war, das ist der Flughafen von Kopenhagen, am ersten Dezember morgens, und dass sie einen Flug über Island nach Halifax genommen hat ... So hat sie es geschafft, Europa im letzten Augenblick zu verlassen, nur wenige Stunden, nachdem du mich angerufen hast, damit ich ihren Namen ins SIS eingebe ... Aber, ein Glücksfall für dich, nicht für sie, das war am selben Morgen, als die FPA einen Probelauf gestartet hat ... Was sagst du dazu??«

»Was ich dazu sage? Ich sage, wenn du da wärst, Seumas, würde ich dir einen dicken, fetten Knutschfleck verpassen, dich auf meinen Schreibtisch werfen ... Und wir würden zwischen den Autopsieberichten und Leichenfotos leidenschaftlich vögeln und dabei Pantera oder Rollins Band hören!! Yeah!!«

»Also ehrlich, Kickass, du bist ja heute Abend ganz schön aufgekratzt und so richtig hart drauf!! Pass trotzdem auf!! Zu viel Abstinenz schadet! Ich habe den Eindruck, dass du seit Wochen in deinem Pinguinland unter Entzug leidest. Und dass dein sexueller Appetit, gezwungenermaßen im Winterschlaf, dich durchdrehen lässt! Oder dass du in deiner Sternennacht einen Mondstich gekriegt hast, der deine Libido überreizt ...«

»Da ist was dran, McKenzie ... Das Kaff ist dermaßen winzig, dass es in den hiesigen Fischteichen nicht viel zu angeln gibt, schon gar keinen großen Hecht, das schwöre ich dir ... Alles, was in Frage kommt und einigermaßen jung ist, hat sich aufs Festland verzogen, und das verstehe ich sogar ... Nein, das, was du mir gerade erzählst, macht mich total heiß ... Ein verrücktes Vergnügen, das du dir gar nicht vorstellen kannst ... Weißt du, was? Ich hab gerade einen Orgasmus gehabt! Den ersten seit zwei Monaten, stell dir das vor! Und jetzt kann ich ihnen das Maul stopfen, all diesen Trotteln des Reviers, die seit Wochen darauf warten, dass ich mir die Zähne an ihrem verdammten Mordfall ausbeiße, dass ich meine Koffer packe, jammere wie ein kleines Mädchen, unfähig, einen Fall zu lösen, mit dem ihre zwölf Hinterwäldlerhirne allesamt nicht fertig geworden sind ... Das macht mir fast Lust zu verlängern ... Ich hab schon immer eine Vorliebe für Insektenkunde gehabt, und ich werde mich königlich damit amüsieren, sie zu beobachten ... Es gibt einige darunter, die gemerkt haben, dass der Wind sich dreht, und angefangen haben, sich bei mir einzuschleimen. Sie wuseln um mich rum und säuseln mir ›Wir haben ja gewusst, dass du Erfolg haben wirst, du Superfrau!‹ ins Ohr. Weißt du, ob es einen Namen für die Wissenschaft gibt, die sich mit Schleimern befasst? Ich habe nämlich eine ganze Menge schöner Exemplare hier ... Und du kannst dir gar nicht vorstellen, was für einen Spaß mir das macht, diesen Armleuchtern in den Arsch zu treten!«

»Oh, aber klar doch! Ich kenne dich gut, McLeish!! Und dein

Spitzname passt zu dir wie eine zweite Haut. Ich kann mir dich mühelos als rothaarige Walküre vorstellen, die eine Bande einfältiger Wikinger in Angst und Schrecken versetzt ... Aber achte darauf, dass du deine Begeisterung etwas zügelst und den großen Schutzschild nicht runterfährst ... Denn deine Mission in den dunklen Gefilden des Reichs ist bestimmt noch nicht zu Ende ... Halifax ist eines der Tore zum amerikanischen Kontinent, und Fjærsten zu finden könnte sich als ziemlich aussichtslos herausstellen ... Von Nova Scotia aus hätte sie überall hingehen können ... Vielleicht hat sie sogar schon die mexikanische Grenze überquert, während wir uns hier unterhalten ....«

»Ja, das könnte sein ... Aber trotzdem wird der Whisky, den ich gleich trinke, ein klein wenig nach Sieg schmecken! Diese Frau war völlig verschwunden, unsichtbar, und jetzt wissen wir, dass sie in einen anderen Mordfall verwickelt ist und wo sie vor fünf Tagen war ... Ich kann dir sagen, von hier aus gesehen und von dem Punkt, an dem ich angefangen habe, ist das glattweg enorm! Es gibt also nicht viel, was mich heute Abend noch aufregen oder mir den Spaß verderben kann, und deshalb wird die ganze Nacht in meinem Kopf die Sonne scheinen!«

»So long, Kickass! Und vergiss vor allem nicht das Sonnenschutzmittel ...«

Kapitel 25

aulongdesmursquandlesoleilydonnepourrechauffer
monvieuxsangengourdiavecleschiensaupresdulazarroneje
vaismetendrealheuredemidijerestelasansreveetsanspensee
commeunprodigueasondernierecudevantmavieauxtrois
quartsdepenseedejavieillardetnayantpasvecujenaimerienpar
cequeriennemaimemonameuseeabandonnemoncorpsjepor
teenmoiletombeaudemoimemeetsuisplusmortquenesont
biendesmortsquandlesoleilsestcachesouslanuedeversmon
troujemetraineenrampantetjusquaufonddemapeineincon
nuejemeretireaussifroidquunserpent

7. Dezember 2006, Gent, ’t Dreupelkot

Im gedämpften Stimmengewirr schlürft er genussvoll einen zweiten Genever mit Zitrone. Die diffusen Gespräche, eingehüllt in die bedeutungsschweren Texte von Leonhard Cohen, lassen ihn abschalten und helfen ihm, sich zu konzentrieren. Ein bisschen hilft auch der Alkohol.

Hier hat der Typ also seinen letzten Abend verbracht. In Begleitung von Bernd de Jongh ... Eine lebhafte Unterhaltung über Fjærsten, von der Strzebniok, der sich Julien nannte, ständig vorgab, sie sei seine Tochter und auf der Flucht. Dann, zur Sperrstunde, haben die beiden Männer sich auf dem Bürgersteig getrennt. Nach einer Umarmung ist jeder auf seiner Seite in die Nacht gegangen. Das war zumindest das, was der Wirt gesehen hat, als er die Kneipe schloss ...

Ein Teil des Dramas hat also in dieser kleinen Kneipe seinen

Anfang genommen, in der die drei Protagonisten zu verschiedenen Zeitpunkten gelandet sind. Dirk versucht zu rekapitulieren, was er für sicher hält. Der Tote schlief mit der Frau und kannte ihre Tätowierungen; die Frau traf sich mit dem Toten und kannte auch den Tätowierer; der Tätowierer kannte den Toten und die Frau. Das hilft nicht weiter. Das ist zu vage. Er hat nichts.

Also greift er nach einem Stapel Bierdeckel, legt sie umgedreht vor sich auf der Theke aus wie für eine Patience und verschiebt sie zu einer Reihe von dreieckigen, linearen oder zufälligen abstrakten Mustern, um möglichst alle Variationen möglicher Verbindungen darzustellen, die dieses Trio unterhalten hat. Eine Art Quartett mit nur drei Personen mit unterschiedlichen Eigenschaften und unklaren Beziehungen. Die Nacht ist noch jung und das Puzzle knifflig. Ein weiterer Genever kann nicht schaden ...

Kapitel 26

quecetteparolesoitlesignaldenotreseparationoiseauoude
monhurlaijeenmeredressantrentredanslatempeteretourneau
rivagedelanuitplutoniennenelaissepasiciuneseuleplumenoire
commesouvenirdumensongequetonameaproferelaissemaso
litudeinvioleequittecebusteaudessusdemaportearracheton
becdemoncoeuretprecipitetonspectreloindemaportelecor
beauditjamaisplusetlecorbeauimmuableesttoujoursinstalle
toujoursinstallesurlebustepaledepallasjusteaudessusdelapor
tedemachambreetsesyeuxonttoutelasemblancedesyeuxdun
demonquireveetlalumieredelalampeenruisselantsurluipro
jettesonombresurleplancheretmonamehorsducercledecet
teombrequigitflottantesurleplancherneepourraplusseleverja
maisplus

8. Dezember 2006, St. John's, Nautical Nellies

Nach drei Tagen voller Seminare und Versammlungen erlauben ein gutes Konzert und einige Pints, Neufundland tatsächlich etwas abzugewinnen. Achtundvierzig Stunden im Alleingang in die lokale Bier- und Musikkultur eintauchen: Diese freie Zeit ist ein gelungener Abschluss der Woche! Er wird ganz schön kaputt sein, wenn er Sonntagabend wieder nach Hause kommt, aber es ist unmöglich, St. John's zu besuchen, ohne ein paarmal Station in den Pubs zu machen, in denen jedes Wochenende Livemusik geboten wird ... Er nimmt sich sein viertes Bier vor. Ein Quidi Vidi 1892. Dessen rötlicher Bernsteinton an die Flammen des größten Feuers erinnern, das die Stadt erlebt hat.

Die Gäste, schon gut angeheizt von der Folk-Funk-Fusion der Navigators, schreien plötzlich vor Freude auf und heben ihre Gläser, als die Bodhrán die ersten Takte von »The Islander« anschlägt, dem Hit der Gruppe, einer echten Hymne der Insel, deren Text alle in der Kneipe inbrünstig und einstimmig mitbrüllen.

Zwei Typen verlassen ihre Plätze, um an der Theke etwas zu bestellen. Sie bleiben dort, um die Musiker, die auf einer kleinen Bühne im hinteren Bereich der Kneipe spielen, sehen zu können, und wenden ihm den Rücken zu. Die beiden Jungen, ganz in Schwarz gekleidet, haben den Kopf rasiert und halten sich bei den Händen. Ein Pärchen. Punk-Skin-Ninja-Homos. Sie könnten Brüder sein, ja geradezu Zwillinge, abgesehen von Größe und Schulterbreite. Der eine ist gut zwanzig Zentimeter größer als der andere, der mit seinen höchstens ein Meter siebzig im Vergleich zu ihm ein richtiges Fliegengewicht ist.

Er beobachtet sie das ganze Stück lang, ihre Zärtlichkeiten und die Art und Weise, wie der Große den Kleinen beschützt und abschirmt.

Jean-Louis nutzt die zweite Pause, um noch ein Pint zu bestellen und eine Zigarette zu rauchen. Er hat kein Feuer. Er klopft dem Kleineren auf die Schulter und spürt, wie der zusammenzuckt. Eine Pause entsteht, wie ein Zögern. Dann dreht sich der Punker endlich zu ihm und, Überraschung, es ist ein Mädchen! Mit großen schwarzen Augen unter sehr langen Wimpern, die das Gesicht beherrschen ...

Jetzt ist er es, der einige Sekunden innehält, bevor er lächelt und spricht.

»Do you have a light?«

»Sure!«

Sie hält ihm die Flamme hin und wartet geduldig. Sie ist hübsch, trotz ihrer nach seinem Geschmack etwas zu sehr ausgeprägten androgynen Seite und ihrer etwas zu mageren, untrainierten Figur.

Vielleicht ein Junkie, obwohl nichts in ihrem Blick oder in ihren Bewegungen diese Vermutung bestätigt. Als sie sich wieder zu ihrem Freund umdreht, erkennt er am unteren Teil ihres Hinterkopfs eine kleine Tätowierung, vier Zeichen oder Ideogramme, die er aber nicht identifizieren kann.

Es wird immer heißer in der überfüllten Kneipe, in der jetzt alle tanzen. Der Große krempelt die Ärmel seines schwarzen Sweatshirts hoch, und Unterarme kommen zum Vorschein, die unglaublich tätowiert sind mit extrem feinen Zeichnungen, die ihn buchstäblich ankleiden, ohne dass man erkennen kann, was sie bedeuten. Viele Schnörkel und Windungen, alle lassen die Oberfläche wie ein Relief erscheinen, wie Rinde oder das Fell eines Tieres, bedeckt mit Wölbungen, die Gestein oder pflanzliche Wucherungen sein könnten, vielleicht Knospen.

Diese Zeichnungen sind fesselnd. Er versucht, all das, was er sieht, zu entwirren, und vergisst darüber fast die Musik.

Der Typ und das Mädchen bestellen einen Schuss Screech Rum, den sie ex trinken und sich dabei in die Augen schauen, dann verlassen sie die Kneipe vor dem Ende des Konzerts und halten sich aneinander fest. Sie nicken ihm kurz zu, als sie gehen.

Kapitel 27

alorssengageaunechassevraimenthorriblejedevancaisfaci
lementlesvieillardsetmemelorsquequelqueshommesplus
jeunesetplusieursfemmessejoignirentalachassejelesdistan
caisansdifficultemaisjeneconnaissaispalecheminetjenepou
vaismemepasmeguideralalumieredanslecielparcequejecou
raisdanslautresensjavaisentendudirequeamoinsdavoiru
neraisondefairelecontrairelеshommesquisontpoursuivis
tournenttoujoursagaucheetcestcequejefisetjepensequemes
poursuivantslesavaientaussieuxquietaientplusdesanimaux
quedeshommesetquisoitastucesoitinstinctavaientdecou
vertdetelssecretspourleurusagesibienqueterminantmacour
serapideapreslaquellejavaislintentiondereprendremonsouf
fletoutacoupjevisdevantmoideuxoutroissilhouettesqui
contournaientlarriereduntasamadroitejetaisvraimentmainte
nantdanslatoiledaraigneemaislapenseedecenouveaudangerfit
naitreenmoilaressourcedelabetepoursuivie

9. Dezember 2006, Neufundland, Trans-Canada-Highway, Route 1, Tankstelle, Goobies

Sie beißt die zähe, ölige Hülle auf und schneidet sie dann chirurgisch ein, um den Fisch davon zu befreien. Ein kümmerliches, faseriges Stück, zerkocht und jenseits des Genießbaren. Dieses *Fish and Chips* ist ekelhaft. Sie hätte besser darauf verzichten sollen. Selbst die Fritten sind missraten. Aus der Tankstellenküche.

Durch die Scheibe schaut Alex sich den riesigen Elch an, der den Parkplatz schmückt. Unbestreitbar ein prächtiger Hirsch, der den Highway herausfordert, indem er megagroße, leuchtend rote Eier zur Schau stellt, die im fahlen Tageslicht schimmern. Eine Ablenkung, die zu einem schönen Unfall führen könnte ...

St. John's wurde langsam unheimlich, deshalb mussten sie schnell verschwinden. Frankreich nur eine halbe Flugstunde entfernt, das ist zu gefährlich. Das war ihr erst klar geworden, als sie überall um sich herum Französisch reden hörte. Die Einwohner von Saint-Pierre-et-Miquelon sind mitten beim Weihnachtseinkauf, in den Restaurants, in den Bistros, auf den Straßen ... Eine Invasion von Menschen, von denen man nicht weiß, was sie im Fernsehen gesehen haben, oder ob es Bullen oder vorbildliche Bürger sind, bereit, Polizei zu spielen. Sie denkt wieder an den Typen, dem sie bei dem Konzert Feuer gegeben hat. Vielleicht ein Soldat.

Bernd fährt seit dem Morgen. Für den zweiten Teil bis nach Salvage wird sie ihn ablösen. Ihr Endziel. Jedenfalls im Moment. Sie hat eine Hütte auf diesem kleinen Zipfel am Ende der Welt gefunden, am äußersten Ende einer Halbinsel. Ein Versteck für eine Woche. Um abzuwarten. Um die nächste Etappe ins Auge zu fassen, irgendwohin, weiter nach Westen, nach Labrador, falls sie dort ankommen ...

Seit Tagen unterhalten sie sich ausschließlich auf Englisch. Um besser abzutauchen, um französisch geführten Unterhaltungen lauschen zu können, ohne dass man ihnen das ansieht, und in der Hoffnung, Informationen aufzuschnappen. Sie sind umzingelt, sogar in dieser Autobahnraststätte. Überall Tische mit Einwohnern von Saint-Pierre. Aber immer noch nichts. Weder Steckbriefe noch internationale Haftbefehle oder irgendwas, was nach Krimiserie klingt.

Ein Grund mehr, sich aufs Land zurückzuziehen. Ins Grüne oder vielmehr ins Weiße. Die Landschaft ist völlig verschneit. Es schneit heftig, und es wird noch stärker. Umso besser.

Die Landschaften von Neufundland entdecken, wenn sie am einsamsten und gleichzeitig am schönsten sind, ohne all die Touristen und in der Zeit der großen Winterstürme. Für Alex wird einer ihrer Träume vom Norden wahr. Für nächste Woche ist Unwetter angekündigt. Ein großes Schauspiel steht bevor, bedenkt man die Lage von Salvage auf einem kleinen Felsen mit der Weite des Nordatlantiks vor sich.

Es war der Name, der ihr gefallen hat. Nicht weil er für »Rettung« steht. Alex liest darin lieber das Wort »wild«, aus dem sie Wortspiele mit »Wut«, »Verwüstung«, »Gemetzel«, »Untergang« bildet ... Außerdem kann man das kaum erfinden: Dieses kleine Fischerdorf ist nur zwei Schritte von einem Kaff namens Happy Adventure entfernt und liegt in der Nähe der Damnable Bay, der »verdammten« Bucht. Ja, sie kann es kaum erwarten ...

Sie betrachtet Bernd. Er macht ihr Sorgen. Jeden Tag hat er sich etwas mehr zurückgezogen, matt, niedergeschmettert von Schuldgefühlen, verdrießlich und schweigsam. Er verliert den Boden unter den Füßen und hat ihr jegliche Initiative überlassen. Blindes, absolutes Vertrauen, das ihr eine Scheißangst macht ...

Dieser kleine Zufluchtsort in einer wunderschönen, abgelegenen Bucht wird ihnen etwas Zeit verschaffen ... Und danach? Zeit, um was zu tun? An die Fortsetzung denken? Doch an welche Fortsetzung? Denn eine Flucht mitten im Winter, von einer Insel, die im Eis gefangen ist, ist vermutlich der beschissenste Plan, den man sich vorstellen kann ... Ein Irrweg, ein Fiasko ...

Alex atmet langsam und in tiefen Zügen, um diese abrupte Erkenntnis zurückzudrängen. Sie nimmt zwei Zwanzigdollarscheine, legt sie auf den Tisch und zwingt Bernd, mit dem Gekritzel aufzuhören, das ihn seit ihrer Ankunft in Anspruch nimmt und von der Welt entfernt. Er hinterlässt auf dem Tischtuch Hunderte von kleinen schwarzen Flocken mit filigranen und einzigartigen Mustern, eine dunkle Lawine aus Tinte und Papier.

Kapitel 28

franceetdefatiguetoutleursemblaitvaindevantlacalamitesu
premelefeuetaitmortilslelevaientdanstroiscagesdepuislo
riginedelabordequatrefemmesetdeuxguerrierslenourris
saientnuitetjourdanslestempslesplusnoirsilrecevaitlasubs
tancequilefaitvivrealabridelapluiedestempetesdelinondatio
nilavaitfranchilesfleuvesetlesmarecagessanscesserdebleui
raumatinetdesensanglanterlesoirsafacepuissanteeloignait
lelionnoiretlelionjauneloursdescavernesetloursgrislemam
mouthletigreetleleopardsesdentsrougesprotegeaientlhom
mecontrelevastemondetoutejoiehabitaitpresdeluiiltirai
tdesviandesuneodeursavoureusedurcissaitlapointedespieu
xfaisaiteclaterlapierredurelesmembresluisoutiraientune
douceurpleinedeforceilrassuraitlabordedanslesforetstrem
blantessurlasavaneinterminableaufonddescavernescetaitle
perelegardienlesauveurplusfarouchecependantplusterrible
quelesmammouthslorsquilfuyaitdelacageetdevoraitlesar
bresiletaitmortlennemiavaitdetruitdeuxcagesdanslatroisie
mependantlafuiteonlavaitvudefaillirpaliretdecroitresifai
bleilnepouvaitmordreauxherbesdumarecageilpalpitaitcom
meunebetemalade

9. Dezember 2006, Gent, Bernds Tattoo Shop

Dirk hat wieder Kontakt zu seinen Kollegen in Nancy aufgenommen. Sie haben ihm gesagt, dass Alexis Fjærsten am ersten Dezember nach Nova Scotia geflogen ist und dass sie anschließend Neufundland erreicht hat. Dass Bernd de Jongh ebenfalls ein Ticket nach St. John's gebucht hat, am dritten Dezember, ist kein Zufall mehr. Und die Hypothese eines Verbrechens aus Leidenschaft gerät immer weiter in den Vordergrund. Es lohnt nicht mehr, auf die Rückkehr des Mannes zu den Feiertagen zu warten ... Er wird nicht so bald zurückkommen.

Die Durchsuchung des Tattoo Shops geht schnell. Offensichtlich hat der Tätowierer ein wenig aufgeräumt, bevor er abgehauen ist. Keine Geschäftsunterlagen, keine Kundenliste.

Dirk schließt sich seinen Männern in der Wohnung im ersten Stock an, die auf ihn einen sehr traurigen Eindruck macht. Mangels Bewässerung lassen die Pflanzen die Köpfe hängen. Einige sind schon verwelkt, bedauernswert, resigniert. Andere sind abgestorben, vertrocknet und bilden einen braunen und zerbrechlichen Vorhang vor dem Küchenfenster.

Er ist absolut verblüfft über die Menge von Langspielplatten und die Vielzahl von Büchern. Überall sind Regale an den Wänden, vollgestopft mit Romanen von Autoren aus aller Welt, Kunstbüchern und Reiseführern. Angesprochen vom Titel, nimmt Dirk *Liebe ist ein Höllenhund* aus einem Regal, blättert zerstreut darin und entdeckt ein kleines Alexis-Fjærsten-Lesezeichen, den Blick in die Kamera gerichtet oder vielleicht ein wenig zur Seite. Genau das gleiche Foto wie im Pass, das er vergrößert in seinem Büro an die Wand geheftet hat. Er steckt es ein.

Anschließend beugt er sich hinunter und schaut sich die vielen Zeichenmappen an, die auf dem Boden stehen, senkrecht und aneinandergelehnt. Die erste enthält neben Tierskizzen von außerordentlicher Präzision ein A4-Blatt mit einem Gedicht von Baudelaire, das mit einer Schreibfeder kalligrafiert wurde. Ohne Zweifel ein Entwurf, den der Tätowierer übersehen oder vergessen hat, oder ein Souvenir ...

Der Gedanke daran, dass dieser Junge mit den goldenen Händen alles hingeschmissen hat für dieses Mädchen, lässt ihn plötzlich ins Grübeln geraten ... Die lange, schmerzhafte Intimität dieses fremdartigen in Tinte, ja sogar in Fleisch geschriebenen Werkes hat sie sich näherkommen lassen, das steht fest ... So sehr, dass er darüber verrückt geworden ist?

Dirk geht wieder hinunter. Er hat lange genug gezaudert. Zurück im Revier, setzt er einen Haftbefehl gegen Bernd de Jongh auf und leitet ihn an den Europol-Korrespondenten weiter. Er vergisst nicht, zu präzisieren, dass seine Ermittlungen direkt mit denen zu Alexis Fjærsten in Verbindung stehen. Dieser Fall wird international. Die Kanadier werden übernehmen ...

Kapitel 29

ishalldieishallnolongerfeeltheagonieswhichnowconsu
memeorbethepreyoffeelingsunsatisfiedyetunquenche
dishallnolongerseethesunorstarsorfeelthewindsplayon
mycheekslightfeelingandsensewillpassawayandinthiscon
ditionmustifindmyhappinesssomeyearsagowhenthei
mageswhichthisworldaffordsfirstopeneduponmewheni
feltthecheeringwarmthofsummerandheardtherustlingof
theleavesandthewarblingofthebirdsandthesewerealltomei
shouldhavewepttodienowitismyonlyconsolationpolluted
bycrimesandtornbythebitterestremorsewherecanifind
restbutindeathbutsoonhecriedwithsadandsolemnenthu
siasmishalldieandwhatinowfeelbenolongerfeltsoonthese
burningmiserieswillbeextinctishallascendmyfuneralpile
triumphantlyandexultintheagonyofthetorturingflames
thelightofthatconflagrationwillfadeawaymyasheswillbes
weptintotheseabythewindsmyspiritwillsleepinpeaceorifit
thinksitwillnotsurelythinkthusfarewellhesprangfromtheca
binwindowashesaidthisupontheiceraftwhichlayclosetothe
vesselhewassoonborneawaybythewavesandlostindarknes
sanddistance

12. Dezember 2006, Saint-Pierre-et-Miquelon, Einsatzleitstelle der Polizeistation von Saint-Pierre

Er kann es immer noch nicht glauben. Adjutant Jean-Louis Jodel sieht sich benommen die Porträts der beiden Verdächtigen zu den Mordfällen in Frankreich, Schottland und Belgien an, die ihnen die Grenzpolizei heute Morgen übermittelt hat. Ein kriminelles Paar auf der Flucht, das Gegenstand einer Roten Ausschreibung von Interpol ist. Die beiden jungen Leute aus dem Nautical Nellies ...

Er hat mehr als zwei Stunden neben ihnen verbracht ... Und gegen beide liegen mehrere nationale Haftbefehle vor, in denen sie als besonders gefährlich eingestuft werden ...

Er betrachtet weiter die Abzüge, die Vergrößerungen der Passfotos, die wenig genug aussagen, doch er kann nicht anders, er findet, dass sie gut aussehen, ebenso wie er fand, dass sie trotz ihrer kahlen Schädel, ihrer Tätowierungen und ihrer Security-Klamotten sympathisch wirkten. Etwas Sanftes, geradezu Harmloses liegt in ihren Blicken.

Was ihn bei der Lektüre der Dossiers, die ihm zusammen mit den Fotos vorliegen, seltsam berührt, ist, dass diese jungen Leute anscheinend keine Vorstrafen haben; keiner von ihnen ist vor den drei Morden, derer sie verdächtigt werden, auffällig oder kriminell gewesen. Nichts im Strafregister, noch nicht mal ein Verkehrsdelikt. Als ob sie plötzlich eine Kehrtwendung gemacht, zwei offensichtlich normale Leben aufgegeben hätten, um Freaks wie in *Natural Born Killers* zu werden, die durch die Welt ziehen und hinter sich eine Spur von Leichen säen.

Nach dem, was er gerade gelesen hat, sind zwei der drei Opfer übel zugerichtet worden. Außergewöhnlich gewalttätige Morde, scheinbar grundlos, brutal, wild. Auf den ersten Blick haben sie nichts gemeinsam, noch nicht mal den Modus Operandi, außer dass alle Opfer Männer sind und man die DNA des Mädchens auf zweien von ihnen gefunden hat.

Die Anwesenheit des Typen ist bei keinem der beiden ersten Morde erwiesen. Dagegen ist er direkt am Mord an dem dritten Mann beteiligt, von dem man nur weiß, dass er der Liebhaber des Mädchens war. Sodass für den letzten Fall dieser Serie Mord aus

Leidenschaft in Frage kommt … Und nach dem, was er Freitagabend beobachten konnte, scheinen die beiden aneinander zu hängen …

So sehr, dass ihm daran nichts Verdächtiges aufgefallen ist. Keinerlei Bulleninstinkt. Kein Kribbeln im Nacken oder an der Wirbelsäule, das ihm Schwerverbrecher angezeigt hätte, die in fast ganz Europa und jetzt in Nordamerika gesucht werden. Sie haben den ganzen Abend Englisch gesprochen. Er hat nicht den geringsten Hinweis auf einen ausländischen Akzent bemerkt, sondern sie für waschechte Einheimische gehalten.

Er fühlt sich wie ein Versager. Noch nicht mal der Unterschied zwischen einem Macker und einer Tussi ist ihm aufgefallen, das muss man sich mal vorstellen!

Und das Schlimmste daran ist, dass er der Verbindungsoffizier ist, den man nach Kanada schickt, um mit der zuständigen örtlichen und der Bundespolizei zusammenzuarbeiten und die beiden Verdächtigen festzunehmen. Ja, ein Hubschrauber der Küstenwache wird ihn später abholen, um ihn nach St. John's zu fliegen, weil er in der Brigade am besten Englisch spricht, weil er das neueste Bild der Flüchtigen hat, das ganz anders aussieht als die Fotos, die er vor Augen hat, und weil er nützlich sein könnte, wenn es darum geht, mit der Frau auf Französisch zu verhandeln.

Die regionale Zusammenarbeit auf theoretischer Ebene bei all ihren Treffen in den vergangenen Monaten nimmt Fahrt auf. Eine gemeinschaftliche Aktion mit der Royal Newfoundland Constabulary und der Royal Canadian Police, die beide auf dem Laufenden sind.

Nach Informationen, die er heute Morgen von den Kollegen aus Neufundland bekam, hat das Paar vor drei Tagen ein Auto in einer Agentur am Flughafen gemietet. Einen Pontiac Sunfire, grün-metallic, ausgestattet mit einem GPS-Trackingsystem. Und sie sind 250 bis 300 km westlich von St. John's lokalisiert worden, in Salvage, einem kleinen Fischerdorf auf der Halbinsel Eastport, wo sie für eine Woche ein Haus gemietet haben.

Das für den gesamten Osten von Neufundland angekündigte schlechte Wetter, ein schweres Tief mit starken Winden und unaufhörlichem Schneefall, verbietet es, den Ort auf dem Luftweg aufzusuchen. Also werden sie sich mit mehreren Fahrzeugen auf die Straße begeben. Jean-Louis wird keine Waffe mitnehmen, da er im Wesentlichen als Beobachter und, falls notwendig, als Dolmetscher dabei ist.

Die Gesichter von Alexis Fjærsten und Bernd de Jongh, die er auf die Korktafel in seinem Büro gepinnt hat, sind auf ihn gerichtet, sie blicken ihn an, ohne ihn herauszufordern. Augen, in denen er nicht die geringste Bösartigkeit entdecken kann, dunkel und ein wenig verschwommen, aber doch klar.

Kapitel 30

quellesottisedenouspeinersurlepointdupassagealexemp
tiondetoutepeinecommenostrenaissancenousapportala
naissancedetouteschosesaussiferalamortdetouteschoses
nostremortparquoycestpareillefoliedepleurerdecequedi
cyacentansnousnevivronspasquedepleurerdecequenousnevi
vionspasilyacentanslamortestoriginedeuneautrevieainsipleu
rasmesnousetainsinouscoustaildentrerencettecyainsinous
despouillasmesnousdenostreancienvoileenyentrantrienne
peutestregriefquinestquunefoisestceraisondecraindresi
longtempschosedesibrieftempslelongtempsvivreetlepeude
tempsvivreestrendutoutunparlamortcarlelongetlecourtnest
pointauxchosesquinesontplus

13. Dezember 2006, Neufundland, Halbinsel Eastport, Salvage

Im Haus ist es dunkel. Das Tageslicht schafft es kaum, den dicken Schnee zu durchdringen, der alle Fenster des Erdgeschosses verdeckt und den Zimmern einen sanften bläulichen Schimmer verleiht.

Alex kommt es so vor, als ob sie sich in einem Gletscher befände oder in einem Iglu oder auch in Niflheim, dem unterirdischen Reich von Hel, Tochter von Loki, Göttin der Nebel und des Eises, die über die Toten wacht, die keinen Zugang zu Walhalla bekommen haben.

Die Erfahrung der brutalen Kraft der Elemente, dieser Komplizenschaft des Windes, des Himmels und des Meeres in einer wilden Entfesselung, versetzt sie in Hochstimmung. Alles vibriert und funkelt, sie will sich mit dem Draußen vermischen, mit dem Sturm heulen, die Wogen grollen hören, die Brecher riechen, die in die Höhlen am Ufer des Meeres eindringen und sie mit dumpfen, kräftigen und dunklen Detonationen füllen, die an Karronaden erinnern und die Felsen erschüttern.

Es ist genau neun Uhr. Alex steckt eine Thermoskanne Kaffee und eine Packung Kekse in ihren kleinen Rucksack, während Bernd die Schneewehe wegräumt, die die Eingangstür versperrt und fast bis zum ersten Stock reicht. Er musste aus einem der oberen Fenster klettern, weil das ganze Erdgeschoss von Schnee umgeben ist, der seit vierundzwanzig Stunden ununterbrochen fällt.

Der Sturm lässt nicht nach. Sie haben in der Nacht kein Auge zugetan, aneinandergekuschelt das Heulen des Windes gehört, das Dröhnen der Brandung auf den Klippen, das Prasseln der Hagelschauer, die wie feiner Sand heftig an die Fensterscheiben geworfen wurden, und das Klagen des Hauses, sein unheimliches Knacken und sein Beben unter den schweren Windstößen, sein heldenhafter Widerstand gegen diesen x-ten Sturm, seitdem es an dieser Felsküste Wache hält und allen Winden ausgesetzt ist.

Sie wollen ihr Frühstück draußen einnehmen, hinter dem Haus, über dem schäumenden Abgrund, inmitten des großen Ganzen, im Schutz eines Felsens, in einer kleinen Aushöhlung im Schnee, und sich mit all dieser ursprünglichen Energie einer Landschaft aufladen, die sich seit der Entstehung der Welt nicht verändert hat, gleichgültig gegenüber Naturkatastrophen und ihrer winzigen Präsenz.

Kapitel 31

jaivecudesminutesousijavaisrecuunegiflejauraisbienpuene
treheureuxsansdouteauraisjeetecapablededecouvrirmeme
launesortedejouissancejouissancedudesespoircelasentend
maiscestdansledesespoirquenousarriventlesplaisirslesplus
brulantssurtoutsilonneressentquetroplimpasseounous
sommestombesetlacettegiflecommeellevousecrabouillela
consciencedevoirquellecrotteonvientdefairedevouslessen
tielcestquecestmoilepremiercoupabledetoutetleplushu
miliantcestquejesuiscoupablesanspecheselonlesseuleslois
delanatureparcequedabordjesuiscoupabledetreplusintel
ligentquetousceuxquimentourentjenaimemeeprouvedess
crupulesdumoinstoutemavieaijeregardepourainsidirede
biaisetmesuisjetoujoursmontreincapablederegarderqui
conquedroitdanslesyeuxparcequejesuiscoupableenfindu
faitquememesijetaisdouedunequelconquegrandeurdame
jeneneprouveraisquunedouleurplusgrandealaconscience
desoninutilitejecroisquejenesauraispasquoifaireavecma
grandeurdamenipardonneramonoffenseursilmafrappeen
vertudesloisdelanatureniqoublierparcequelesloisdelanature
sontcequellessontmaislhumiliationaussi

13. Dezember 2006, Neufundland, Halbinsel Eastport, Salvage, 10.45 Uhr

Völliges Durcheinander, ein paar Minuten höchstens. Starker, wirbelnder Wind, dichtes Schneegestöber. Gestörte Wahrnehmungen. Viele Geräusche, kaum Bilder. Jean-Louis liegt gefühllos, verängstigt, auf den Knien im Pulverschnee, am Rande der Leere.

Unter sich hört er das Meer grollen, entfesselt, doch er sieht es nicht. Er kann nicht denken, ist vorübergehend verloren, betäubt. Es ist unmöglich, einen Sinn zu finden in dem, was gerade geschehen ist, und doch war er da, ganz nahe, konnte aber nichts machen. Oder er hat nicht getan, was hätte getan werden müssen. Schmerzhafte Erkenntnis eines absurden Durcheinanders. Eingeweide im Schraubstock, Brust im Schraubstock, Kopf im Schraubstock. Er könnte schwören, dass sie ihm zugelächelt hat. Dann war sie verschwunden, als ob sie sich im Sturm aufgelöst hätte.

Mit seiner gefrorenen Hand umklammert er das kleine Skizzenheft und den schwarzen *Rotring*, die er gerade im Schnee neben dem Toten gefunden hat. Wie einen Schatz. Die einzigen greifbaren Dinge, an die er sich halten kann.

Kapitel 32

plongedanslanuittoutcommeonpenchelatetepourrefle
chiretreainsiprofondementplongedanslanuittoutautour
dormentleshommesunepetitecomedieuneinnonce nteil
lusionquilsdormentdansdesmaisonsdansdeslitssolides
sousdestoitssolidesetendusoublottissurdesmatelasdansdes
drapssousdescouverturesilssesontenrealiterassemblescom
mejadisdansledesertuncampsenpleinventunnombreincal
culabledhommesunearmeeunpeuplesousuncielfroidsurla
terrefroideettoituesleveilleurpourquoiveillestuilfautquelu
nveilleditonilenfautun

13. Dezember 2006, Neufundland, Halbinsel Eastport, Salvage, 10.30 Uhr

Beide erstarren. Bernd umklammert Alex' Hand noch fester. Sie kann die beiden Herzen hören, die sich beschleunigen und im Einklang schlagen, schwarze, blinde Schläge – wie das Hämmern auf einem Amboss – versprühen schwache Funken, die letzten.

Sie sind aus ihrer kleinen Schneehöhle herausgekommen, in der sie all die wilden Geräusche, die der Sturm macht, genossen haben. Die unablässige, schneidende arktische Kälte zwang sie, ihre Schutzhöhle zu verlassen, denn Körperwärme und Anoraks reichten nicht mehr aus. Und die wohlige Wärme des Hauses und der Bettdecke ganz in der Nähe wurde immer verlockender.

Als sie aus ihrem weißen Bau auftauchen und sich von dem Schnee befreien, der sie bedeckt, sehen sie die Blinklichter. Ein Flackern von grellen kaleidoskopischen Lichtern durch den horizontal aufgewirbelten Pulverschnee erzeugt einen Bildschirm, der so undurchsichtig wie dichter Nebel ist. Die roten und blauen Zuckungen sind unpassend und deplatziert in der schwarzen und weißen Landschaft.

Die Windstöße sind so stark, dass es ihnen schwerfällt, aufrecht zu stehen und im Gleichgewicht zu bleiben. Acht Silhouetten, vielleicht zehn, zeichnen sich sporadisch neben den Fahrzeugen ab. Eine von ihnen hat einen riesigen Kopf, der wie eine Flagge aussieht, und wirft Worte in den Wind, die Alex und Bernd nie hören werden, da sie, selbst wenn sie für sie bestimmt sind, in die andere Richtung entschwinden, weit hinter dem, der sie brüllt.

Bernd dreht sich zu Alex um und sieht sie mit seinen grünen Augen an. Dieser schmerzvoll schöne und herrlich traurige Blick erschüttert sie und erfüllt sie mit einer ebenso intensiven wie flüchtigen Wärme, die augenblicklich einer dichten, dumpfen Angst weicht, die zunimmt und sie bedrückt. Er drückt ihr einen leichten Kuss auf die Lippen, kaum eine Berührung, sieht sie noch einmal an, packt sie mit ausgestreckten Armen an den Schultern, dreht sich dann zum Haus und zu den Blinklichtern um und beginnt mit den Händen in den Taschen zu laufen.

Neuerliches Krächzen des Megaphons, ein unartikulierter Brei von Tönen, wie ein fernes Räuspern, schnell vom wütenden Pfeifen des Windes verschluckt. Und Bernd, der weiter mit großen Schritten hinuntergeht, in Richtung Hütte, zieht seine rechte Hand aus der Tasche, um etwas zu schwenken.

Alex rührt sich nicht. Sie leckt sich die Lippen, um den hauchdünnen Abdruck und den Geschmack seines Kusses festzuhalten, und sieht, wie Bernd plötzlich stehen bleibt. Als ob eine unsichtbare Hand ihn gestoppt hätte. Ein heftiger Schlag auf den Plexus unterbricht seinen Lauf und wirft ihn auf den Rücken. Er fällt in den Pulverschnee, als ob er gegen eine Glaswand geknallt wäre, und rührt sich nicht mehr. Nur wenige Meter von ihr entfernt.

Sie taumelt, geschüttelt vom scharfen Sturmwind, betäubt vom Heulen der Windstöße, blind von den herumwirbelnden Schneeflocken. Sie kann nicht verstehen, was gerade passiert ist. Bernds Blick, sein sinnloser Lauf, sein abruptes Stehenbleiben, seine plötzliche Unbeweglichkeit und das weiße Leichentuch, das ihn bereits bedeckt.

Ihr Schrei bleibt kurz in der Luft hängen, zerbricht dann in eisige Splitter, die der Wind umherweht und zerstreut, fragile Stücke der Verzweiflung mit scharfen und schneidenden Kanten. Ihre zu Eisperlen erstarrten Tränen gefrieren auf den Wangen. Die Windböen und der aufgewirbelte Schnee zwingen sie, die Augen zu schließen.

Sie ermisst einen Moment die unergründliche Leere, die sie überwältigt. Die Zeit existiert nicht mehr, ihr versteinertes Herz ist ins Stocken geraten.

Als sie die Augen wieder öffnet, versteht sie.

Und ihr vager und verschwommener Blick belebt sich plötzlich mit einem seltsamen Glanz, mit einer flüchtigen und blind machenden Klarheit, mit der Klarheit des letzten Lichtes der Dämmerung, einem totalen und vergänglichen Aufglühen vor dem Eintauchen ins Nichts.

Endlich ist sie frei von aller Last, gereinigt von all dem Schmutz, der in dem Sumpf in sie eingedrungen ist und sie mit seinem schwarzen Gift durchtränkt hat. Alles ist zu Ende. Junior, seine Handlanger und ihre Verfolgung. Alles hört auf. Hier.

Sie wird wieder zur schlichten Hülle, zur abgelegten Haut, immateriell, leicht und leer, vom Wind gebeutelt. Und sie sieht den zurückgelegten Weg. Von einer Sackgasse zur nächsten. Von einem Schlamassel zum nächsten. Von einem Sturm des Hasses mit all seinen Verwüstungen bis zu diesem von der Vorsehung gesandten Eissturm.

Ab und an sieht sie gespenstische Formen, die näher zu kommen scheinen, ist sich dessen aber nicht gewiss. Eine dieser schwankenden Gestalten löst sich von den anderen und kommt mit schweren Schritten auf sie zu, die Arme vorgestreckt, mit offenen Handflächen. Sie glaubt zu sehen, wie das Gesicht sich belebt, versteht aber nichts von dem, was der Mund artikuliert. Doch das geht sie nichts mehr an. Sie beschränkt sich darauf, bei jedem Schritt, der in ihre Richtung gemacht wird, einen Schritt zurückzugehen.

Beharrlich tosen die Wogen in ihrem Rücken, zerschellen grimmig an der Granitwand und rufen nach ihr. Um sie herum ist alles Wut und Raserei. Sie fühlt sich heiter, befriedet durch all die Kraft, die ihr die Elemente verleihen.

Sie ist zugleich Wind, Fels und Flocke, Wasser, das an- und abschwillt, rauer Atem des Unwetters, Eis, das knackt und in riesigen Platten ins schäumende Meer stürzt. Und sie lächelt über die Nachsichtigkeit des Universums, das sie willkommen heißt und sie voll und ganz bewohnt.

Ein weiterer Schritt zurück.

Sie stellt sich bereits vor, wie sie im Bauch der Wogen geschaukelt wird.

Ein Geschmack von Kieselstein und Jod im Mund. Noch ein Schritt zurück. Ein letzter Impuls ihres Körpers. Sie wird endlich frei und trinkt gierig die Luft. Schließt die schwarzen Augen und lässt sich anmutig in die Arme des Windes und die unendliche Süße des Vergessens fallen.

Dank an Francine, Ian, Sébastien, Ingrid, Anton,
Annick und Brigitte, meine allerersten Leser,
für ihre Ermutigungen.
Dank an Nathalie Démoulin, meine Herausgeberin,
für ihre überschäumende Begeisterung
und ihre erhellenden Vorschläge.

NACHWORT
zu Valentine Imhof *Par les rafales*

von Ute Cohen

»Wer sich tätowiert, ist ein Faschist«, sagt der deutsche Philosoph Bazon Brock. Tinte unter die Haut zu spritzen bedeutet für ihn, die Natürlichkeit des Körpers zu vernichten und der Zerstörungskraft von Gewalt freien Lauf zu lassen. Tattoos sind in diesem Sinne barbarische Akte, die von einem mangelnden Respekt gegenüber der eigenen Physis zeugen. Der Gedanke ist radikal und doch für jeden nachvollziehbar: Das Reine, Unbefleckte übt einen unwiderstehlichen Reiz auf die Umgebung aus. Fortwährend sind wir damit beschäftigt, Mängel auszumerzen, Fältchen zu glätten und Gefährder unserer lichten Energie aus unserem Leben zu kicken, ganz als wäre es möglich, einen imaginierten paradiesischen Urzustand wiederzuerlangen.

Dieser Traum ist unweigerlich zum Scheitern verurteilt. Eine Rückwärtsbewegung ist dem gemeinen Sterblichen verwehrt. Besonders verschärfte Bedingungen gelten jedoch für Opfer von Gewalt. Die Versehrten, die Verwundeten, die an Leib und Seele Leidenden müssen mit ihren Schmerzen und Beeinträchtigungen leben, in eine ungewisse Zukunft hineinschreiten, in der Heilung nur als fernes Versprechen aufscheint. Was aber bedeutet für diese Menschen der Körper? Was wird aus dieser Haut, die von Übergriffigkeit zeugt? Man kann sie nicht vergessen, man kann das Geschehene nicht ungeschehen machen. Brock macht jeden, der diese Haut verändert, zum Faschisten. Valentine Imhof hingegen löscht mit der Beschreibung ebendieser Haut die eingeschriebene Gewalt aus.

Imhofs Figur Alex Fjærsten ist eine radikale Frauenfigur, die das große Wagnis eingeht, sich nach einer Vergewaltigung selbst neu zu erschaffen. Alex wird nicht aus der Rippe eines anderen wiedergeboren, sondern ist Schöpferin ihrer selbst. Damit bricht die Autorin sowohl mit der klassischen Opfer- als auch der Rächerinnenrolle. Ihre Protagonistin ist kein gebrochenes, vom Schicksal gebeugtes Wesen, das sich waidwund aus der Welt zurückzieht und aus Selbstschutz klösterlichen Verzicht predigt. Auch ist sie keine Schwester der Erinnyen, die, in Blut geboren, Jagd machen auf Übeltäter, ewiglich Vergeltung suchen und in heiligem Zorn Rache üben.

Vielmehr könnte Alex einem Rape and Revenge der subtileren Art entsprungen sein. Das Rape-and-Revenge-Genre, bekannt durch Filme wie *I Spit on Your Grave*, wird leider immer noch zu wenig literarisch bearbeitet. Virginie Despentes, die erfolgreiche französische Schriftstellerin, griff das Motiv in den 90ern mit *Baise-moi* auf und provozierte Zensur und Aufruhr. Seither ist trotz #MeToo nicht viel im europäischen Raum passiert. Imhof wagt sich an dieses brisante Thema und überzeugt mit ihrer Rape-and-Revenge-Variante. Dies nicht zuletzt, weil sie die Hauptfigur psychologisch durchdringt und ihr Text sich nicht in reinen Splatterszenen erschöpft. Alex spuckt nicht auf das Grab der Täter, veranstaltet nicht zombiehaft ein Kettensägenmassaker. Sie schmiert keine gelbliche Scheiße in offene Wunden, bis sich schwarze, krustige Haut ablöst und Mikroben die inneren Organe zerfressen. Sie ist kein Creepy Monster, das den Kopf des Täters in eine stinkende Kloschüssel taucht, bis Fäkalien und Urin seine Speiseröhre füllen.

Alex handelt sofort, verteidigt sich, schneidet ihrem Peiniger die Kehle durch. Das unterscheidet sie bereits von ihren Sisters in Pain, die erst ein Erweckungserlebnis der Rache brauchen, ein langsames Aufkeimen von Vendetta-Gelüsten, die sich in einem zerstörten Leib Bahn brechen. Diese charakterliche Besonderheit liegt daran, dass Alex vor der Tat nicht angstbesetzt und verstört wirkt, sondern vital, lebenslustig und mit einem messerscharfen Verstand gesegnet. Hinzu kommt, dass Alex um dieses Gefängnis, das sich Körper nennt, weiß. Das ist eine grundstürzende Erkenntnis. Da wir aus dem Körper nicht ausbrechen können, müssen wir ihn gestalten. Vom Philosophen Ernst Bloch heißt es, er sei zusammengebrochen, als er erkannte, dass der Ausbruch aus der eigenen Wahrnehmung nicht möglich sei. Alex aber findet sich nicht mit dieser Ohnmacht ab, sondern wagt die Neuschöpfung als »femme-livre«, als Frau und Buch zugleich. Mit jedem Nadelstich, jeder Tätowierung schreibt sie die erfahrene Gewalt in Verse der Liebe und der Hoffnung um, um wieder Mensch zu werden durch Sprache. Ihr Wunsch ist es, die Haut zu wechseln, sich zu häuten, das Erlittene auszulöschen. Dafür lässt sie sich den Körper bis auf Gesicht, Hals, Unterarme und Waden tätowieren. Zusammen mit ihrem Freund Bernd wählt sie Texte aus der Weltliteratur: Milton, Bram Stoker, Kafka, Baudelaire, Shakespeare. Diese fügen sich zu einem dramatischen Körperbild ohne Punkt und Komma, tätowiert in humanistischer Schrifttype, dem Symbol der Wiederauferstehung.

Dass dieser unbeirrte Glaube an die Macht der Schrift aber auch nur eine menschliche Hybris ist, zeigt sich daran, dass Traumata zwar gelöst werden können, diese Freiheit jedoch nur mit allerlei psychischen Verwundungen erkauft werden kann.

Alex ist eine weibliche Hauptfigur, die das Ausmaß der Traumatisierung durch Vergewaltigung vor Augen führt. Gefangen in einer Psychose mit paranoiden Elementen, wird die Rächerinnenfigur durch irrationale Verzweiflung charakterisiert. Das ist ungewöhnlich, überbordend, too much für viele von uns, die wir Gewalt aus der Wirklichkeit am liebsten ausradieren und uns in Safe Spaces zurückziehen würden.

Der Rahmen, in dem Gewalt, Hass und Rache in Deutschland diskutiert werden, ist eng gesteckt: Zwischen Carolin Emckes öffentlichem, kontroversem Diskurs (»Wer behauptet, aus politischen Motiven heraus zu töten, [...] der muss den begangenen Mord auch öffentlich erklären [...]. Worin sonst sollte der politische Charakter des Tötens bestehen?« *Zeit Online*, 6.9.2007) und Maxim Billers »Hundert Zeilen Hass« bewegt sich das intellektuell Akzeptable. Der Rest wird marginalisiert und wahlweise mit den Labeln »rechts«, »neoliberal« oder »sexistisch« versehen.

Ganz anders jenseits des Atlantiks. Gewaltdebatten um Nature und Nurture werden in amerikanischen Serien genauso selbstverständlich in das Szenario eingebaut, wie sie in skandinavischen Ländern tabulos erforscht werden. In der HBO-Serie *Big Little Lies* fragen sich Serien-Super-Mummys, ob der Sprössling womöglich das Gewalt-Gen des Vaters geerbt haben könnte. In einem Tatort eine geradezu häretische Mutmaßung!

Imhof geht noch einen Schritt weiter. Sie bricht die gewaltige, gewalttätige Natur ihrer Protagonistin durch Psychosen und Verfolgungswahn. Dieses Prisma führt zu einer äußerst facettenreichen Hauptfigur, die Trash geschickt umschifft. Alex ist dünnhäutig, lässt den Körper überschreiben von einem Mann, der ihre vorige Existenz auszuradieren versucht, indem er ihr – der »femme toute écrite« – eine neue Bedeutung, einen neuen Sinn verleiht. Wie Imhof den Schöpfungsgedanken mit verschiedenen Mythen durchwebt und interpretiert, ist beeindruckend. Imhof ist eine profunde Kennerin der nordischen Mythologie. In Interviews bekundet sie immer wieder ihre Leidenschaft für die rauen Landschaften, die meteorologischen Urgewalten. Eine passionierte Leserin ist sie ohnehin. Sie arbeitet als Lehrerin in Frankreich, einem Land, das höchste Ansprüche an die Lehrerschaft stellt. Verwunderlich ist es deshalb nicht, dass die Textpassagen der Tattoos sämtlich aus berühmten Werken der Literatur stammen. Bemüht oder gar belehrend ist *Par les rafales* dennoch nicht. Beiläufig, ganz nonchalant flicht Imhof die Texte ein. Alex ist eine jener Figuren, die im Französischkurs genauso Furore machen würden wie auf der Leinwand: stark und verletzlich, plakativ, greifbar und psychologisch ins Flirrende entgleitend.

Der Plot tritt dabei fast in den Hintergrund. Getragen wird die Handlung von der Hauptfigur. Getrieben wird die Geschichte von Ängsten, Liebe und Rache.

Imhofs Buch lässt sich durchaus als ein feministisches Buch verstehen, ohne dass die Autorin jedoch der Versuchung erläge, unüberwindbare Mauern zwischen den Geschlechtern hochzuziehen. Die Hauptfigur wird geliebt und unterstützt von Männern in ihrem Ausbruch aus der Opferrolle. Ihr Scheitern ist eher dem Fatum anzulasten als menschlicher Handlungsfähigkeit. Die Handlungsstränge legen sich einer Schlinge gleich um Alex. Verfolger, real und erdacht, und Beschützer kreisen Alex ein. Ohnmächtig gegenüber den Sturmböen des Lebens, stürzt sich Alex in die Fluten und erlöst sich selbst.

Der Verzicht auf Viktimisierung gründet nicht zuletzt in Imhofs Faible für die nordische Mythologie. Alex ist eine Schwester Hels, der Tochter des nordischen Gottes Loki. Sie wacht über die Toten, denen Walhalla verweigert bleibt. Durch diese Nähe zu starken nordischen Göttinnen vermeidet Imhof, dass Alex' Liebesbeziehungen in fusionellen Kitsch abdriften. Der Tod ist nur ein Begleiter des Lebens und der Liebe. Wer weiß, was uns in jener anderen Welt erwartet? Das ist das Tröstliche und zugleich Schmerzliche dieses Buches. Weltliche Gerechtigkeit kann es nicht geben. Die Götter werden's schon richten.

Der Moloch an Gefühlen und fatalen Bewegungen, denen uns Imhof aussetzt, ist harter Stoff, erdrückend aber ist er nicht. Dass wir nicht untergehen in nordischer Urgewalt und französischer Finesse, ist Imhofs Sprache geschuldet. Mühelos schwingen sich fast schon poetische Beschreibungen von Sex und Gewalt auf popliterarische Passagen ein; das Ganze beschirmt von Texten der Weltliteratur, die von Dostojewski über Kafka, Shelley und Zweig bis zu Nietzsche und Apollinaire reichen.

Im Gegensatz zu vielen amerikanischen Noir-Romanen verzichtet Imhof auf ein dialogisches Übermaß. Nur dramaturgisch wichtige Stellen betont sie mit Dialogen. Namen von Musikbands und Songtexte werden häufiger zitiert, schmiegen sich in den Text ein. Der Zugriff auf die Popliteratur ist als Kniff zu verstehen, der dem Text eine besondere Rhythmisierung verleiht. Alex Fjærsten ist eine »Hate Machine« mit einem »Heart of Gold«. Diesen Widerspruch zu ertragen, ist eine der großen Herausforderungen des Lebens. Wer dazu nicht gewillt ist, endet als blutleerer Golem oder als willfährige Beute derer, die mit dem Codeword »Safe« dem Tod vergebens ein Schnippchen schlagen wollen.

Literaturliste der Tattoos

Erster Teil: November 2006

Kap. 1 Jean-Antoine de Baïf (1532–1589), »Viens, mort, à mon secours viens«.

Kap. 2 Aloysius Bertrand (1807–1841), *Gaspard de la Nuit – Fantasien in Rembrandts und Callots Manier*, Berlin 2002.

Kap. 3 Iwan S. Turgenjew (1818–1883), »Genug. Ein Abschnitt aus den Aufzeichnungen eines verstorbenen Malers«, in: *Erzählungen 1857–1883. Gedichte in Prosa*, Darmstadt 1998

Kap. 4 Lautréamont (1846–1870), *Die Gesänge des Maldoror*, in: *Das Gesamtwerk,* Reinbek bei Hamburg 1963.

Kap. 5 Platon (etwa 427–348 v. Chr.), *Symposion*, München 1969.

Kap. 6 Anonym, *Völuspá*, Auszug aus Ragnarök.

Kap. 7 Laurent Tailhade (1854–1919), *La Noire Idole.*

Kap. 8 François Villon (1431–1463), »Ballade vom Dichterwettstreit in Blois«, in: *Sämtliche Werke*, München/Wien 1991.

Kap. 9 Charles Baudelaire (1821–1867), »Der Selbsthenker«, *Die Blumen des Bösen*, in: *Sämtliche Werke/Briefe*, Bd. 3, Darmstadt 1975.

Kap. 10 Victor Hugo (1802–1885), »Le Colosse de Rhodes«, in: *La Légende des siècles.*

Kap. 11 Epiktet (50–125), *Handbüchlein der Moral*, Kap. 1 (1).

Kap. 12 Louise Ackermann (1813–1890), »Pascal«, in: *Poésies Philosophiques.*

Kap. 13 Stefan Zweig (1881–1942), *Amok. Novellen einer Leidenschaft,* Leipzig 1922.

Kap. 14 Marcel Schwob (1867–1905), »Erzählung des Aussätzigen«, in: *Der Kinderkreuzzug,* Leipzig 1914.

Zweiter Teil: Februar 2005 bis Juli 2006
Kap. 15 Lautréamont (1846–1870), *Die Gesänge des Maldoror.*
Kap. 16 William Shakespeare (1564–1616), *The Tempest* (»Ariel«, Vieter Akt).
Kap. 17 Joseph Conrad (1857–1924), *Heart of Darkness* (Herz der Finsternis).
Kap. 18 Étienne de La Boétie (1530–1563), »Sonnet XXIV«, in: Michel de Montaigne, *Essais* (Bd. 1, Kap. XXVIII).

Dritter Teil: November bis Dezember 2006
Kap. 1 Joseph Conrad (1857–1924), *Lord Jim.*
Kap. 2 Xavier Forneret (1809–1884), »Un pauvre honteux«, in: *Vapeurs.*
Kap. 3 Tristan Corbière (1845–1875), »Insomnie«, in: *Les Amours jaunes.*
Kap. 4 Henrik Ibsen (1828–1906), »Komödie der Liebe« (Erster Akt), in: *Sämtliche Werke*, Bd. 3, Berlin
Kap. 5 Johann Wolfgang von Goethe (1749–1832), »Bei Betrachtung von Schillers Schädel«, in: *Werke,* Bd. 1, München 1978.
Kap. 6 Max Jacob (1876–1944), »Höllennacht«, in: *Der Würfelbecher,* Frankfurt a. M. 1968.
Kap. 7 Octave Mirbeau (1848–1917), »La chambre close«, in: *Contes.*
Kap. 8 Joris-Karl Huysmans (1848–1907), »Ballade chlorotique«, in: *Le Drageoir aux épices.*
Kap. 9 William Blake (1757–1827), »Proverbs of Hell«, in: *Complete Poems.*
Kap. 10 Herman Melville (1819–1891), *Bartleby.*
Kap. 11 Johan Sebastian Welhaven (1807–1873), »Sjøfuglen«.
Kap. 12 Sophokles (etwa 495–406 v. Chr.), *Oedipus der Tyrann,* in: *Hölderlin, Werke und Briefe*, Frankfurt a. M. 1969.

Kap. 13 Franz Kafka (1883–1924), »In der Strafkolonie«, in: *Gesammelte Werke*, Köln 2012.
Kap. 14 Henri Barbusse (1873–1935), *Das Feuer. Tagebuch einer Korporalschaft,* Frankfurt a. M. 1986.
Kap. 15 Rudyard Kipling (1865–1936), *The Man who would be King.*
Kap. 16 Victor Hugo (1802–1885) »Vision de Dante«, in: *La Légende des siècles.*
Kap. 17 Albert Lozeau (1878–1924), »L'autre«, in: *Le Miroir des jours.*
Kap. 18 Friedrich Nietzsche (1844–1900), »Von den Hinterwäldlern«, *Also sprach Zarathustra,* in: *Sämtliche Werke*, Bd. 4, München 1980.
Kap. 19 Romain Rolland (1866–1944), »Götzen«, in *Der freie Geist*, Zürich 1946
Kap. 20 Thomas De Quincey (1785–1859), »On the knocking at the gate in Macbeth«, *Confessions of an English Opium Eater.*
Kap. 21 Guillaume Apollinaire (1880–1918), »Der Nachtwind«, in: *Alkohol,* Darmstadt und Neuwied 1976.
Kap. 22 John Milton (1608–1674), *Paradise Lost* (Book XII).
Kap. 23 Albert Londres (1884–1932), *Chez les fous.*
Kap. 24 Rémy de Gourmont (1858–1915), *Phénissa* (Zweite Episode).
Kap. 25 Théophile Gautier (1811–1872), »Le trou du serpent«, in: *La Comédie de la mort.*
Kap. 26 Edgar Allan Poe (1809–1849), »The Raven«.
Kap. 27 Bram Stoker (1847–1912), »Rattenbegräbnis«, in: *Draulas Gast,* Zürich 1968.
Kap. 28 J.-H. Rosny aîné (1856–1940), *Am Anfang war das Feuer,* Wien/Heidelberg 1983.
Kap. 29 Mary Shelley (1797–1851), *Frankenstein; or, The Modern Prometheus.*

Kap. 30 Michel de Montaigne (1533–1592), »Philosophieren heißt sterben lernen«, in: *Essais*, Frankfurt a. M. 1998.
Kap. 31 Fjodor Dostojewskij (1821–1881), *Aufzeichnungen aus dem Kellerloch*, Frankfurt a. M. 2003.
Kap. 32 Franz Kafka (1883–1924), »Nachts«, in: *Gesammelte Werke,* Köln 2012.

Playlist

(Angaben zu den im Roman erwähnten Songs und Alben)

Erster Teil

Kap. 1 Charles Trenet, »Route nationale 7« (*Chansons claires : 10 chansons nouvelles*); Robert Johnson (*The Complete Recordings*).
Kap. 2 Neil Young, »Heart of Gold« (*Harvest*); Kansas, »Dust in the Wind« (*Point of Know Return*); Santana, »Black Magic Woman« (*Abraxas*).
Kap. 3 Joy Division, »Dead Souls« (*Still*); PJ Harvey, »Water« *(Dry);* Jeff Beck (*Wired*).
Kap. 5 Santana, »Eternal Caravan of Reincarnation« (*Caravanse-raï*).
Kap. 6 Tom Waits, »I'll Be Gone«, »Yesterday Is Here«, »Way Down in the Hole« (*Frank's Wild Years*); Ministry (*Psalm 69*); Nine Inch Nails, »Head Like a Hole«, »Terrible Lie«, »Down in It«, »Sin« (*Pretty Hate Machine*); Muckrackers, »Konkassor« (*[UCKANGE_4]*).
Kap. 7 Nick Cave and the Bad Seeds, »Red Right Hand«, »Let Love In« (*Let Love In*).
Kap. 8 Akosh Szelevényi (Akosh S. ensemble) *(Pannonia).*
Kap. 9 PPz30 (*Sweet Smell of Sucksess*).
Kap. 10 J. J. Cale (*Naturally*); John Mayall, »Medicine Man«, »The Bear« (*Blues from Laurel Canyon*); Led Zeppelin (*Led Zeppelin*).

Kap. 11 Eric Clapton, »Layla« (*Unplugged*); Peter Frampton, »Show Me the Way« (*Frampton Comes Alive!*).
Kap. 12 Nine Inch Nails, »Hurt« (*The Downward Spiral*).
Kap. 13 Stealers Wheel, »Stuck in the Middle With You« (*Stealers Wheel*).
Kap. 14 Ministry, »Jesus Built My Hotrod«, »TV Song« (*Jesus Built My Hotrod*).

Zweiter Teil
Kap. 1 Nancy Sinatra, »Jackson« (*Country, My Way*); Johnny Cash und June Carter, »Jackson« (*Johnny Cash's Greatest Hits*, Vol. 1); Primus (*Pork Soda*); Louis Armstrong, »What a Wonderful World« (Single).
Kap. 2 John Lurie, Tom Waits (*BO de Down by Law*).
Kap. 3 »When the Saints Go Marching In« (scène du Mardi Gras dans *Easy Rider*); Coco Robicheaux (*Hoodoo Party*).
Kap. 5 Infectious Groove, »Violent & Funky« (*Groove Family Cyco*); Frankie Goes to Hollywood, »Rage Hard« (*Liverpool*).
Kap. 9 Harry Nilsson, »Everybody's Talkin'« (*BO de Asphalt-Cowboy*).
Kap. 15 The Jesus Lizard (*Blue*).
Kap. 18 Red Hot Chili Peppers, »Falling Into Grace« (*One Hot Minute*).

Dritter Teil
Kap. 4 Tom Waits, »On a Foggy Night« (*Nighthawks at the Diner*).
Kap. 5 Rage Against The Machine, »Killing in the Name« (*Live at the Grand Olympic Auditorium*).
Kap. 7 Creole Jazz Band von King Oliver, »Dippermouth Blues«.
Kap. 8 Nick Cave, »Abattoir Blues«, »Fable of the Brown Ape«, »Babe, You Turn Me On« (*Abattoir Blues/The Lyre of Orpheus*).

Kap. 9 John Mayall and The Bluesbreakers, »California« (*Room To Move*, 1969–1974).
Kap. 12 The Doors, »Strange Days«, »You're Lost Little Girl«, »Love Me Two Times« (*Strange Days*).
Kap. 14 Jefferson Airplane, »White Rabbit« (*Surrealistic Pillow*).
Kap. 16 Shania Twain, »Man! I feel like a Woman!« (*Come On Over*); ZZ Top, »La Grange« (*Tres Hombres*).
Kap. 19 Beck (*One Foot in the Grave*).
Kap. 24 Pantera *(Far Beyond Driven*); Rollins Band (*Weight*).
Kap. 25 Leonard Cohen, »Avalanche« (*Songs of Love and Hate*).
Kap. 26 The Navigators, »The Islander« (*Dance and Sing*).